W0335904

KNAUR

Katja Maybach

SCHICKSALSZEIT

ROMAN

KNAUR

Dieser Roman ist in Teilen inspiriert vom Schicksal des Großonkels der Autorin, Hauptmann Franz Leiling. Die anderen Figuren und ihre Lebensläufe entspringen jedoch der Fantasie.

Besuchen Sie uns im Internet:
www.knaur.de

Aus Verantwortung für die Umwelt hat sich die Verlagsgruppe Droemer Knaur zu einer nachhaltigen Buchproduktion verpflichtet. Der bewusste Umgang mit unseren Ressourcen, der Schutz unseres Klimas und der Natur gehören zu unseren obersten Unternehmenszielen. Gemeinsam mit unseren Partnern und Lieferanten setzen wir uns für eine klimaneutrale Buchproduktion ein, die den Erwerb von Klimazertifikaten zur Kompensation des CO_2-Ausstoßes einschließt. Weitere Informationen finden Sie unter: www.klimaneutralerverlag.de

FSC www.fsc.org MIX Papier aus verantwortungsvollen Quellen FSC® C083411

Originalausgabe Dezember 2021
Knaur Taschenbuch
© 2021 Knaur Verlag
Ein Imprint der Verlagsgruppe
Droemer Knaur GmbH & Co. KG, München
Alle Rechte vorbehalten. Das Werk darf – auch teilweise – nur mit Genehmigung des Verlags wiedergegeben werden.
Redaktion: Catherine Beck
Covergestaltung: ZERO Werbeagentur, München
Coverabbildung: Collage aus einem Motiv von Richard Jenkins Photography und mehreren Shutterstock.com Motiven
Satz: Sandra Hacke
Druck und Bindung: CPI books GmbH, Leck
ISBN 978-3-426-52511-1

2 4 5 3 1

Diesen Roman widme ich meinem Großonkel Franz Leiling, den ich nur aus Erzählungen kenne und der vor allem für seinen Einsatz im Ersten Weltkrieg an der Westfront bewundert wurde. Als Hauptmann ließ er einen tief minierten, dreistöckig nach unten gehenden Schacht bauen, der bereits über modernste Technik verfügte, wie zum Beispiel Abhöranlagen für die feindlichen Sender. Auch konnten durch die unterirdischen Räume fast zweitausend Zivilisten gerettet werden.
Die Engländer nannten diesen Schacht, auch als »Schlucht« bezeichnet, wegen seiner Y-Form auch die »Y Ravine« (Y-Schlucht). Damals wurde er viel kopiert und nach dem Krieg zum Kulturerbe ernannt.
Am 2. Oktober 1918, nur einige Tage vor dem Waffenstillstand, stürmte Franz Leiling als Hauptmann seinem Bataillon voraus und fiel.

EINS

Ein eleganter Kurort nahe der französischen Grenze
Bad Lichtenberg

Sommer 1914

Weil sie jung war und der Tag so strahlend, rannte Victoria die Birkenallee hinunter bis zum Kurhaus. Außer Atem blieb sie stehen, sah kurz zurück auf die elterliche Villa und lief weiter. Schützend hielt sie sich die Hände über die Augen und blinzelte in die Höhe. Das Gleißen des Sonnenlichts auf dem gewölbten Glasdach der Halle blendete und reflektierte wie in einem Kaleidoskop. Jedes Mal, wenn Victoria hierherkam, empfand sie einen kleinen Schauer – war es Freude oder Traurigkeit? Ganz genau konnte sie ihre Gefühle nicht definieren, doch eines stand fest: Dies war der Ort ihrer Erinnerungen an ihre Kindheit, an eine glückliche Zeit.

Sie blieb in der Wandelhalle stehen und sah sich um. Viele Gäste drängten sich hier um die Marmorbrunnen, aus denen das Heilwasser sprudelte; Kellner in schwarzem Frack reichten den eleganten Kurgästen die Gläser auf silbernen Tabletts. Victoria nahm sich ein Glas, zwinkerte dem Kellner zu, hielt es unter den Hahn und trank gierig das Wasser. Es sollte gegen jede Art von Altersbeschwerden helfen und zu einer vorsichtigen Wiedergeburt der Jugendlichkeit führen.

»Sind Sie für dieses Wasser nicht zu jung, kleines Fräulein?« Ein alter Herr beugte sich lachend zu ihr und erklärte, wie beneidenswert frei doch die Jugend heutzutage sei, früher habe ein junges

Mädchen ohne seine *gouvernante* gar nicht aus dem Haus gehen dürfen.

Victoria nickte ihm freundlich zu, schlenderte aber dann den Wandelgang weiter.

Am nächsten Brunnen wurde laut diskutiert.

Wenn es doch Krieg gibt …

Nein, der Kaiser ist in seine Sommerresidenz gefahren, wir sollten nicht schwarzsehen …

Aber viele Franzosen sind bereits abgereist …

Deshalb auch keine Eleganz mehr hier in der Halle …

Sie sind verschwunden, aus Angst vor einem Krieg …

Victoria drehte sich erschrocken um, doch die kleine Gruppe schlenderte weiter und geriet außer Hörweite.

Krieg. Musste dann ihr Bruder Franz an die Front?

Versunken in Gedanken an ihren Bruder, ging sie ein Stück weiter, sah in den großen Tanzsaal des Palmengartens hinüber, in dem gerade das Orchester für den Abend Platz nahm. Ein Tangoabend – der Tanz, den der Kaiser verboten hatte, aber Berlin war weit und die Versuchung dieses Tanzes groß.

Das Restaurant davor war voll besetzt. Mit seinen hohen Palmen, den eleganten Korbmöbeln und dem Springbrunnen bot der Raum das Ambiente des Kolonialreichs. Victoria sah sich weiter um, bis sie am letzten Tisch, fast ganz verborgen hinter einer Palme, ihre Mutter mit deren Freundinnen entdeckte. Victorias Blick wanderte weiter zu dem Flügel, an dem der junge Juri Petkov mit seinem Spiel die gedämpfte Unterhaltung der Gäste untermalte. *An der schönen blauen Donau,* schließlich war Österreich ein Freund Deutschlands, dann Operetten bis hin zu Mozarts *Kleiner Nachtmusik.* Als er spürte, dass er beobachtet wurde, hob er den Kopf, lächelte und nickte Victoria zu. Sie lächelte zurück und spürte, wie ihr die Röte ins Gesicht stieg. Dann wandte sie sich hastig ab, ging an den beiden Pfauen in ihrem Gehege vorbei und bog nach links in den runden Saal ein, dessen hoher Pavillon aus Glas alle Blicke auf sich zog. Hier drängelten sich die Kurgäste, um exotischen bunten Vögeln zuzusehen, wie sie ihre Federn spreizten und der alte Papagei den Kopf schräg legte. Wenn er Lust hatte, öffnete er den Schnabel, und schon jubelten die Kinder, die sich vor dem Pavillon drängten. Er schien zu wissen, was man von ihm erwartete: »Seemann ahoi«, krächzte er, »ahoi, ahoi«, und die Kinder jubelten und klatschten.

Victoria sah den Kindern zu, und aus einem Impuls heraus klatschte auch sie und lachte zu dem Papagei hoch. Als Kind hatte sie oft mit ihren älteren Geschwistern Franz und Luise hier gestanden. Die beiden hatten ihre kleine Schwester Victoria an den Händen genommen, zusammen über den Papagei gelacht und waren anschließend hinüber ins Restaurant gegangen, um Eis zu essen.

Jetzt aber war Franz siebenundzwanzig Jahre alt und lebte in Berlin. Und Luise? Seit fünf Jahren ausgestoßen aus der Familie. Die Tochter, über die man nicht sprach. Sie lebe in Paris – mehr erfuhr Victoria nicht, auch wenn sie die Mutter hartnäckig mit Fragen löcherte.

Paris, Frankreich. Die Franzosen fuhren ab, hatte sie gehört. Beunruhigt schlängelte sie sich im voll besetzten Restaurant durch die Tische bis zu ihrer Mutter und deren Freundinnen. Auch Gerda von Bitten saß bei ihnen.

Victoria wusste, wie sehr ihre Mutter die junge Frau mochte – immerhin sei sie doch die Verlobte ihres geliebten Sohns Franz. Victoria verstand das nicht. Wie konnte ihr Bruder nur dieses Mädchen mit dem runden Gesicht und den blauen, stets aufgerissenen Augen lieben, sogar den Wunsch haben, sie zu heiraten? Dieses Puppengesicht? Als Victoria an den Tisch trat, prosteten sich die Frauen gerade mit Eierlikör zu.

»Setz dich doch«, forderte Irene ihre Tochter freundlich auf, die stumm neben ihr stand und sich nicht rührte.

Victoria überhörte die Aufforderung. Sie sah ihre Mutter fest an. »Wenn es Krieg gibt, muss Franz dann an die Front?«

Die Stimmung am Tisch änderte sich schlagartig. Die drei Freundinnen sahen sich in stummem Erschrecken an und stellten die Gläser ab.

»Wer behauptet, dass es Krieg gibt?«, wandte sich Irene besorgt an die Tochter.

»In der Wandelhalle, da ...«

»So ein Unsinn«, unterbrach Irene sie. »Am Brunnen wird viel geredet, nur weil die Gäste sich langweilen. Niemand weiß irgendetwas«, setzte sie hinzu. »Die Diplomaten Europas betonen, dass es keinen Krieg geben wird. Kein Land will Krieg.«

»Und du, kleines Fräulein, setz dich doch«, schlug Irenes Freundin Ella vor. »Willst du einen Kakao?«

»Ich bin doch kein Baby mehr.« Victorias Antwort klang verächtlich, und sie kam der Aufforderung nicht nach. Aber eine Frage brannte ihr noch auf der Seele. »Wenn es Krieg gibt, kommt Luise dann nach Hause?«

Irene atmete durch, bevor sie antwortete: »Victoria, du weißt, deine Schwester hat jetzt ihr Leben in Paris.«

Ihre Freundinnen blieben stumm, sahen sich im Restaurant um und gaben vor, nicht mitzuhören.

Victoria ließ nicht locker. »Wenn es in Frankreich Krieg gibt, was ist dann mit Luise? Kommt sie zurück?«

»Wenn du mich fragst«, mischte sich Gerda ins Gespräch ein, »hat sich deine Schwester egoistisch verhalten und euren Eltern viel Kummer bereitet. Sie verdient es nicht, dass man ihr hilft oder sie sogar nach Hause holt.«

»Ich frage dich aber nicht«, fuhr Victoria sie wütend an.

»Ich weiß es nicht, Victoria, es ist die Entscheidung deines Vaters.« Die Stimme ihrer Mutter klang unsicher. »Vielleicht will sie ja gar nicht zurückkommen«, setzte sie nach einem kleinen Zögern hinzu.

Victoria wartete, doch da ihre Mutter schwieg, nickte sie ihr nur zu. »Bis später.«

Schon war sie weg.

Victorias Vater verstand sich als Patriarch im positiven Sinne, wie er gern betonte. Er übernahm Verantwortung für die Familie, und das bedeutete auch, alle Entscheidungen zu treffen. Aber hatte ihre Mutter nicht traurig gewirkt?

Im Foyer zwischen Wandelhalle und Restaurant blieb Victoria stehen. Tief atmete sie durch. Sie war sechzehn Jahre alt, neugierig, hungrig aufs Leben, nachdem sie sechs Jahre im strengen Internat erzogen worden war. Was aber wurde aus Luise und Franz? Warum hatte ihre Mutter keine eindeutige Antwort geben können?

Sie zögerte, und während sie noch fieberhaft überlegte, lauschte sie unwillkürlich auf das Spiel von Juri. Was für eine schöne, auch traurige Melodie, Musik, die sie tief berührte. Sicher war es verletzend für den jungen Pianisten, dass ihm kaum jemand zuhörte. Ihre Mutter hatte ihr erzählt, sein Name sei Juri Petkov und er studiere Klavier an der Berliner Musikhochschule. In seinen Ferien verdiene er sich hier im Kurort Geld als Pianist. Wie alt mochte er sein? Anfang zwanzig? Er war hübsch, seine blonden, etwas zu langen Haare gaben ihm ein interessantes Aussehen. Während er spielte, lag auf seinem Gesicht ein ernster, fast entrückter Ausdruck. Aber was dachte er über die reichen Leute, die aus kostbaren Gläsern das Wunderwasser tranken, danach im Restaurant die Champagnerkorken knallen ließen und seinem Spiel kaum Beachtung schenkten? Sie beobachtete ihn, wie er den Schoner über die Tasten legte und behutsam den Klavierdeckel schloss, fast zärtlich, liebevoll, schoss es ihr durch den Kopf. Er erhob sich, strich noch einmal nachdenklich über die glatte schwarze Fläche des Flügels. Wie würde es sein, wenn diese Hände sie berührten – mit dieser Nachdenklichkeit, dieser Zärtlichkeit?

Bei diesem Gedanken erschrak sie. Sie sollte nach Hause gehen, doch sie verharrte immer noch im Foyer und starrte zum Flügel hinüber. Jetzt schien Juri ihren Blick zu spüren, denn er hob den Kopf, lächelte fragend, und da sie das Lächeln erwiderte, kam er auf sie zu.

»Gnädiges Fräulein?«

»Sie haben so schön gespielt«, verhaspelte sie sich beinahe. »Was war das für eine Melodie?«

»*Liebestraum.* Komponiert von dem deutschen Komponisten Franz Liszt.«

»Das war schön«, seufzte sie. »Aber spielen Sie gern hier?«, platzte sie heraus.

Jetzt lachte er, offenbar begriff er, worauf sie hinauswollte. »Es ist gut, wie es ist. Man soll die Dinge nehmen, wie sie kommen. Und ich kann mich hier ausprobieren, lernen, üben.«

Sie sah ihn an, dann warf sie einen Blick in den Palmengarten zu ihrer Mutter. Sicher wollte sie nicht, dass sie hier stand und sich mit Angestellten unterhielt. »Ich sollte jetzt gehen.« Doch sie rührte sich nicht von der Stelle.

»Ich habe Sie hier schon oft gesehen«, flüsterte er und beugte sich ganz nahe zu ihr, berührte mit seinen Lippen fast ihr Ohr.

Das war frech, fand sie. Und doch aufregend. So blieb sie stehen, hielt den Kopf ganz ruhig, und Juri flüsterte schnell weiter. »Wir wissen nicht, ob es Krieg gibt, sollten wir da nicht jeden Moment des Lebens auskosten und genießen?«

Den letzten Satz hörte sie nicht mehr, denn eisiges Entsetzen griff nach Victorias Herzen. Da war es wieder, das Gespenst des Kriegs und des Tods.

Die Stille in der Halle der Villa wurde nur unterbrochen vom Klappern des Geschirrs und der lebhaften Unterhaltung, die aus der Küche im Souterrain heraufdrang. Berta, die Köchin, und das Dienstmädchen Franzi unterhielten sich laut und lachten, und der

Duft nach dem Kalbsfrikassee in Weißweinsauce mit Lorbeer und Wacholder stieg hoch und durchzog die Halle.

Victoria, atemlos und erhitzt vom Nachhauseweg, horchte nach unten. Sah so Angst vor einem drohenden Krieg aus?

Sie ging zur Treppe, blieb stehen und blickte hinauf zu dem Gemälde. Jedes Mal, wenn sie hier vorbeiging, lächelte sie. In dem Bild saß ihre Mutter Irene aufrecht auf dem roten Sofa, das jetzt im Herrenzimmer stand. Victoria war damals sechs Jahre alt gewesen, Luise fünfzehn und Franz siebzehn. Sie hatten gelacht und gekichert, weil ihre Mutter dem Maler einschärfte, ihre Taille enger zu zeichnen und das Gesicht schmaler. Irene neigte ein wenig zur Fülle, die kein Korsett verbergen konnte. Neben ihr saß Luise. Sie sah schön aus, so strahlend. Franz stand neben dem Vater hinter dem Sofa, beide in aufrechter Haltung, und es schien, als imitiere Franz den Vater – hätte er sich sonst in diese männliche Pose geworfen? Und sie selbst? Sie lehnte auf der anderen Seite des Sofas, ein wenig verloren und auch ungeduldig umklammerte sie die Lehne. Ein schmales Kind.

Es war eine Qual gewesen, dem Maler so viele Stunden Modell zu stehen. Heute war das alles schon besser, die Fotografie entwickelte sich.

Langsam ging Victoria weiter die Treppe hoch, drehte sich um und sah durch die offen stehende Tür ins Herrenzimmer. Dort saß ihr Vater, die unvermeidliche Zigarre im Mund, und zog gerade die goldene Uhr an ihrer Kette aus der kleinen Westentasche.

»Guten Abend, Papa«, rief Victoria ihm zu.

Er winkte, lächelte, nickte und rief zu ihr hoch, sie sei spät dran, seine Lieblingstochter müsse sich umziehen, ihr Onkel und seine Frau kämen zum Essen. Lieblingstochter? Victoria wusste, das war immer Luise gewesen. Hatte er sie wirklich vergessen, aus seinem Leben gestrichen?

Betroffen zögerte sie. Sollte sie wieder die Treppe hinunterlaufen, ihn fragen, ob Luise zurückkam, falls … ja, falls es Krieg gab? Und was war mit Franz?

Doch dann entschied sie sich dagegen. Alles war so friedlich im Haus, sie wollte, dass es so blieb, zumindest für diesen Moment, während sie nach oben ging und an Juri dachte. Vielleicht, hatte sie ihm geantwortet, ja, vielleicht käme sie morgen um zwei Uhr in das kleine Café zwischen den Weinbergen. Aber sie hatte nichts versprochen. Es war so mutig von ihm, sie dorthin einzuladen.

Oben in ihrem Zimmer lief sie in ihr angrenzendes Bad und stellte sich vor den Spiegel. Wie sah sie überhaupt aus – war Juris Vorschlag wirklich ernst gemeint gewesen? Ihre Haare hatten sich aus den Kämmen gelöst und hingen teilweise wirr auf die Schultern herab. Sie waren tizianrot, so wie die Haare ihrer Schwester Luise und ihrer Mutter. Irene war hübsch, doch Luise in ihrer Schönheit perfekt. Victorias Gesicht war übersät mit Sommersprossen, während Luises Teint makellos war.

Und sie war so dünn, ihre Brüste waren kaum sichtbar, und die Taille konnte man mit zwei Händen umfassen. Wie würde es sein, wenn Juris schöne Hände sie streicheln und er sie küssen würde? Sie wusste nicht viel von der Liebe, nur das, was sich die Mädchen im Internat zuflüsterten, wenn sie heimlich in französischer Sprache den Roman *Claudine erwacht* lasen.

Es klopfte leise, und Anni, das Hausmädchen, schob sich rasch durch die Tür. »Ich habe nicht viel Zeit«, wisperte sie. »Ihre Mutter kommt sicher gleich nach Hause.«

»Was ist los, Anni?«

»Es geht um die Post. Ich muss doch jeden Morgen vorne am Tor auf den Boten warten und bringe die Briefe dann zu Ihrem Vater, bevor er in seine Kanzlei geht.«

»Ja, ich weiß, Anni, und?« Annis Geheimniskrämerei weckte Victorias Neugierde.

Anni sah sich um, als würde Johannes Laverne plötzlich drohend hinter ihr auftauchen. »Heute«, erzählte sie flüsternd, »war ein Brief an Sie dabei, mit einer ausländischen Briefmarke und einem Stempel. Französisch. Der Absender ist …«

Anni hatte die Hände auf dem Rücken verschränkt, und da sie nicht weitersprach, schlug Victoria einen Bogen um sie, doch Annis verschlungene Hände auf dem Rücken waren leer. Victorias Herz klopfte laut. »Von wem ist er? Stand ein Absender darauf?« Der Brief konnte doch nur von Luise sein. »Wo ist er?«

»Ihr Vater hat ihn mir aus der Hand genommen. Ich konnte nichts tun. Es ging alles so schnell, ich konnte auch den Absender nicht mehr lesen.« Anni zögerte, sprach dann aber im Flüsterton weiter. »Ich muss gehen, ich glaube, Ihre Mutter ist da …«

Schon war Anni weg, die Tür schloss sich leise hinter ihr. Es war offensichtlich, der Brief war von ihrer Schwester. Von wem sonst? Hatte Luise vielleicht sogar geschrieben, sie käme nach Hause? Wollte sie, dass Victoria zwischen dem Vater und ihr vermittelte? Sah Luise in ihr eine ebenbürtige Schwester und nicht mehr das kleine Mädchen, dem man lachend durch die Haare fuhr und in die Wange kniff?

Wilde Spekulationen schossen Victoria durch den Kopf.

Was aber, wenn ihr Vater ihr den Brief nicht gab? Nun, der Tag war noch nicht zu Ende – oder würde er ihr gegenüber Luises Brief unterschlagen?

Sie überlegte fieberhaft, während sie sich langsam aufs Bett setzte. Sie würde nichts sagen. Ihrem Vater eine Chance geben. Eine Chance, ihr den Brief zu überreichen, vielleicht mit einer kleinen Ausrede, er habe ihn vergessen, so viel Berufliches im Kopf gehabt, schließlich habe er eine große Kanzlei und …

Es wäre eine Ausrede, gewiss, aber dann hätte er dennoch entschieden, ihr den Brief zu geben.

Vor Aufregung biss sich Victoria auf die Lippen. Sie durfte ihm nicht sagen, dass sie von dem Brief wusste, schließlich konnte sie Anni nicht verraten. Nach langem fieberhaften Nachdenken ging Victoria eine imaginäre Wette mit ihm und Juri ein. Sollte ihr

Vater ihr heute noch Luises Brief übergeben, bedeutete es, dass er ihr vertraute, ihr die Entscheidung überließ, wie sie damit umging. Dann hatte er die Wette gewonnen und Juri verloren. Dann würde sie den jungen Pianisten nicht treffen, das Vertrauen des Vaters nicht missbrauchen. Ihn nicht mit einem heimlichen Rendezvous hintergehen. Unterschlug ihr Vater ihr jedoch den Brief, bedeutete es, er traf die Entscheidung für sie und schenkte ihr kein Vertrauen.

Vertrauen gegen Vertrauen. Wenn es nicht existierte, dann Lüge gegen Lüge. Eigentlich ganz einfach, oder?

Johannes Laverne blickte seiner Tochter nach, wie sie leichtfüßig die Treppe nach oben lief und kurz vor dem imposanten Familienporträt verharrte.

Erst als sich oben die Tür zu ihrem Zimmer schloss, hob er nachdenklich den Brief von Luise vom Schreibtisch und drehte ihn unschlüssig in der Hand. Adressiert an Victoria. Nicht an ihn, den Vater. Ein Brief, in dem sie ihn demütig um Verzeihung bat. So jedenfalls sollte es sein. Was war nur in sie gefahren, sich über den Vater hinwegzusetzen und an Victoria zu schreiben?

Fünf Jahre waren vergangen. Damals hatte sie schon ein Jahr in Paris gelebt, war nur für einen Tag nach Hause gekommen. Längst wusste er durch französische Kurgäste, dass seine schöne Tochter in Paris die Geliebte eines verheirateten Mannes geworden war. Hier im Kurort hatte sich das Getuschel zu einem Skandal ausgeweitet. Sie hatte der ganzen Familie geschadet und sie zum Gespött aller gemacht. Vor allem ihn, den Vater und angesehenen Anwalt.

Als sie ihre Ankunft in einem Telegramm angekündigt hatte, bedeutete es für Johannes einen kleinen Triumph. Sie kam zurück, sie würde ihn demütig um Verzeihung bitten

Wie schlecht hatte er seine Tochter gekannt. Demut war kein Begriff, der zu Luise passte. Er hatte sich in Illusionen verstrickt, und umso härter traf ihn ihre Aussage, sie sei nur gekommen, um die Auszahlung ihres Erbes von Tante Anna zu erbitten. Sie wolle finanziell unabhängig sein, und ihr Entschluss stehe fest: Sie würde zurück nach Paris gehen, dort sei jetzt ihr Lebensmittelpunkt.

Ihr Erbe waren die Anteile von fünfunddreißig Prozent am *Grand Hotel*, die seine Schwester Anna ihrer Nichte vererbt hatte. Doch Johannes hatte sie ihr verweigert – erst mit fünfundzwanzig Jahren habe sie Anspruch darauf, denn so stand es im Testament seiner Schwester.

Und so berief er sich auf Annas Wunsch und stellte Luise vor die Wahl: entweder die Familie oder Paris. Es war die Möglichkeit, zurückzukommen und wieder ein ehrbares Leben zu führen, oder weiterhin die Hure eines verheirateten Mannes zu sein.

Sie hatte ihn nur schweigend angesehen. Tief verletzt wartete sie auf eine Entschuldigung von ihm. Aber Johannes war ein Mann des Worts. Und sich zu entschuldigen hieße, Schwäche zu zeigen. Auch wenn er seine harte Aussage sofort bereute.

Sie hatte gewartet, und da er schwieg, war sie auf die Tür zugegangen. Dort hatte sie sich noch einmal zu ihm umgedreht. »Zu dieser Familie, deren Oberhaupt du bist, will ich nicht mehr gehören.«

Und damit war sie gegangen.

Reglos, wütend, auch ratlos hatte er hinter seinem Schreibtisch gestanden, in der Hoffnung, die Tür ginge wieder auf und Luise bäte ihn weinend um Verzeihung. Doch Luise kam nicht zurück.

Aber seine Unerbittlichkeit hatte in eine ausweglose Situation geführt, aus der es kein Zurück gab. Vielleicht wäre dieses Gespräch anders verlaufen, wenn Irene dabei gewesen wäre. Doch sie war verreist, denn sie brachte Victoria nach Lausanne ins Internat.

Und nun schrieb Luise an ihre kleine Schwester. Was sollte er mit dem Brief anfangen? Ihn seiner Jüngsten geben? Ihn selbst lesen? Hatte er als Familienoberhaupt nicht das Recht dazu? Die Entscheidung lag in seiner Hand. Er musste nachdenken. Nichts überstürzen. Und so nahm er den ungeöffneten Brief, zog die Schreibtischschublade auf, legte ihn hinein und sperrte die Schublade ab. Eine Entscheidung wollte genau überlegt sein.

Er hörte, wie das Dienstmädchen die Eingangstür öffnete und seine Frau nach Hause kam. Er blieb sitzen und sah ihr durch die geöffnete Tür entgegen.

Sie blieb stehen, winkte ihm kurz zu, erklärte, sie wolle sich zum Abendessen umziehen, da ihre elegante Schwägerin Elisabeth käme. Schon drehte sie sich um und ging auf die Treppe zu.

»Wenn du dich in der Öffentlichkeit weiterhin lautstark amüsierst und Alkohol trinkst, werden die Leute schnell reden. Wir haben einen Ruf zu verlieren«, rief er ihr nach. Der Empfangschef des Palmengartens hatte ihn diskret auf das doch sicher ungebührliche Verhalten seiner Ehefrau hingewiesen.

Einen Moment lang schwieg Irene, dann drehte sie sich um. Jegliche Heiterkeit war aus ihrem Gesicht verschwunden. Sicher hatte Johannes gedacht, sie wäre jetzt zerknirscht, würde sich entschuldigen, dass man über sie, die Ehefrau von Johannes Laverne, redete.

»Die Leute haben andere Sorgen«, erklärte sie ruhig. »Und was heißt hier Ruf zu verlieren? Sagst du nicht immer, den haben wir durch Luises Schuld schon längst verloren?«

Johannes nahm die angerauchte Zigarre vom Aschenbecher, drehte sie mehrmals in den Händen, dann zog er daran. Sie wartete auf seine Antwort. Achtundzwanzig Jahre war sie mit Johannes verheiratet, und er sah jetzt, mit einundfünfzig Jahren, immer noch sehr gut aus. Er war groß und schlank, mit blondem dichten Haar und einem gepflegten Kaiser-Wilhelm-Bart. Da er schwieg, sich nur mit der Zigarre beschäftigte, sagte sie wie nebenbei: »Ach übrigens, Victoria hat mich gefragt, ob Luise nach Hause kommt, wenn es Krieg gibt.«

Johannes' ruhige Haltung verlor sich. »Und was hast du geantwortet?« Mühsam versuchte er, Ruhe zu bewahren.

Irene hob die Schultern. »Dass ihr Vater es entscheiden wird, wie er das immer macht.« Der spitze Unterton in ihrer Stimme war nicht zu überhören.

»Das hast du ihr gesagt?«

»Es ist doch so. Du hast damals entschieden, dass Luise nie mehr nach Hause kommen kann, also musst du jetzt auch über ihre Rückkehr entscheiden. Falls Luise das überhaupt will«, betonte Irene. Es war eine Provokation, doch wieder schwieg Johannes, drückte nur nervös seine Zigarre aus. So sprach sie unbeirrt weiter. »Auch wenn sie wollte, du wirst ihr eine Rückkehr verweigern, ist es nicht so?«

Ihr ruhiger Blick verunsicherte ihn. »Wie meinst du das?«

»So wie ich es sage. Denn für dich bedeutet Nachgeben Schwäche. Du kannst nicht verzeihen, schon gar nicht Luise. Frage dich doch mal, ob es nicht einfach deine Eitelkeit ist, die dich daran hindert. Luise, deine geliebte Tochter, wirft sich weg, wie du es genannt hast. Sie, *deine* Tochter, die du nicht loslassen konntest, sie geht einfach aus dem Haus zu einem Mann nach Frankreich.«

»Der verheiratet ist«, erwiderte Johannes scharf. »Außerdem hast du damals hinter meiner Entscheidung gestanden, oder nicht?«

Irene wurde blass. Er hatte ins Schwarze getroffen.

»Ja, und das bereue ich seit genau fünf Jahren.«

»Außerdem«, erklärte Johannes, um Würde bemüht, »habe ich ihr sehr wohl eine Wahl gelassen. Die Familie oder dieser Mann.«

»Eine unmenschliche Forderung. Hast du damals wirklich geglaubt, sie würde sich für die Familie entscheiden, und das bedeutete natürlich, für dich?«, setzte sie ironisch hinzu. »Gegen den Mann, den sie liebt?«

Irene verlor die Fassung. Und je erregter sie wurde, desto kühler reagierte Johannes.

»Wir müssen uns keine Vorwürfe machen, auch du nicht. Du hast deine Pflicht erfüllt«, erklärte er. »Als meine Ehefrau hast du dich hinter meine Entscheidung gestellt, was selbstverständlich ist.«

Doch dann sah sie ihn lange an und erklärte in demselben kühlen Ton, in dem er gesprochen hatte: »Du erhebst dich zur Instanz für Moral und Recht, aber was ist mit deiner Schwester Anna? Jeder wusste, dass ein russischer Großfürst ihr die Wohnung in Berlin gekauft hat. Und die Perlen, die ein Vermögen wert sind. Wo ziehst du die Grenze? Bei deiner Schwester ist alles gut gewesen und bei deiner Tochter nicht? Luise hat sich nicht aushalten lassen wie Anna.«

Jetzt drehte sie sich um und wartete die Antwort ihres Mannes nicht mehr ab. Sie lief aus dem Zimmer und warf die Tür hinter sich zu.

»Ich habe mir nichts vorzuwerfen!«, rief er ihr noch nach, doch das hörte Irene nicht mehr. Aufgelöst lief sie die Treppe hoch und blieb keuchend in der Mitte stehen, dieses verflixte Korsett drückte ihr die Luft ab.

Langsam zog sie sich am Geländer hoch. Die Unterhaltung mit Johannes hatte sie zu sehr aufgeregt. Aber es hatte gutgetan, endlich auszusprechen, was ihr schon seit langer Zeit auf der Seele lag.

Luise. Sie hatte versucht, einfach nicht an sie zu denken. Von Franz, der mit seiner Schwester seit einem Jahr in brieflichem Kontakt stand, wusste sie, dass es ihr in Paris gut ging. Sie lebe gern dort. Sie habe Freunde, arbeite auch, es mache ihr Spaß. Aber über diesen Mann schrieb sie offenbar nichts, oder Franz gab es nicht an sie weiter. Irene hatte Franz gebeten, Luise auszurichten, dass ihre Mutter ihr gern schreiben oder sie sogar besuchen wolle. Doch dann schrieb Franz, Luise wolle keinen Kontakt zu den Eltern – auch nicht zu ihr, der Mutter.

ZWEI

Berlin

Zur gleichen Zeit

Als Clara Weinberg stolperte und die Balance verlor, griff Franz nach ihrer Hand und hielt sie fest. Dann rannten sie zusammen weiter, bis sie keuchend an der Kreuzung zur Pariser Straße stehen blieben, um Luft zu holen.

»Wir haben Glück gehabt.« Claras Atem ging immer noch schnell, dann lachte sie und strich sich die krausen dunklen Haare aus der Stirn. »Sie haben uns nicht erwischt.« Auch Franz lachte, während sie weiterliefen und sich immer wieder umdrehten, während sie sich noch an den Händen hielten.

Vom Kurfürstendamm hörten sie Schreie, Rufe, Warnschüsse der Polizei, die die Demonstranten auseinandertrieben.

Gegen den Krieg, gegen den Kaiser

»Da vorne«, Franz zeigte auf das letzte Haus in der Straße, »da wohne ich. Sollten wir unseren Erfolg nicht mit einem Glas Kognak feiern?«

Clara zögerte. Franz und sie kannten sich kaum, nur bei einigen Demonstrationen der letzten Tage hatten sie sich kurz zugenickt.

Sie sah ihn an und dann an dem Haus hoch, vor dem sie jetzt standen. Bei den Demonstrationen hatte Clara die Frauen tuscheln hören. Man kannte ihn, und die Frauen mochten seinen Charme, sein Lachen, seine natürliche Höflichkeit, die er den Frauen entgegenbrachte. Alle in Claras Umfeld wussten, dass er aus sehr reichem Haus kam und zu einer elitären Studentenverbindung gehörte. Und alle stellten sich die Frage, wieso er mit ihnen, der Arbeiterklasse, demonstrierte – gegen den Kaiser, gegen den Krieg –, während doch die Studenten und die elitäre Gesellschaft kaiserfreundlich waren und begeistert einem Krieg entgegenfieberten.

Sie zögerte noch, dachte kurz daran, dass eine Freundin ihr erzählt hatte, Franz Laverne sei leider vergeben. Irgendwo in der Provinz verlobt. Allerdings spreche er nie darüber und trage auch keinen Ring.

»Es ist französischer Kognak«, hörte sie ihn sagen, da sie noch nicht geantwortet hatte. Sein Gesicht kam ihr sehr nahe, während er sich mit einer Hand an der Hausmauer abstützte. In seinen blauen Augen konnte sie Bewunderung lesen, und das verwirrte sie, denn Clara war es nicht gewohnt, von Männern bewundert zu werden. Sie war ein Mädchen aus der unteren Mittelschicht, eine Verkäuferin im *KaDeWe* in der Damenwäscheabteilung,

»Also? Kognak aus Frankreich?«, schmeichelte er.

»Ist gut, aber nur kurz, nur auf einen kleinen Schluck«, gab sie nach. Warum nicht? Es war ein Abenteuer, eine neue Erfahrung, mit einem jungen begehrten Mann in seine Wohnung zu gehen.

Während sie noch unschlüssig herumstand, läutete Franz am Hauseingang, und die Tür schwang lautlos nach innen auf. In der eleganten Halle begrüßte der Portier sie beide, und zu Claras Verwunderung stellte Franz sie dem Portier vor.

»So kennt er Sie, wenn Sie mich einmal besuchen.«

Clara war so erstaunt, dass sie nichts erwiderte, sondern stumm mit ihm in den Aufzug aus Glas und Schmiedeeisen stieg. Dann standen sie vor der Tür zu seiner Wohnung, fast ein wenig verdeckt von einer ausladenden Palme in einem großen Keramiktopf. Franz hob ihn an einer Seite leicht hoch und holte den Schlüssel hervor. »Ich deponiere ihn hier«, erklärte er Clara, »ich weiß nicht, wie viele Schlüssel ich bereits verloren habe, und jedes Mal musste ich mir einen neuen anfertigen lassen. Das kostet Zeit und Geduld.«

Und Geld, schoss es Clara durch den Kopf, aber sie sprach es nicht aus. Für ihn schien das keine Rolle zu spielen. »Haben Sie keine Angst, dass jeder ihn nehmen und bei Ihnen einbrechen kann?«

Franz schüttelte den Kopf, während er mit dem Schlüssel die Tür öffnete. »Nein, Sie haben es doch gesehen, unten wacht ein Portier darüber, dass niemand unbefugt ins Haus kommt. Meine Wohnung wird rund um die Uhr bewacht.«

»Und ein Besucher?«

»Der muss sich anmelden. Ohne Rücksprache kommt niemand herein.«

»Das habe ich noch nie erlebt«, murmelte Clara.

Verwirrt blieb sie in der Diele stehen, einem Raum, größer als die Wohnung, in der sie mit zwei Kolleginnen lebte. Eine Reihe Türen, ein großer Schrank, ein venezianischer Spiegel, der an der Wand lehnte.

»Kommen Sie, es ist sechs Uhr, schnell.«

Schon zog er sie in den Raum, dessen Tür offen stand. Er lief zu den hohen Fenstern, die weit geöffnet waren und deren zarte Vorhänge sich leicht im Sommerwind bauschten. Rasch zog er die Vorhänge auseinander, winkte Clara zu sich, und sie sah in einen schön bepflanzten Innenhof hinunter. Franz legte den Finger auf die Lippen und flüsterte: »Gleich fängt er an.«

Bevor sie erstaunt nachfragen konnte, hörte sie, wie jemand ein Klarinettensolo spielte, eine wunderbare Musik, die durch den stillen Innenhof klang.

»Wie schön«, flüsterte sie, ergriffen von der Stimmung des späten Sommernachmittags und der Musik.

Jetzt brach die Melodie ab, und sie hörten, wie ein paar Leute Beifall klatschten. Auch Franz hängte sich weit aus dem Fenster und rief: »Bravo, bravo!«

Dann zog er sich zurück, und mit einem Lächeln erklärte er der erstaunten Clara, dass jeden Abend um diese Zeit ein Bewohner auf der anderen Seite des Hofs ein kleines Solo spiele. »Seit dem achtundzwanzigsten Juni, jeden Tag.«

»Da ist er sicher Österreicher«, meinte Clara ergriffen. »Er trauert um seinen ermordeten Kronprinzen.«

»Ja, ein Solo ihm zu Ehren. Ein schreckliches Attentat«, stimmte Franz ihr zu. Der österreichische Thronfolger war mit seiner Ehefrau in Sarajewo in einem offenen Wagen erschossen worden. Der Beginn großer diplomatischer Auseinandersetzungen in ganz Europa.

»Fräulein Weinberg, sehen Sie sich ruhig um, ich gehe in die Küche und bringe den Kognak. Und bitte nehmen Sie doch Platz«, rief er ihr zu, während er durch die offene Küchentür ging, die sich dem Raum anschloss.

Clara aber setzte sich nicht. Stattdessen sah sie sich erstaunt um. Eine breite Verbindungstür stand weit offen und gab den Blick auf einen Flügel frei.

»Spielen Sie Klavier?«, rief sie Franz zu.

»Nein«, kam es aus der Küche. »Ich habe die Wohnung von meiner Tante geerbt. Und den Flügel nur mit allen anderen Möbeln übernommen.«

Welche Möbel?, wollte sie schon fragen, denn außer einem breiten dunkelroten Sofa und einem Schreibtisch vor den Fenstern war der große Raum leer. Offenbar ahnte er ihre Frage.

»Die Möbel«, rief er ihr aus der Küche zu, »habe ich in den kleinen Tanzsaal gestellt. Es ist der letzte Raum in dieser Wohnung.«

Clara kam aus dem Staunen nicht heraus. Tanzsaal? »War Ihre Tante verheiratet? Hat sie große Gesellschaften gegeben?«

Ein Lachen aus der Küche, Klirren von Gläsern war die Antwort. »Nein, das war sie nicht. Sie war die Geliebte eines russischen Großfürsten. Sind Sie jetzt schockiert?« Franz kam mit zwei gefüllten Kognakgläsern aus der Küche zurück und bot ihr eines an.

Sie hatte viel erwartet, eine elegante Wohnung, Teppiche, Gemälde. Doch die Wände waren leer, bis auf einige Bilder, die angelehnt auf dem Boden standen.

»Warum sind sie abgehängt?«

»Sehen Sie sich das eine hier an, dann wissen Sie, warum.«

Sie war neugierig geworden und zog das Tuch ab, mit dem das größte Bild verhüllt war. Es zeigte eine üppige nackte Frau, die sich auf einem Diwan räkelte.

»Verstehen Sie, dass ich es nicht aufhängen will? Die anderen sind auch nicht geschmackvoller. Es ist meine Tante«, erklärte er der staunenden Clara. »Alle Bilder stammen von diesem einen Maler«, erzählte er weiter. »Als ich zum ersten Mal in diese Wohnung kam, hingen auch überall Fotos von ihr.«

»Das Gemälde kommt mir irgendwie bekannt vor«, überlegte Clara.

Jetzt lachte Franz. »Ja, ja, Francisco de Goya, die nackte Maja. Diesem spanischen Genie versuchte er offenbar nachzueifern.«

Clara konnte es kaum glauben. War Franz Laverne doch nicht nur der konservative Sohn aus einer wohlhabenden Familie? Die Vorstellung gefiel ihr. »Wie war Ihre Tante, haben Sie sie gut gekannt?« Sie war neugierig geworden. Franz lachte. »Nein, nicht wirklich, sie lebte hier in Berlin, aber die meiste Zeit des Jahres an der Côte d'Azur. Ich habe sie vielleicht ein- oder zweimal gesehen. Sie war bildschön«, fügte er noch hinzu. »Mein Vater und auch mein Onkel liebten ihre ältere Schwester, mehr kann ich dazu nicht sagen.«

Clara griff nach dem angebotenen Glas und trank einen kleinen Schluck. »Und? Wie finden Sie ihn?« Franz sah sie erwartungsvoll an.

»Ja, er schmeckt wunderbar, so mild.«

Sie lächelten einander zu, tranken, während sie ganz nahe beieinanderstanden. Clara wich nicht zurück. »Ich bin noch nicht dazu gekommen, diese Wohnung zu verändern, neue Möbel zu kaufen. Meine Tante starb bereits vor acht Jahren, aber laut ihres Testaments wurde sie mir notariell erst vor einigen Monaten übertragen. An meinem siebenundzwanzigsten Geburtstag.«

Clara hörte mit großem Interesse zu, ihr eröffnete sich eine Welt, die sie nicht kannte. Eine reiche Familie und die Tante die Geliebte eines russischen Großfürsten. Clara sah sich weiterhin interessiert um, während sie spürte, dass er sie beobachtete.

»Warum sehen Sie mich so an?«

»Darf ich das nicht?«

»Doch, doch, natürlich«, antwortete sie mit einem kleinen Lachen. Aber sie wurde unsicher unter seinem Blick, vielleicht sah er die kleine Lücke zwischen ihren Vorderzähnen, oder ihm gefielen ihre krausen Haare nicht. Doch sein Lächeln gab ihr die Antwort, er fand sie hübsch.

»Nun …« Jetzt räusperte er sich. »Fräulein Weinberg, Sie wissen jetzt schon eine ganze Menge über mich, sogar das Geheimnis um meine Tante Anna habe ich gelüftet. Erzählen Sie mir von sich. Was machen Sie so?«

Clara sah rasch an sich hinunter. Den einfachen Rock hatte sie selbst genäht, und ihre Bluse war ein Bonus als beste Verkäuferin. »Ich verkaufe Wäsche in der Damenabteilung vom *KaDeWe*«, erzählte sie. »Aber«, der Kognak löste ihre Zunge, und so gab auch sie ein gut gehütetes Geheimnis preis, »ich möchte Fotografin werden. Ich spare auf diese neue Handkamera. Eine Leica, ganz modern und gerade erst auf den Markt gekommen.«

»Sie werden es schaffen, wenn Sie es wirklich möchten.«

Ein kleines Lachen war ihre Antwort, doch es klang nicht zweifelnd oder unsicher. »Ja, natürlich, irgendwann …« Wenn ich eine Kamera habe, schoss es ihr durch den Kopf. Sie stellte ihr Glas auf dem Schreibtisch ab.

»Ich sollte jetzt gehen.«

»Warten Sie, Fräulein Weinberg, sagen Sie mir noch, wann die nächste Demonstration ist. Sie wissen, ich will unbedingt daran teilnehmen.«

»Morgen Nachmittag, wir treffen uns im gleichen Lokal wie heute«, antwortete sie. »Warum?«, fragte sie plötzlich. Sie dachte an einen Mitdemonstranten, der verächtlich über Franz gesprochen hatte – da wolle sich wohl ein reiches verwöhntes Söhnchen einen Spaß machen, weil er sich langweile.

»Warum was?«

»Warum nehmen Sie an den Demonstrationen teil, was ist Ihre Motivation?«

Auch er stellte sein Glas ab. Er dachte kurz nach, dann sah er sie an. »Ich mache mit, weil ich etwas bewirken will, teilhaben an etwas Großem. An einer Veränderung. Unser Kaiser wird das Land in einen blutigen Krieg treiben. Aus Dummheit und weil er ein Sympathisant des Militärs ist, das die modernsten Waffen wie zum Beispiel Giftgas ausprobieren will. Es wird Hunderttausende Menschen töten, aber nicht unseren Kaiser, sondern die jungen Männer, die in den Krieg gehetzt werden und auch noch jubelnd in den Tod rennen, in den Heldentod fürs Vaterland. Er ist nichts als ein eitler egoistischer Kaiser.« Franz ließ sich mehr und mehr hinreißen, voller Wut, Verzweiflung und Leidenschaft für die Gerechtigkeit. »Man muss den Kaiser zwingen, abzudanken. Unser Land muss eine Demokratie werden.«

»Aber Sie haben eine Ausbildung zum Offizier gemacht, ist das kein Widerspruch?«

Er schüttelte den Kopf. »Ich empfinde es nicht so. Ich liebe das Militär«, setzte er hinzu.

Viele Jahre später erinnerte sich Clara an diesen Augenblick in seiner Wohnung, als sie Kognak tranken, während im Innenhof ein trauriger Österreicher jeden Tag ein Lied für seinen ermordeten Kronprinzen spielte. Sie erinnerte sich, wie sich die zarten Vorhänge im Wind ein wenig bauschten, und vor allem an das Gesicht von Franz, das so ernst und leidenschaftlich zugleich war. Er war ein Idealist, wollte die Welt verändern und sogar für sein Vaterland kämpfen, wenn es sein sollte. Es war dieser Moment, in dem sie sich in Franz verliebte. Da beugte sie sich vor und küsste ihn.

Und es war das Selbstverständlichste der Welt.

DREI

Kurort Bad Lichtenberg

Juli 1914

Victoria stand im Foyer und starrte zum Flügel hinüber. Er musste doch kommen, es konnte nicht sein, dass Juri … war er wirklich gegangen, für immer? War sie langweilig für ihn geworden, hatte er eine andere, Hübschere, die er mit seiner weichen Stimme umgarnte, dem russischen Akzent und dem Klavierspiel? Eifersucht, Verzweiflung und Wut ergriffen Victoria. Würde er einfach verschwinden, ohne ein Wort?

Unwillkürlich sah sie sich um. Stand hier irgendwo ein wenig versteckt eine schöne junge Frau, die genau wie sie zum Flügel hinüberstarrte? Würde er einfach gehen, ohne eine Erklärung? Aber er hatte ihr nie gesagt, dass er sie liebe. »Juri«, murmelte sie beschwörend. Doch auch mit ihren Gedanken und Wünschen konnte sie ihn nicht an den Flügel zaubern, denn dort saß ein älterer Pianist, Bruno Mailinger, und klimperte Walzermelodien herunter, zu denen sich ein älteres Ehepaar ungeschickt im Kreis drehte.

Tränen stiegen ihr in die Augen. Juri, warum …

Jetzt wandte sie den Kopf und bemerkte, dass Ettore, der Vortänzer, aus dem Tanzsaal kam, sich an eine Säule des Restaurants lehnte und zu ihr herüberstarrte. Als er ihren Blick bemerkte, grinste er und verbeugte sich in ihre Richtung. Brüsk wandte sie sich ab.

Vor vier Wochen hatte sie hier gestanden, als Juri sie angesprochen hatte, und am nächsten Tag hatte sie ihn bereits getroffen. Sie hatte ja diese heimliche Wette zwischen dem Vater und Juri abgeschlossen. Und Juri hatte gewonnen, ohne zu wissen, dass das Rendezvous mit Victoria auf sehr dünnem Eis entschieden wurde.

Juri, der sie mit seiner Stimme, dem russischen Akzent und blumigen Komplimenten nachgiebig hatte werden lassen. Welche Frau, welches Mädchen konnte ihm widerstehen? Sie gab nicht einmal vor, sich ein wenig zu zieren, es ihm schwer zu machen, sie zu erobern. Alles war so selbstverständlich, auch als sie mit zu ihm nach Hause gegangen war. Er wohnte bei seiner deutschen Tante, die im *Grand Hotel* Beschließerin war und jeden Vormittag Dienst hatte. Und da besuchte Victoria ihn, schlüpfte rasch ungesehen durch die Hintertür, die auf einen verlassenen Hof ging – und schon lag sie in Juris Armen.

Von blumigen Komplimenten wechselte er jetzt zu erotischen Liebesschwüren, die er ihr ins Ohr flüsterte, während er sie langsam auszog, seine Hände ihre kleinen Brüste umfassten und sich zärtlich über ihren Bauch zu den Schenkeln tasteten, die sie ihm willig öffnete.

Doch der schönste Moment war ihr erstes Rendezvous gewesen. Der Nachmittag war voller Erwartung und Neugierde gewesen und Sehnsucht auf das, was kam. Sie waren zwischen den Weinbergen auf einen Hügel gestiegen, von dessen Höhe aus sie einen freien Blick auf das Glasdach der Kurhalle hatten, das in der Sonne flirrte und glitzerte. Sie hatten sich ins Gras gesetzt, und Juri hatte ihr einen zarten ersten Kuss gegeben. Dieser erste noch so keusche Kuss, die zärtlichen Blicke aus Juris tiefblauen Augen: der strahlendste, der vollkommenste Moment.

Und nun war er schon seit vier Tagen verschwunden. Beim letzten Rendezvous waren sie noch einmal hoch in die Weinberge gegangen, denn er wollte nicht, dass sie zu ihm nach Hause kam. Er war still gewesen, schweigsam den ganzen Weg über. Er hatte nur zärtlich ihre Hand genommen, war stehen geblieben und hatte angefangen, auf sie einzureden, Worte, die sie nicht verstand, da er in seine russische Muttersprache gefallen war. Sie hatte die Arme gegen ihn erhoben und ihn immer wieder unterbrochen: »Nein … Juri … nein … bitte, ich verstehe doch nichts …« Abrupt hatte er sie losgelassen und war davongerannt, den Hügel hinunter, ohne sich umzusehen.

Es war ein Abschied, sie hatte es sofort gespürt. Aber warum? Sie wagte nicht, sich bei dem Empfangschef vom Palmengarten nach Juri Petkov zu erkundigen, obwohl es doch eigentlich eine ganz harmlose Frage wäre.

In Gedanken versunken, bemerkte sie den Jungen nicht, der sie plötzlich so hart anrempelte, dass sie schwankte und fast das Gleichgewicht verlor.

»He«, schrie sie ihm nach.

Es war der Zeitungsjunge in seiner roten Uniform mit einem Extrablatt. Ohne Victoria zu beachten, schob er sich durch die Leute, die sich um ihn versammelten. Auch das war zur täglichen Gewohnheit geworden: jeden Tag brandneue Informationen.

»Extrablatt!«, schrie er, so laut er konnte, *»Russland macht mobil … Zar Nikolaus der Zweite befielt die russische Generalmobilmachung …«*

Schon lief er weiter ins Restaurant, während er auf dem Weg das Blatt nach rechts und links verkaufte.

»Russland rüstet auf … Sankt Petersburg macht mobil …«

Ein eiskalter Schrecken durchfuhr Victoria. Juri hatte sich von ihr verabschiedet, aber nicht weil sie ihn langweilte – wahrscheinlich musste er zurück in seine russische Heimat, um für sein Vaterland zu kämpfen. Warum, Juri, warum hast du das nicht gesagt …?

Doch hatten sie beide es nicht schon geahnt, es einfach verdrängt, nicht wahrhaben wollen?

Während der Junge weiter sein Extrablatt an die Leute verkaufte, stand Ettore plötzlich vor Victoria. Er grinste frech, salutierte spöttisch und sagte, ja, da sei nun wohl ihr Liebhaber nach Russland verschwunden, aber gern stelle er sich als sein Nachfolger zur Verfügung.

Victoria erstarrte. So unverschämt hatte sich noch kein Mann ihr gegenüber geäußert. Sie löste sich aus ihrer Erstarrung, hob die Hand und verpasste ihm eine schallende Ohrfeige. Mit ihrer ganzen Wut auf diesen schmierigen Eintänzer schlug sie zu, auch aus Verzweiflung und Sorge um Juri. Sofort drehten sich Kurgäste nach ihnen um, lachten, waren erstaunt, wandten sich dann aber wieder dem Extrablatt zu.

Juri würde kämpfen müssen, und seine schönen Pianistenhände, die er pflegte und hütete, würden eine Waffe tragen, und er musste auf Feinde schießen und sie töten, wo Juris Gedanken und Gefühle doch der Kunst und der Musik galten. Die Welt kann nicht existieren ohne die Musik – es war ein Zitat, doch sie hatte vergessen, wer es geschrieben hatte. Aber es entsprach nicht der Wahrheit. Die Welt konnte existieren ohne Musik, sie existierte, indem es Kriege gab, Kriege und Gewalt und Elend. Die Welt brauchte keine Musik, sie brauchte offenbar Kriege.

Würde Juri gegen Deutschland kämpfen müssen, waren sie beide jetzt Feinde? Ihr blieb nur die Erinnerung an Vormittage, an denen sie ihre erste Liebe erlebte, und an einen heißen Sommernachmittag in den Weinbergen, voller Erwartung und Sehnsucht und der Ahnung einer wunderbaren Zukunft.

Irene saß mit Gerda und den Freundinnen im Palmengarten. Sie war ungewöhnlich still und unkonzentriert und beteiligte sich nicht am lebhaften Gespräch der anderen, auch lehnte sie den Eierlikör ab.

»Du bist blass, Irene, geht es dir nicht gut?«

»Uns geht es doch im Moment allen nicht gut, habe ich nicht

recht? Gestern die Nachricht, Österreich-Ungarn habe Serbien den Krieg erklärt, und heute …«

»Auch wenn Deutschland ein Freund Österreichs ist, wird unser Kaiser keinen Krieg riskieren«, unterbrach Gerda Irenes Freundin Edda.

Irene warf ihr einen ungeduldigen Blick zu, und wie so oft stellte sie sich die Frage, wie es nun eigentlich mit Franz und Gerda weiterging. Ein Jahr heimliche Verlobung? Sie hatte die junge Frau mit offenen Armen aufgenommen, da Franz sie doch liebte.

»Steht da vorne nicht Victoria?« Edda versetzte Irene einen kleinen Stoß und riss ihre Freundin aus den Gedanken.

Irene wandte den Kopf. »Ach ja, dort steht sie.«

Doch da versperrte der Zeitungsjunge die Sicht. »*Extrablatt, Extrablatt!*«, schrie er. »*Sankt Petersburg macht mobil … Extrablatt …*« Jetzt schlängelte er sich mit dem Packen Zeitungen durch die Tische. »*Extrablatt!*«

Diesen Moment nutzte Irene, um aufzustehen. Sie murmelte eine Entschuldigung und wandte sich rasch zum Gehen. Sofort sprang auch Gerda auf. Wenn Irene ging, ging auch sie; Familie hielt zusammen.

»Gerda, trink deinen Likör aus, wir sehen uns morgen«, wies Irene sie freundlich ab. Doch als sie zum Ausgang lief, tat Gerda ihr leid. War sie zu ablehnend gewesen? Sie zögerte, aber dann ging sie weiter und sah sich suchend um. Victoria war nicht mehr da.

»Haben Sie meine Tochter gesehen?«, fragte sie den Empfangschef des Restaurants, der ihr erwartungsvoll entgegensah, als wollte er ihr etwas sagen. »Nein, sie ist gegangen, aber …« Kurz zögerte er, dann erzählte er mit einem Grinsen: »Sie hat unserem Eintänzer, Herrn Ettore, eine Ohrfeige verpasst.«

Seine kleine Schadenfreude und eine gewisse Genugtuung waren nicht zu überhören.

Victoria, Victoria – das Internat hatte aus ihr keine angehende Dame gemacht. Sein Wildfang, so hatte Johannes sie immer genannt, als sie noch ein Kind gewesen war. Sein Wildfang oder sein Rotfuchs, das waren die zärtlichen Anreden für die Jüngste. Wenn wieder ein Brief aus dem Internat gekommen war, wie unschicklich und ungebührlich sich Victoria benahm, lachte Johannes nur und ließ eine hohe Geldspende ans Internat schicken. Damit war die Sache geregelt.

Bei Luise war es anders, er wollte eine perfekte Tochter und unterstützte ihren Ehrgeiz, als sie nach dem Internat in der Schweiz blieb und Sprachen lernte. Wenn sie in den Ferien nach Hause kam, überwachte er jeden Schritt von ihr, denn er hatte große Pläne. Er wollte sie am kaiserlichen Hof in Berlin in die Gesellschaft einführen.

Irene hatte nur lachend den Kopf geschüttelt. »Offenbar glaubst du, nur einer der Söhne des Kaisers ist gerade gut genug für unsere Tochter.«

Johannes hatte nicht gelacht. Sie müsse ja nicht unbedingt heiraten, er wollte gesellschaftliche Anerkennung, den Glanz für sie. Und sie sollte studieren, eine der ersten Frauen des Kaiserreichs sein, die an eine Universität ging.

Und dann war seine perfekte, schöne, intelligente Tochter in seinen Augen so tief gefallen.

Obwohl die Tür zum Herrenzimmer offen stand, klopfte Irene kurz an. Jeden Tag um fünf Uhr nachmittags kam Johannes aus seiner Kanzlei, zog sich ins Herrenzimmer zurück, trank seinen Portwein und rauchte eine Zigarre. Dabei blätterte er konzentriert Unterlagen durch. Abwartend blieb Irene an der Tür stehen. Sah er sie denn nicht, hatte er das leichte Klopfen überhört?

Seit dem großen Streit vor drei Wochen hatten Johannes und sie nur noch vor dem Personal miteinander gesprochen oder an den Sonntagen, an denen Carl und Elisabeth zum Essen kamen.

Irene klopfte noch einmal, betrat dann das Zimmer. Erst jetzt hob Johannes den Kopf und sah ihr reserviert entgegen.

»Ist Victoria nach Hause gekommen?«

»Ja, ich habe sie vorbeihuschen sehen.«

»Sie hat diesem Eintänzer im Palmengarten eine Ohrfeige verpasst, ich weiß es vom Empfangschef des Restaurants.«

Da lächelte Johannes und erhob sich. »Dieser Gigolo wird es verdient haben.«

Keine Rüge, seine Tochter habe dadurch dem Ruf der Familie geschadet?

»Nun ja, erwachsen ist das nicht gerade«, sagte Irene.

»Sie hat Zeit, und es ist schön, sie noch im Haus zu haben.«

Klammerte er sich an die Jüngste, da Luise für ihn verloren schien?

Schweigend standen sie einander gegenüber, bis Irene weitererzählte.

»Gerade kam wieder ein Extrablatt heraus. Russland rüstet auf.«

»Ich weiß, Carl hat mich verständigt. Deutschland wird Russland den Krieg erklären.«

Irene erschrak. »Wie kommst du darauf?«

»Es ist eine logische Schlussfolgerung.« Müde strich sich Johannes übers Haar, dann griff er nach der Flasche mit dem Portwein. »Magst du auch einen Schluck?«

Sie nickte und sah ihm zu, wie er ein weiteres Glas aus seiner Bar im Bücherschrank holte, Irene einschenkte und ihr das Glas reichte. Sie beobachtete ihn voller Sorge, seine Bewegungen waren müde, und seine Hand zitterte leicht. *Russland,* schoss es ihr durch den Kopf. Dieses Land mit seiner unvorstellbaren Weite, eisiger Kälte, deutsche Soldaten, die sich einen Weg durch Schnee und Eis kämpften. Schweigend nickten sie einander zu, während sie die Gläser hoben und einen Schluck nahmen.

»Franz wird einen Einberufungsbefehl erhalten, letztendlich ist er Offizier«, sprach Irene aus, was sie zutiefst belastete.

Sie beobachtete ihren Mann, wie er sich nachschenkte. Als sie erneut schweigend getrunken hatte, stellte er das Glas ab, und Irene folgte seinem Beispiel.

Langsam drehte sie sich um, doch da ging Johannes auf sie zu und nahm sie in die Arme. Zuerst ein wenig förmlich, doch dann umarmte er sie fest, als wollte er sie nicht mehr loslassen. Wie lange war es her, dass er sie so eng an sich gezogen hatte?

Irene legte den Kopf an seine Schulter, wie auch sie es schon lange nicht mehr getan hatte.

VIER

Deauville, Frankreich

Drei Tage zuvor

Julie Delmont saß in einem Straßencafé in der Rue Gontaud-Biron und blätterte die *Vogue* durch, als ein Schatten auf das Magazin fiel. Julie sah hoch, direkt vor ihr an dem kleinen runden Tisch stand Luise.

»Salut«, lächelte Luise auf sie herunter.

Nach einem ersten Zögern, einem kurzen Blickwechsel mit ihrer Freundin erhob sich Julie und umarmte sie steif.

»Schön, dass du nach Deauville gekommen bist«, erklärte Luise, zog sich einen Stuhl heran und setzte sich Julie gegenüber, die die *Vogue* zuschlug und zur Seite schob.

»Nun ja, wenn du nicht nach Paris kommst, muss ich wohl hierherkommen. Ich war schon sehr überrascht, als du dich gemeldet hast. Was hast du dir dabei gedacht, einfach ein ganzes Jahr aus Paris zu verschwinden?«, brach es aus Julie heraus.

»Nach meiner Trennung von Francois habe ich dir gesagt, dass ich Zeit für mich brauche.«

»Zeit, ja«, fuhr Julie sie wütend an. »Ich dachte da an vier Wochen, aber doch nicht an ein ganzes Jahr, in dem du dich nicht einmal gemeldet hast. Ganz Paris hat dich vermisst, vor allem auch Paul.«

Jetzt lächelte Luise. Sie wandte den Kopf, winkte dem Kellner und bestellte sich einen Café noir.

»Paul hat gewusst, dass ich gehe.«

Paul war der berühmte Modeschöpfer Paul Poiret, bei dem Luise als Mannequin gearbeitet hatte.

»Was machst du hier, arbeitest du bei Coco?«

Sie wandte den Kopf und sah über die Straße hinüber zu Coco Chanels Boutique, vor der sich die reichen Pariserinnen drängelten, die extra für diese neuen, leichten Kleider aus Paris hierherkamen. »Ich habe vorhin die Baronesse Rothschild mit ihrer ganzen Entourage dort gesehen.«

Luise ging darauf nicht ein. »Nein«, beantwortete sie Julies Frage, »ich arbeite nicht bei ihr. Ich übersetzte deutsche Texte ins Französische, und zwar für einen Verlag in Deauville.«

»Du arbeitest wirklich?« Ungläubig sah Julie ihre Freundin an.

Jetzt lachte Luise. »Ich habe auch bei Paul gearbeitet, du weißt, wie anstrengend er sein kann. Aber«, fuhr sie fort, »vorgestern wurde mir gekündigt.«

»Ach, das lässt hoffen. Dann kannst du ja sofort nach Paris zurückkommen.«

Als Luise nicht antwortete, fragte sie dann doch: »Du warst aber sicher sehr gut. Warum wurde dir gekündigt?«

»Kannst du dir nicht denken, warum?«

Julie schien zu überlegen. Also erklärte es Luise. »Ich bin Deutsche«, betonte sie.

Unsicherheit zeigte sich auf dem Gesicht ihrer Freundin.

»Julie, der deutsche Kaiser ist der Freund Österreichs und dadurch automatisch der Feind Russlands und Serbiens. Und da Frankreich wiederum ein Freund Russlands ist, ist Frankreich ein Feind Deutschlands.«

Julie schwieg, sie sah auf ihre Hände hinab, an denen der große Brillant ihres Eherings in der Sonne funkelte. »Das ist ja alles so kompliziert«, antwortete sie, »aber vielleicht hast du recht, und nur wir sind alle so sorglos.«

Luise ahnte, wer mit diesem *wir* gemeint war: die Pariser Gesellschaft.

»Zum Beispiel«, erzählte Julie weiter, »Cocos Kundinnen. Du siehst ja, sie kaufen ein, und niemand will in Paris an einen Krieg glauben. Wir glauben an die Diplomatie. Franzosen sind dafür berühmt, sie sind Meister darin.«

Luise schüttelte den Kopf. War ihre Freundin immer schon so oberflächlich gewesen? Gestern hatte sie einen Brief ihres Bruders Franz erhalten, der über die Kriegsbegeisterung in Deutschland berichtete. »Wir bilden uns ein, mit den Großmächten konkurrieren, sie vielleicht sogar besiegen zu können. Wir sind größenwahnsinnig geworden. Aber, Luise, bitte komm nach Deutschland zurück.«

»Julie, ich wollte dich noch einmal sehen, da ich mich von dir verabschieden will.«

Julie erschrak. »Ich dachte, du willst wieder in Paris leben. Wir möchten, dass du endlich zurückkommst.«

Langsam schüttelte Luise den Kopf. »Julie, bitte, sage doch nicht immer *wir,* wenn du die ganze Gesellschaft von Paris meinst.«

»Wieso stört dich das plötzlich? Wir alle sind eine große Familie«, betonte Julie.

»Es tut mir leid, ich wollte dich nicht kränken, es ist mir einfach so rausgerutscht.«

»Luise, vergiss nicht, dass auch du ein Teil der Pariser Gesellschaft bist. Oder sollte ich sagen: warst?«

Luise ging darauf nicht ein. »Ich kehre nach Deutschland zurück.« Ihre Stimme klang ruhig und ließ erkennen, dass sie sich nicht umstimmen lassen würde.

Julie sah nur schweigend auf Luise, ihre beste Freundin seit der Internatszeit in der Schweiz. »Hast du nicht gesagt, du hast mit deinen Eltern gebrochen? So sehr, dass es kein Zurück mehr gibt?«

Julie wollte nicht, dass Luise ging, Krieg hin oder her. »Du hast einmal gesagt, du kannst nie mehr zurück, dein Elternhaus ist dir verwehrt. Als du vor fünf Jahren zu deinen Eltern gefahren bist, da hat …«

»Ja«, unterbrach Luise sie. »Da hat mein Vater sich auf das Testament seiner Schwester, meiner Tante Anna, berufen. Ich hatte damals die Absicht, die geerbten fünfunddreißig Prozent Anteile an unserem *Grand Hotel* zu verkaufen. Er hat sie mir verweigert.«

»Konnte er das?«

»Ja, das konnte er. Denn im Testament seiner Schwester stand, dass ich die Anteile erst mit fünfundzwanzig Jahren bekommen sollte. Und wie du weißt, bin ich das erst letzten Monat geworden. Also kann ich nach Hause und dort im Hotel wohnen, an dem ich Anteile besitze und in dem mir auf Lebenszeit eine Suite zur Verfügung steht.«

»Du besitzt also nur fünfunddreißig Prozent. Wem gehören die restlichen Anteile?«

»Mein Onkel Carl hält fünfzig Prozent und leitet das Hotel. Meinem Vater gehören nur fünfzehn. Seine Kanzlei vertritt das Hotel in allen Rechtsfragen. Julie, es ist seit Generationen in unserer Familie und ...ja, ich bin stolz darauf, auch stolz, dass meine Tante Anna mir ihre Anteile am Hotel vererbt hat.«

Julie hatte nicht mehr wirklich zugehört.

»Du kannst bei mir wohnen, wenn es Krieg gibt, du kennst unser Stadtpalais. Wir verstecken dich, aber bitte, bitte bleib. Ich brauche dich doch, du bist meine beste Freundin«, klagte Julie.

Ein halbes Jahr nach dem Schulabschluss hatte Julie bereits im großen gesellschaftlichen Rahmen geheiratet, und Luise war natürlich ihr Ehrengast gewesen.

Luise wandte den Kopf ab und schwieg. Es würde schwer sein, den Eltern zu begegnen, und doch wollte sie nach Hause.

»Du gehst also wirklich, einfach so?«

»Nicht einfach so«, widersprach Luise. »Der Zeitpunkt ist richtig.«

Sie dachte daran, dass Victoria ihr nicht auf den Brief geantwortet hatte, aber sie wollte trotzdem zurück. Sie wusste, dass sich im Falle eines Kriegs zwischen Frankreich und Deutschland die

Grenzen schlossen. Wenn sie blieb, wäre sie eine Landesfeindin. »Ich habe mir die Entscheidung nicht leicht gemacht. Aber ich möchte zurück, nicht nur weil es Krieg geben könnte«, ergänzte sie.

»Und was sagt dein Bruder dazu? Mit ihm hast du doch Kontakt?«

»Auch erst seit einem Jahr. Er begrüßt meine Rückkehr und hofft auf eine Versöhnung.«

»*Mutter leidet*«, hatte Franz geschrieben. »*Sie bedauert es sehr, dass sie damals Victoria ins Internat gebracht hat, als du kurz zu Hause warst. Sie meint, dann hätte alles einen anderen Verlauf genommen.*«

»*Du weißt, dass das nicht stimmt*«, hatte Luise ihm geantwortet. »*Vater bleibt dabei, ich solle mich entschuldigen. Das ließ er mir durch einen Anwalt schreiben, und das werde ich nicht. Kein Vater hat das Recht, seine Tochter eine Hure zu nennen, nur weil sie einen Mann liebt. Auch nicht, wenn er verheiratet ist.*«

»Und wann fährst du?«, riss Julie sie aus ihren Gedanken.

»Übermorgen.«

Dieses eine, endgültige Wort war ein Schock für Julie. Trotzdem versuchte sie, Haltung zu bewahren und nicht in Tränen auszubrechen. Das war sie ihrer gesellschaftlichen Stellung schuldig. Hier, wo jeder sie beobachten konnte, würde sie nicht öffentlich weinen. Sie unterhielten sich noch ein wenig, aber war nicht alles gesagt? Julie spürte auch, dass ihre Freundin an irgendwelchen aufregenden Klatschgeschichten der Pariser Gesellschaft kein Interesse mehr hatte, nachdem sie sich vor einem Jahr daraus gelöst hatte.

»Paul lässt dir Grüße ausrichten, er vermisst dich«, erklärte Julie, um ihre Freundin doch noch umzustimmen. Ein verzweifelter letzter Versuch, denn hatte sie nicht bereits auf der Fahrt hierher geahnt, dass Luise mit Paris und all ihren Freunden, sogar mit Paul Poiret, gebrochen hatte?

Luise lächelte nur, sie schien mit ihren Gedanken bereits weit weg zu sein.

Zögernd erhob sich Julie. »Ich muss zurück, vielleicht gehe ich vorher noch auf einen Sprung zu Coco. Jeder will bei dieser Hitze ihre leichten, bequemen Kleider kaufen. Willst du nicht mitkommen?«

Luise kannte ihre Freundin gut, es war ein letzter Versuch, sie in die Welt der Mode, der Verrücktheiten, des Glamours zurückzuholen. Doch sie schüttelte den Kopf und erhob sich ebenfalls. »Ich muss zurück, ich habe Heimweh, und der richtige Zeitpunkt ist da. Wir bleiben in Verbindung und schreiben uns, ja?«

»Versprochen?«

»Natürlich, Julie, und irgendwann wirst du mich besuchen.«

Bevor sie sich voneinander lösten, sah Julie Luise an. »Oder du kommst nach Paris.«

Jetzt lächelte Luise. »Ja, versprochen, oder ich komme nach Paris.«

Ihr Abschied war kurz und doch schmerzlich. Als sich Julie aus der Umarmung mit ihrer Freundin löste, sah sie ihr forschend ins Gesicht. »Weißt du, was für ein Gerücht es nach deiner Abreise gab?«

»Nein, aber du wirst es mir gleich sagen, oder?«, lächelte Luise.

»Dass du schwanger warst und deswegen gegangen bist.«

Julie erschrak. Luise war blass geworden, jede Farbe war aus ihrem Gesicht gewichen. Dann aber lachte sie auf. »Unsinn«, sagte sie rasch und dann noch: »Also, Salut, bis bald, ich melde mich, Julie.«

»Bestimmt?«, rief Julie ihr noch nach.

Luise drehte sich um und winkte ihr. »Bestimmt«, rief sie zurück. »Ich schwöre es.« Und sie hob die rechte Hand zum Schwur.

Der nächste Tag war kühl und ein wenig stürmisch, eine Ahnung des kommenden Herbsts lag in der Luft. Mit einem Strauß zartrosa Rosen lief Luise am frühen Morgen aus dem Ort hinaus und am Meer entlang, an dem nur vereinzelte Spaziergänger mit Hunden entlanghasteten. Sie lief schnell, ließ den Strand bald hinter sich, bis sie abbog. Eine Weile ging es durch eine Wiese, ein paar Häuser, ein Weg, bis sie zu einer kleinen Dorfkirche mit dem angrenzenden Friedhof kam. Fast vergessen, kaum mehr besucht. Die Mauer bröckelte ab, das Eisentor hing schief in den Scharnieren.

Sie stieß es auf und ging langsam den Weg entlang. Der Kies knirschte unter ihren dünnen Schuhen, ein paar Vögel, die auf der Mauer saßen, hoben die Köpfe und sahen ihr neugierig nach. Luise fröstelte; waren diese dunklen Vögel Unglücksboten? Doch war ihr Unglück nicht längst vollkommen?

Endlich stand sie vor einem kleinen Grab mit einem einfachen Holzkreuz.

Heloise 1. April 1914–4. April 1914.

Still steckte Luise die zarten Röschen in die Vase auf dem Grab.

»Meine Kleine«, flüsterte Luise, »meine Kleine, du wirst mich in Gedanken immer begleiten. Du gibst mir die Kraft, weiterzuleben, obwohl ich nach deinem Tod gedacht habe, ich kann nicht mehr, auch ich muss sterben.

Ich liebe dich so sehr. Liebe bedeutet Schmerz, das hat meine Mutter immer gesagt. Deine Oma. Sie hätte dich geliebt …« Sie wischte sich die Tränen vom Gesicht. Heloise, geliebte Tochter von Francois. Als Luise erfahren hatte, dass sie schwanger war, hatte sie Paris verlassen. Sie verließ die dortige Gesellschaft, verließ den Mann, den sie liebte und der sich in fünf Jahren niemals zu ihr bekannt hatte. Sie wollte für dieses Kind sorgen, es lieben, doch es durfte nicht leben. Ein Loch im Herzen. Am ersten Tag hatte dieses Herz noch so tapfer geschlagen, doch dann hörte es einfach auf. Heloise lief blau und rot an, und mit einem Seufzer aus dem winzigen Mund starb sie.

Eigentlich hatte sie ihrer besten Freundin von dem kleinen Mädchen erzählen wollen, erklären, warum sie damals Paris verlassen hatte. Doch sie konnte es nicht. Sie wollte die Zeit der Schwangerschaft, die Geburt und den Tod von Heloise nicht preisgeben, nicht darüber reden. Es würde ihr Geheimnis bleiben.

Luise wusste später nicht mehr, wie lange sie dort gestanden hatte, es war so schwer, sich zu lösen.

»Irgendwann komme ich hierher zurück«, flüsterte sie. »Wenn ich mich mit meinen Eltern ausgesöhnt habe, wenn ich wieder weiß, wo ich zu Hause bin. Wenn ich mit meinen Geschwistern wieder das Gefühl erleben kann, zusammenzugehören. Dann möchte ich, dass sie beide hierherkommen, an dein Grab.«

Es war später Abend, als sie endlich zurück in den Ort kam. Die Leute rannten durch die Straßen und schwenkten Zeitungen, riefen sich gegenseitig die Neuigkeit zu: *Österreich-Ungarn erklärt Serbien den Krieg.*

Am nächsten Tag

Luise stand vor ihrem Schrank, ihre Hand glitt über die Kleider, die großen Abendroben von Paul Poiret, für den sie als Mannequin gearbeitet hatte. Paul hatte ihr diese Kleider geschenkt, denn jedes Mal, wenn seine *Louise* eine seiner Kreationen auf einem gesellschaftlichen Ereignis trug, rannten ihm die Frauen, allen voran Gräfin Rothschild mit Gefolge, danach den Salon ein.

Francois hatte nie verstanden, dass sie arbeitete und selbstständig sein wollte, obwohl er ihr »die Welt zu Füßen legen« wollte, wie er sich ausdrückte. Eine luxuriöse Wohnung, einen Palast, Schmuck, sie müsse nur sagen, was sie sich wünschte. Doch außer Blumen hatte sie nichts angenommen. Sie wollte keine ausgehaltene Geliebte sein, auch wenn *tout Paris*, wie Julie es nannte, über die fünfjährige Liaison tuschelte und sie auf allen Gesellschaften das große Thema blieb. Es schien eine so ungewöhnliche Beziehung zu sein, *Louise* und Francois de Leclerc, der in Paris lebte, während seine Frau in der Camargue auf dem Gut blieb und dort ihre Pferde züchtete.

Als Luise Francois sagte, dass sie sich von ihm trennen würde, hatte er sie nur angestarrt. Warum? Er hatte es nicht verstanden.

»Für dich«, hatte sie geantwortet, »bin ich eine bequeme Geliebte, du kommst, wann es dir passt. Aber niemals wirst du dich offiziell zu mir bekennen; endlich habe ich verstanden, was ich fünf Jahre lang aus Liebe nie gesehen habe.«

Kurz zuvor hatte er ihr erklärt, letztendlich gehöre er zu seiner Frau und seinen Söhnen, auch wenn seine Frau und er längst getrennt lebten.

Als ihm klar wurde, was er damit gesagt hatte, hatte er schnell versucht, diese Bemerkung zu revidieren: »Irgendwann, meine geliebte Louise, werden wir offiziell zusammengehören.«

Irgendwann …

Es war eine Lüge, und beide wussten es.

Deshalb hatte sie ihm die Schwangerschaft verschwiegen. Und als sie endlich erkannte, dass sie immer die Geliebte bleiben würde, war sie gegangen. Wie hätte er reagiert, wenn sie ihm von dem Kind erzählt hätte?

Jedenfalls niemals so, wie sie es sich gewünscht hätte. Und so ging sie. Es sollte ihr Kind sein, ein Teil von ihm und doch ganz ihres.

Tränen stiegen Luise in die Augen, während sie ein paar der Kleider nahm und in den Koffer warf. Sie wollte sich nicht mit zu viel Gepäck belasten. Ein paar Bücher, Fotos. Von Modeschauen bei Paul, und dann … das Foto, das Kostbarste, was sie besaß.

Babette, ihre liebe Babette, ihre Vermieterin, die längst zur Freundin geworden war, hatte einen Fotografen kommen lassen, und er hatte Luise und Heloise eine Stunde nach der Geburt fotografiert.

Der glücklichste Moment ihres Lebens. Luise nahm das Foto in dem schlichten Rahmen hoch. Heloise, die so winzig war, so zart. Kurz danach bekam sie keine Luft mehr, und nur einen Tag später starb sie, ein Kind, das geboren wurde und doch nicht leben durfte.

»Louise«, rief Babette von unten, »Sie müssen sich beeilen, Ferdinand wartet schon, und wir wollen doch noch frühstücken.«

Luise hatte keinen Hunger, doch sie wusste, dass Babette ihr noch ein fürstliches Abschiedsfrühstück gemacht hatte, mit den Croissants aus der besten Boulangerie von Deauville, Baguette, Schinken und Törtchen. Also warf sie nur rasch die letzten Sachen in die Tasche und den Koffer, setzte sich darauf und ließ ihn zuschnappen.

Noch einmal sah sie sich in der kleinen Wohnung mit den geblümten Tapeten um, dem weißen Waschbecken aus Emaille, dem schmalen Bett mit der Blümchendecke darüber und den schiefen Dachfenstern, deren Rahmen sich verzogen hatten und kaum mehr öffnen ließen.

Ein letzter Blick, ein Lächeln, sie hatte sich hier geborgen und umsorgt gefühlt.

»Wir müssen los«, erklärte Ferdinand, Babettes Ehemann, der schon unten an der Treppe stand, ungeduldig. Babette stand mit einer großen Tasse Café au Lait in einer Hand neben ihm, in der anderen ein Croissant. Bedauernd zuckte sie die Schultern.

»Ich lasse Sie aber nicht weg, bevor Sie nicht das Croissant gegessen haben«, erklärte sie energisch. »Ich denke nicht, dass es in Deutschland so ein gutes Croissant gibt.«

»Babette, bitte. Mademoiselle Laverne muss in Paris ihren Zug erreichen. Wer weiß, ob sie überhaupt noch nach Deutschland fahren kann.«

»Wie meinst du das?« Babette fing an zu stottern, doch Luise verstand ihn sofort, ein Gedanke, der auch ihr längst durch den Kopf geschossen war. Wenn Frankreich gegen Deutschland in den

Krieg eintrat, wurden die Grenzen geschlossen. Aus einer Vermutung konnte schnell Realität werden.

Ferdinand war gereizt, doch er wartete, bis Luise den Kaffee trank, ins Croissant biss und ihm hinaus in sein Taxi folgte. Ferdinand besaß einen Wagen, mit dem er oft die Damen der Gesellschaft zwischen Deauville und Paris hin- und herfuhr.

Babette drückte Luise fest an sich und wollte sie nicht mehr loslassen. Sie sei doch wie eine Tochter gewesen, und: »Natürlich werden wir das Grab pflegen.«

Babette, die sie zur Geburt ins Krankenhaus begleitet hatte, Babette, die ihre Hand gehalten und sie umarmt hatte, als Luise nach dem Tod des kleinen Mädchens zusammengebrochen war.

Endlich konnten sie sich lösen. Luise versprach, sich sofort nach ihrer Ankunft zu melden, und Babette bedankte sich für die Kleider und Hüte, die Luise oben in ihrer Wohnung zurückgelassen hatte. Sie könne sich aussuchen, was ihr gefiel. Dann steckte Babette noch ein großes Paket mit Baguette, Schinken, einer aufgeschnittenen Melone und ein paar Törtchen in Luises Tasche. Luise wehrte sich, doch aus Zuneigung für Babette ließ sie es zu.

Dann aber hatte auch Luise es eilig – voller Ungeduld stieg sie in den Wagen, voller Angst, vor der Grenze könnte der Zug angehalten und die deutschen Reisenden als Landesfeinde verhaftet werden.

»Es wird nichts passieren, Frankreich und auch Deutschland sind nicht in den Krieg eingetreten. Sie kommen gut nach Hause! Grüßen Sie Ihre Mutter von mir«, rief ihr Babette noch nach. Und Luise versprach es.

Ein hastiges Winken, ein Beteuern, sie melde sich, dann bog Ferdinand mit seinem Wagen um die Ecke und fuhr durch den Ort in Richtung Paris, Gare de Lyon.

Vollkommen erschöpft fiel Luise zwei Tage später beinahe aus dem Zug. Ihre Beine waren geschwollen, der Mund ausgetrocknet, sie war verschwitzt, und ihre Haare klebten vor Ruß, da die Mitreisenden in dem Abteil der dritten Klasse, in dem sie nach mehreren Umstiegen gelandet war, die Fenster geöffnet hatten und der Ruß, den die Lokomotive ausstieß, ins Abteil getrieben wurde. Als sie mit Ferdinand am Gare de Lyon angekommen war, drängten sich Hunderte Reisende an den einfahrenden Zug. Jeder Deutsche, der sich in Paris aufhielt, wollte aus Frankreich weg, getrieben von Panik und Kriegsangst. Im Zug prügelte man sich fast um die Plätze, sogar in der ersten Klasse, in der Ferdinand für Luise einen Platz erobern konnte. Da hatte sie sich erleichtert auf den Sitz fallen lassen, ohne zu wissen, wie die Fahrt weitergehen würde.

Dreimal umsteigen, zwei Nächte sitzend in verschiedenen Zügen, Warten auf irgendeinem Bahnhof zwischen Nancy und Straßburg, dann den Koffer, die Tasche hochnehmen, sich hastig in einen anderen Zug quetschen. Irgendwann half ihr ein höflicher Mann die Stufen hoch und reichte ihr den Koffer nach. Sie hätte ihn sonst verloren. Den Rest der Reise hatte sie auf dem Gang stehend zwischen Gepäck, weinenden Kindern und übermüdeten Eltern verbracht. Fast wäre sie im Stehen eingeschlafen. Sie war dankbar für Babettes Reiseproviant, den sie fast abgelehnt und nur Babette zuliebe doch angenommen hatte. Er reiche für mindestens drei Tage, hatte Babette erklärt, nicht ahnend, dass genau das nötig werden würde.

Jetzt endlich stieg sie aus dem Zug: Endstation. Die restliche Kurzstrecke von Karlsruhe aus war sie in dem Pendelzug fast allein gewesen.

Sie ging durch die Halle mit dem Wartesaal, so viel kleiner und baufälliger, als Luise ihn in Erinnerung hatte. Der Bahnhofsvorsteher stand in der Tür und sah ihr neugierig entgegen.

»Gibt es einen Träger vom *Grand Hotel?*«, fragte sie.

Der Beamte ließ sich Zeit mit der Antwort und musterte sie von oben bis unten. Sie musste schrecklich aussehen. Verschwitzt, das Kostüm zerdrückt, die Haare voller Ruß.

»*Gnädiges* Fräulein«, er betonte das *gnädige*, »da müssen Sie schon allein Ihren Koffer zum Hotel tragen.«

»Gibt es hier kein Taxi oder eine Droschke?«

Jetzt lachte der Beamte, nahm seine Mütze ab und fuhr sich mit einem Kopfschütteln durch die Haare. »Wissen Sie nicht, welcher Tag heute ist?«

Es war eine rhetorische Frage, denn schon sprach er weiter und erklärte mit einer großartigen Geste, heute sei der erste August. »Deutschland ist in den Krieg mit Russland eingetreten, das hat unser Kaiser am Morgen verkündet.«

»Und deswegen fährt kein Taxi?«

»Natürlich nicht. Es wird gefeiert. Haben Sie die gestrige Rede unseres geliebten Kaisers nicht gehört? Mit dem Schwert in der Hand müsse sich das deutsche Volk gegen die Neider wehren. Ein Angriff auf das Deutsche Reich werde unseren Gegnern teuer zu stehen kommen.« Aus der Stimme des Beamten sprach tiefster Stolz.

Luise war zu müde, auch zu aufgeregt, um etwas zu erwidern, sie nahm nur stumm ihren schweren Koffer hoch, ging an dem Beamten vorbei und verließ die Halle. Der Koffer zog sie nach unten, die Tasche auf der Schulter schnitt ein, doch sie ging weiter.

Auf der Hauptstraße wehte aus allen Fenstern die deutsche Fahne, und viele Menschen hatten sich versammelt. Sie jubelten, fielen sich in die Arme, und plötzlich kam ein Trupp junger Studenten auf den Bahnhof zu. Sie schwenkten ihre Mützen und jubelten: »Krieg … Krieg …« Dann salutierten sie vor Luise und riefen ihr zu: »Schönes Fräulein, wir kommen als Sieger zurück …«

Nur weiter, ein paar Schritte, dann blieb sie stehen, sah in den strahlenden Himmel hinauf. Die Müdigkeit verschwand, und plötzlich, nach den Tagen der Strapazen, der Aufregung vor der Abreise, konnte sie nur noch eines denken: *Ich bin zurück.*

Während ihr die Tränen über die Wangen liefen, ging sie weiter. Auf halber Höhe der Straße brach sich die Sonne in dem gewölbten Glasdach der Kurhalle und blendete sie. Seit Jahren hatte sich nichts geändert, und vorne an der Spitze der Straße, da stand das *Grand Hotel*, das der Familie gehörte und dessen Schild hoch oben auf dem Dach befestigt war, daneben die deutsche Fahne, die die Kurgäste schon von Weitem begrüßte. Luise ging weiter, sie spürte nicht mehr, wie schwer der Koffer war, nicht mehr die bleierne Müdigkeit.

Endlich zu Hause.

FÜNF

Berlin

August 1914

Jubelnde Menschen zogen durch die Straßen Berlins, und ein Meer aus Fahnen mit dem deutschen Adler wehte von den Häusern.

Clara hatte sich bei Franz eingehängt, und so liefen sie im Gleichschritt den Kurfürstendamm hinunter bis zur Konditorei Kranzler. Die Tische waren voll besetzt, und so warteten sie, bis der Kellner ihnen winkte und sie an einen reservierten Tisch begleitete. Franz war Stammgast, jeden Nachmittag trank er hier seinen Kaffee. Jetzt bestellte sich Clara einen Wiener Eisbecher und Franz »das Übliche«.

Sie sprachen wenig. Alles, was gesagt werden sollte, war ausgesprochen. Deutschlands Sieg in Belgien beschäftigte sie weniger als der Aufbruch von Franz.

»Wann musst du los?«, fragte sie endlich.

»Um sieben Uhr morgen früh. Aber du kommst doch um acht Uhr heute Abend zu mir?«, fragte er eindringlich und beugte sich ihr über den Tisch entgegen. Clara wirkte so unentschlossen, abwesend.

Heute Abend wollte er ihr in seiner Wohnung einen Heiratsantrag machen und ihr den Ring seiner geliebten Großmutter Eugenia an den Finger stecken. Außerdem brauchte er sie in dieser Nacht, bevor er sich bei seinem Regiment melden musste. Es war ein wenig verrückt, ihr einen Heiratsantrag zu machen, aber Clara war die Richtige für ihn. Bevor er abfuhr, wollte er ihr glückliches Gesicht sehen, die Erinnerung daran und an die vorerst letzten Stunden mit ihr mitnehmen.

In ihren Anblick versunken, trank er schweigend den Kaffee.

»Was ist, suchst du jemanden?«, fragte er, da sich Clara immer wieder umsah.

»Ich weiß nicht, ich habe das Gefühl, jemand beobachtet uns.«

Auch er drehte sich unwillkürlich um. »Wahrscheinlich ein Verehrer von dir.« Er lächelte, nicht ohne Eifersucht.

»Ach Unsinn.« Fast schroff wies sie ihn ab.

Er war aufgeregt, nervös. War es zu früh, ihr gerade heute, Stunden vor seiner Abreise, einen Antrag zu machen?

»Clara, ich wollte dich etwas fragen, du musst auch nicht gleich antworten …«

»Schon wieder Neuigkeiten«, unterbrach Clara ihn und wandte sich einem Zeitungsjungen mit einem Extrablatt zu.

Großbritannien hat Deutschland den Krieg erklärt.

»Entschuldige, ich habe dich unterbrochen«, wandte sie sich wieder Franz zu. Sie wich ihm aus. Keine Frage.

»Nein, nein, ich wollte nur wissen, ob du heute Abend auch wirklich kommst, irgendwie habe ich das Gefühl, du weichst mir aus.«

Er sah Clara an, ihre krausen Locken, die tiefblauen Augen, die ihn anlächelten, und die Lippen, die an einem Strohhalm sogen, mit denen sie das geschmolzene Eis schlürfte, und als sie damit Geräusche machte, lachte sie und zeigte ihre kleine Zahnlücke, die er so besonders hübsch fand.

Sie war so ohne Koketterie seine Geliebte geworden, ohne Fragen oder versteckte Hinweise auf einen Ehering.

»Aber du kommst noch zu mir, versprochen?«, drängte er.

»Wie oft willst du mich das noch fragen?« Sie lächelte wie eine

Sphinx, nickte ihm zu und sah sich wieder um. »Wann kommt dein Freund?«

»Ich denke, Bernhard müsste jeden Moment hier sein. Wir kennen uns von der Universität. Ich will dich ihm vorstellen«, fügte Franz hinzu.

»Oh, nein, nein«, wehrte sie ab. »Ich muss sofort zurück ins *KaDeWe*. Das weißt du doch. Aber …« Sie sah ihn mit ungewohntem Ernst an. »Ich möchte dich etwas fragen.«

»Was willst du wissen? Ich habe keine Geheimnisse vor dir.«

»Wirklich? Was ist mit deiner Gerda von Bitten? Du weißt …« Sie wollte sagen, er habe ihr nie wirklich erklärt, was zwischen ihm und dieser Gerda gewesen ist oder immer noch war. Er hatte über sie gesprochen, doch wenn sie Fragen stellte, wich er immer aus.

»Nichts«, erwiderte er heftig und schob die Tasse in die Mitte des kleinen Tischs. »Müssen wir gerade heute von ihr sprechen? Ich habe dir gesagt, vor zwei Jahren war ich kurz in sie verliebt, und ja, wir hatten eine flüchtige Beziehung. Sie war nicht unerfahren, es gab bereits einige Männer in ihrem Leben. Und ich habe ihr nie ein Versprechen gegeben. Das wusste sie.«

Er wollte nicht an Gerda denken, Widerwillen, auch Wut stiegen in ihm hoch. Gerda war für ihn zu einem bösen Geist geworden, der ihn nie mehr loslassen wollte, egal, was er ihr gesagt oder geschrieben hatte. Er hatte ganz klar mit ihr Schluss gemacht, bevor er wieder zurück nach Berlin gefahren war.

Die letzten fünf Briefe von Gerda, die auch noch stark nach Parfum rochen und ihm Übelkeit bereiteten, hatte er ungeöffnet an ihre Adresse zurückgeschickt. Er war müde, war es leid, immer wieder zu betonen, er sei nicht mit ihr verlobt. Zudem hatte er sich ständig bei seinen Eltern rechtfertigen müssen, die Gerda mehr glaubten als ihm. Während er noch nach passenden Worten suchte, kam eine Gruppe lärmender Studenten lachend und rufend den Kurfürstendamm herunter. Vor dem Kranzler blieben sie stehen, schwenkten ihre Mützen in der Luft und salutierten vor den Gästen.

»Es lebe der Kaiser. Hurra. Hurra. Hurra.«

Und die Gäste erhoben sich, salutierten und stimmten mit ein: »Es lebe der Kaiser.«

Plötzlich schlug ihm von hinten jemand auf die Schulter, sodass Franz zusammenzuckte und sich rasch umdrehte. Sein Freund Bernhard stand lachend hinter ihm. Sofort sprang Franz auf und umarmte ihn. Bernhard gab Clara noch einen galanten Handkuss, bevor sie sich rasch verabschiedete.

»Bis um acht Uhr«, rief er ihr noch nach, aber hatte sie ihn auch gehört?

Clara hatte sich nicht getäuscht: Sie wurden beobachtet. Oben auf der Terrasse des Kranzlers saß an einem Tisch direkt am Geländer Gerda. Sie war nach Berlin gefahren, um Franz zu besuchen. Und es war gut, dass Irene so gern über ihren Sohn sprach und erzählt hatte, dass Franz hier jeden Nachmittag seinen Kaffee trank. Sie musste nur warten, dann würde sie ihn überraschen.

Ihre Mutter hatte ihr befremdet die Frage gestellt, wieso Franz Laverne die Briefe ihrer Tochter ungeöffnet zurückgeschickt hatte. Da hatte sie nur die Achseln gezuckt – das sei wohl ein Versehen gewesen, sie könne es sich auch nicht erklären. Sein letzter Brief an sie aber war eigenartig gewesen, so als habe er ihn nicht selbst geschrieben. Das war doch nicht er, jemand hatte ihn diktiert, ihn gegen sie beeinflusst. Während der langen Zugfahrt nach Berlin hatte sie ihn immer wieder gelesen.

Liebe Gerda,
auf Deine vielen Briefe will ich nicht mehr eingehen, sie nicht beantworten. Ich bin müde geworden, müde, ratlos, aber auch

wütend. Als ich vor drei Monaten zu Hause war, habe ich Dir zum letzten Mal erklärt, dass wir nie verlobt waren. Auch habe ich Dir zu keinem Zeitpunkt die Ehe versprochen.

Wieso schrieb er diesen Unsinn? Er hatte sie ins Gerede gebracht, ihren guten Ruf zerstört, und jetzt waren sie nicht verlobt?

Ich war in Dich verliebt, ja, aber es ist zwei Jahre her. Unsere Beziehung dauerte genau vier Wochen. Nichts in meinem Leben habe ich so sehr bereut wie diese Affäre mit Dir.
Erinnere Dich, Du warst kein unerfahrenes Mädchen mehr. Du wolltest das Leben genießen, keine feste Bindung haben, waren das nicht Deine Worte?
Bitte quäle mich und auch Dich nicht weiter. Lass endlich los. Verrenne Dich nicht in seltsames Wunschdenken, und vor allem zieh Dich von meiner Mutter endgültig zurück.

Wieso schrieb Franz so einen Unsinn?

Irene wäre sicher enttäuscht, wenn sie ihr sagen müsste, ihr Sohn habe sie verführt, ihr die Ehe in Aussicht gestellt und sie jetzt verlassen. Ja, es hatte zwei Männer gegeben – oder waren es drei? –, die sie auf Weinfesten kennengelernt und mit denen sie auch geschlafen hatte, ja, aber das war nichts Ernstes gewesen. Als sie mit Franz ins Bett ging, da kam es ihr vor, als sei es das erste Mal, und daran hielt sie fest.

Ich habe mich verliebt, Gerda. Und ich bitte Dich ein letztes Mal, diese furchtbare Komödie zu beenden. Ich verspreche Dir, wenn Du etwas brauchst, werde ich für Dich da sein, aber nur als FREUND.

Da hatte sie es doch, schwarz auf weiß, er wollte immer für sie da sein – gab es denn einen größeren Liebesbeweis? Er konnte sie nicht loslassen. Ein wirklich dummer, unnötiger Brief. Sie waren füreinander bestimmt. Verbunden für immer und ewig. Und als sie sich jetzt übers Geländer beugte, sah sie Franz. Er kam mit einer Frau, sie warteten kurz, bis ein Kellner ihnen winkte und sie zu einem Tisch brachte. Gerda erstarrte. Jetzt wurde ihr alles klar. Das also war sie, ein Berliner Flittchen, das sich an den reichen jungen Mann herangemacht und sich in die Beziehung von Franz und ihr gedrängt hatte. Man wusste ja, wie freizügig die Frauen in der Hauptstadt waren. Diese Frau trug ein gestreiftes Kleid und einen kleinen Hut, den sie ein wenig schief aufgesetzt hatte. Gefiel ihm so etwas? Sie beobachtete die beiden. Sie unterhielten sich, bis plötzlich junge Burschen den Kurfürstendamm herunterkamen, johlend und jubelnd. Sie versperrten ihr die Sicht. Gerda wurde wütend, bis sie endlich verschwanden, doch da klopfte ein junger Mann ihrem Franz auf die Schulter. Sofort sprang er auf und umarmte ihn. Auch die Frau erhob sich, begrüßte den Ankommenden, umarmte dann Franz und hatte es eilig, wegzukommen.

Während sie sich abwandte, erkannte Gerda, dass die Frau weinte. Ein Gefühl des Triumphs erfasste sie. Es bedeutete doch sicher, dass Franz gerade mit ihr Schluss gemacht hatte. Und da kam ihr die wunderbare Idee, Franz in seiner Wohnung zu überraschen. Schon sprang sie auf, lief die Treppe hinunter, und ohne dass Franz sie sah, lief sie weiter in die Pariser Straße. Von seinen Briefen kannte sie seine Adresse.

Die Haustür schwang leise auf, und sie stand in einer großen, beeindruckenden Halle mit einer Marmortreppe und einem jungen Portier, der auf sie zukam und sie fragte, zu wem sie wolle.

»Zu meinem Verlobten«, erklärte sie spitz, »Herrn Franz Laverne.«

Der junge Mann zögerte, erklärte, er sei nur für eine halbe Stunde die Aushilfe von Herrn Brenner, dem Chefportier, und man habe ihm eingeschärft, niemanden, der nicht auf der Liste stand, hereinzulassen. Er drehte sich kurz um und griff sich ein Blatt Papier, das auf dem Tisch der Portiersloge lag.

Gerda nutzte den Moment und flitzte an ihm vorbei und die Treppen hoch. Atemlos stand sie vor der Wohnungstür von Franz, sah über das Geländer, doch der Aushilfsportier war ihr nicht gefolgt.

Schon lupfte sie mit großer Anstrengung den Keramiktopf ein wenig und tastete nach dem Schlüssel. *Danke, Irene,* schoss es ihr durch den Kopf, denn von ihr wusste sie, dass Franz seinen Schlüssel unter die Palme legte, weil er immer so vergesslich war. Als sie die Wohnung aufschloss, warf sie noch rasch einen Blick nach unten. Alles ruhig. Während sie ihre Tasche am Eingang fallen ließ, sah sie sich befremdet um. Eine Diele, ein langer Gang, viele Türen, eine stand offen, und so betrat sie diesen Raum, der kaum möbliert und dessen Wände vollkommen kahl waren. Bilder standen auf dem Boden, an die Wand gelehnt.

Sie hatte etwas anderes erwartet. Die Villa der Familie im Kurort war mit eleganten, teuren Möbeln ausgestattet, die Wände entweder mit seidenen Tapeten oder teurem Holz verkleidet, und auf den gepflegten Parkettböden lagen kostbare Teppiche. Auch die Bilder an den Wänden waren von bekannten Malern. Aber hier in dieser Wohnung fehlte die Hand einer Frau, die sie mit Geschmack und Energie einzurichten wusste. War sie, Gerda, nicht geradezu prädestiniert dafür?

Während sie sich erstaunt umsah, machte sie ein paar Schritte, ging durch einen Raum mit einem Flügel, dem sie einen kurzen Blick zuwarf. Sie hatte nicht gewusst, dass Franz Klavier spielte. Doch ihr Interesse galt seinem Schlafzimmer. Vorsichtig öffnete sie die nächste Flügeltür, und da stand sie in dem großen Raum mit einem riesigen Bett in der Mitte. Es war vollkommen zerwühlt. Ihr Blick wanderte weiter bis zu dem offenen Koffer auf dem Boden, auf dem seine Uniform lag, bereit, eingepackt zu werden. Mit ein paar Schritten war sie vor dem Bett, hob ein Kissen vom Boden auf und presste es an ihr Gesicht. Tief atmete sie den Geruch von Franz ein, und dann warf sie sich aufs Bett, rollte sich in die Steppdecke ein und stellte sich vor, Franz läge neben ihr. Doch dann spürte sie einen anderen Duft, wie Maiglöckchen, frisch und zart. Das Parfum einer Frau. Sie sprang aus dem Bett. Hier also hatte er sich mit diesem Flittchen herumgewälzt. Die hatte ihm den Kopf verdreht und ihn dazu gebracht, ihr, Gerda, diesen abscheulichen Brief zu schreiben, was er ganz offensichtlich aus einer dummen momentanen Verliebtheit heraus getan hatte. Wütend warf sie das Kissen wieder auf den Boden und rannte zurück in den Wohnraum.

Vor dem Schreibtisch blieb sie stehen. Diese Person hatte doch geweint, als sie ging. Das konnte nur bedeuten, dass er sich von ihr getrennt hatte. Er hatte noch mit ihr geschlafen und ihr im Kranzler dann den Laufpass gegeben.

Wieder erfasste sie dieses großartige Gefühl von Triumph, es war so offensichtlich: Sie war die Siegerin im Kampf um die Liebe von Franz. Erneut blickte sie sich um, wollte die Briefe auf seinem Schreibtisch durchsehen, als ihr Blick auf ein kleines Etui aus Samt fiel. Schon griff sie danach und ließ es aufschnappen.

Mit einem Aufschrei zog sie einen schmalen Ring mit einem Saphir in der Mitte heraus. Ein Verlobungsring. Jetzt wurde ihr alles klar! Er hatte mit diesem Flittchen Schluss gemacht, und der Ring war für sie, Gerda, bestimmt – er hatte seinen Fehler erkannt und wusste endlich, wer zu ihm gehörte.

Wie sehr würde er sich freuen, dass sie ihn überraschen, ihn hier erwarten würde. Da konnte er ihr den Ring gleich an den Finger stecken, und sie würde nach Hause fahren, ihre Eltern beruhigen und endlich auch offiziell zur Familie Laverne gehören. Das stand ihr zu. Sie steckte den Ring an, er passte.

In dem Moment klopfte es an der Eingangstür. Erschrocken steckte sie den Ring zurück in das Samtetui, schlich aus dem Raum und verharrte bewegungslos vor der Eingangstür.

»Hallo, Fräulein? Machen Sie bitte auf.«

Sie zögerte, überlegte fieberhaft. Dann öffnete sie die Tür einen Spalt. Davor stand ein Portier in seiner beeindruckenden Uniform mit Epauletten und Goldknöpfen.

»Darf ich fragen, wer Sie sind?«, fragte er höflich.

Als sie ihn nur anstarrte, erklärte er, sein Kollege, der ihn für eine halbe Stunde vertreten hatte, habe einen Fehler gemacht. Niemand dürfe ohne Avisierung in die Wohnung eines Eigentümers. »Wir haben strengste Anweisungen.«

Er blieb höflich, doch in seinem Blick lag die Aufforderung, die Wohnung zu verlassen. Hinter ihm tauchte sein Vertreter auf, der mit roten Ohren und verlegenem Gesicht dem Portier erklärte, das Fräulein sei einfach an ihm vorbei- und hochgelaufen, er habe es nicht aufhalten können.

»Herr Laverne kommt um acht Uhr nach Hause und erwartet seine Verlobte.«

»Ich … ich bin seine Verlobte«, rief sie mit erstickter Stimme.

»Ist Ihr Name Clara Weinberg?« Seine Stimme klang höflich, sogar zuvorkommend.

»Nein!« Ein Aufschrei. »Nein, mein Name ist …«

»Dann sind Sie auch nicht seine Verlobte«, unterbrach der Portier sie freundlich, aber bestimmt. »Daher würde ich Sie bitten, die Wohnung zu verlassen. Und vergessen Sie Ihre Tasche nicht.«

»Nein.« So leicht ließ sie sich nicht vertreiben. »Ich habe den Schlüssel«, erklärte sie triumphierend. »Es ist ein Beweis, dass ich Franz Laverne sehr gut kenne, dass ich seine …«

»Verzeihen Sie.« Die Stimme des Portiers hatte einen schärferen Ton angenommen. »Jeder hier weiß, wo der Schlüssel liegt, und ich bitte Sie noch einmal, die Wohnung zu verlassen. Gern können Sie Herrn Laverne eine Nachricht bei mir hinterlegen oder auf ihn warten. Unten in der Halle«, betonte er. »Ich aber halte mich an meine Anweisungen.«

Wie betäubt hob Gerda ihre Tasche hoch und verließ unter den Blicken der beiden Männer die Wohnung. Schon nahm der Aushilfsportier sie am Arm und führte sie die vielen Treppen hinunter. Er behandelte sie, als wäre sie eine Kriminelle – sie würde sich das nicht gefallen lassen. Franz musste dafür sorgen, dass dieser Kerl sofort entlassen wurde, zusammen mit diesem unverschämten, arroganten Chefportier. Vor der Eingangstür warf sie dem Aushilfsportier noch einen flammenden Blick zu. Bald, dachte sie, wirst du nicht mehr hier sein, dafür sorge ich. Franz wird das für mich erledigen.

Auf der Straße verharrte sie. Der Portier hatte erklärt, Franz erwarte um acht Uhr seine Verlobte Clara Weinberg. Das konnte nicht sein; diese Frau hatte sich doch weinend abgewandt, nachdem sie sich von Franz verabschiedet hatte. Ratlos lief Gerda mit ihrer Tasche auf und ab. Dann setzte sie sich auf eine Bank, von der aus sie die Eingangstür gut im Blick hatte. Die Zeit verging, es war bereits sieben Uhr. Schweren Herzens erhob sie sich, blieb stehen, doch dann ging sie zum Bahnhof. Sie hatte kein Geld, also konnte sie nicht in einem Hotel übernachten. Eine Cousine ihrer Mutter wohnte in Berlin, doch Gerda hatte keine Ahnung, wo. Außerdem fuhr Franz morgen an die Front. Und Gerda erkannte, dass sie für heute aufgeben musste.

Am Bahnhof drängelten sich die Reisenden, jede Minute hallte die Nachricht durch die Lautsprecher, der Personenverkehr sei stark eingeschränkt, da die Züge für »unsere tapferen Helden« reserviert seien.

Mit ihrer Tasche stand Gerda verloren in der Mitte der Halle, wurde angerempelt, nicht beachtet. Sie beobachtete junge Männer in ihren grauen Uniformen, die jubelnd in einen hereinfahrenden Zug stürmten. Gerda war entsetzt, als sie sah, dass es Viehwagen waren, in die sie drängten, auch wenn die Wagen über und über mit Blumen geschmückt waren. Es waren Züge für Tiertransporte.

»Für unsere tapferen Feldgrauen geht es ins Elsass«, hörte sie jemanden einem anderen zuschreien, um den Lärm zu übertönen.

»Nach Belgien werden wir alle besiegen können, vor allem die Franzosen.«

Und wieder kamen Soldaten in Reih und Glied auf den Bahnsteig, singend, Hurra schreiend und Fahnen schwenkend.

Dann fuhr Gerdas Zug ein. Mit zweimal umsteigen würde sie am nächsten Morgen zu Hause sein. Ihre Augen brannten, im erhitzten Gesicht zeichneten sich rote Flecken ab. War jetzt alles aus?

Nein, das konnte nicht sein, sie gehörte zu Franz, sie gehörte auch zur Familie Laverne. Wie konnte dieser Portier sie so respektlos behandeln? Das würde sie sich nicht bieten lassen, nicht noch einmal. Tiefe Wut ergriff sie. Wut auf diese Clara, aber auch auf Franz. Er hatte sie hingehalten, im Glauben gelassen, er würde sie heiraten, nachdem er ihren Ruf ruiniert hatte. Aber an allem war dieses Flittchen schuld, sie hatte Franz um den Finger gewickelt. Und der Ring … für wen war er bestimmt?

Aber irgendwann – Gerda straffte die Schultern –, irgendwann würde er erkennen, wer wirklich zu ihm gehörte. Mit dieser Clara Soundso hatte er doch nur eine kleine dumme Affäre. Sie, Gerda, konnte warten, bis Franz wieder zur Vernunft zurückfand. Wenn er auf Heimaturlaub in den Kurort kam, würde er sie vorfinden, ihm treu ergeben und voller Liebe. Konnte diese Clara das auch von sich behaupten? Tief atmete sie durch, während sie in den Zug stieg und sich einen leeren Platz suchte. Alles würde gut werden, denn sie würde auf ihn warten, und irgendwann würde er einsehen, wer die Richtige für ihn war. Diese Clara jedenfalls war es nicht.

Um zwölf Uhr nachts gab Franz die Hoffnung auf, dass Clara noch kommen würde. Er saß auf dem Sofa, stützte die Arme auf den Knien ab und verbarg das Gesicht in den Händen.

Lag es an der Auseinandersetzung am Nachmittag, bevor sie ins Kranzler gegangen waren? Nach der gemeinsamen Nacht hatten sie gegen Mittag seine Wohnung verlassen. Sie waren in den Schlosspark gefahren, um zuzusehen, wie der Kaiser vom Balkon aus zu seinen Untertanen sprach, die ihm bei jedem Satz zujubelten. Dann hatten sie sich auf eine Bank gesetzt, und Clara hatte ihn gefragt, wieso er eine Ausbildung zum Offizier gemacht habe, er, der doch gegen Krieg und für den Frieden demonstrierte?

Er hatte lange geschwiegen. Man habe ihn angeworben, erzählte er dann endlich. Und da er damals sein Jurastudium abgebrochen hatte, wusste er nicht so genau, wie es weitergehen sollte. Er habe das Militär geliebt, hatte er Clara erklärt, die ihn verständnislos ansah. »Ich hatte niemals daran gedacht, dass es ernst werden, dass es einen Krieg geben könnte«, verteidigte er sich.

»Was ist so schön am Militär?« Sie sah ihn ungläubig an.

Franz musste nicht lange überlegen. »Die Kameradschaft«, erklärte er, »die Disziplin, das Erkennen eines Pflichtbewusstseins und einer Verantwortung für sich und andere.«

»Ah«, hatte sie aufgelacht, es klang nicht freundlich. »Die deutschen Tugenden, Disziplin, Pflichtbewusstsein. Und«, hatte sie noch hinzugesetzt, »hast du auch noch die andere sehr deutsche Eigenschaft?«

»Was meinst du?«

»Die deutsche Schwermut.«

Da war er wütend aufgesprungen, ihr spöttischer Ton hatte ihn gekränkt. Vielleicht hatte sie auch an sein Innerstes gerührt, denn Franz kannte sie, diese Schwermut, die Dunkelheit in seinem Innern, die ihn oft befiel und nicht losließ. »Und du? Du bist auch Deutsche, wie ist es mit dir?« Seine Stimme klang aggressiv, so sehr, dass er selbst erschrak.

Da erhob sie sich schweigend, lächelte unergründlich und hängte sich versöhnlich bei ihm ein. Und so waren sie ins Kranzler gegangen. »Ich bin nicht nur deutsch«, hatte sie leise gesagt, doch da standen sie bereits vor der Konditorei. Die Unterhaltung dort war unverbindlich gewesen, und wenn er jetzt den Nachmittag überdachte, war sie seiner Bitte ausgewichen, um acht Uhr zu ihm zu kommen. Sie hatte nicht zugesagt. Mit einem kleinen Stöhnen erhob er sich jetzt vom Sofa, ging ins Schlafzimmer und warf sich angezogen aufs Bett.

Er ließ das Licht an, denn in der Dunkelheit griff die Angst, die Unruhe nach ihm. Es war realistisch, dass er morgen früh abfuhr und nie mehr zurückkam. Auch dass er Clara heute zum letzten Mal gesehen hatte, als sie sich verabschiedeten. Nun ahnte Clara zwar, wusste aber nicht, dass er sie heiraten wollte, weil er sie so sehr liebte. Und seine Familie?

Gleichzeitig verspürte er diese Unruhe, den Wunsch, zum Einsatz zu kommen, zu wissen, wie es sein würde, sich zu stellen, sich beweisen zu müssen.

Irgendwann fiel er in einen leichten, unruhigen Schlaf, aus dem er um halb sechs frierend hochfuhr. Er würde nicht mehr einschlafen, also könnte er um sechs bereits gehen, um nicht mehr die quälende Zeit bis sieben Uhr durchstehen zu müssen.

Um sechs Uhr nahm er den gepackten Koffer, warf einen letzten Blick zurück in die Wohnung, dann schloss er die Tür. Unten saß noch der Nachtportier Paul, der bereits Herrn Brenner abgelöst hatte, als Franz nach Hause kam. Er nickte Franz verschlafen zu, sah ihm nach, als er das Haus verließ. Auf der Straße blieb Franz stehen, atmete tief die klare frische Luft ein.

Die Nacht war vorbei und mit ihr die Angst. Er war bereit. Bereit für den Kampf. Fürs Vaterland.

Clara rannte. Sie musste es noch schaffen. Um sieben Uhr wollte er das Haus verlassen, sie hatte noch Zeit. Zeit, sich in seine Arme zu werfen, ihn um Verzeihung zu bitten, dass sie nicht den Mut gehabt hatte, diese letzten Stunden mit ihm zu verbringen. Sie hatte geahnt, dass er ihr einen Heiratsantrag machen wollte, und war davor zurückgescheut. In den Stunden tiefer Verletzlichkeit, bevor er an die Front musste, hätte er es nicht verstanden, warum sie diesen Antrag nicht annehmen könnte. Nicht an dem Abend, bevor er in die Ungewissheit fuhr, die ihn in diesen Stunden nach Sicherheit greifen ließ, nach etwas, das er mitnehmen konnte. Der Gedanke an seine Verlobte, die auf ihn warten würde. Aber kannte er sie denn so wenig? Sie würde auch ohne Ring auf ihn warten.

Sie hatte ihn davor schützen wollen, aus einem sentimentalen Moment heraus eine voreilige Entscheidung zu treffen. Und war diese Beziehung zu Gerda von Bitten, einer Adligen, die ihn offenbar sehr liebte, wirklich vorbei? Und wer war sie, Clara? Ein Mädchen aus der untersten Mittelschicht, die in einem ärmlichen Mietshaus aufgewachsen war und als blasses Kind im Hinterhof allein herumgestanden hatte, schon damals eine Außenseiterin. Ihr Leben hatte sich geändert, als sie in die Schule gehen durfte und mit fünfzehn Jahren eine Lehrstelle im *KaDeWe* angetreten hatte.

Und sie war nicht deutsch, sie verschwieg es, da sie nicht wusste, wie Franz es aufnehmen würde. Sie kam eben aus einer anderen Welt, und es war nicht die Welt von Franz. Sie liebte ihn, aber es sollte ohne Verpflichtung für ihn sein. Nachdem sie sich im Kranzler verabschiedet hatte, waren ihr die Tränen über die Wangen gelaufen. Sie hatte die richtige Entscheidung getroffen, kein Antrag in dieser Nacht, keine Versprechungen. Und es hatte geschmerzt.

Ich werde auf dich warten, und wenn du dann immer noch willst, dann …

Die ganze Nacht hatte sie sich von einer Seite auf die andere geworfen, bis ihre Mitbewohnerin Mechthild um fünf Uhr morgens nach Hause gekommen war. Mechthild hatte leise geklopft, weil sie noch Licht in Claras Zimmer gesehen hatte.

»Ich hab's vergessen«, sagte sie, ein wenig schwankend, denn Mechthild ging gern aus, konnte die Nacht durchmachen und am nächsten Tag im *KaDeWe* Haarteile und Bartbinden verkaufen und dabei frisch und strahlend aussehen.

Clara richtete sich auf.

»Für dich ist ein Paket abgegeben worden. Ich hole es dir, es liegt bei mir.«

Clara schoss hoch und lief im Nachthemd ihrer Mitbewohnerin in deren Zimmer nach. Neugierig sah Mechthild zu, wie Clara das Paket nahm, das Papier ungeduldig abriss und einen kleinen Schrei ausstieß.

In dem Paket lag die neue, ganz moderne Kleinbildkamera der Firma Leica.

»In Liebe, Franz«

Mehr nicht … nur die drei Wörter.

Er hatte sich erinnert, dass sie am ersten Tag in seiner Wohnung über ihren Traum gesprochen hatte.

Tränen liefen Clara über die Wangen. Sie rannte mit der Schachtel in ihr Zimmer, zog sich fieberhaft an. Noch war Zeit, zwei Stunden, um vom Prenzlauer Berg bis zur Pariser Straße zu laufen.

Und so rannte sie los. Nun stand sie keuchend vor dem Haus. Sie hatte Glück, es war Viertel vor sieben.

Sie drückte auf die Klingel, lautlos öffnete sich die Tür, und der Portier erwartete sie.

Es war Brenner, der gerade seine Tagesschicht antrat.

»Fräulein Weinberg!« Aus seiner Stimme klangen Erstaunen und Unverständnis heraus. »Wieso … Herr Laverne hat Sie doch gestern Abend um acht Uhr erwartet.«

Stumm nickte sie.

»Das tut mir jetzt wirklich leid.« Tiefes Bedauern klang aus der Stimme des Portiers heraus. »Da sind Sie zu spät, Herr Laverne hat bereits vor einer Stunde das Haus verlassen.«

SECHS

Kurort Bad Lichtenberg

Zur gleichen Zeit

Extrablatt:
Großbritannien erklärt Deutschland den Krieg.

Der fünfzehnjährige Zeitungsjunge in seiner hübschen roten Uniform lief in die Wandelhalle und verbreitete die Neuigkeit mit lauter Stimme, während er das Blatt in der Luft schwenkte.

Es waren nicht mehr viele Kurgäste da, und so wurde der Junge nicht bedrängt und umringt wie noch drei Tage zuvor, als er die Sensation herausschrie, Kaiser Wilhelm habe Russland den Krieg erklärt. Fluchtartig hatten daraufhin die meisten Kurgäste den Ort verlassen, um nach Hause zu fahren.

»Jeden Tag ein weiterer Krieg, sind denn alle Nationen verrückt geworden?«, klagte Ella.

Irene zuckte nur seufzend die Schultern. Sie dachte an Franz, der am nächsten Morgen an die Front abfuhr. Er fahre von Berlin aus, hatte er ihr geschrieben, um der Mutter und sich den Schmerz des Abschieds zu ersparen.

»Wenn ein Sohn an die Front muss, weint eine Mutter, aber der Vater klopft ihm auf die Schulter und sagt, wie stolz er auf ihn sei, er sei ein Held.« In Ellas Augen standen Tränen. Auch ihr Sohn Klaus war heute Morgen abgereist. Und Irene ahnte, dass ihr Ehemann sich beim Abschied genauso verhalten hatte.

Irenes Finger umschlossen die kalten Hände ihrer Freundin, die verkrampft auf dem Tisch lagen. Nie hatten sie sich so nahe gefühlt wie heute.

»Zuerst Russland, heute Großbritannien, gestern Frankreich, was kommt dann?«

Bei der Erwähnung von Frankreich warfen sich Ella, die ihre Tränen trocknete, und Marga einen raschen Blick zu. Was wurde aus Irenes Tochter? Wurde Luise in Paris zur Staatsfeindin erklärt?

»Luise ist hier«, erzählte Irene in ruhigem Ton, trotz ihres Herzklopfens. »Das wolltet ihr mich doch fragen, oder? Und zwar bereits seit drei Tagen. Sie wohnt im *Grand Hotel*. Mein Schwager Carl hat uns angerufen.«

»Wieso im Hotel?« Ella war zutiefst erstaunt.

»Luise besitzt nicht nur fünfunddreißig Prozent Anteile daran, laut Testament steht ihr auch eine Suite auf Lebenszeit zu. Sie geht auf Abstand und kommt nicht zu uns nach Hause in die Villa. Ich denke, es ist die richtige Entscheidung«, fügte Irene noch hinzu. Die beiden Freundinnen wechselten einen raschen Blick. Also hatte es noch keine Versöhnung von Luise mit dem Vater gegeben.

»Und wie geht es ihr?«

Irene sah auf ihre Hände, die noch die Finger von Ella umschlossen. Dann hob sie die Schultern. »Sie hat sich bei uns noch nicht gemeldet. Ich will ihr ein paar Tage Zeit geben«, erzählte sie ihren sprachlosen Freundinnen. »Carl sagte, der Portier wollte sie zuerst nicht ins Hotel lassen, sie war einige Tage unterwegs gewesen und muss furchtbar ausgesehen haben. Gesicht und Haare voller Ruß, das Kostüm zerrissen und verknittert.«

»Und?«

»Der Empfangschef wurde gerufen, ihr wisst ja, Herr Mayer, der seit Jahren im Hotel arbeitet. Zuerst hat er gestutzt, aber dann hat er sie erkannt. Jetzt wohnt sie in der Suite zwei-null-sieben.«

»Und?«, fragte Ella wieder.

»Und … und …« Irene seufzte ungeduldig. »Johannes hat mir

verboten, zu ihr zu gehen, wir hatten gestern einen großen Streit deswegen. Er sagt, Luise solle sich bei ihm entschuldigen, vorher könne sie nicht nach Hause kommen.«

»Wird sie das machen?«

Irene schüttelte den Kopf. »Niemals. Da müsste sich Luise sehr verändert haben. Warum soll sie sich auch entschuldigen? Sie hat Johannes nichts angetan. Sie hat einen Mann geliebt, vielleicht war er der Falsche für sie, wir wissen es nicht. Und es ist ihr Schmerz, nicht der von Johannes.« Irenes Stimme klang erbittert und ließ erkennen, wie borniert sie ihren Mann in seiner Unversöhnlichkeit fand. »Im Übrigen gibt es eine Neuigkeit.« Irene wollte von sich und ihrer Tochter ablenken. »Das *Grand Hotel* darf nicht mehr *Grand Hotel* heißen. Frankreich ist unser Feind, also keine französischen Begriffe mehr.«

»Also das ist doch übertrieben«, ereiferte sich Marga. »Seit Jahrzehnten ist der Name eures Hotels *Grand Hotel*. Die Fahne mit dem Namen weht doch auch noch vom Dach.«

»Auch die wird sich ändern.«

»Und wie ist der neue Name?« Auch Marga war neugierig geworden.

»Hotel *Deutscher Kaiser*, die Fahne wird bereits gedruckt und dann gegen die andere ausgetauscht.«

»Das ist ja eine große Sache, alles muss dann sicher geändert werden: Karten, Briefpapier, einfach alles. Das stelle ich mir schwierig vor.«

»Ja, das schon. Der Name gefällt mir auch nicht, aber es ist, wie es ist«, erklärte Irene, erleichtert, dass die Freundinnen auf dieses Thema einstiegen und Luise vergaßen.

»Es wird sich insgesamt vieles ändern«, überlegte Ella. »Beim Bäcker werden wir wahrscheinlich auch keine Croissants mehr kaufen können, sondern Hörnchen, oder?«

Ihre Frage blieb unbeantwortet, denn jetzt schlängelte sich der Zeitungsjunge an ihrem Tisch vorbei; er hatte alle Sonderausgaben verkauft. Als er davonlief, rief einer der wenigen Gäste ihm noch ein ironisches »Bis morgen« nach.

Irene blieb in Gedanken versunken. Sie hatte es vor ihren Freundinnen nicht ausgesprochen, doch sie sehnte sich nach ihrer Tochter und hoffte, dass auch Luise so empfinden würde. Aber hatte ihre Tochter nicht jedes Recht, ihre Mutter abzuweisen, nachdem Irene damals so schwach gewesen war und sich der Entscheidung ihres Mannes untergeordnet hatte?

»Wo ist eigentlich Gerda?«, fragte Ella unvermittelt.

Irene zuckte die Schultern. »Ich habe keine Ahnung. Sie hat etwas von einer Überraschung gesagt, mehr nicht.«

»Sie ist ein eigenartiges Mädchen«, meinte Marga.

Irene schwieg. Als Franz vor drei Monaten zu Hause gewesen war, hatte er seiner Mutter erklärt, sie solle Gerda nicht an die Familie binden. »Ich habe mich längst von ihr getrennt, sie will es einfach nicht wahrhaben. Aber sage es Vater noch nicht, ich will selbst mit ihm sprechen, um endlich reinen Tisch zu machen«, betonte er noch.

Doch es ergab sich keine Gelegenheit mehr für ein Vater-Sohn-Gespräch. Wenn Irene nachdachte, dann war es das erste und bisher einzige Mal, dass sie an ihrem geliebten Sohn zweifelte. Er konnte doch nicht zu diesen verantwortungslosen jungen Männern gehören, die ein unerfahrenes Mädchen verführten, ihren Ruf ruinierten und sie dann sitzen ließen? Aber, entschied sie in Gedanken, schließlich waren sie nicht offiziell verlobt. Er hatte ihr keinen Antrag gemacht. Irene hatte sich nur sehr gewundert, als sie Gerda gefragt hatte, wie es so liefe zwischen ihnen. Da hatte Gerda sie angestrahlt und erklärt, sie hätten einen kleinen Streit gehabt, aber alles sei in bester Ordnung. Irene mochte Gerda. War sie nicht die perfekte Schwiegertochter? Sehr hübsch, gebildet und gut erzogen. Aber letztendlich musste Franz es entscheiden, es war eine Sache zwischen den beiden.

Heute fuhr ihr Sohn von Berlin aus an die Front, und nichts

sonst war mehr von Bedeutung. Irene verdrängte den Schmerz darüber, dass er nicht nach Hause gekommen war, um sich von ihr zu verabschieden.

»Ist das nicht unser Oberbürgermeister?«, riss Marga sie aus ihren Überlegungen. »Und das noch mit seiner ganzen Entourage.«

»Champagner«, rief der Oberbürgermeister dem Kellner zu. »Wir wollen auf unsere tapferen Soldaten trinken.«

Als ihnen der Champagner serviert wurde, hoben sie ihre Gläser und sprangen von den Stühlen hoch.

Jetzt entdeckte er Irene. Er winkte den Kellner zu sich, und kurz darauf kam der mit drei Gläsern an Irenes Tisch.

»Eine kleine Aufmerksamkeit unseres Oberbürgermeisters«, flüsterte der Kellner. Die Männer sahen zu ihnen herüber und prosteten den drei Frauen zu.

»Auf unseren geliebten Kaiser Wilhelm den Zweiten. Und auf unser starkes Deutschland, das mit stolzer Brust in den Krieg ziehen kann«, rief er laut.

»Auf unseren baldigen Sieg«, schloss sich einer der Männer an.

Da erhob sich Irene spontan vom Stuhl, hob ihr Glas und rief laut:

»Auf den Frieden!«

Der Oberbürgermeister starrte zum Tisch herüber, Bruno am Flügel brach abrupt ab, und plötzlich trat Stille ein.

Doch da erhoben sich einige Gäste, erst zögernd. Andere folgten, sie wandten sich Irenes Tisch zu, und auch sie hoben die Gläser.

»Auf den Frieden«, schallte es durch den stillen Palmengarten.

Als sie Tage später wieder zusammensaßen, suchten Irene und Ella gegenseitig Trost, den sie bei ihren Ehemännern nicht finden konnten. Sie hatten Angst um die Söhne, die irgendwo kämpften, so genau wussten sie es nicht. Jeden Tag trafen neue Meldungen ein. Die Deutschen siegten, das Land jubelte, überall wehte ein Fahnenmeer von Häusern und Straßen. Sieg in Belgien, Longwy, Namur, Maubeuge.

»Hier im Palmengarten ist es so still geworden«, befand Ella. »Es gibt keine eleganten Kurgäste mehr zu beobachten.«

»Wir könnten uns ja auch einmal in der Konditorei Blum am Rathausplatz treffen«, schlug Marga vor.

»Ich weiß nicht, wir gehen doch seit Jahren hierher, sollen wir wirklich mit einer so langen Tradition brechen?«

»Warum nicht? Alles verändert sich, da könnten auch wir uns verändern, zumindest in der Wahl der Konditorei.«

»Wer weiß, ob es im Blum so guten Eierlikör gibt«, meinte Marga, doch dann erkannte sie, wie unsensibel ihre Bemerkung in einer Zeit war, in der ihre beiden Freundinnen um das Leben ihrer Söhne an der Front bangten.

»Es tut mir leid«, murmelte sie. »Ich wollte euch nicht verletzen.«

»Das hast du nicht.« Irene blieb versöhnlich. »Aber hier ist es doch schön, und seit Jahren sitzen wir hier unter Palmen bei dem Geplätscher des Springbrunnens und beobachten die anderen Gäste. Es macht doch Spaß.«

»Ja«, stimmte Ella zu, »gerade jetzt, da sich alles auflöst und verändert, sollten wir Traditionen pflegen.«

»Also bleiben wir hier«, beschlossen sie einstimmig.

Als Irene nach Hause ging, sah sie bereits von Weitem Johannes am Tor auf und ab gehen, schnell, ungeduldig. Irene erschrak zutiefst. Als er sie kommen sah, rannten beide aufeinander zu.

»Franz.« Ein Schluchzen stieg in Irenes Kehle hoch, sie lief noch schneller, beherrscht von nur einem Gedanken: Franz … Franz …

Jetzt standen sie voreinander. Das Gesicht von Johannes wies eine beängstigende Blässe auf. Irene spürte, wie auch ihr alles Blut aus dem Gesicht wich.

»Franz …«, flüsterte Johannes heiser. Trotzdem versuchte er vor seiner Frau noch Haltung zu bewahren.

»Was ist mit ihm?«, schrie Irene und trommelte mit den Fäusten gegen die Brust ihres Mannes, der keuchend nach Atem rang.

»Franz«, stammelte er. »Franz ist bereits am 14. August schwer verwundet worden. Im Elsass«, fügte er hinzu, als sei der Ort noch von Bedeutung.

SIEBEN

Kurort Bad Lichtenberg

3 Jahre später. Herbst 1917

Irene lief durch die Küche im Souterrain hoch auf die Terrasse. Sie blieb kurz stehen, sah zufrieden auf den Park, aus dem sie in den vergangenen zwei Jahren einen Gemüse- und Obstgarten hatte entstehen lassen, belächelt von den Freundinnen. Auch von Johannes' Protesten hatte sie sich nicht beirren lassen. Während Lebensmittel immer knapper wurden und die Leute in Deutschland hungerten, konnte sie die Familie mit Gemüse, Kartoffeln und auch eingemachtem Obst ernähren.

Sie hob ihre Tasche hoch, in der sie letzte Tomaten und Kopfsalat für die Freundinnen verstaut hatte, und verließ das Anwesen. Auf dem Weg blieb sie stehen und lauschte auf ferne Stimmen von Kindern, die spielten und lachten. Sie erinnerten sie an die Vergangenheit, an ihre Kinder, die Freude, die Erwartung, wenn sie in den Ferien aus dem Internat nach Hause kamen. Besondere Erinnerungen hegte und pflegte sie an die Zeit, als Franz noch klein gewesen war und so ganz ihr gehört hatte.

Doch da gab es seit drei Jahren eine andere Erinnerung – an den Nachmittag, als Johannes ihr blass entgegengekommen war. Wieder spürte sie das eisige Entsetzen, das Aussetzen sämtlicher Gefühlsregungen, die Erstarrung, der Gedanke, Franz sei gefallen.

Als nach einigen Tagen die Nachricht eingegangen war, ihr Sohn läge im Lazarett und es bestehe keine Lebensgefahr mehr, konnten sie endlich erlöst aufatmen.

Doch dieser schreckliche Moment hatte sich in ihr Gehirn eingeprägt, begleitete sie durch Tage und Nächte. Es war, als sei der Tod ihr ständiger Begleiter geworden und käme unaufhaltsam näher. Ihre Angst um Franz wuchs.

Langsam ging sie die Allee entlang, der Boden war sandig, ein wenig steinig. Sie legte eine kleine Verschnaufpause ein und sah auf das Hotel *Deutscher Kaiser* hinunter. Nicht nur der Name hatte sich verändert, kurz nach Kriegsbeginn wurde auf Anordnung des Kriegsministeriums ein Sanatorium daraus. Hier also lebte Luise und bemühte sich zusammen mit Onkel Carl, das Flair eines Luxushotels aufrechtzuerhalten. Für die Patienten, vielleicht auch für sich selbst, in der Hoffnung, eines Tages werde daraus wieder ein elegantes Hotel werden. Irene besuchte die Tochter nur selten. Johannes sah es nicht gern. Und auch Luise blieb zurückhaltend, schob jedes Mal Arbeit vor, um nicht lange mit ihrer Mutter zusammenzusitzen. Hatte Luise nicht vergessen können, dass sie sich damals nicht für sie eingesetzt hatte, sich stattdessen dem Willen ihres Ehemanns unterwarf?

Irene versuchte zu vermitteln. Johannes aber hielt starr daran fest, seine Tochter müsse sich entschuldigen, vorher könne sie nicht nach Hause zurückkommen. Luise wiederholte dann, es sei wohl der Vater, der sich entschuldigen müsse, letztendlich habe er sie eine Hure genannt.

»Sie ist zurückgekommen, Johannes, zurück zu uns, ihrer Familie, versteh das doch.«

Doch Johannes blieb hart, und diese Härte führte zu einer langsamen, aber stetigen Entfremdung zwischen den Eheleuten. Johannes hatte eine neue Vorliebe entdeckt, er zog sich immer öfter in das Turmzimmer zurück. Er wusste, dass Irene keine große Lust verspürte, über den dritten Stock die steile Wendeltreppe zu ihm hochzusteigen. Und Irene verstand sein Signal sehr wohl: Er wollte allein sein.

Aber hätte nicht auch Luise nachgeben und sich einfach entschuldigen können? Beide waren sie halsstarrige Sturköpfe, dachte Irene wütend.

Auch wegen Franz stritt sie sich mit Johannes. War es inzwischen nicht so, dass jedes Gespräch in einem Streit endete? Ihre Angst um den einzigen Sohn konnte Johannes nicht nachvollziehen, auch er mache sich große Sorgen, erklärte er, aber ihre Angst sei irrational, übersteige jedes Maß an Normalität.

»Krieg ist nicht normal«, hatte sie ihm entgegengeschleudert, »die Angst einer Mutter aber schon.«

Johannes hatte geschwiegen und sich demonstrativ ins Turmzimmer zurückgezogen. Eine klare Botschaft.

Sie sollte nicht so viel nachdenken, mehr unter Leute gehen, nahm sich Irene vor. Die letzten Meter, dann bog sie in die Hauptstraße ein. Als sie sich umsah, entdeckte sie Gerda auf der anderen Seite.

»Gerda, hallo«, rief Irene laut, doch die junge Frau schien sie nicht zu hören.

Sie eilte weiter. Seit Gerda in Karlsruhe in der Rüstungsfirma arbeitete, hatte sich der enge Kontakt zwangsläufig gelockert. Irene bedauerte das, und auch wenn ihr geliebter Sohn sie darum gebeten hatte, Gerda nicht an die Familie zu binden, mochte sie die junge Frau. Gerda besaß Energie, eine gewisse Lebhaftigkeit, sie strahlte Jugend und Erwartung aus. Und sie zeigte Irene ganz offen ihre Zuneigung. Mehr als es Victoria tat, und auch Luise blieb ihrer Mutter gegenüber zurückhaltend. Doch Gerda strahlte sie an, wenn sie sich trafen, und Irene gestand sich ein, dass sie Gerda brauchte. Ihre Jugend, ihr Strahlen, ihre Unbekümmertheit. Oft hatte sie überlegt, wie sie Franz überzeugen konnte, dass sie die Richtige für ihn sei. Doch Franz blockte ab, wenn sie das Thema anschnitt. Vielleicht war er deshalb auch bei seinem letzten Heimaturlaub nicht nach Hause gekommen, sondern nach Berlin gefahren. Er wollte keine Ratschläge und auch keine überfürsorgliche Mutter, Irene hatte das sehr wohl verstanden. Mit einem

Seufzen lief sie weiter, vorbei an der Wandelhalle. Für einen Moment blieb sie stehen und beobachtete Victoria, die mit vier anderen jungen Frauen die Patienten betreute, die vom Sanatorium herunterkamen oder von einer Krankenschwester im Rollstuhl geschoben wurden. Sie tranken von dem Heilwasser und plauderten gern mit den jungen Frauen. Irene wartete, doch Victoria bemerkte sie nicht, und so ging sie weiter in den Palmengarten, um ihre Freundinnen zu treffen und sie mit den Tomaten zu überraschen.

Helft zum Siege …

Ein Plakat hing an der Eingangstür der Frauenmeldestelle, vor der Gerda reglos verharrte. Hier also sollte sie vorsprechen, doch dieses Mal hatte sie ein ärztliches Attest, dass sie für vier weitere Wochen nicht einsatzfähig sei. Weder beim Roten Kreuz noch bei einer der Arbeitsgruppen, die Pakete für die Soldaten packten oder Pulswärmer, Schals und dicke Socken stricken mussten. Der Winter kam, man musste vorsorgen, denn »unsere tapferen Feldgrauen« werden frieren, so hieß es.

Deutsche Frauen arbeiten an der Heimatfront, las Gerda leise ab. Die Plakate waren mit Zeichnungen versehen, die Frauen hinter einem Pflug zeigten oder sogar in kriegerischer Pose mit einer Waffe in den Händen. Überall diese Plakate mit den strahlenden, kräftigen Frauen, die für den Sieg des Vaterlands an der Heimatfront ihren Dienst taten. Das war so unerträglich, so verlogen, die Realität sah anders aus. Jedenfalls war das Gerdas Meinung. Ein Jahr lang hatte sie in Karlsruhe in der Deutschen Waffen- und Munitionsfabrik, der DWM, gearbeitet, arbeiten müssen. Sie war eingeteilt worden wie die anderen Frauen auch, keine konnte sich wehren. Bis zu zehn Stunden täglich standen sie am Fließband, um kleinste Teile für Granaten zu sortieren. Wenn sie kamen und gingen, wurden ihre Taschen durchsucht, und während der Arbeit saß eine Frau etwas erhöht und beobachtete die Arbeiterinnen scharf. »Sie haben Angst, wir geben Informationen oder Unterlagen weiter«, erklärte Petra, eine verheiratete Frau mit drei Kindern, deren Mann an der Front kämpfte. Sie selbst war Putzfrau gewesen und hatte erklärt, so viel schlechter sei die Arbeit hier auch nicht, wenn auch anstrengender. »Wir arbeiten fürs Vaterland und den Kaiser«, hatte sie spöttisch geflüstert, bevor sie von der Aufsicht scharf zur Ordnung gerufen wurde.

Aber jetzt hatte Gerda Glück gehabt, endlich einmal, wie sie fand. Vor einigen Tagen war sie am Fließband zusammengebrochen und erst nach einiger Zeit aus einer Ohnmacht aufgewacht. Sie sei blutarm, hatte der Arzt erklärt, sie dürfe hier nicht mehr arbeiten. Sie brauche frische Luft und die richtige Ernährung. Rote Bete, hatte er eindringlich empfohlen und ihr Tropfen verschrieben. Das war alles vor zwei Wochen gewesen, und heute Morgen hatte sie die förmliche Mitteilung bekommen, hier bei der Meldestelle vorzusprechen. Aber der Arzt hatte ihr noch vier weitere Wochen Ruhe verschrieben und attestiert, dass sie auf keinen Fall weiterhin in der Rüstungsfirma arbeiten dürfte. Gerda fragte sich, wieso Victoria als Aushilfsschwester in der Wandelhalle arbeiten durfte und sie in die Rüstungsfirma gehen musste. Aber Victoria war eben eine Laverne, man konnte einem Mitglied dieser Familie keine anstrengende Arbeit zumuten. Nur ihr, obwohl sie doch eine von Bitten, eine Adlige war. Aber eines Tages würde ja auch sie zu den Lavernes gehören und alle Privilegien genießen können, die mit diesem Namen verbunden waren.

Am Tag zuvor hatte sie Sehnsucht nach Franz verspürt, so sehr, dass sie spontan in die Konditorei Blum gegangen war, um seine geliebten Nougatpralinen für ihn zu kaufen. Sie hatte sie mit ganzer Liebe verpackt. Er würde sich freuen und die Botschaft auch verstehen. Es war ein Zeichen, ein Signal, hallo, mein Liebster, ich denke an dich, warum bist du nicht hier bei mir? Und es gab ja kaum mehr Pralinen zu kaufen, sie waren Luxus und deshalb etwas ganz Besonderes. Franz konnte es nicht ernst gemeint haben, als er ihr noch einmal schrieb, sie solle ihn bitte endlich in Ruhe lassen, er liebe eine andere. Er habe von dem Portier erfahren, dass sie sich vor einiger Zeit bereits heimlich Zugang zu seiner Wohnung verschafft habe. Daraufhin habe er strengste Anweisungen gegeben, Gerda während seiner Abwesenheit nicht mehr in die Wohnung, am besten gar nicht erst ins Haus zu lassen.

Es klang so grob, sicher hatte diese … diese andere, diese Frau, die sich einfach in ihre Beziehung drängte, den Brief diktiert. Denn er hatte ihr doch gesagt, er sei immer für sie da. Das hieß, ja … was eigentlich? Es hieß, entschied sie in Gedanken, man wolle sein Leben mit dem anderen teilen, immer für ihn da sein.

Sie musste nach Berlin, es war ein Zeichen des Schicksals oder einer gnädigen Liebesgöttin, dass sie vom Dienst befreit war. Rasch wandte sie sich von der Meldestelle ab und lief zum Postamt, gelegen in einer Seitenstraße, dem Lindenweg. Vorsichtig drehte sie sich um, ob sie beobachtet wurde. Es war so demütigend, da ihre Mutter seit einigen Monaten hier im örtlichen Postamt Briefmarken verkaufte und Pakete entgegennahm.

»Frauen nehmen die Stelle der Männer ein, die an der Front sind«, hatte Gerdas Mutter erklärt, und ihre Stimme hatte fröhlich geklungen.

Die Tür sperrte ein wenig, doch als Gerda fest dagegendrückte, sprang sie auf. Hinter der Theke stand ihre Mutter in Postuniform. Gerda wäre am liebsten im Boden versunken und war heilfroh, dass keine Kunden hier waren.

»Wir schließen gleich«, erklärte Barbara von Bitten ihrer Tochter. »Was willst du hier? Ich denke, ich bin dir peinlich.«

Gerdas Gesicht überzog eine tiefe Röte. »Ich will das Päckchen aufgeben.« Mit ausgestrecktem Arm hielt sie es ihrer Mutter hin.

Barbara warf einen neugierigen Blick auf den Empfänger. »Du schickst an deinen … an Franz Laverne ein Päckchen nach Berlin? Woher weißt du, dass er dort ist?«

»Seine Mutter hat es mir erzählt. Franz hat Heimaturlaub, ist aber nach Berlin gefahren, nicht hierher.« In Gerdas Stimme schwangen Tränen mit.

Barbara warf ihr einen prüfenden Blick zu. »Nun, Miezchen, dann wollen wir mal.« Sie nahm das Päckchen, klebte Marken darauf und stempelte sie ab.

»Im Moment dauert die Post etwas länger, das weißt du sicher, es sind zu viele Pakete an unsere tapferen Feldgrauen unterwegs. Was schickst du ihm denn?«

»Seine Lieblingspralinen«, erklärte Gerda, während Barbara das Päckchen nach hinten auf einen hohen Stapel legte. Pakete, die Familien an ihre Söhne und Männer an die Front schickten.

»Ich habe eine Neuigkeit«, eröffnete sie dann ihrer Tochter, als sie zurückkam.

Gerda sah sie mit großen Augen an.

»Ich habe heute vom Zentralpostamt in Karlsruhe einen förmlichen Brief erhalten, ich hätte Herrn Bloch so perfekt ersetzt, dass mir die Stelle als Postleiter dieser Filiale angeboten wurde. Auch nach dem Krieg«, fügte sie hinzu, als ihre Tochter sie nur anstarrte. »Ich werde also hier arbeiten und mein eigenes Geld verdienen. Miezchen, ist das nicht wunderbar?«

Gerda schämte sich für ihre Mutter, die dieses Angebot offenbar als große Auszeichnung empfand. Barbara war neunundvierzig Jahre alt, also bereits im gesetzten Großmutteralter, und sie würde weiterhin in Uniform hinter der Theke der Post stehen und Leute bedienen, ihnen Briefmarken verkaufen, Post verteilen und Telefonverbindungen herstellen. Und jeder würde es erfahren, auch die Familie von Franz. Luise, seine arrogante schöne Schwester, und Victoria, die Gerda sowieso meist übersah und vorgab, sie erkenne die Verlobte des Bruders nicht.

»Was sagt Papa dazu?«, stammelte Gerda. »Der verbietet dir das doch sicher?« Barbara lachte und schob sich ihre schreckliche Mütze zurecht. »Er kann nichts machen, es ist eine behördliche

Anordnung. Du weißt ja, auch wir Frauen leisten unseren Kriegsdienst. Und nach dem Krieg werden viele Männer nicht mehr von der Front zurückkommen.«

»Du meinst, sie sind gefallen?«

»Natürlich, Miezchen, was glaubst du denn? Liest du keine Zeitung? Weißt du nicht, wie viel Hunderttausende junger Männer bereits gefallen sind? Und wir Frauen nehmen ihre Stellen ein, da hat dein Vater nicht viel zu sagen. Frauen an die Macht, es wird sich vieles ändern.«

Barbara lachte, sie war so gut gelaunt, dass sie ihre Tochter mit dem Kosenamen ihrer Kindheit ansprach. Miezchen. Auch das war peinlich. Gerda erinnerte sich, als sie sechs Jahre alt gewesen war, hatte eine Nachbarin sie gefragt, ob ihre Katze eine Streunerin sei. Ihre Mutter würde immer so laut nach ihr rufen. Das Erstaunlichste für Gerda jedoch war, wie sehr ihre Mutter sich verändert hatte. Aus der unzufriedenen Ehefrau war nun eine Frau geworden, die Energie und Freude ausstrahlte. Und das nur, weil sie hier in diesem kleinen, muffigen Postamt Pakete annahm und Telefonverbindungen herstellte?

»Und du?«, wollte Barbara jetzt wissen. »Warst du auf dem Meldeamt, hast du dein ärztliches Attest abgegeben?«

Stumm schüttelte Gerda den Kopf. »Das Amt war bereits geschlossen, und außerdem will ich nach Berlin.« Das war ihr gerade so eingefallen. Doch Unsicherheit lag in ihrer Stimme, so als fürchte sie den Widerstand ihrer plötzlich energiegeladenen Mutter.

Aber Barbara sah sie nur an, ein wenig mitleidig, vielleicht auch voller Verständnis.

»Zu Franz«, setzte sie trotzig hinzu.

»Das ist seltsam«, war Barbaras vorsichtige Antwort. »Wenn er dich lieben würde, da käme er doch …«

»Ich liebe ihn, und er liebt mich auch, ich habe Beweise«, protestierte Gerda heftig.

Ihre Mutter sah sie prüfend an, griff dann nach ihrer Hand. »Miezchen, liebst du Franz denn noch?«

Gerda konnte nur nicken, ihr rollten die Tränen über die Wangen, ein Mittel, das ihre Mutter immer nachgiebig werden ließ, seit Gerda ein Kind war.

»Wenn du ihn noch liebst, dann hol ihn dir zurück«, erklärte Barbara zuerst zögernd, doch dann in bestimmtem Ton. »Du bist ein sehr hübsches Mädchen und auch nicht unerfahren. Du weißt«, umschrieb sie vorsichtig, »wann ein Mann schwach ist, weil … nun, du weißt schon … dann musst du ihm in diesen Momenten das Versprechen abringen, sich offiziell mit dir zu verloben. Das kann doch nicht so schwer sein.«

Heftiges Schluchzen war Gerdas Antwort.

Barbara überlegte weiter. »Ich habe dir von meiner Cousine Susanne erzählt, die in Berlin lebt. Sie hat keine Familie und wohnt allein. Ich frage sie, ob du bei ihr wohnen kannst. Das geht sicher für ein oder zwei Wochen.«

»Wann willst du sie fragen?«

»Ich kann bei dem Arzt anrufen, der im Erdgeschoss in Susannes Haus eine Praxis hat, das ist ganz einfach.«

»Ich habe aber kein Geld, um nach Berlin zu fahren, und außerdem ist Berlin teuer.« Das Schluchzen verstärkte sich.

»Siehst du«, erklärte Barbara, »das ist der Vorteil, wenn deine Mutter ihr eigenes Geld verdient. Ich werde dir die Reise finanzieren, ich spare nämlich mein Geld und verstecke es vor deinem Vater«, flüsterte sie und sah sich um, als stünde er hinter ihr.

Gerda wusste, dass ihr Vater ein Laster hatte: das Spielen. Jeder im Ort kannte das kleine Hotel *Zur schönen Aussicht*, in dessen Hinterzimmer gepokert wurde. Jedenfalls erzählte man sich das. Gerda wusste auch, dass ihr Vater dort sein Erbe bereits vor Jahren verspielt hatte. Aus diesem Grund lebten sie auch in großer Bescheidenheit, obwohl sie doch dem gehobenen Adel angehörten. Auch deswegen schämte sich Gerda für ihre Familie.

»Ich meine, nimmt Papa dir das Geld, das du verdienst, nicht weg?«

Da reckte Barbara das Kinn und richtete sich auf. »Ich habe mit ihm vereinbart, dass ich den Haushalt finanziere, und da lasse ich mir nicht mehr reinreden. Ich entscheide über mein Geld.«

Gerda starrte ihre Mutter mit offenem Mund an. Die Mutter, die vor ihr stand, war so erstaunlich, so verwandelt. Die Erkenntnis, wie sehr eigenes Geld offenbar Selbstbewusstsein und persönliche Freiheit schuf, traf sie.

»Also, willst du nach Berlin?«

»Ja, ja, natürlich.«

»Dann musst du Franz das Päckchen nicht schicken, du kannst ihm die Pralinen mitbringen«, schlug Barbara vor.

Doch Gerda lehnte ab. »Nein, so bekommt er die Pralinen vorab und kann sich auf mich freuen.«

Gerda war glücklich, und ihre Mutter hatte recht. Man musste Männer in ihren schwachen Stunden erwischen und sie von ihrem Glück überzeugen.

Als sie am nächsten Tag gegen Abend am Bahnhof auf den Regionalzug wartete, erfuhr sie vom Bahnhofsvorsteher, der Zug fiele heute aus, denn es werde der Sonderzug des Kaisers erwartet. Deshalb sei die Strecke für Stunden gesperrt.

Für diesen Abend wurde der legendäre Zug des Kaisers erwartet. Auf ausdrücklichen Wunsch Wilhelm des Zweiten wurde einer seiner Freunde, ein hochdekorierter Offizier, hierher ins Sanatorium gebracht. Verwundet in einer Schlacht im Osten, operiert in einem Lazarett in Potsdam, sollte er sich hier erholen. Er brauche nicht nur die beste medizinische Versorgung, sondern auch den gewohnten Luxus. Und den gab es im Hotel *Deutscher Kaiser*. Begleitet wurde er von seinem Kammerdiener Herrn Lauritz und seinem Freund, Philip Rohmer. Also der Freund des Freunds des Kaisers, hatte Luise lächelnd festgestellt, als der Empfangschef Herr Mayer ihr die Anordnung überreichte, die direkt aus dem kaiserlichen Umfeld kam. »Eine hohe Ehre für unser Haus, wenn ich das bemerken darf«, war seine Meinung. Mayer war entsetzt gewesen, als bereits im August 1914 die Anordnung vom Ministerium kam, das Hotel *Deutscher Kaiser* solle auch in ein Sanatorium umgewandelt werden. Wie im nahe gelegenen Baden-Baden – dort waren bereits sämtliche Hotels zu Sanatorien und Lazaretts umfunktioniert worden.

Und heute also kam der mit Spannung erwartete Zug hier an. Luise fuhr mit dem Mercedes des Hotels zum Bahnhof, um den Freund des Freunds des Kaisers abzuholen, hatte sie lächelnd Herrn Mayer erklärt. Luise liebte das Autofahren und nutzte jede Gelegenheit, die sich ergab. Am Bahnhof drängelten sich viele Menschen, die den Bahnsteig stürmen wollten und nur mit Mühe von der Polizei zurückgeschoben werden konnten. Sie alle wollten den legendären Zug des Kaisers sehen.

Luise war rechtzeitig da, der Zug fuhr gerade ein. Jeder Deutsche wusste, dass er mit jeglichem erdenklichen Luxus ausgestattet war. Staunendes Schweigen, dann Rufe der Enttäuschung. Man kannte Fotos des kaiserlichen Zugs, blau-golden, pompös, aber jetzt waren die Wagen mit einer schlammig grünen Schutzfarbe überstrichen.

Immer mehr Menschen drängten sich am Bahndamm entlang, doch als Luise sich durchgekämpft hatte, sah sie mehrere Schaffner des königlichen Zugs in blau-goldener Uniform am Zug entlanglaufen. In dem ganzen Trubel entdeckte Luise den Chefarzt Dr. Scheller. Auch er war gekommen, um den berühmten Patienten persönlich in Empfang zu nehmen. Er winkte Luise kurz zu und machte ihr ein Zeichen, er fahre in dem wartenden Krankenwagen des Sanatoriums mit. Drei Sanitäter umringten eine offene

Tür und hoben vorsichtig den Offizier Roland von Bergen aus dem wartenden Zug, legten ihn auf eine Trage und schoben ihn schnell in den Krankenwagen. Ein älterer Mann hielt die Hand des Verletzten, beugte sich über ihn und stieg neben ihm ein. Das musste sein Kammerdiener Lauritz sein.

»Fräulein Laverne?«

Luise wandte sich rasch um und stand einem großen, schlanken Mann gegenüber, der seinen Koffer abstellte.

Luise nickte. »Ja, und Sie sind sicher der Freund des Freunds unseres Kaisers?« Er lächelte sie an und nickte. »Philip Rohmer«, stellte er sich vor. »Mir wurde gesagt, dass mich jemand vom Hotel abholt.«

»Dieser Jemand bin ich«, erklärte Luise und winkte dem Gepäckträger, um den großen Koffer von Philip Rohmer noch auf seinen Leiterwagen zu legen.

»Kommen Sie, mein Auto steht gleich da vorne.«

»Sie Glückliche, wurde Ihr Auto nicht konfisziert?«

»Nein, wir konnten beweisen, dass der Wagen für das Sanatorium unverzichtbar ist. Privat dürfen wir ihn natürlich nicht nutzen.« Während sie antwortete, sah sie über seine Schulter hinweg Gerda, die auf einen der königlichen Zugbegleiter einredete. Überrascht wartete Luise und konnte gerade noch hören, wie Gerda laut verkündete, sie müsse unbedingt nach Berlin. »Mein Verlobter wartet auf mich, er ist ein hoher Offizier und kämpft für unser Vaterland. Wieso können Sie mich nicht mitnehmen?«

Der Schaffner schüttelte den Kopf, blieb höflich und erklärte Gerda, das ginge leider nicht. »Dieser Zug steht ausschließlich Seiner Majestät, dem Kaiser, und seiner Entourage zur Verfügung.«

Er nahm offenbar an, damit sei alles gesagt, denn er drehte sich rasch ab und lief weiter am Zug entlang. Luise sah noch, wie Gerda ihren kleinen Koffer rasch hochnahm, und schon stand sie auf der ersten Stufe des hinteren Wagens. Dann verschwand sie im Zug. Luise sah ihr neugierig nach. Sicher würde sie sofort wieder herauskommen, am Arm eines verärgerten Zugbegleiters, der sie hinauswarf. Aber nichts geschah.

»Wollen wir?«, hörte sie Philip Rohmer fragen, und so wandte sie sich ihm wieder zu, nickte und ging mit ihm auf den roten Mercedes zu.

»Wie war die Fahrt?«, fragte sie, als sie eingestiegen waren. »Man hört so vieles über diesen legendären Zug.« Noch einmal wandte sich Luise um, doch Gerda war nicht mehr zu sehen. »Feinstes Porzellan im Speisewagen, ein Badezimmer mit Badewanne, ein Salon und, das finde ich am interessantesten, ein Kommunikationswagen.«

Rohmer warf ihr einen überraschten Blick zu. »Ja, das stimmt.«

»Ich habe im Hotel beziehungsweise jetzt Sanatorium eine Telefonzentrale einrichten lassen. Es ist die modernste Anlage, die im Moment gebaut wird. Darum mein Interesse an Kommunikation«, erklärte sie mit einem Lächeln.

»Ich habe gehört, wie erstklassig das *Grand Hotel* gewesen ist und wie Sie dieses Flair in ein Sanatorium hinüberretten konnten.«

Bis jetzt hatte noch niemand erkannt, wie viel Arbeit und Einsatz es sie kostete, genau das zu erreichen.

»Aber der Name ist seit Beginn des Kriegs nicht mehr *Grand Hotel*«, klärte sie Philip Rohmer auf. »Wir heißen jetzt *Hotel Deutscher Kaiser.*«

Ein kleines amüsiertes Lachen war die Antwort. »Ich verstehe, der Wortschatz der Feinde.«

»Das Rathaus hat sogar unseren wunderschön angelegten Park umbenannt. Er hieß *jardin Versailles.*«

»Und jetzt?«

»Jetzt heißt er einfach nur noch *Stadtpark.*«

»Sehen Sie, das ist überall so. Bloß keine Namen, die an die Feinde Deutschlands erinnern. In München zum Beispiel wurde von den Bürgern gefordert, dass der Englische Garten nicht mehr so heißen darf.«

Jetzt fuhr Luise langsam vor dem eindrucksvollen Portal des Hotels vor, ein Page eilte herbei, öffnete beiden die Türen, und zusammen gingen sie durch die gläserne Drehtür in die Halle.

»Der Page wird Sie auf Ihr Zimmer bringen. Es liegt direkt neben der Suite Ihres Freunds und hat eine Verbindungstür.«

Sie verabschiedete sich, wünschte ihm einen guten Aufenthalt und baldige Genesung seines Freunds. An der Treppe drehte sie sich aber noch einmal um. »Und wie soll der Englische Garten in München jetzt heißen?«, rief sie ihm zu.

»Deutscher Garten, aber so ganz ist es noch nicht entschieden.«

Er zwinkerte ihr zu, und sie antwortete mit einem Lachen und einem schnellen Winken. Schon lief sie die Treppe hinauf.

Sie erinnerte sich, dass Mayer ihr erzählt hatte, in München sei ein harmloser Bürger verprügelt worden, nur weil er einen Mantel aus englischem Tweed trug. »Deutschland spielt verrückt«, hatte der Empfangschef kopfschüttelnd erklärt. »Der Hass auf die Franzosen und die Engländer treibt seltsame Blüten, dazu vermutet man überall auch noch feindliche Spione.«

In ihrer Suite zog sie den kleinen Hut ab und schlüpfte aus ihrer Jacke. Seit drei Jahren waren diese beiden Räume ihr Zuhause, und sie lebte gern hier. Ein paar Veränderungen hatte sie vorgenommen, sich einen neuen Schreibtisch von einem hiesigen Schreiner anfertigen lassen, dann andere Teppiche aus dem Speicher des Hotels geholt und neue Kissen fürs Sofa, doch letztendlich blieb es eine Hotelsuite. Sie ging ins Badezimmer und betrachtete sich nachdenklich im Spiegel. Mit beiden Händen fuhr sie über ihre Wangen, sie benutzte kein Puder, keinen Lippenstift, sie trug die Haare in einem strengen Knoten im Nacken. Ihre Garderobe besaß nicht mehr die frühere Eleganz, für die sie bewundert wurde. Seit ihrer Ankunft hatte sie ihren Stil geändert, leichte Kostüme, meist beige oder hellgrau, helle Blusen, angefertigt in dem hiesigen Modesalon *Madame de …* Sie arbeitete und wollte nicht auffallen. Dieser Salon war sicher das einzige Geschäft, das seinen französischen Namen nicht geändert hatte. Und es schien der Besitzerin nicht zu schaden.

Während Luise sich noch im Spiegel betrachtete, läutete das Telefon, und die Telefonistin verband sie mit Zimmer eins-null-drei. Philip Rohmer rief sie an.

»Ich entschuldige mich, ich wusste gar nicht, dass Sie als Besitzerin vom *Deutschen Kaiser* mich persönlich abgeholt haben.«

»Das mache ich nicht zum ersten Mal, ich bin die Einzige, die den Wagen fahren kann«, erklärte Luise.

»Ich würde mich gern dafür bedanken, darf ich Sie auf ein Glas Wein in die Hotelbar einladen? Ich habe gesehen, sie ist bis zehn Uhr geöffnet.«

Doch Luise antwortete ausweichend, zu viel Arbeit, ja, und vielleicht demnächst einmal. Sie war sich nicht im Klaren darüber, ob sie sich privat mit ihm treffen wollte. Nachdem sie eingehängt hatte, ging ihr das Gespräch, so banal es war, nicht aus dem Kopf. Sie dachte über Philip nach. Dann lächelte sie; er hatte seinen Namen so charmant betont. Das hatte ihr gefallen.

Philíppe Rohmér, es klang ein wenig französisch, leicht und charmant, und erinnerte sie an ihre Zeit in Frankreich.

ACHT

Obwohl Gerda dem Schaffner erklärt hatte, sie sei die Verlobte eines hohen Offiziers und müsse unbedingt zu ihm nach Berlin, bevor er wieder an die Front fahre, herrschte der Schaffner sie an, sich hinzusetzen und zu warten. Als sie einen Blick aus dem Fenster warf, erkannte sie, dass der Zug des Kaisers den Bahnhof bereits verlassen hatte und jetzt seine Fahrt beschleunigte. Gerda sah die vielen Leute, die immer noch am Bahndamm standen und winkten, um sich vielleicht dem Kaiser ein wenig näher zu fühlen.

Gerda erhob sich. Sie wollte sich jedes Abteil ansehen, den Luxus bestaunen, über den man so viel las.

Da aber kam der kaiserliche Schaffner mit einem Mann im eleganten Zwirn zurück. Der erklärte Gerda, er sei hier der Direktor des Zugs Seiner Majestät, in dem Sie gar nichts, wirklich gar nichts, wie er noch mal betonte, zu suchen habe. Sein Benehmen war einfach schlecht, fand Gerda, wie konnte er nur so barsch mit ihr umgehen?

Der Direktor ließ sie nicht zu Wort kommen, er beauftragte einen älteren Mann, der hinter ihm stand, auf sie aufzupassen. Schweigend setzte der sich ihr gegenüber, antwortete nicht und sprach auch kein Wort, bis der Zug verlangsamte und anhielt. Der Direktor kam wieder in Begleitung des Schaffners, der ihren Koffer nahm, während der Aufpasser sie unsanft am Arm packte, nicht losließ und sie zwang, vor ihm auszusteigen. »Normalerweise hält der Zug hier nicht«, erklärte der Schaffner unfreundlich. »Sie machen uns nur Scherereien.«

Staunend sah sich Gerda um. »Hier bleibe ich nicht«, erklärte sie mit Nachdruck. Ein Ort, der offenbar nur aus ein paar Häusern bestand und einem kleinen Bahnhofsgebäude, von dessen Wänden die Farbe abblätterte und an dem das Ortsschild Eldershausen schief hing. »Ich sagte doch schon, ich muss nach Berlin.« Ihre Stimme kippte leicht. Begriffen die beiden Männer denn nicht, dass es um ihr persönliches Glück ging?

Was dann passierte, daran wollte sich Gerda später nicht mehr erinnern, es war einfach zu peinlich. Sie wurde von dem Beamten, diesem unfreundlichen Aufpasser, unsanft am Arm genommen und in das Haus neben dem Bahnhof geführt, das sich als Polizeistation entpuppte. Dort drückte er Gerda auf den einzigen Stuhl im Raum, nickte ihr fast unmerklich zu, und schon war er weg … Als eine Frau hereinkam, sprang Gerda sofort auf. Sicher hatte sie Verständnis für Gerdas Lage, vor allem, da Gerda sah, wie der Zug sich langsam in Bewegung setzte und Eldershausen verließ. Schon kam eine zweite Frau dazu, die Gerdas Koffer durchwühlte, alles durchsuchte, jedes Teil ihrer Unterwäsche wurde gegriffen, hochgehoben, auseinandergezogen. Und dann musste sich Gerda ausziehen. Bis auf die Unterwäsche. Sie dachte an ihre Mutter. Miezchen, hatte sie ihr bereits eingeschärft, als Gerda vierzehn Jahre alt gewesen war, wenn du aus dem Haus gehst, sorge dafür, dass du immer ordentliche Unterwäsche trägst. Du weißt nie, ob du einen Unfall hast und ins Krankenhaus gebracht wirst. Wie peinlich wäre es, wenn du keine saubere oder alte Unterwäsche trägst. Wie recht ihre Mutter doch hatte. Seit damals befolgte sie den mütterlichen Rat. Ihr lautstarker Protest wurde jetzt einfach übergangen, sie musste es sich gefallen lassen, dass diese unverschämte Person sie abtastete. Dann musste Gerda die geschnürten Schuhe ausziehen. Die Frauen sahen sich an, zuckten die Schultern und gaben ihr mit einem Wink zu verstehen, sie könne sich wieder anziehen.

Die beiden verließen das Zimmer, aber die Tür blieb offen, und

Gerda hörte, wie sie draußen dem Polizeivorstand erklärten, diese dreiste Person sei wohl harmlos, wenn auch etwas verrückt, aber sicher keine Revolutionärin oder Landesfeindin. Einfach nur, na ja, überspannt eben.

Dann wurde sie wieder zur Bahnstation zurückgebracht, dieses Mal von zwei Ortspolizisten. »Der Zug kommt in einer Stunde, mit zweimal umsteigen sind Sie morgen Mittag in Berlin.«

Ihr Protest wurde übergangen, auch ihre lautstarke Erklärung, ihr Verlobter, der hohe Offizier, werde Beschwerde einlegen. »Sie kommen alle ins Gefängnis«, drohte sie.

Da lachten die beiden Beamten sie einfach aus. Ungerührt stellte er ihren Koffer neben sie. »Dort drüben können Sie auf den Zug warten, haben Sie Geld für die Fahrkarte?« Die Stimme des einen Beamten wurde freundlicher, als er in Gerdas aufgerissene blaue Augen sah.

Gerda nickte stumm.

»Dann kaufen Sie sich am Bahnhof auch die Fahrkarte. Schöne Reise noch und Grüße an Ihren Verlobten, den hohen Offizier.«

Die Beamten grinsten, verabschiedeten sich, und sie saß hier am Ende der Welt allein da. Es war einfach unverschämt, wie diese Männer mit ihr umgegangen waren. Das würde sie Franz erzählen; sicher würde er Beschwerde einlegen.

Nach über sechsunddreißig Stunden Fahrt kam sie endlich in Berlin an.

Wann hatte Franz wohl ihr Päckchen bekommen? Gestern?

Gleich heute Nachmittag würde sie zu ihm gehen, letztendlich hatte sie durch die lange Fahrt fast zwei Tage verloren.

Doch ihr Plan ging nicht auf, denn sie hatte ihn ohne die resolute Cousine ihrer Mutter gemacht. Zwei Tage lang musste sie Susanne und zwei anderen Frauen helfen, Pakete zu packen, und die Cousine verlangte sogar, dass sie beim Stricken half. Doch da stellte sich Gerda so ungeschickt an, dass sie weiterhin nur das Packen übernehmen musste. Als endlich alle Strümpfe, Pulswärmer und Schals verstaut waren, durfte sie »ihren Verlobten treffen«, wie Susanne ihr großmütig erlaubte. »Kindchen, er wird Verständnis haben und dich bewundern für das, was du hier tust. Letztendlich ist er Offizier, hat deine Mutter mir erzählt.«

Gerda nickte nur stumm, unendlich erleichtert, endlich Ausgang zu haben. Sie hatte ganze vier Tage verloren, seit sie abgereist war. Kostbare Zeit, denn sie wusste nicht genau, wann Franz an die Front zurückfuhr.

Und dann stand sie vor dem Haus, in dem Franz wohnte. Sie war fest entschlossen, den Rat ihrer Mutter zu befolgen.

»Miezchen, einen Mann fängst du im Schlafzimmer.« Als sich ihre Tochter auf dem Postamt von ihr verabschiedet hatte, war Barbara deutlicher geworden, und Gerda hatte sich ernsthaft gefragt, ob ihre Mutter den Vater auch im Schlafzimmer dazu gebracht hatte, ihr einen Antrag zu machen. Doch letztendlich hatte ihre Mutter keine gute Wahl getroffen. Sie heiratete einen Mann aus altem Adel, der ein Haus besaß, sonst aber nur ein bescheidenes Einkommen als Notarangesteller hatte. Aber die Mitgift ihrer Mutter war großzügig gewesen. Alles verloren. Verloren am Pokertisch.

Gerda liebte ihre Mutter, und sie sollte nicht mehr arbeiten müssen, dafür würde sie, Gerda, sorgen. Wenn sie die Ehefrau von Franz würde, könnte sie ihrer Mutter das Leben ermöglichen, das sie verdiente.

Jetzt aber stand sie erst mal vor der Eingangstür des Hauses. Was würde Franz sagen, wenn sie ihm erzählte, sie sei im Zug des Kaisers gefahren?

Die Haustür stand weit offen, und in der Portiersloge unterhielt sich der alte Portier mit einer Frau. Alles war so viel lockerer als damals, als dieser schreckliche Portier sie oben aus der Wohnung geholt und aus dem Haus komplimentiert hatte.

Rasch flitzte sie ungesehen an der Portiersloge vorbei und nach oben. Erwartungsvoll und mit Herzklopfen klingelte sie.

NEUN

Berlin

Vier Tage zuvor

Er lauscht auf die nächtlichen Geräusche, das Wummern der Artillerie, irgendwo Schüsse in der Ferne, eine Explosion. Ein Flieger, der bedrohlich aus dem Himmel herunterstürzt, er wird Bomben abwerfen, Granaten, die einschlagen …

Wieder das Wummern, die fernen Schüsse … immer wieder, es hört nicht auf, die Schüsse kommen näher, er ist auf einen Angriff nicht vorbereitet, hilflos ist er ausgeliefert, denn er steht auf einem freien Feld …

Schweißgebadet fuhr Franz hoch, er keuchte, und es dauerte, bis er begriff, dass er in seinem Bett in der Berliner Wohnung lag, und das Wummern kam aus irgendeiner Wohnung über oder unter ihm. Es waren keine Kriegsgeräusche, kein Flieger im Tiefflug, keine Bomben, Granaten, es war einfach nur laute Musik. Seit er bereits Anfang des Kriegs im Elsass verwundet worden war, kamen sie ständig, diese Albträume. Da konnte ihn auch der Orden, der ihm damals 1914 verliehen wurde, nicht trösten, ein dummes Stück Metall, mehr nicht.

Der Tod war sein ständiger Begleiter geworden. In zähen und verlustreichen Kämpfen hatten sie in der Gegend von Beaumont-Hamel ein großes Gebiet erobern können. Die Bilder eines zerstörten Dorfs, dieses tote Kind mit dem abgerissenen Bein, ganz allein zurückgelassen in dem abgebrannten Dorf. Die Bewohner waren geflohen, vor der Brandbombe, vor Giftgas. Hatten sie nicht bemerkt, dass das Kind nicht mithalten konnte, dass es zurückblieb, schwach, bis es zusammensackte und die Granate es dann erwischte, es verbluten ließ, allein, ohne Mutter? Oder war es gestorben und die Mutter trotzdem geflohen? Hatte sie ihr totes Kind zurücklassen müssen? Und dann hatte dieser abgemagerte struppige Hund neben diesem toten, verbluteten Kind gesessen. Wie lange hielt er schon die Totenwache?

Franz und seine drei Begleiter beerdigten schweigend das Kind, schlugen das Kreuz und wandten sich stumm ab. »Wie kann Gott das zulassen, dass Kinder sterben?«, hatte einer von ihnen gemurmelt. Sie hatten die Gegend ausgekundschaftet und nicht damit gerechnet, dass Soldaten einer anderen Einheit hier schon alles niedergebrannt hatten. Schnell liefen sie zu ihrem Unterstand zurück, bis Herbert ihn anstieß und Franz sich umdrehte. Im sicheren Abstand von ihm trottete der Hund hinter Franz her. Wenn Franz stehen blieb, verharrte auch er, ging Franz weiter, lief das abgemagerte struppige Tier ihm nach. Und Franz nahm ihn zu sich. Er badete den verlausten Köter, wie die anderen das Tier nannten, gab ihm zu fressen, und jetzt, zwei Monate später, war ein hübscher Kerl aus ihm geworden. Er hatte weißes Fell mit schwarzen Flecken.

Jetzt lächelte Franz, beugte sich über die Bettkante und streichelte ihn. Franz hatte ihm noch keinen Namen gegeben, nichts schien zu passen. Also nannte er ihn einfach *Freund*. Er war sein Freund geworden, und Franz fand Trost in der Anwesenheit des Tiers, das ihm bedingungslos folgte und ihn auch bedingungslos zu lieben schien.

»Wir gehen heute Nachmittag in die Konditorei Kranzler«, erzählte er seinem Gefährten. »Ich treffe Bernhard.«

Der Hund schwänzelte freundlich und blinzelte mit den klugen dunklen Augen zu ihm hoch.

Das Kranzler. Seit damals vor drei Jahren war er nicht mehr dort gewesen.

Der Nachmittag mit Clara war voller Verheißung gewesen, voller Erwartung, als sie ihm versprach, am Abend zu ihm zu kommen. An dem Abend, als er ihr einen Heiratsantrag hatte machen wollen. Er war sich so sicher gewesen, dass auch sie ihn liebte, dass sie sich füreinander entscheiden würden, bevor er in eine lebensbedrohende Ungewissheit fuhr.

Doch sie war nicht gekommen. Das bedeutete, sie erahnte seinen Plan und wollte sich nicht an ihn binden. War ihr Fernbleiben nicht eine klare Antwort gewesen? Dass sie ihn nicht liebte?

Der Ausspruch seiner Mutter fiel ihm ein: Liebe bedeutet Schmerz. Woher wusste seine Mutter das? Doch bevor er seine Gedanken zu Irene abschweifen lassen konnte, dachte er an den Ring, den er Clara an dem Abend an den Finger hatte stecken wollen. Er lag noch in dem Samtetui auf seinem Schreibtisch, er hatte ihn kein einziges Mal angesehen, seit er hier in Berlin angekommen war. Der Ring seiner Großmutter Eugenia.

Wie tief verletzt war er gewesen, als Clara nicht kam und er abreisen musste.

Jetzt, drei Jahre später, hatte er wieder Heimaturlaub bekommen. Zur großen Enttäuschung seiner Mutter und sicher auch seiner Schwestern war er nicht nach Hause gefahren, sondern hierher nach Berlin. Diese Stadt war sein Zuhause geworden. Hier fühlte er sich frei, und genau dieses Gefühl brauchte er jetzt. Er wollte keine überfürsorgliche Mutter, die ihn mit ängstlichen Augen beobachtete und in Tränen ausbrach, wenn er ging. Er wollte sich nicht zu sehr wieder zu Hause einleben, sich verwurzelt fühlen, da wäre der Abschied noch bitterer gewesen, wenn er an die Front zurückkehrte. Nicht nur für die Familie, auch für ihn selbst. Doch wenn er ehrlich zu sich war, wollte er vor allem seinen Standort nicht verlassen. Er war zum Hauptmann der 14. Kompagnie ernannt worden und fühlte sich für seine Kameraden verantwortlich.

Er wollte auch nicht seinem Vater begegnen, denn es hätte zu erbitterten Auseinandersetzungen geführt. Aber vielleicht war sein Vater nicht mehr der große Verehrer des Kaisers, der immer noch an einen deutschen Sieg glaubte, während die meisten längst die Illusion verloren hatten und von einer tiefen Kriegsmüdigkeit erfasst wurden. Außer den Kaisertreuen sehnte sich jeder nach dem Ende des Grauens. So viele Tote, überall Armut und Hunger.

Nicht an zu Hause denken, auch nicht an Clara, an den Verlust, den er immer noch spürte, die tiefe Verletzung, dass sie sich so aus seinem Leben gestohlen hatte.

Jetzt aber wollte er sich nur auf seine Verabredung mit Bernhard konzentrieren. Noch eine Stunde, genau die Zeit, an der er vor dem Krieg täglich im Kranzler seinen Kaffee trank. Bis jetzt hatte er es vermieden, das frühere Ritual wieder aufzunehmen – konnte er das so einfach, nach allem, was er an der Front erlebt hatte?

Es drängte ihn, Bernhard von seinem Projekt, einem unterirdischen Schacht, zu erzählen und ihm die Pläne zu zeigen. Um halb vier packte er seine aktuelle Standortkarte ein, die beste, die es von dem *Alberich-Gebiet* und der *Siegfriedlinie* gab. Dazu noch eine Karte des Standorts, der den Eingang des Schachts anzeigte. Bahnbrechend in Idee und Ausführung nannte man seinen Schacht bereits.

Franz war wie besessen von diesem Schacht, der bereits Anerkennung von höchster Stelle erfahren hatte. Er war stolz darauf, es war das erste große Projekt seines Lebens, nur möglich mit seinen Soldaten, unter denen sich viele Bergleute und Ingenieure befanden. Doch er wollte noch mehr, zum Beispiel den Sanitätsraum ausbauen, genauso wie die Telefonzentrale.

Laverne-Schacht, so nannte man ihn bereits, Vorreiter für den Bismarck-Stollen, nicht weit entfernt. Inzwischen war das ganze Gebiet um Beaumont-Hamel von unterirdischen und weitverzweigten Gängen untermauert.

»Komm, Freund, es geht los«, forderte er seinen Hund auf, doch der legte sich auf den Boden, die Schnauze in die Vorderpfoten vergraben, und winselte kurz. Ein Zeichen des Protests, er wollte nicht von diesem flauschigen Teppich weg.

So ließ Franz ihn in der Wohnung zurück und ging, um Bernhard im Kranzler zu treffen.

»Fräulein Weinberg, Ihre Fotos sind wirklich sehr gut, wenn nicht sogar sensationell.« Der Chefredakteur Ben Ehrlich ordnete die Bilder vor sich auf dem Schreibtisch, dann hob er den Blick. »Ich habe erfahren, dass Sie als Mitglied in die *Photographische Gesellschaft Berlin* aufgenommen wurden. Das zeigt, dass Sie über großes Talent verfügen und die Fotos dem erforderlichen Qualitätsanspruch genügen. Wie lange fotografieren Sie schon, wer hat sie ausgebildet?« Sein Interesse schien groß.

Clara zögerte kurz. Dann aber entschied sie sich für die Wahrheit. »Niemand. Ich habe vor drei Jahren eine Leica, die Handkamera, geschenkt bekommen, und seit diesem Moment gehe ich durch die Stadt und fotografiere. Bereits vor einem Jahr habe ich mich um eine Mitgliedschaft in der *Photographischen Gesellschaft* beworben. Ich denke«, erzählte sie weiter, »ich wurde vielleicht nur deswegen angenommen, weil ...« Hier lächelte Clara Ben Ehrlich an.

»Weil?«

»Ich habe Kaiser Wilhelm im Park überrascht, beziehungsweise *ich* war überrascht, als er mir am frühen Morgen mit ein paar Begleitern entgegenritt. Er war allein, er hat mich gegrüßt, hat kurz verharrt, und da habe ich ihn fotografiert. Ich habe einen Abzug an seine Pressestelle geschickt, und da bekam ich ...«, jetzt lachte Clara offen, »ein Dankesschreiben, unterzeichnet vom Kaiser persönlich.«

Auch Ben Ehrlich lachte, wenn auch ein wenig verhalten. Wie alt mochte er sein?, schoss es Clara durch den Kopf. Dreißig? Fünfunddreißig? Es war schwierig einzuschätzen.

»Nun, Fräulein Weinberg, ich habe mich entschieden. Ich werde zwei von Ihren Fotos kaufen. Das bedeutet für Sie aber, sie dürfen nirgends sonst erscheinen. Diesbezüglich unterschreiben Sie einen Vertrag.«

Claras Freude überstrahlte ihr ganzes Gesicht. »Habe ich das jetzt dem Kaiser oder Ihnen zu verdanken?«

»Weder noch, Sie haben es nur sich selbst zu verdanken. Die Art Ihrer Fotos gefällt mir. Kennen Sie den Maler und Fotografen Heinrich Zille?«

»Ja, natürlich, wer nicht?«

»Sie arbeiten ein wenig in der gleichen Art.« Wieder sah sich Ben Ehrlich ihre Fotos an. »Sie zeigen Menschen, die ein schweres Leben haben, die nichts anderes kennen als Armut. Sie fotografieren sie, ohne ihnen die Würde zu nehmen.« Seine Augen sahen sie voller Ernst an.

Clara schossen die Tränen in die Augen. Er hatte erkannt, was sie zeigen wollte, wie sich Armut anfühlte, wie die Menschen versuchten, dieses Leben als ihr Schicksal anzunehmen, doch auch in der Hoffnung, von den Menschen anderer Gesellschaftsklassen gesehen und geachtet zu werden.

»Der Hinterhof, den Sie hier immer wieder abfotografieren, diese Kinder, die dort spielen, Frauen, die ihre verschlissenen Teppiche an den Stangen ausklopfen, und dieses eine Kind, das abseitssteht …« Hier machte er eine Pause und sah sich das Foto an, das er hochhob. »Dieses kleine Mädchen haben Sie dreimal fotografiert und in die Serie genommen. Dann aber nicht mehr, wieso?«

»Es ist gestorben«, antwortete Clara leise, »während der Wochen, in denen ich fotografiert habe. Schwindsucht.« Clara konnte nicht verhindern, dass ihr bei der Erinnerung an dieses kleine

Mädchen sofort wieder die Tränen in die Augen schossen. »Ihr Name war Berta, und ihre Mutter rief sie immer Bertachen …« Clara durchwühlte ihre große Tasche. Wenn sie an das Kind und an die verzweifelte Mutter dachte, musste sie sofort wieder weinen.

Sie durchwühlte ihre Tasche, wieder hatte sie kein Taschentuch eingesteckt. Warum war sie immer nur so nachlässig? Doch da erhob sich Ben Ehrlich, kam um den Tisch zu ihrem Stuhl herum und reichte ihr ein hellblaues, mit Monogramm besticktes Taschentuch.

»Danke«, murmelte sie. »Es tut mir leid, aber das Schicksal dieses Mädchens …«

»Wenn es Sie emotional nicht berühren würde, könnten Sie solche Fotos gar nicht machen. Genau diese Emotionalität wird Sie auf Ihrem Weg auszeichnen und Ihnen die Möglichkeit geben, eine große Fotografin zu werden.«

War das seine Art des Trosts? War es vielleicht sogar genau das Richtige, um ihr zu helfen? Hatte er recht?

Während sie sich die Tränen trocknete, sah Ben Ehrlich sie mit einem besonderen Blick an, den sie nicht zu deuten wusste. Auch sie erhob sich jetzt, denn es schien alles gesagt. Hatte Ben Ehrlich erkannt, dass auch sie in einem solchen Hinterhof aufgewachsen war? Und dass ihre Tränen dem *Bertachen*, aber auch dem verlassenen kleinen Mädchen galten, das sie selbst einmal gewesen war?

Einen Moment lang standen sie sich schweigend gegenüber, bis Ben Ehrlich sich räusperte.

»Es tut mir sehr leid, aber vielleicht wissen Sie, dass wir kaum Geld haben, unsere Zeitung nur durch Spenden finanzieren können und …«

»Natürlich«, hakte Clara hastig ein, da er zögerte. »Aber das macht nichts, ich freue mich, dass meine Fotos in Ihrer Zeitung erscheinen werden. Darauf kommt es an, ich möchte etwas bewirken, aufzeigen.«

»Nicht so schnell, Fräulein Weinberg, das ehrt Sie natürlich«, antwortete er etwas steif, dann aber lächelte er. »Natürlich will ich Sie bezahlen. Hier.« Er beugte sich hinunter, und als er sich aufrichtete, hob er einen Einkaufskorb auf den Schreibtisch. »Einer unserer Sponsoren ist ein Großbauer, ein echter Wohltäter, so können wir unsere Fotografen und Redakteure in Naturalien bezahlen. Ihr Honorar«, lächelte er. »Zwei Kilo Kartoffeln, 15 Eier und ein wunderbares großes Landbrot, dazu ein paar Äpfel.« Erwartungsvoll sah er sie an. Er wusste, wie kostbar Kartoffeln waren und wie wenig Brot man auf die Marken bekam. »Ich hoffe, diese Bezahlung ist für Sie in Ordnung.«

»Danke, ja, Brot und Kartoffeln sind mehr wert als Geld, ich freue mich.«

»Wenn er zu schwer ist, kann ich Ihnen die Sachen auch in Ihre Wohnung bringen lassen.«

Clara überlegte kurz und nahm probeweise den Korb hoch. Dann nickte sie. »Ich denke, ich muss Ihr Angebot annehmen.«

»Ja, dann wird ihn unser Praktikant morgen früh zu Ihnen bringen.«

Er zögerte, während sie sich noch gegenüberstanden. Dann aber fragte er Clara, ob er sie am Abend einladen dürfe. »Nichts Großartiges«, erklärte er hastig. »Einfach …« Er sprach nicht weiter.

Clara begriff, dass er mit Ablehnung rechnete und deshalb nicht weitersprach. Doch Clara lächelte ihn an. »Ich habe schon lange keine Verabredung mehr gehabt«, erklärte sie wahrheitsgemäß. »Seit genau drei Jahren.« *Als ich dem Mann, den ich liebte, nicht vertraute und ihn verlor*, setzte sie in Gedanken hinzu.

»Ist das jetzt eine Zusage?«

»Ja, es ist eine Zusage.«

Es fühlte sich richtig an, sich mit Ben Ehrlich auch privat zu verabreden. Er hatte an sie als Fotografin geglaubt und sie unterstützt, seit sie sich vor vier Monaten bei ihm vorgestellt hatte.

Auch hatte er ein Gespür für ihre Fotografien, die nicht jedem gefielen.

Sie freue sich, sagte sie ihm noch, als sie sich verabschiedeten.

Es war ein schöner Nachmittag, und Clara lief die Straße entlang und bog in den Kurfürstendamm ein. Vor dem Kranzler blieb sie stehen. Seit damals, seit diesem Nachmittag mit Franz, war sie nicht mehr hier gewesen. Sie hatte die Konditorei gemieden, war auf die andere Straßenseite ausgewichen, um nicht hier vorbeizugehen. Als sie einige freie Tische entdeckte, ging sie kurz entschlossen zu einem hin und nahm Platz. Vor dem Krieg wäre es kaum möglich gewesen, dass eine Frau allein in einem Lokal saß, doch jetzt, da die meisten Männer an der Front waren, hatten sich die gesellschaftlichen Regeln gelockert, das Straßenbild verändert.

Aus einer sentimentalen Regung heraus bestellte sie sich einen Wiener Eiskaffee. Sie habe Glück, erklärte die Kellnerin, sie solle ihn genießen, denn bald gäbe es keinen Kaffee mehr, da müsse man sich mit dem Ersatz, dem Zichorienkaffee, zufriedengeben.

Clara beobachtete die Passanten, sah sie mit dem Auge der Fotografin. Viele Frauen hasteten vorbei, um sich vor einem Lebensmittelgeschäft am Ende einer langen Schlange anzustellen, viele waren schwarz gekleidet. Kriegerwitwen. Clara erinnerte sich an den Moment vor drei Jahren, als Franz und sie hier gesessen hatten und ein Trupp Soldaten vorbeimarschiert war, lachend und singend:

Die Vöglein im Walde
Die singen so wunder-wunderschön
In der Heimat, in der Heimat gibt's ein Wiedersehen …

Jetzt, drei Jahre später, war die Kriegsbegeisterung verflogen, die Sicherheit, die starke, unbesiegbare Nation zu sein, existierte nicht mehr.

Es gab kein Flanieren mehr, keine eleganten Kleider, die man zeigen wollte, wenn man den Kurfürstendamm entlangschlenderte.

Blasse, schmale Menschen, die die Härte des Kriegs spürten, die täglich Verluste erlitten, mit Nachrichten vom Tod eines Mannes oder Sohns rechneten.

Auch das Meer von wehenden Fahnen nach den ersten Siegen im August 1914 war verschwunden. Nur noch vereinzelt wehten Fahnen von Häusern immer noch Kriegsbegeisterter und Anhänger Kaiser Wilhelms.

Irgendwann fühlte sich Clara beobachtet. Spontan drehte sie sich um und sah direkt in die Augen von Franz. Er saß nicht weit von ihr entfernt mit seinem Freund Bernhard, an den sie sich noch gut erinnerte. Auf dem Tisch vor ihnen lag ausgebreitet eine Landkarte, deren Enden weit über den Tisch herunterhingen. Bernhard beugte sich ganz nah darüber und benutzte dafür eine große Lupe, obwohl er eine Brille trug.

Es dauerte einen Moment, bis Clara reagieren konnte, bis ihr Herz anfing zu klopfen, und sie begriff, es war wirklich Franz, ihr Franz, der dort saß und sie stumm ansah. Jetzt wandte er sich kurz Bernhard zu, dann erhob er sich und kam an ihren Tisch.

»Guten Tag«, sagte er mit förmlicher Zurückhaltung, während er vor ihr stehen blieb.

»Willst du dich nicht setzen?« Clara war erstaunt, wie ruhig ihre Stimme klang. Franz zögerte, machte seinem Freund ein Zeichen und nahm auf dem freien Stuhl ihr gegenüber Platz.

»Wie geht es dir?«

»Gut, sehr gut«, antwortete sie, »und dir?«

Fiel ihnen denn nichts Besseres ein?

Franz warf ihr einen prüfenden Blick zu, winkte der Kellnerin und bestellte sich einen Kaffee.

»Ich sage nur schnell Bernhard Bescheid, bitte lauf nicht weg.«

Jetzt klang seine Stimme unruhig, als er sich rasch erhob. Es war, als habe er Angst, sie könne aufstehen und die Flucht ergreifen. Doch Clara blieb sitzen, beobachtete, wie Franz mit Bernhard sprach, der nickte, sich erhob und verabschiedete. Bernhard grüßte zu Clara herüber, Franz faltete die Landkarte sorgfältig zusammen, nahm die mitgebrachten Bücher und Pläne vom Stuhl, und dann kam er zurück an ihren Tisch. Sein Kaffee war bereits serviert worden.

»Hat dein Freund auch Urlaub?«

Franz schüttelte den Kopf. »Bernhard muss nicht an die Front, denn er ist kurzsichtig wie ein Maulwurf.«

Clara unterdrückte ihre Bemerkung, da habe er ja Glück gehabt. Sie sprach es nicht aus, da sie wusste, wie sehr Franz das Militär schätzte. »Also erzähl«, forderte er sie in munterem Ton auf, während er sich ihr gegenübersetzte.

»Mir geht es gut«, antwortete sie. »Ich arbeite immer noch im Kaufhaus, aber ich mache auch Fotos, die in einer Zeitung veröffentlicht werden.«

»Das ist ja wunderbar, ich freue mich. Machst du Fotos mit der Leica?«

»Ja, Franz, ja. Es war ein wunderbares Geschenk. Aber ich besitze jetzt auch eine komplette Fotoausrüstung mit Stativ und allem, was so dazugehört. Dazwischen fotografiere ich aber mit der Leica.«

Und fast jedes Mal, wenn ich mit ihr fotografiere, denke ich an dich. Doch das sprach sie nicht aus.

»Und wie geht es dir, hast du Heimaturlaub?«

Franz nickte, überlegte, nickte wieder.

Dann nahm er einen Schluck seines Kaffees, bevor er weitersprach. »Ich bin bereits im August 1914 im Elsass verwundet worden. Anschließend war ich im Lazarett und dann …«

»Im August 1914?«, unterbrach sie ihn. »So kurz nach Kriegsbeginn?«

Franz nickte. »Ja, aber das ist vorbei. Ist ja noch mal gut gegangen. War nicht so schlimm.« Ein schiefes Lächeln, dann sprach er weiter: »Ich habe mich im Frühjahr 1915 dann an die Somme versetzen lassen. Dort bin ich immer noch stationiert.«

Clara erschrak zutiefst. Meldungen sickerten durch, dass die Kämpfe in dem ganzen Gebiet, dem *Alberich-Gebiet*, der *Siegfriedstellung, Cambrai*, eine astronomische Zahl Toter gefordert hatte. Nicht nur auf deutscher, auch auf englischer und französischer Seite. Ein zäher Stellungskrieg, wie berichtet wurde. Dazwischen Giftgasangriffe, Luftangriffe, Granaten, die abgeworfen wurden. Vor allem Handgranaten, diese wurden am meisten eingesetzt.

»Mein Urlaub ist fast vorbei, aber vier Tage habe ich noch. Ich will sie nutzen, um mich mit Bernhard zu treffen, der Ingenieur ist. Wir haben einen Schacht gebaut«, lächelte er. »Dreistöckig nach unten.«

»Wirklich? Drei Stockwerke in die Erde?«

Er nickte. Als er ihr Interesse spürte, faltete er die Karte auseinander, schob die Tasse zur Seite und zeigte ihr eine markierte Stelle. *Beaumont*, konnte sie lesen.

»Ich habe großartige Kameraden, es sind viele Bergleute unter ihnen. Ich bin unruhig, kann die letzten vier Tage nicht genießen, ich muss einfach zurück.«

Clara schluckte. Soldaten, die die Wartezeit zwischen den Kämpfen ausnutzten, um einen dreistöckigen Schacht zu graben.

Clara kannte heimlich aufgenommene Fotos von Unterständen an der Front, teilweise wirkten sie provisorisch. Soldaten, die kniehoch im Schlamm standen, mit abgefrorenen Gliedern, krank, halb verhungert. Die Initiative von Franz, seine Energie, für die Soldaten einen besseren Schutz zu errichten, flößte ihr Bewunderung ein.

Als Franz ihr Interesse spürte, erzählte er weiter. »Wir haben tiefe, unterminierte Räume angelegt, unter anderen einen Lazarettraum mit einem Arzt, der ständig zur Verfügung steht, sanitäre

Anlagen, Lebensmittellager und einen Kommunikationsraum, mit direkter Verbindung zur nächsten Militärstation …« Er sah sich um, als stünden Spione direkt neben ihm.

»Wir haben sogar Sonargeräte zum Abhören feindlichen Stollenvertriebs gebaut«, flüsterte er und beugte sich ihr über den Tisch entgegen.

»Das darfst du aber nicht erzählen, oder?«

»Nein, eigentlich nicht.«

Clara sah ihn nachdenklich an. Warum gab er ihr gegenüber diese militärischen Geheimnisse preis? War er einfach nur sehr nervös, redete er drauflos, oder wollte er sie beeindrucken?

»Wenn das alles schon existiert, wieso triffst du dich mit Bernhard?«

»Wir dürfen nicht aufhören, weitere Räume für Lebensmittel zu schaffen. Wir sind Vorbild für andere. Hier«, er holte ein Foto aus seiner Jackentasche, »das ist vor dem Brigade-Stabsquartier, das ist General von Maur. Er hat sich sehr lobend über meinen Schacht ausgesprochen.«

»Und dazwischen bist du.«

Clara sah vom Foto hoch. Franz hatte sich verändert. Er war schmal geworden, doch er strahlte Energie und Entschlossenheit aus, während er vor drei Jahren noch ein Suchender gewesen war. Ihr Blick glitt über seine Jacke. »Das ist jetzt aber nicht deine Offiziersjacke, oder?«

Franz schüttelte den Kopf. »Nein, natürlich nicht. Es ist eine englische Pilotenjacke. Ein Flugzeug wurde von uns abgeschossen, und der Pilot lebte noch. Ich habe ihn versorgt, bin bei ihm geblieben, bis er starb. Er bat mich, diese Jacke zu tragen. Das mache ich auch.«

»Darfst du das als deutscher Offizier?«

Er zuckte nur mit den Achseln, und Clara wurde bewusst, dass sich Franz nicht einordnen ließ. Er tat das, was er für richtig hielt. War dieser unterirdische Bau nicht der Beweis dafür? Und war es nicht genau diese Eigenschaft, die sie an ihm geliebt hatte? Noch liebte?

Franz steckte das Foto wieder ein und faltete die Karte zusammen.

Es entstand eine Pause, in der Clara mit dem Löffel ihren Wiener Eiskaffee am Boden des Glases auskratzte, während sie den Blick darauf gesenkt hielt.

»Warum?« Seine Frage kam plötzlich. »Warum bist du damals nicht gekommen, warum hast du mich verlassen?«

Clara schob das Glas zur Seite. Sie ließ sich Zeit, bevor sie endlich antwortete.

»Wenn du das nicht weißt …«

»Nein, das weiß ich nicht.«

»Ich war da.« Jetzt sah sie hoch. »Genau um Viertel vor sieben, aber du warst schon weg.«

Darauf ging Franz nicht ein. Er griff in seine Jackentasche, holte ein Zigarettenetui heraus, nahm eine heraus und zündete sie an. Nach einem langen Zug sah er ihr direkt in die Augen. »Du hast gewusst, dass ich dir einen Heiratsantrag machen wollte, und deshalb bist du nicht gekommen, habe ich nicht recht?«

Stumm sah sie ihn an. Erst nach einer Weile antwortete sie. »Ja, das ist richtig. Ich war unsicher. Auch wegen Gerda von Bitten, ich dachte, vielleicht willst du ja eigentlich sie heiraten, auch weil deine Familie es wollte.«

Ungläubig schüttelte er den Kopf. »Habe ich dir nicht immer wieder erklärt, dass ich längst mit ihr abgeschlossen habe?« Seine Stimme wurde lauter.

»Wie ich schon sagte, ich war mir damals nicht sicher. Ich dachte, wenn du mir einen Antrag machst, ist das eine Idee, entstanden aus Panik. Du hattest Angst, was dich an der Front erwartet, und brauchtest in diesem Moment einfach Sicherheit. Vielleicht auch, dass ich dich nicht vergesse. Aber letztendlich bin ich dann doch gekommen«, fügte sie hinzu.

Das Gesicht von Franz entspannte sich. Er drückte die Zigarette aus und griff nach ihrer Hand.

»Und«, sprach Clara weiter, »ich habe dir geschrieben. Ich kannte deine Adresse nicht, aber ich habe den Brief einfach an deinen Heimatort geschickt. Ich war mir sicher, deine Familie ist bekannt und das würde genügen.«

»Eigentlich schon.« Franz wurde nachdenklich. »Das verstehe ich nicht. Wann war das, erinnerst du dich?«

»Ja, es war so … um den zwanzigsten August herum.«

»Da habe ich das Lazarett verlassen und war auf dem Weg nach Frankreich an die Front.«

»Vielleicht … vielleicht haben deine Eltern dir den Brief nicht gegeben, weil er von mir kam.«

»Nein.« Franz dementierte heftig. »Das kann ich mir nicht vorstellen.« Aber dann dachte er an seine Mutter. Sie tat alles, um endlich eine offizielle Verlobung mit Gerda zu forcieren. Und wenn sie einen Brief an ihren Sohn in Empfang nahm, der von einer anderen Frau kam? Ja, es konnte sein, dass sie den Brief nicht an ihn weiterschickte.

»Der Brief ist auch nicht zurückgekommen«, erklärte Clara.

»Vielleicht hast du vergessen, deinen Absender anzugeben?«

Ein letzter Versuch, seine Mutter zu rehabilitieren und keine Wut zu empfinden. Clara schüttelte heftig den Kopf. Es konnte wirklich nur so sein, dass seine Mutter ihm diesen Brief mit dem Absender einer Frau unterschlagen hatte. »Vielleicht ist er unterwegs verloren gegangen; das ist in dieser Zeit auch möglich.« Er suchte nach einer plausiblen Erklärung, die seine Mutter nicht bloßstellte.

»Möglich, aber ist das jetzt noch wichtig?«, war Claras Antwort.

»Lass uns den heutigen Abend zusammen verbringen.« Franz' Vorschlag kam spontan. »Essen gehen oder … was auch immer du willst.«

Schon wollte sie antworten, sie sei verabredet. Letztendlich hatte sie Ben Ehrlich zugesagt, und sie sollte sich auch nicht wieder auf Franz einlassen. Sie wollte Ruhe und Beständigkeit in ihrem Leben, um daraus Kraft für ihren Beruf zu ziehen. Mit Franz aber würde sie alles erleben, nur keine Ruhe und Beständigkeit. Und dann war ja noch die Frage, wie er wirklich zu Gerda stand.

»Wir könnten Zeit miteinander verbringen«, setzte er nach.

Clara war sich sicher, wenn sie jetzt nachgab, wäre ihr ruhiges Leben vorbei. Mit ihm würden Aufregung und Schmerz zurückkehren. Aber auch die Liebe.

Dann atmete sie durch, schob ihre Bedenken beiseite. »Ja, ist gut, lass uns zusammen essen gehen«, schlug sie vor. Ein gemeinsames Essen, und dann ging jeder wieder seiner Wege, da war nichts dabei. Noch kein Schmerz. Nur ein paar entspannte Stunden inmitten dieser schrecklichen Zeit.

»Gut, aber zuerst bringe ich die Karten und Bücher nach Hause. Kommst du mit? Dann kann ich dir jemanden zeigen. Meinen Hund«, fügte er mit einem kleinen Lachen hinzu. »Du magst doch Hunde, oder?«

Clara nickte. »Ja, sehr.« Sie erinnerte sich an die herrenlosen Hunde, die im Hof herumirrten und warteten, bis ihnen jemand aus den Fenstern etwas zuwarf, dort wo sie aufgewachsen war. Sie hatte ihnen oft etwas gebracht, das sie in der Küche bei ihrer Mutter heimlich entwendet hatte, wobei sie oft von der Mutter erwischt und als Diebin beschimpft worden war und eine Ohrfeige kassiert hatte.

Sie sah zu, wie Franz die Karte zusammenfaltete, sie in eine große Tasche schob und dann bezahlte. Clara und er erhoben sich fast gleichzeitig, und auf dem Heimweg erzählte er ihr von seinem Hund und die tragische Geschichte, die ihn mit *Freund* verband.

Kaum hatte er die Wohnungstür geöffnet, rannte der Hund auf ihn zu und umkreiste ihn schwanzwedelnd. Dann aber blieb er ruckartig stehen, beäugte Clara und schob dann vertrauensvoll seine Schnauze in ihre Hand. Gerührt beugte sich Clara zu ihm hinunter, kraulte ihn hinter den Ohren. Franz ging zum Schreibtisch, packte die Karte aus und legte sie auf den Tisch. Spontan griff er nach dem kleinen Samtkästchen mit dem Verlobungsring seiner Großmutter, das dort immer noch lag.

Er hob es hoch, öffnete es und sah zu Clara hinüber, die mit seinem Hund redete und ihn immer noch kraulte, während der sich ganz still verhielt. Franz atmete durch, zögerte, doch dann steckte er den Ring zurück. Bald, schoss es ihm durch den Kopf. Vielleicht würde sie in den nächsten Tagen *Ja* sagen und er ihr den Ring an den Finger stecken können. Lächelnd ging er auf Clara zu.

»Er liebt dich – übrigens nicht nur er«, betonte er, wobei er bedeutungsvoll mit dem Kopf auf Freund deutete.

Da richtete sie sich auf, schlang die Arme um ihn und küsste ihn zart auf den Mund. Es war ihre Antwort, dass auch sie ihn liebte.

Und Clara blieb. Sie blieb vier Tage und vier Nächte. Sie vergaß alles, vergaß auch, Ben Ehrlich abzusagen, ihr ganzes altes Leben schien so weit weg, im Nebel zu verblassen.

In den Nächten liebten sie sich, sie konnten nicht genug voneinander bekommen. Und immer blieb im Hinterkopf die Frage: Würde Franz heil aus dem Krieg zurückkommen, waren dies vielleicht die letzten Tage, Nächte, Stunden seines Lebens? Und sie redeten über alles und erzählten von ihrer Kindheit, ihrer Jugend. Doch das Thema Gerda von Bitten sprach Clara nicht an, und auch Franz schwieg, erleichtert, dass Clara sie offensichtlich vergessen hatte. Obwohl sie dieses heikle Thema mieden, blieb es doch zwischen ihnen und gewann an Bedeutung, je länger sie schwiegen.

Der letzte Tag war da, der letzte Morgen, den sie zusammen verbringen würden. Noch ein Frühstück, Liebesschwüre, ein letzter Kuss. Clara war schon angezogen, sie hatte ihre Tasche fertig gepackt, doch sie hatte Franz versprochen, noch zu bleiben. Bis zum schweren Moment des Abschieds. Sie ging in die Küche hinüber und deckte dort den großen Holztisch fürs Frühstück, als es klingelte.

Franz war noch im Badezimmer. »Machst du bitte auf? Das wird Karli sein, der Lehrling vom Bäcker.«

Clara ging durch den Wohnraum in die Diele und öffnete.

Doch es war nicht Karli, es war der Postbote, und er hielt ihr ein Päckchen entgegen. »Für Herrn Franz Laverne.«

»Sie können es mir geben«, erklärte Clara, während der Postbote an ihr vorbei einen neugierigen Blick in die Wohnung warf. Dann übergab er ihr das kleine Paket, und sie quittierte die Annahme. Sie schloss die Tür, und während im Badezimmer Franz laut *Celeste Aida* aus Verdis Oper schmetterte, sah sie auf den Absender. Das Päckchen war von Gerda von Bitten. Und überall über den Absender verteilt waren kleine rote Herzen gemalt. Einen Moment lang starrte sie wie betäubt auf das Paket in ihrer Hand, dann drehte sie sich langsam um und legte es auf den Schreibtisch.

Während im Badezimmer noch das Wasser rauschte und Franz Arien sang, blickte sie sich noch einmal um, hob ihre Tasche hoch, holte einen Stift heraus und schrieb Franz eine kurze Nachricht. Den Zettel legte sie neben das Päckchen.

Adieu, Franz, ich kann Dir nicht mehr vertrauen,
ich gehe, ich kann nicht anders.

Dann lief sie leise zur Eingangstür, öffnete sie und zog sie lautlos hinter sich zu.

Als Franz aus dem Badezimmer kam, rief er nach Clara. Doch es blieb still. Verwundert ging er in die Küche, der Tisch war gedeckt, über die Kaffeekanne hatte Clara den geblümten Wärmer gestülpt. »Clara? Weißt du, wo sie ist?«, wandte er sich an seinen Hund, doch der schwänzelte nur und sah zu ihm hoch. Dann aber entdeckte er auf dem Schreibtisch Claras Nachricht und direkt daneben ein Päckchen. Erstaunt nahm er es hoch. Als er den Absender las, schleuderte er es mit einer wütenden Bewegung in den Papierkorb, dann ließ er sich auf den Stuhl fallen und barg das Gesicht in den Händen.

Wieder las er die Nachricht. Natürlich musste Clara annehmen, dass es noch immer eine Verbindung zwischen ihm und Gerda gab. Er bedauerte zutiefst, in den vergangenen Tagen nicht über Gerda gesprochen zu haben. Er war feige gewesen, er wollte die Harmonie und Leidenschaft zwischen ihnen nicht zerstören. Jetzt bereute er seine Schwäche. Clara hätte es verdient, dass er ihr alles über Gerda erzählte und es seine Mutter war, die sie als ihre Schwiegertochter sehen wollte. Heute verwünschte er sich dafür, Clara vor drei Jahren so ausführlich von seiner Familie erzählt und in den vergangenen Tagen so viel geschwiegen zu haben. Er hatte dieses Thema, das zwangsläufig auch Gerda betraf, vermieden. Hatte er Clara verloren, abermals, nur weil er zu feige gewesen war? Es war verständlich, dass sie ihm nicht mehr vertrauen konnte.

Längst sollte er gehen, sonst fuhr der Sonderzug mit seinen Kameraden ohne ihn ab, doch er blieb, er wartete, vielleicht bereute sie es, kam zurück.

Als es läutete, lief er voller Freude zur Eingangstür und öffnete.

Doch nicht Clara stand davor, sondern Gerda, die ihn anstrahlte.

Wortlos wollte Franz die Tür zuwerfen, da aber hatte Gerda bereits den Fuß dazwischen. Schon war sie in der Wohnung.

»Gerda.« Kaum konnte er seine Stimme beherrschen. »Gerda, was willst du hier? Wie oft soll ich dir noch sagen, dass es aus ist zwischen uns, und das schon seit Jahren. Bitte geh! Und bitte«, jetzt wurde er lauter, »komm nie wieder hierher zurück. Wann endlich begreifst du es, ich liebe eine andere.« Die letzten Worte schrie er ihr ins Gesicht.

Über seine Schulter hinweg sah Gerda einen hässlichen Hund hinter Franz stehen, und der knurrte sie auch noch an. Franz wies ihn nicht zurecht. Offensichtlich war Franz allein, doch als sie sich schnell umsah, fiel ihr der Papierkorb auf; dort war ihr Päckchen ungeöffnet gelandet.

Mit raschen Schritten war sie dort und zog es wieder heraus.

»Wieso wirfst du mein Päckchen weg?«, klagte sie, ihre Stimme zitterte, und ihre blauen Augen füllten sich mit Tränen. »Franz, warum? Es sind deine Lieblingspralinen aus der Konditorei Blum, und bald gibt es sie auch nicht mehr.«

Franz kam auf sie zu, doch er blieb mit Abstand vor ihr stehen. »Gerda, bitte geh jetzt. Ich will keinen Brief von dir und kein Paket. Auch wenn es die allerletzten Pralinen auf der ganzen Welt sind und du mir eine Freude machen wolltest. Und ich sage es dir noch mal, ich liebe eine andere Frau, ich liebe Clara, die ich …«

Er sprach nicht weiter. Es tat zu weh zu erzählen, wie er heute Morgen aus dem Bad gekommen war und nur noch ihre Nachricht vorgefunden hatte. Daneben das Paket von Gerda.

Gerda erschrak über den kalten, auch verzweifelten Ausdruck in seinen Augen. Sie spürte sehr wohl die körperliche Ablehnung, die Wut, die in ihm steckte.

»Wieso bist du so grob zu mir? Du hast beim Militär wohl deine guten Manieren vergessen.«

Franz lachte auf und schüttelte nur den Kopf.

»Mir wird schwarz vor Augen«, flüsterte sie und lehnte sich gegen den Schreibtisch, klammerte sich mit einer Hand daran fest. »Ich glaube, ich werde ohnmächtig. Kannst du mir bitte ein Glas Wasser bringen?«

»Natürlich, sofort«, murmelte Franz und hastete in die Küche.

Da drehte sich Gerda um, sie hatte bereits das Samtetui aus dem Augenwinkel gesehen und konnte nicht anders, es war wie ein Zwang. Sie griff danach, und mit einer schnellen Bewegung holte sie den Ring heraus. Er war die Verbindung, das unlösbare Band zwischen Franz und der Frau, die ihn besaß. Unlösbar in ihrer Liebe.

Hastig sah sie zur Küchentür, hörte, wie Franz den Wasserhahn aufdrehte und Wasser in ein Glas füllte. Sein schrecklicher Hund, dieser hässliche Köter, war hinter ihm hergetrottet.

Rasch glitt der Ring in ihre Handtasche, schon war sie an der Eingangstür.

»Es geht mir besser«, rief sie und: »auf Wiedersehen, bis bald.«

Franz kam aus der Küche, sah sich um, ging zum Schreibtisch.

»Ist sie wirklich weg?«

Der Hund winselte, legte den Kopf schief und sah ihn mit treuen braunen Augen an. Franz konnte nicht glauben, dass sie so plötzlich gegangen war. Er lief durch alle Räume, im Schlafzimmer hob er jedes Kissen hoch, sah unter das Bett, in den Schrank. Dann suchte er weiter. Es war gut, dass in der Wohnung kaum Möbel standen, so dauerte die Suche nicht lang. Wieder im Wohnzimmer, ließ er sich erleichtert auf den Stuhl vor dem Schreibtisch fallen, griff nach dem Glas und stürzte das Wasser fast in einem Schluck hinunter.

Gerda war gegangen, und er hoffte mit jeder Faser seines Herzens, dass sie nicht wiederkam. Vielleicht hatte sie es heute endlich begriffen.

Wie hatte es nur so weit kommen können, dass dieses Mädchen mit den blauen Augen, die so unschuldig blicken konnten, seine Liebe zerstört hatte?

Clara war gegangen, und wie es schien, für immer.

ZEHN

Kurort Bad Lichtenberg

Victoria strich sich die Haarsträhnen aus dem Gesicht und versuchte vergeblich, sie unter einen der Kämme zu schieben, mit denen sie ihre krausen Locken hochgesteckt hatte. Und schon fielen sie ihr wieder über die Augen.

Sie spürte, dass sie beobachtet wurde, und als sie den Kopf wandte, verbeugte sich ein junger Mann und lächelte ihr zu. Etwas verwirrt nickte sie und füllte Gläser mit Heilwasser, um sie an die Patienten weiterzureichen. Als Hilfsschwester beim Roten Kreuz war sie eingeteilt worden, in der Wandelhalle die Rekonvaleszenten zu betreuen. Sie wechselte sich mit vier anderen jungen Frauen aus dem Ort ab.

Die Wandelhalle war ein beliebter Treffpunkt der Patienten des Sanatoriums geworden. Das Wasser, das vor dem Krieg zur Behandlung von Altersbeschwerden und Erhaltung der Jugend angepriesen wurde, galt jetzt als Heilmittel gegen Narben, Schmerzen und Kriegsverletzungen jeder Art.

Es sei eben ein Heilwasser für alles und jeden, hatte Victoria lächelnd einem der Rekonvaleszenten erklärt.

»Hast du es immer noch nicht bemerkt?« Gudrun stellte sich neben Victoria, die sich gerade über den Brunnen beugte und ein Glas füllte. »Was meinst du?«

»Na, da drüben, der sieht dich schon seit Tagen an, offenbar ist er zu schüchtern, um dich anzusprechen. Der mit dem Verband um den Kopf. Er ist hübsch«, fügte Gudrun noch hinzu.

Victoria war es nicht gewohnt, von den Männern beachtet oder bewundert zu werden. Es gab andere Mädchen aus dem Ort oder junge Krankenschwestern, die die Aufmerksamkeit der Männer auf sich zogen, die oft bereitwillig erwidert wurde. Denn letztendlich gab es nur alte Männer, so ab fünfzig aufwärts im Ort, nichts »Heiratsfähiges«, wie Gudrun bemerkte.

Victoria aber war zu groß, zu dünn, und vielleicht hatte sie auch zu viele Sommersprossen, oder sie hatte einfach kein Interesse daran, dass ein Mann sie ansprach. Sie sendete keine Signale aus. Nicht einmal an die gesunden Männer, die in ihren Uniformen lässig herumstanden und sich ihre Heldentaten erzählten, die mit jeder Ausschmückung größer wurden. Auch sie wurden nach Verletzungen oder gefährlichen Einsätzen zur Erholung hierher ins Sanatorium geschickt. Es war die Gruppe der Schürzenjäger, wie Gudrun sie nannte, die immer Ausschau nach einer willigen hübschen jungen Frau hielten, um sich mit ihr heimlich im Hotel *Regina* zu treffen. Nachmittags, wenn es im Sanatorium keine Anwendungen oder Untersuchungen gab.

»Er sieht immer zu dir her«, flüsterte Gudrun, während sie einem Mann, der im Rollstuhl saß, ein gefülltes Glas reichte.

»Und sein Name, das ist Schicksal …«, betonte sie.

»Was meinst du damit?« Victorias Neugierde war geweckt.

»Sein Vorname ist Albert, verstehst du?«

Victoria schüttelte verständnislos den Kopf.

Gudrun seufzte über so viel Unwissenheit. »Dein Name ist Victoria. Das ist eindeutig Schicksal.«

Victoria verstand immer noch nicht.

»Königin Victoria«, betonte Gudrun. »Du weißt, wer sie war?«

»Doch, natürlich, die Königin von England, die vor fünfzehn Jahren gestorben ist.«

»Und mit wem war sie verheiratet?«, fragte Gudrun. Als Victoria nur die Schultern zuckte, betonte Gudrun: »Mit Albert. Die großen Liebenden.«

Jetzt verstand Victoria endlich, was Gudrun meinte. Abwehrend schüttelte sie den Kopf, während sie ein leeres Glas auf einen der Tische entlang der Wand stellte.

»Albert war Deutscher«, betonte Gudrun. »Albert von Sachsen-Coburg und Gotha. Die beiden haben sich heftig ineinander verliebt.«

»Aber ich bin keine englische Königin«, lachte Victoria, wandte sich rasch ab und verließ die Wandelhalle. »Ich mache jetzt Pause.«

Ihr Weg führte sie direkt zum gläsernen Pavillon.

Zwei kleine Mädchen standen davor und sahen zum Papagei hoch. »Er spricht nicht«, erklärte eines von ihnen, vorwurfsvoll an Victoria gewandt.

»Da kann man nichts machen.« Victoria zuckte bedauernd mit den Schultern.

»Gehört er denn nicht dir?«, wunderte sich das andere Mädchen.

»Nein, natürlich nicht, wie kommt ihr denn darauf?«

Das eine Mädchen schob sich den Daumen in den Mund, doch ihre kleine Freundin zupfte Victoria energisch am Rock. »Weil dir und deiner Familie alles hier gehört, das hat mein Opa gesagt.«

»Dann hat dein Opa sich geirrt«, erklärte Victoria ruhig und nahm die kleine Hand des Kinds von ihrem Rock, die ihn fest umklammert hielt.

Enttäuscht gingen die beiden Kinder weg, doch das eine Mädchen drehte sich am Eingang noch mal um. »Mein Opa irrt sich nie«, rief sie noch ganz schnell und lief davon.

War das die öffentliche Meinung? Dass ihrer Familie der ganze Ort gehörte? Nachdenklich wandte sich Victoria wieder dem Papagei zu. Sie machte ihm Zeichen, formte mit dem Mund seinen Satz, *Seemann ahoi*, nickte auffordernd zu ihm hoch, doch der Papagei trat auf seinem Ast von einem Fuß auf den anderen, legte den Kopf schief und gab vor, nichts zu verstehen.

»Der will nicht, der hat seinen eigenen Kopf.«

Überrascht drehte sich Victoria um. Es war Albert. Victoria konnte nicht vermeiden, dass ihr die Röte ins Gesicht schoss, da sie gerade mit Gudrun über ihn gesprochen hatte.

»Fuchs«, stellte er sich vor, »Albert Fuchs. Er lässt sich nicht zwingen.« Mit einem Lächeln zeigte er nach oben zum Papagei.

»Ja, ja, ich weiß, er hat seine Launen, aber trotzdem wollte ich es versuchen. Schade. Bereits seit einem Jahr macht er den Schnabel nicht mehr auf. Ich kenne ihn schon so lange«, setzte sie erklärend hinzu. »Schon als Kind stand ich mit meinen Geschwistern hier.« Albert beobachtete Victoria nachdenklich von der Seite, während sie dem Papagei wieder Zeichen mit den Händen und ihrem Mund machte.

»Es ist ein Erinnerungsort für Sie, und deswegen möchten Sie, dass er sich so verhält wie damals«, sagte er dann leise.

»Ja, das stimmt.« Victoria wandte sich ihm überrascht zu.

Bis jetzt hatte sie Albert Fuchs kaum beachtet. Bis vorhin, als sie seinen Blick gespürt hatte. Hatte er recht? Sollte sie nicht lächeln, wenn sie an die Kindheit mit den Geschwistern dachte? Die heißen Sommer im Kurort, die Ferien, die sie hier zusammen verbrachten, Franz, der Älteste, der erklärte, sie seien wie die drei Musketiere, einer für alle, alle für einen. Das hatte ihr gefallen, als sie zehn Jahre alt war. Die Erinnerung trieb ihr die Tränen in die Augen. Franz, der im Heimaturlaub nicht mehr nach Hause kam, Luise, deren Weigerung, sich zu entschuldigen, ihr das Zurückkommen ins Elternhaus verwehrte, eine Weigerung, die Victoria schmerzte. Fühlte Luise sich nicht mehr zur Familie gehörig, nicht mehr mit der Schwester verbunden? Der Klügere gibt nach, hatte sie Luise vorgeschlagen. Entschuldige dich einfach, Papa braucht das, und dann ist alles gut. Doch Luise hatte abgelehnt. Warum sollte sie sich entschuldigen, wenn Vater sie so sehr verletzt und gedemütigt hatte, sie aus dem Haus warf? Sie eine Hure nannte? Victoria besuchte Luise manchmal im Hotel, doch meist war ihre

Schwester nervös und hatte wenig Zeit, stellte auch keine Fragen nach den Eltern, dem Zuhause. Fast jeder Besuch wurde für Victoria zur Enttäuschung. Nachdenklich sah sie Albert an. Sein kleines Lächeln rührte sie, sein Verband um den Kopf trieb ihr fast die Tränen in die Augen. Was hatte er durchgemacht, durch welche Hölle war er gegangen, als er in einem Gefecht den Kopfschuss erlitt?

»Übrigens …« Sie verscheuchte die düsteren Gedanken. »Mein Name ist …« Hier stockte sie, doch er beendete ihren Satz: »Victoria Laverne, ich weiß, wer kennt Sie nicht?«

Was wollte er damit sagen? War auch er der Meinung, ihrer Familie gehöre der ganze Ort?

»Darf ich Sie zu einem Kaffee einladen?« Unsicher blickte er sie an. »Aber«, setzte er hastig hinzu und gab ihr kaum die Möglichkeit, zu antworten, »wenn Sie keine Zeit haben, dann …« Er brach ab, ganz in der Erwartung einer sicheren Absage.

»Aber nein, sehr gern. Morgen vier Uhr. Im Palmengarten?«, schlug sie vor. »Aber bitte weitab vom Flügel, auf dem der Pianist nur schrecklich herumhämmert. Es ist eine Qual«, fügte sie hinzu. Sie biss sich auf die Lippen. Was dachte Albert Fuchs von ihr? Ein dummes reiches Mädchen, arrogant und noch dazu mit Vorurteilen behaftet?

Albert aber lachte, und zum ersten Mal erkannte Victoria, wie attraktiv er war.

»Ja, gut, morgen. Ich freue mich, Fräulein Laverne.«

Zusammen verließen sie den Raum, beide drehten sich noch einmal nach dem Papagei um. Andere Zuschauer bemühten sich um ihn, aber niemandem gelang es, auch nur einen einzigen Krächzer aus ihm herauszulocken. Am Eingang zum Restaurant blieb Albert Fuchs stehen und sah in den Palmengarten zu dem Pianisten hinüber. »Wie kann man nur so gefühllos mit einem *Steinway* umgehen.« Albert war sichtlich entsetzt, als er zusehen musste, wie der Pianist den Schoner auf die Tasten legte und den

Deckel mit einem lauten Knall schloss. Vor Ärger schoss Albert das Blut ins Gesicht.

»Spielen Sie Klavier?« Jetzt wollte Victoria mehr über ihn wissen. Sie war neugierig auf ihn geworden.

»Nicht sehr gut, aber dafür sehr gern«, lächelte er.

Was er für hübsche blaue Augen hatte! »Hätten Sie Lust, etwas für mich zu spielen?« Ihre Frage kam spontan.

»Ja, natürlich. Wenn das möglich ist.« Er zögerte. »Kann ich mich denn einfach so an den Flügel setzen? Was meinen Sie?«

»Natürlich. Gerade vor ein paar Tagen hat unser Oberbürgermeister erklärt, unseren Kriegshelden dürfe man keinen Wunsch abschlagen, sie sollten sich frei bewegen können und eine gute Erinnerung an unseren Ort mitnehmen.«

Wohin mitnehmen? Jetzt erschrak Victoria über die Bemerkung des Oberbürgermeisters. Mitnehmen an die Front?

»Gut, dann kommen Sie. Haben Sie irgendeinen besonderen Wunsch, was ich spielen soll?«

Victoria musste nicht lange überlegen. »Kennen Sie den *Liebestraum* von Liszt?«

»Natürlich, wer nicht?« Er nickte ihr zu und ging zum Flügel. Er hob den Deckel hoch, entfernte mit einer zarten Bewegung den Schoner von den Tasten, rückte sich umständlich den Hocker zurecht und nahm Platz.

Er dehnte seine Finger, legte sie konzentriert auf die Tasten, und dann fing er an. Leise, zart hörte Victoria den Klängen des *Liebestraums* zu. Albert erreichte nicht die Virtuosität von Juri Petkov, aber sein Spiel berührte sie und traf ihr innerstes Gefühl.

Es war Ende September, es war Herbst, und doch war es, als käme die Vergangenheit zurück. Und mit ihr die Verliebtheit des Sommers 1914.

ELF

Berlin

Sechs Wochen später

Clara stand vor der Konditorei Kranzler und sah sich suchend um, bis sie Ben Ehrlich entdeckte. Er saß am letzten Tisch, fast nicht zu sehen. Als sie vor ihm stand, sprang er rasch auf, um sie zu begrüßen und ihr einen Stuhl zurechtzurücken. Er war blass und mager, sein Anzug schlotterte um seinen Körper, aber das war in Zeiten des Kriegs nichts Außergewöhnliches.

Sie hatte sich vorgenommen, gleich mit der Sprache herauszurücken.

»Ich habe mich so sehr über Ihre Nachricht gefreut. Und es tut mir wirklich leid«, begann sie auch sofort, kaum dass sie saß. »Ich habe Sie damals an diesem Abend versetzt. Ich wollte mich einige Tage später bei Ihnen entschuldigen, konnte Sie aber telefonisch nicht erreichen, in der Redaktion teilte man mir mit, Sie seien verreist.«

Sie wollte weitersprechen, doch da hob Ben Ehrlich abwehrend beide Hände und schüttelte den Kopf, so schwieg sie.

»Nein, nein, Fräulein Weinberg, ich wusste gar nicht, dass Sie nicht gekommen sind, denn es war doch eigentlich ich, der die Verabredung nicht eingehalten hat. Dafür wollte ich mich heute bei Ihnen in aller Form entschuldigen.«

»Ach so?« Jetzt lachte Clara befreit auf. »Und ich hatte schon so ein schlechtes Gewissen.«

»Ich auch, aber es gab schwerwiegende Gründe, warum ich

nicht kam.« Hier machte er eine kleine Pause. »Aber ich bin sehr glücklich, dass Sie heute hier sind«, setzte er hinzu. Er winkte der Kellnerin, und sie bestellten beide einen Kamillentee.

Clara ging es seit ein paar Tagen nicht so gut; ständig war ihr übel.

»Ich trinke Kamillentee, weil mein Magen nicht in Ordnung ist«, erklärte Ben Ehrlich fast ein wenig verlegen.

»Auch ich fühle mich schlecht«, wollte sie antworten, doch sie schwieg. Ben Ehrlich wollte etwas erklären, doch offenbar fiel es ihm schwer. Er wartete nervös, bis die Kellnerin die Kännchen und die beiden Tassen gebracht und eingeschenkt hatte. Dann nahm er die Tasse mit zittrigen Händen, trank und verschluckte sich. Clara beobachtete ihn mit wachsendem Erstaunen.

»Heiß«, stellte er fest.

Da Clara wartete, erzählte er.

»Als ich an jenem Tag nach Hause kam, wurde ich von der Geheimpolizei erwartet. Sie haben mich verhaftet.«

Clara erschrak. »Aber warum denn?«

»Eine anonyme Anzeige, Beleidigungen gegen unseren Kaiser, Volksverhetzung. Ich saß für ein paar Wochen in Untersuchungshaft, aber dank eines guten Anwalts kam ich wieder frei. Und nun bin ich hier.«

Es sollte locker klingen, doch das Lächeln auf Bens Gesicht sprach von tiefer Verzweiflung.

Schweigend griff Clara nach seiner Hand und drückte sie.

»Ich will jetzt nur noch vergessen«, redete er hastig weiter und entzog ihr seine Hand. »Also sprechen wir bitte nicht mehr darüber. Haben Sie inzwischen fotografiert, auch Bilder verkaufen können?«, wechselte er bewusst das Thema.

Clara schüttelte den Kopf. »Nein, leider nicht. Eigentlich warte ich immer noch auf die Veröffentlichung meiner Fotos in Ihrer Zeitung, das hatten Sie mir zugesagt.«

»Ich weiß, ich weiß, und das bedaure ich auch wirklich sehr.

Leider habe ich damals noch nicht erkannt, in welchem finanziellen Engpass wir steckten. Wir mussten jeden Auftrag stornieren. Aber jetzt geht es bergauf, denn ich habe einen lukrativen Werbeauftrag abgeschlossen. Große Seiten mit Reklame.«

»Für was?« Clara sah ihn gespannt an. Für welche Artikel konnte man wohl in dieser Zeit noch Reklame machen?

»Wir veröffentlichen ganze Seiten, die für Prothesen werben. Beine, Arme, Hände. Das ermöglicht uns, weiterzuarbeiten. Und deshalb biete ich Ihnen heute eine Festanstellung als Fotografin bei uns an.« Voller Erwartung sah er sie an.

Das Angebot kam so überraschend, dass sie im Moment keine Freude empfand, obwohl es doch ihr absolutes Traumangebot war. Fest in einem Team arbeiten, jeden Monat ein Gehalt bekommen und fotografieren, fotografieren … Sie konnte es kaum glauben. Doch da ergriff sie wieder die Übelkeit, ihr wurde schwindlig, und wie aus weiter Ferne hörte sie Ben reden.

»Wir beschäftigen auch weiterhin freie Mitarbeiter«, berichtete er gerade. »Zwei Korrespondenten haben wir schon nach Russland geschickt, diese Berichte stoßen auf großes Interesse. Aber Sie wissen ja sicher, dass uns Vorgaben durch das Bild- und Filmamt gemacht werden.«

Sie konnte nur nicken, lächeln und tief einatmen. Der Schweiß lief ihr den Rücken hinunter – hoffentlich merkte Ben Ehrlich nichts, denn vielleicht würde er sie nicht engagieren, wenn sie krank war.

»Sie werden ein gutes Gehalt bekommen. Aber Sie müssen hart arbeiten, das sage ich Ihnen gleich, vielleicht auch an die Front fahren. Es wäre sensationell, wenn wir einen weiblichen Kriegsreporter schicken können. Und ich glaube, für diese Reportagen wären Sie genau die Richtige.«

Noch konnte sich Clara über das unerwartete Angebot nicht freuen, denn erneut überkam sie eine Welle der Übelkeit, die jeden Gedanken ausschloss. Sie konnte nur kraftlos nicken, während Ben nach einem Blick auf seine Taschenuhr ganz plötzlich erschrocken aufsprang.

»Fast hätte ich jetzt meinen nächsten Termin vergessen, liebes Fräulein Weinberg, bitte sagen Sie mir bis übermorgen Bescheid. Wäre das möglich? Hier ist meine Karte.« Umständlich zog er eine Visitenkarte aus seiner Brieftasche.

Clara konnte nur nicken, endlich lächelte sie. Sie arbeitete immer noch im *KaDeWe*, aber ihr war schon mitgeteilt worden, dass man sie nur noch als Aushilfe für die sogenannten *Weißen Wochen* brauchen könne. Für diese Wochen im Februar, wenn das Kaufhaus ganz in weißen und hellen Tönen geschmückt wurde und fast ausschließlich weiße Waren in einem sensationellen Ausverkauf angeboten wurden. Wochen, an denen die Frauen meist schon seit fünf Uhr morgens lange Schlangen vor den Türen bildeten und nach der Öffnung ins Kaufhaus stürmten, um sich gegenseitig die Tischdecken, Bett- und Unterwäsche aus den Händen zu reißen. Mehr könne man ihr leider nicht anbieten, man bedauere das.

Clara lächelte immer noch und atmete jetzt befreit auf, denn gerade hatte sie ganz unerwartet das Angebot ihres Lebens bekommen. Ben Ehrlich gab der Kellnerin ein Zeichen und bezahlte hastig im Stehen die Rechnung.

»Entschuldigen Sie meinen abrupten Aufbruch, sicher werde ich schon dringendst erwartet. Aber trinken Sie Ihren Tee bitte noch in aller Ruhe aus. Sie sehen übrigens blass aus«, bemerkte er noch rasch, »und passen Sie auf sich auf, nicht dass sie krank werden.«

»Mir geht es blendend«, brachte sie mühsam hervor, »und danke für das Angebot, ich brauche gar nicht zu überlegen, ich nehme es an.«

»Das ist ja wunderbar, dann sehen wir uns in den nächsten Tagen in der Redaktion. Ich melde mich.«

Er nickte ihr zu, und dann beobachtete sie, wie er sich durch die Tische schlängelte und sich auf der Straße noch einmal umdrehte, den Hut zog und eine leichte Verbeugung andeutete. Clara lächelte und winkte ihm zu.

Während sie den letzten Schluck ihres Tees trank, hatte sie das Gefühl, beobachtet zu werden. Sie wandte den Kopf zur Seite und sah sich um. Ihr Blick blieb an einer jungen hübschen Frau hängen, die in der Nähe saß und in deren großen blauen Augen ihr Hass und Wut entgegenstrahlten. Sie erschrak, doch da erfasste sie wieder eine Welle aus Übelkeit, stärker als die Tage zuvor.

»Gerda, hast du mich nicht gehört? Deine Mutter hat unten in der Arztpraxis angerufen, und so habe ich mit ihr telefoniert.«

Gerda erschrak. »Was wollte sie?« Wenn ihre Mutter hier in Berlin anrief, konnte es nichts Gutes bedeuten.

»Du sollst endlich nach Hause kommen, du bist jetzt bereits seit Wochen hier bei mir. Deine Mutter hat erzählt, die Frau von der Meldestelle habe sie schon mehrmals angesprochen. Weißt du, Gerda, ich mag dich, und ich finde es auch schön, wenn du hier bist, aber ich kann dich nicht mehr durchfüttern. Und wenn ich ehrlich bin, eine große Hilfe bist du auch nicht.«

Gerda sah sie mit großen verwirrten Augen an. »Das tut mir leid«, flüsterte sie, »ich dachte, du freust dich über meinen Besuch.«

»Ja«, lenkte Susanne ein, »aber auch deine Mutter will wissen, was du wochenlang hier machst. Dein Verlobter ist vor genau sechs Wochen an die Front zurückgefahren. Und Urlaub bekommt er erst wieder an Weihnachten.«

»Woher willst du das wissen?«, fuhr Gerda hoch.

»Das hat die Mutter von Franz Laverne deiner Mutter erzählt, als sie auf dem Postamt war. Ich wusste ja gar nicht, dass meine Cousine dort die Leiterin ist.«

Gerda wurde blutrot.

»Deine Mutter ist eine mutige Frau«, erklärte Susanne. »Seit fünfundzwanzig Jahren ist sie mit einem Versager verheiratet, und jetzt hat sie noch die Energie, ein neues Leben anzufangen.«

»Nun ja, auf der Post stehen und Briefe abstempeln ist nicht unbedingt ein neues Leben«, widersprach Gerda spöttisch.

»Doch, das ist es. Sie ist finanziell unabhängig. Aber was dich betrifft, will ich jetzt nicht so sein. Letztendlich hilfst du uns ja auch mit den Paketen für unsere Feldgrauen, jedenfalls bemühst du dich. Aber lange geht das jetzt nicht mehr.«

Bevor Gerda etwas erwidern konnte, läutete es an der Wohnungstür, und herein drängten vier Freundinnen von Susanne, bepackt mit Körben voller Wolle und Stricknadeln, dazu einer Flasche Marzipanlikör. Es sollte ja auch ein bisschen Vergnügen dabei sein, wenn man schon so viel für die Helden des Vaterlands tat.

Unbeachtet von ihnen drückte sich Gerda aus der Wohnung. Wie so oft ging sie ins Kranzler. Wenn sie dort saß, hatte sie das Gefühl, Franz ein wenig nahe zu sein, letztendlich war es doch sein Lieblingscafé.

Abends im Bett holte sie heimlich den Ring aus ihrer Tasche und steckte ihn an den Finger. Er passte perfekt, war wie für sie gemacht. Das Zeichen, dass sie doch irgendwie zu Franz gehörte, er schuf die Verbindung zu ihm. Mehrmals war sie schon zu seinem Haus gelaufen, sie wollte in die Wohnung, ihm nachspüren, sich in sein Bett legen, seinen Geruch einatmen.

Doch jedes Mal trat ihr der Portier entgegen und erklärte, Franz Laverne sei nicht da und er habe strengste Anweisungen erhalten, niemanden in seine Wohnung zu lassen, auch seine Kollegen wüssten Bescheid.

»Aber …«

»Niemanden, Fräuleinchen, niemanden«, betonte er, und das war dann das Aus für einen Besuch oben in der Wohnung. Aber ins Kranzler ging sie, das konnte ihr niemand verbieten. Als sie an einem Tisch Platz nahm und sich einen Kakao bestellte, sah sie … dieses Flittchen … diese … Clara. Das musste sie sein. Sie erinnerte sich an sie, als sie damals vor drei Jahren mit Franz hier gesessen hatte und dann aufgestanden war. Sie trug sogar noch das gleiche gestreifte Kleid. Gerda beobachtete jede Bewegung von ihr. Bis sie … plötzlich aufsprang und die Treppe hoch zur Toilette lief. Sofort fuhr auch Gerda hoch und folgte ihr.

Stöhnend beugte sich Clara im Waschraum über das Becken.

»Geht es Ihnen nicht gut, kann ich Ihnen helfen?« Wie durch einen Nebel sah Clara eine ältere Frau neben sich, die sie freundlich anlächelte.

Clara atmete durch und schüttelte den Kopf. »Danke, es geht schon wieder.«

»Das geht vorbei«, meinte die ältere Frau. »Das sind nur die ersten drei Monate, dann wird es besser.«

Clara sah hoch. »Was meinen Sie?«

»Ach Kindchen, was meine ich wohl … Sie sind schwanger, haben Sie das nicht gewusst?«

»O Gott, nein.« Clara umklammerte mit beiden Händen das Waschbecken. Schwanger. Natürlich. Wieso hatte sie daran nicht gedacht? Franz und sie waren so glücklich gewesen und hatten nicht aufgepasst. Sie hätte die Anzeichen einer Schwangerschaft doch erkennen müssen.

Schwanger, ein Kind von dem Mann, den sie liebte. Doch die große Freude stellte sich nicht ein, sie dachte an die ständige Übelkeit, die Erschöpfung, wie konnte sie ihren Beruf, für den sie gerade ihr Traumangebot erhalten hatte, dann überhaupt noch bewältigen?

Die ältere Frau wünschte ihr noch alles Gute, während Clara die Toilette verließ und dort mit einer jungen Frau zusammenprallte. Sie sah den Hass in ihren Augen. Sie versetzte Clara einen so festen Stoß, dass sie den Boden unter den Füßen verlor und die Treppe hinunterfiel. Stufe für Stufe.

»Schnell, einen Arzt«, rief oben die ältere Frau. »Die Frau ist schwanger.«

Schwanger … schwanger … schwanger …

Das Wort verfolgte Gerda, während sie nach Hause rannte und als sie abends im Bett lag, die Beine hochzog und das Kissen fest mit den Armen umschlang. Schwanger … dieses Flittchen war schwanger. Schwanger von Franz. Irgendwie bestand kein Zweifel. Letztendlich war sie sechs Wochen zuvor bei Franz gewesen.

Am nächsten Morgen quälte sie sich erst gegen Mittag aus dem Bett. Als sie in die Küche kam und sich an den Tisch setzte, hantierte Susanne am Herd. »Sieh mal, gestern warst du doch im Kranzler, oder?«

Stumm nickte Gerda.

»Da ist ein kleiner Artikel auf Seite drei. Dort ist etwas passiert, hast du es mitbekommen?«

Gerda griff nach der Zeitung und blätterte die dritte Seite auf.

Zwischenfall in der Konditorei Kranzler
Gestern Nachmittag um zwei Uhr fünfzehn wurde eine schwangere Frau von einer Unbekannten die Treppe hinuntergestoßen. Auch ein Arzt, der zufällig im Kranzler war, konnte ihr nicht helfen. Die schwangere junge Frau, eine Clara W., wurde ins Krankenhaus gebracht. Dort hat sie ihr Kind verloren.
Nach der Tatverdächtigen wird gesucht.

»Das war ich nicht, ich habe sie doch nur ganz leicht berührt«, stammelte Gerda.

Susanne hörte sie nicht, da sie die Küche verließ und draußen bereits wieder ihre Freundinnen begrüßte.

Nach der Tatverdächtigen wird gesucht ….

Wie von Sinnen lief Gerda durch die enge Diele in die Kammer, warf ihre Sachen in den Koffer. Dann schrieb sie hastig eine kurze Nachricht an Susanne. Sie müsse ganz schnell nach Hause, vielen Dank für alles.

Leise verließ sie das winzige Zimmer. Susanne saß mit ihren Freundinnen bereits im Wohnzimmer, sie unterhielten sich laut und tranken Marzipanlikör, sodass sie Gerda nicht hörten, als die das Haus verließ.

Den Nachmittagszug konnte sie noch erreichen, der würde sie nach Hause bringen, nach Hause zu ihrer Mutter. Sie würde ihr Miezchen in die Arme nehmen, sie verstehen und ihr glauben, dass sie diese … Clara doch nur ein wenig angestoßen hatte. Und hatte sie nicht das Recht dazu? Schließlich hatte die sich in ihre Beziehung gedrängt.

Sie sollte kein Kind von Franz bekommen, das Schicksal hatte entschieden.

ZWÖLF

Kurort Bad Lichtenberg

Luise hatte sich Zeit genommen, um endlich mal wieder im Wintergarten zu sitzen, umgeben von Oleander, Palmen und blühenden exotischen Blumen. Sie liebte den hohen Raum mit seinen Korbmöbeln und den bunten Kissen darauf.

Sie konnte sich an den Pflanzen nicht sattsehen, immer neue Blumen wurden an Ecken des schmalen langen Raums platziert, um die richtige Wirkung zu erzielen. Sie schätzte den Architekten Simon Roth, den sie noch nicht kannte, aber dessen Arbeit sie bewunderte. Carl nannte ihn einen sehr talentierten, aufstrebenden Architekten. Wenn Carl ein solches Lob aussprach, musste er ein außergewöhnlicher junger Mann sein. Im Moment arbeite er in Berlin, hatte Carl hinzugefügt. Alles, was er konzipierte, strahlte internationales Flair aus. Im Wintergarten hatten früher die Hotelgäste gesessen, um den berühmten Baumkuchen aus der hoteleigenen Patisserie zu genießen und Tee aus feinsten Porzellantassen zu trinken.

Luise hatte sich hierher zurückgezogen und schrieb einen Brief an ihren Bruder.

Sie erzählte Franz, dass das Wetter noch so schön sei, und so hätten Carl und sie den Tennisplatz noch nicht winterfest machen lassen. *Viele Rekonvaleszenten spielen gern noch Tennis. Wir haben nun auch ein Billardzimmer, um bei kaltem Wetter den verwundeten Helden unserer Schlachtfelder, wie das Ministerium es nannte, Abwechslung zu bieten.*

Während ich Dir schreibe, sitze ich im Wintergarten. Erinnerst Du Dich, mein lieber Bruder, wie wir als Kinder schon hier den Baumkuchen unseres berühmten Confiseurs Pierre (Peter im wirklichen Leben! Und, wie man jetzt sagen muss, Konditor!) gegessen haben, bis uns fast schlecht wurde. Carl und ich haben Peter fast auf den Knien angefleht, hierzubleiben, mit der Aussicht, dass wir nach dem Krieg wieder das Luxushotel von einstmals werden. Und dazu gehöre schließlich sein wunderbarer Baumkuchen. Wie alle Künstler ist er eitel und ließ sich dazu überreden, einen langfristigen Vertrag zu unterschreiben.

Leider muss ich Schluss machen, die Zeit drängt, ich habe einen Termin mit Onkel Carl. Wir wollen die Telefonzentrale noch moderner ausbauen lassen.

Ich möchte Dir noch etwas erzählen: Ich bin eine Beziehung eingegangen. Sein Name ist Philip, er ist der Freund des Freunds unseres Kaisers, Roland von Bergen, dem es noch sehr schlecht geht. Er kam schwer verwundet vor sechs Wochen hier an, aber eine Besserung scheint nicht in Sicht.

Hier machte Luise eine Pause und legte den Füllfederhalter zur Seite.

Sollte sie wirklich ihrem Bruder, der an der Front kämpfte und täglich sein Leben riskierte, von einer Affäre erzählen? Oder wollte sie darüber schreiben, weil es doch mehr war als das? Hatte sie sich in Philip Rohmer verliebt? Die Beziehung, die so schnell, fast hastig vor vier Wochen begonnen hatte, vielleicht nur aus ihrer Einsamkeit heraus, aus dem Wunsch nach der Umarmung eines Mannes? Oder aus dem Gefühl heraus, keine kostbare Zeit zu verschwenden, gerade jetzt, da Krieg herrschte?

Vielleicht erzählte sie es ihrem Bruder auch, weil sie annahm, er würde sich freuen und erkennen, sie habe endlich die verstörende Liebe zu Francois de Leclerc überwunden. Aber hatte sie das? Nicht nachdenken, nur nicht nachdenken.

Rasch beendete sie den Brief, schrieb noch kurz, es ginge Victoria sehr gut, sie glaube, auch sie sei verliebt, dann setzte sie viele Grüße darunter, sie melde sich bald. Sie steckte den Brief ins Kuvert, erhob sich und verließ den Wintergarten. Am Hotelempfang gab sie ihn ab. Er würde heute noch mit anderen Briefen zur Post gebracht werden.

In der Halle lief ein Page mit einem Schild an ihr vorbei, auf dem der Name des Patienten stand, der dringend am Telefon verlangt wurde und offenbar in seinem Zimmer nicht erreichbar war. Der Page war erst fünfzehn Jahre alt, sehr klein, und die rote Uniform war noch nicht für ihn geändert worden, darum war die Hose ein wenig zu lang. Das Schild hielt er ungeschickt vor sich hoch, sodass er nicht sehen konnte, wo genau er hinlief. Luise wollte ihn warnen, ihm erklären, wie er es halten sollte und dass er auf seine Füße achten musste, solange die Hose noch nicht geändert war. Luise ärgerte sich, sie hatte schon mehrmals darauf gedrängt, dem Jungen die Uniform anzupassen. Doch genau in diesem Moment stolperte er, verlor das Gleichgewicht und konnte das Schild nicht mehr halten. Es fiel ihm krachend aus den Händen und traf einen Mann, der dadurch ebenfalls stolperte und fast hinfiel.

Dieser Mann war Philip. Luise verkniff sich ein Lachen, irgendwie sah es komisch aus, wie er sich jetzt hochrappelte und der Page mit hochrotem Gesicht das Schild aufhob.

»Tu es fou? Tu ne peux pas faire attention?«, herrschte Philip den verwirrten Pagen an.

Der stotterte, entschuldigte sich, doch da unterbrach ihn Philip. Von einer Sekunde zur anderen völlig verwandelt, lächelte er den Pagen an, nein, nein, es sei er gewesen, er hätte doch ihn und das Schild sehen müssen.

Philip verschwand rasch in Richtung des Aufzugs, ohne Luise gesehen zu haben.

Luise blieb einen Moment stehen und sah ihm überrascht nach.

Als Philip stolperte und erschrak, hatte er Französisch gesprochen.

Luise lächelte, einmal hatte er zu ihr gesagt, er liebe diese Sprache und lese auch viele französische Romane in der Originalfassung. Es hatte nichts zu bedeuten.

DREIZEHN

Kurort Bad Lichtenberg

Victoria gab ihrer Freundin Gudrun ein Zeichen, sie habe jetzt eine kurze Pause. Dann ging sie durch den Palmengarten zu dem gläsernen Pavillon. Sie nickte dem Ornithologen zu, der die exotischen Vögel betreute, zeigte hoch zu den Vögeln hinter der Glaswand und lachte. Der Pfleger verstand sie sofort, nickte und erwiderte ihr Lachen. »Ich bin froh, dass die beiden sich vertragen.«

Er kam zu Victoria herüber und wies hoch zu dem alten und bis jetzt einzig bewunderten Papagei. Der König der anderen Vögel, die in dem Pavillon herumschwirrten. »Ich bin sehr erleichtert, dass er sich mit dem Neuen verträgt, ich war mir nicht sicher, als ich dieses Juwel« – so nannte er den neuen Vogel – »im Hamburger Hafen einem alten Seemann abgekauft habe. Ich kann einfach nicht verstehen, wieso ihn niemand außer mir haben wollte. Sie sehen doch, was er für ein Aufsehen erregt.«

Kinder und Erwachsene drängelten sich vor dem gläsernen Pavillon und staunten mit offenen Mündern hoch zu dem neuen Papagei, denn er hatte ein tiefblaues Gefieder. Er drehte und wendete sich auf seinem Ast, blieb auf einem Bein stehen, zog das andere an und sah mit gleichmütigem Blick auf die Zuschauer hinunter.

»Er weiß, wie schön er ist, aber ist unser alter Papagei nicht eifersüchtig?«

»Bis jetzt noch nicht, man muss abwarten. Wenn es gar nicht geht, trennen wir die beiden durch eine Glaswand, der Pavillon ist ja groß genug. Der Neue scheint friedlich zu sein, er versteht sich ganz ausgezeichnet mit den Kolibris und den anderen Exoten.«

Sie lächelte dem Ornithologen zu und sah sich dann nach Albert um. Sie war mit ihm verabredet, aber wie so oft in letzter Zeit verspätete er sich, manchmal kam er überhaupt nicht. Er habe es vergessen oder so furchtbare Kopfschmerzen gehabt, das waren seine Erklärungen. Entsprachen sie der Wahrheit? Manchmal hatte Victoria das unbestimmte Gefühl, er wich ihr aus, ging ihr aus dem Weg.

Aber was war der Grund? Tief in Gedanken versunken, setzte sie sich auf einen der Stühle vor dem Pavillon. Hier hatte Albert sie angesprochen, hier hatte er schöne Worte gefunden. Hatte sie sich hier in ihn verliebt? Eine Frage, die sie sich in den letzten Tagen oft selbst gestellt hatte.

Die ersten Spaziergänge, als er in einer keuschen Bewegung nach ihrer Hand griff und sie zusammen in die Weinberge gingen. Sie verschwieg, dass sie den gleichen Weg wählte, den sie vor über drei Jahren mit Juri gegangen war.

Albert erzählte dann zögernd von seinem herrschsüchtigen Vater, der von ihm verlangte, die verschuldete Textilfirma zu übernehmen, und sprach über die Mutter, die sich dem Vater unterwarf und nicht wagte, sich auf die Seite des Sohns zu stellen. Oft musste er stehen bleiben, griff in seine Tasche und holte das Röhrchen mit den Tabletten heraus, die Kopfschmerzen seien manchmal unerträglich. Wenn Albert diesen Begriff benutzte, spürte Victoria, dass sie so viel mehr waren als nur unerträglich. Zwei Wochen unternahmen sie Spaziergänge, hielten sich an den Händen, und wenn auch das Wetter schön war und die Sonne noch so warm schien, fand Victoria, es sei Zeit, weiterzugehen. So hatte sie ihn spontan umarmt und leidenschaftlich geküsst. Da hatte er den Kopf an ihre Schulter gelegt und ihr zugeflüstert, sie sei das erste Mädchen, das er geküsst habe.

Diese ersten zwei keuschen Wochen waren vielleicht sogar die schönsten in ihrer Beziehung. Eine Zeit voller Erwartung, eine Zeit, die so intensiv von beiden empfunden und gelebt wurde, sodass sie kurz, doch auch wieder sehr lang erschien. Wochen, die jetzt bereits zur Erinnerung wurden.

Aber die letzte Zeit war geprägt von Wutausbrüchen von Albert, von Aggressivität, dann auch wieder voller Zärtlichkeit, Traurigkeit und dem Wissen, dass es keine Zukunft gab.

Da spürte Victoria einen leichten Kuss auf ihren Nacken. Als sie sich rasch umdrehte, stand Albert lächelnd hinter ihr. Victoria erhob sich. Wie würde es ihm heute gehen, war die Qual seiner Schmerzen wieder so groß, dass er nicht er selbst war, sich veränderte?

»Wie geht es meiner Königin?« Seit Victoria ihm von Gudruns Hinweis auf die englische Königin und ihren Ehemann erzählt hatte, war ein Spiel daraus geworden.

Er nannte sie *meine Königin*, und sie sagte *Prinz Albert* zu ihm. Heute also schien es ihm gut zu gehen. Sein Gesicht wirkte mit seiner Blässe fast durchscheinend, doch sie ließ sich ihre Sorge und das Erschrecken nicht anmerken. Sie legte den Arm um seine Schultern, und es war ihr egal, ob die Leute um sie herum zu flüstern begannen. Sie wollte zeigen, sie, Victoria Laverne, gehörte zu ihm. Zu ihm, Albert Fuchs, der fürs Vaterland gekämpft hatte und durch einen Kopfschuss so schwer verletzt wurde, dass er unter quälenden Kopfschmerzen litt. Sie würden ihn sein ganzes Leben lang beherrschen, machten ihn für jeden Berufsweg untauglich und trieben ihn in die ungewollte Invalidität. Das Schlimmste aber war, dass sich die Kugel noch in seinem Kopf befand.

»Heute nimmst du einmal deinen Verband ab, ja?«

Da aber verschwand sein Lächeln, und er löste sich aus ihrer Umarmung.

»Wenn du nicht willst«, setzte Victoria hastig hinzu, »dann natürlich nicht, dann verschieben wir es.«

Er reagierte kaum, sah sich dann um und schlug vor, für sie den *Liebestraum* auf dem Flügel zu spielen. Bisher hatte er nur einmal für sie gespielt, an dem Nachmittag, als sie sich kennenlernten. Sie folgte ihm nicht zum Flügel, sondern beobachtete, wie er ganz langsam hinging, ein wenig unsicher auf den Beinen. Victoria blieb am Eingang zum Palmengarten stehen, so wie damals, als sie Juri hatte spielen hören. Victoria erschrak, wieso dachte sie jetzt an den jungen Russen? Weil er gegangen war? Als sie hinüber zu Albert sah, erkannte sie, wie Schmerz sein blasses Gesicht verzerrte. Trotzdem hob er den Deckel des Flügels, nahm den Schoner ab und setzte sich auf den Hocker. Würde auch Albert gehen? Kaum konzentrierte sie sich auf sein Spiel, sie musste wegsehen, da sie die Qual in seinem Gesicht nicht ertragen konnte. Wäre sie überhaupt seine Geliebte geworden, wenn nicht sie die Initiative ergriffen hätte?

Sie dachte an den Nachmittag, den sie nach den ersten beiden »keuschen« Wochen mit ihm im Hotel *Regina* verbracht hatte. Die Inhaberin dort war diskret. Da keine Kurgäste mehr kamen, vermietete sie ihr kleines, mit französischem Flair ausgestattetes Hotel stundenweise. Hauptsächlich an die hohen Offiziere, die sich hier am Nachmittag ein paar schöne Stunden gestatteten. Dort hatten sie sich zum ersten Mal geliebt. Victoria wusste, sie war die erste Frau, die er geküsst beziehungsweise die ihn geküsst hatte, also war ihr bewusst, dass Albert unerfahren war. Er war naiv, ein wenig scheu, und als sie ihm half, sich zu entkleiden, bedeckte er mit beiden Händen sein Geschlecht. Victoria lehrte ihn die Liebe, und sie spürte, wie verwirrt Albert war, dass sie so genau erspürte, was er mochte, was ihn glücklich machte. Und dass sie bereits Erfahrung hatte.

Für ihn war sie wunderschön. Er küsste ihre kleinen Brüste mit den rosa Brustwarzen, und da lachte sie und sagte, es kitzle, und er zog sofort seine Hand zurück. Doch Victoria nahm sie und legte sie zwischen ihre Schenkel. Es war so einfach, so natürlich, so schön. Albert war wie ein Cherub, so nannte sie ihn in Gedanken. Wie ein Engel, sein Körper so zart, so blass. Wenn ein großer Künstler ihn sehen würde, hätte er sicher das Verlangen, ihn als Cherub, als Engel in Form einer Statue oder in einem Gemälde zu verewigen. Von ihren Gedanken aber erzählte sie ihm nichts. Er wäre verwirrt gewesen. So war er ein junger Mann von einundzwanzig Jahren, der durch sie seine Unschuld verlor und die Liebe erleben durfte. Er, der so gar nichts wusste.

Manchmal aber war er zu erschöpft, die Kopfschmerzen quälten ihn, und dann lagen sie nackt beieinander und redeten. Doch über den Moment, als eine Kugel in seinen Kopf eingedrungen war und er überlebt hatte, sprach er nicht. Und Victoria stellte auch keine Fragen. Er sprach wenig, erzählte kaum etwas, nur einmal, als er von den Schwierigkeiten zwischen sich und seinem dominanten Vater sprach, einem Mann, der nicht zugeben konnte, dass er beruflich mit seinem Textilhandel gescheitert war. Das beschäftigte ihn, er hatte schon einmal darüber gesprochen, es jedoch offenbar vergessen.

»Und ich kann ihm nicht helfen.« Verzweiflung klang aus seiner Stimme heraus. Manchmal vergaß er ihre Verabredung. Manchmal war er auch aggressiv, erklärte, er tauge nichts mehr, bis er anfing zu weinen. Viele schwierige Stunden hatte sie mit Albert durchgestanden, nicht immer war es heiter und harmonisch wie in den Momenten, als sie Königin und Prinzgemahl spielten.

In die eigenen Gedanken versunken, hörte sie seinem Klavierspiel kaum zu. Schon verklangen leise die letzten Töne, der *Liebestraum* war zu Ende. Albert suchte ihren Blick, er schien zu fragen, warum sie dort am Eingang stand und nicht neben dem Flügel, so wie beim ersten Mal. Da ging sie rasch durch den Palmengarten zu ihm, sah zu, wie er den Deckel schloss.

Er erhob sich, blieb stehen und sah sie nur an. »Ich habe heute mit Professor Scheller gesprochen.«

Victorias Herz fing zu hämmern an. »Und?«

Albert zuckte fast gleichgültig die Schultern. »Er hat mir nur das gesagt, was ich bereits weiß.«

»Und was ist das?«

»Die Kugel in meinem Kopf lässt sich nicht herausoperieren, sie kann wandern. Ich werde immer diese Kopfschmerzen haben und könnte plötzlich blind werden oder den Verstand verlieren.«

»Das muss nicht so sein«, reagierte Victoria lebhaft. »Das ist nur eine Möglichkeit. Ärzte geben dir immer die Prognosen, die sein können, aber nicht eintreffen müssen.«

Albert lächelte nur, antwortete nicht.

»Wie lange bleibst du noch hier?« Endlich stellte sie die Frage, die ihr seit Tagen durch den Kopf ging.

»Ich werde dich bald verlassen«, flüsterte er und schloss die Augen für einen kurzen Moment. »Und bitte sei mir nicht böse, ich kann nicht anders.«

Ich kann nicht anders … Was meinte er damit?

Ich kann nicht anders … ich kann nicht anders … die leise Stimme, so ohne Hoffnung, blieb in ihrem Kopf, ließ sich nicht verdrängen.

Victoria hatte sich schweren Herzens von ihm verabschiedet, ihr Dienst in der Wandelhalle begann. Sie blieb unkonzentriert, fahrig, ließ ein Glas fallen, und das Mitleid mit einem neu angekommenen Patienten blieb aus. Der Neunzehnjährige versuchte, fröhlich zu sein, obwohl ihm beide Beine amputiert worden waren. Gudrun betreute ihn. »Er gehört zu denen, die nachts nach ihrer Mutter weinen.«

Das erschreckte Victoria zutiefst. Das hatte sie nicht gewusst. »Diese jungen Verwundeten hat man im obersten Stock untergebracht, damit die hohen Offiziere im ersten Stock sich nicht von den wahren Helden des Kriegs gestört fühlen.«

Diese ironischen Worte von Gudrun hingen Victoria nach. War auch Albert einer derjenigen, die man ganz nach oben verbannt hatte, damit sie nicht störten, damit ihr Leid, ihre Schmerzen nicht allzu sichtbar wurden? Damit man sie nachts nicht nach der Mutter schreien hörte? Sie arbeitete unkonzentriert, die zwei Stunden wollten kaum vergehen. Endlich war es sechs Uhr. Gudrun kam zu ihr und stellte sich neben sie.

»Schätzchen, kannst du bitte unseren Horst zurückschieben? Ich muss weg, meine Oma ist krank«, flüsterte sie.

Victoria nickte. »Ja, natürlich, gern.« Wenn Gudruns Oma krank war, bedeutete es, Gudrun hatte ein Rendezvous mit einem der Offiziere.

Horst lächelte Victoria unsicher an, als sie sich hinter ihn stellte und den Rollstuhl zum Hotel *Deutscher Kaiser* schob. Sie machte den Versuch einer Unterhaltung, fand, dass das Wetter jetzt immer noch schön sei, erzählte, dass ihre ältere Schwester ihr als Kind aus Kastanien Ketten geknüpft und sie selbst versucht hatte, Männchen zu basteln. »Aber die Figuren gelangen mir nie. Meist fielen sie sofort um. Da war nichts zu machen. Ich aber wurde wütend, warf sie auf den Boden, bis sie auseinanderrollten.«

Horst drehte den Kopf zu ihr um und lächelte sie an, traurig, unsicher und auch voller Verständnis, dass sie fürs Basteln ungeeignet sei.

Oben im Sanatorium verabschiedete sie sich von Horst, wartete, bis ihn eine Krankenschwester übernahm, und winkte ihm zu, als er vor den Aufzug geschoben wurde.

Unentschlossen blieb sie in der Halle stehen. Wo war jetzt Albert? Er hatte gesagt, er müsse sich in sein Zimmer zurückziehen, er habe zu große Schmerzen. Sollte sie jetzt nicht bei ihm sein, seine Hand halten? Seit einigen Tagen lag er in einem Einzelzimmer, dem vier-null-vier.

»Ein Einzelzimmer, dorthin bringt man die Sterbenden«, hatte er ruhig erklärt.

Victoria hatte leidenschaftlich dementiert, doch er lächelte nur. Der Cherub, weit entfernt von der Erde. Victorias Nerven waren so angespannt, dass sich schlimme Szenarien in ihre Gedanken schoben. Er lag auf seinem Zimmer und war ganz allein. Schon wollte sie die Treppe nach oben laufen, aber er hatte signalisiert, dass er allein sein wollte. Sie sollte es respektieren.

Tief in ihrem Herzen erkannte Victoria, was der Satz, *er könne nicht anders,* bedeutete. Er ließ sie erschauern und hatte sie voller Furcht zurückgelassen.

Zu Hause zog sie sich sofort in ihr Zimmer zurück. Sie habe keinen Hunger, rief sie ihrer Mutter zu und schloss energisch die Tür. Es wurde Abend, es wurde spät, die Nacht wollte nicht vergehen. Victoria konnte nicht einschlafen, gepeinigt von furchtbaren Ahnungen. Sie erhob sich, ging in ihr Bad, schlich sich aus dem Zimmer und sah übers Geländer, ob ihr Vater noch im Herrenzimmer saß. Doch alles war dunkel, die Nacht im Haus blieb ruhig. Frierend schlüpfte sie ins Bett zurück, und erst gegen Morgen dämmerte sie in einen leichten Schlaf hinüber, aus dem sie nach kurzer Zeit hochschreckte. Es war halb sechs Uhr morgens, in einer Stunde wurde im Sanatorium das Frühstück auf die Zimmer verteilt. Ohne lange nachzudenken, schwang sie die Beine über die Bettkante und stand auf. Sie musste zu Albert, wieso hatte sie ihn allein gelassen? Sie musste zu ihm, sie würde ihn noch kurz vor seinem Frühstück sehen, bevor die tägliche Routine der Klinik begann.

Hastig zog sie sich an und schlich sich leise die Treppe hinunter, es war noch still, nur unten in der Küche klapperte Berta mit Geschirr und schimpfte vor sich hin, dass der alte Herd immer wieder ausgehe. Das hatte etwas Reales, etwas, das Victoria beruhigte. Die ersten Geräusche des Tages, sein Rhythmus, seine Ordnung. Leise schlich sie sich aus dem Haus und lief die Birkenallee hinunter. Es war kalt, Nebel drückte die abgefallenen Blätter schwer auf den Boden, Victoria lief weiter, ohne darauf zu achten, nicht auszurutschen, sie rannte, bis sie keuchend vor dem Hotel stand.

In der Halle war der Nachtportier mit der Übergabe an den Tagesportier beschäftigt, keine außergewöhnlichen Vorkommnisse, erklärte er seinem Kollegen. Victoria atmete auf, während sie rasch an ihnen vorbei und ungesehen die Treppe hochlief. Keine außergewöhnlichen Vorkommnisse, das klang beruhigend.

Im vierten Stock hastete sie an den Türen entlang, und dann stand sie vor der vier-null-vier. Ein Zimmer, ganz am Ende des langen Gangs. Viele Jahre später noch erinnerte sie sich daran, dass ein Page damit beschäftigt war, die geputzten Schuhe vor die Zimmertüren zu verteilen. Sogar hier wurden den einfachen Soldaten die Schuhe nachts geputzt, das hatte Luise durchgesetzt. Hier oben, bei den wahren Helden, den Schwerstverletzten, den Traumatisierten, sollte es kein Klassendenken geben, das waren ihre Worte. Die Soldaten, die hier lagen, bekamen das gleiche gute Essen auf feinstem Porzellan wie unten die Offiziere des ersten Stocks. Luise tat alles, was ihr als Mitbesitzerin des Hotels möglich war, doch auf die ärztliche Versorgung besaß sie keinen Einfluss. Victoria drückte sich hinter eine Säule, sodass der Page sie nicht sehen konnte. Er schob den kleinen Wagen mit den geputzten Schuhen zum Aufzug, und als der sich öffnete, verschwand er darin, ohne Victoria zu sehen.

Jetzt war der Moment da, in dem sie sich entscheiden musste, für Albert, für sich, vielleicht auch für die Zukunft. Victoria atmete tief durch, wie würde Albert reagieren, wenn sie ihn jetzt so einfach überfiel? Vielleicht war er verärgert, dass sie ihn in seiner intimsten Stunde …

Nicht nachdenken, du wirst es sehen. Entschlossen drückte sie die Klinke hinunter und betrat leise das Zimmer. Es herrschte vollkommene Dunkelheit, sie tastete die Wand ab nach dem Lichtschalter. Nur ein diffuses Licht, kaum erhellte es das Zimmer.

»Albert?« Leise und zögernd trat sie näher. Er hatte keinen

Kopfverband mehr, und zum ersten Mal sah sie die Form seines Kopfs, die Haare, an der Seite abrasiert, an der Stelle, an der die Kugel in sein Gehirn trat. Eine Wunde, noch nicht wirklich verheilt.

»Albert?«, flüsterte sie noch einmal, doch er bewegte sich nicht. Jetzt überwand Victoria ihre Scheu und trat ganz nahe zu ihm. Wächserne Blässe, die Nase trat stark hervor, die Augen tief eingesunken. »Albert«, flüsterte sie, ihre Stimme zitterte, war kaum zu hören. »Ich bin es, ich bin jetzt da.«

Sie beugte sich über ihn, noch näher, ganz nahe, und da sah sie das kleine Loch, direkt oberhalb der Nase, aus dem eine kleine Blutspur lief, Blut, noch ganz frisch. Die Augen starr geöffnet, schienen sie Victoria aus weiter Ferne anzusehen. Seine rechte Hand hing über den Rand des Betts, die Finger vollkommen verkrampft, konnten sie offenbar im Tod den Revolver nicht mehr halten, er schien ihm aus der Hand geglitten zu sein. Und lag jetzt am Boden.

Stille, grausame Stille herrschte, sie konnte ihren Atem hören, spüren, wie ihr Körper erstarrte, sich nicht lösen von dem Anblick des Toten. Doch sie überwand ihre Scheu. Zart strich sie ihm über die kalten, blassen Wangen. »Ich hätte es wissen müssen. Ich hätte dich nicht allein lassen dürfen.« Ihre Worte, obwohl nur geflüstert, hallten, hingen in der Stille des Todes im Raum. Dann beugte sie sich über ihn und küsste ihn.

Es waren die letzten Minuten mit ihm, bevor man ihn finden würde. An der Tür drehte sie sich noch einmal um. Im Licht der Deckenlampe wirkte er so zart, so durchscheinend.

»Cherub«, flüsterte sie, »jetzt bist du in einer anderen Welt angekommen.«

Während sie den Weg zum Hotel *Deutscher Kaiser* gerannt war, ließ sie sich nun Zeit. Langsam, kleine zögernde Schritte, stehen bleiben, nach oben in den Himmel sehen, an dem sich die Nebel aufgelöst hatten und die Sonne strahlend hervortrat. Einer der letzten schönen Herbsttage. Hätte Albert ihn noch genießen können, Freude haben an der Vielfalt der Farben der Blätter? Victoria wirbelte mit der Schuhspitze das Laub auf, blieb wieder stehen, dann setzte sie sich auf eine Bank. Sie war nass und kalt, aber Victoria spürte es nicht, sie empfand es nicht, sie empfand gar nichts, nur Ruhe. Die ganzen Ängste um Albert, das Mitleiden seiner Qualen, sie schienen vorbei.

Wie lange hatte sie dort gesessen? Sie fröstelte, die Zähne schlugen aufeinander, da erhob sie sich und ging nach Hause. In der Halle empfing sie Irene.

»Wo warst du denn, weißt du überhaupt, was ich mir für Sorgen gemacht habe?«

»Ich gehe nach oben«, war Victorias knappe Antwort.

»Das kannst du vergessen, du kannst gleich wieder gehen, Luise hat nämlich angerufen.«

Sie machte eine erwartungsvolle Pause, doch Victoria blieb weiterhin gleichgültig, der Blick ihrer Augen war ausdruckslos.

»Weißt du, was das bedeutet? Nach Jahren«, betonte Irene, »ruft deine Schwester hier an und will dich sprechen, aber als ich hochkam, da war das Fräulein Tochter ausgeflogen.«

»Was wollte Luise?«

»Sie will, dass du zu ihr kommst, es geht wohl um einen Patienten, mehr weiß ich auch nicht. Ich hatte gehofft, Luise ruft an, um sich mit deinem Vater zu versöhnen.«

Die letzten Worte hörte Victoria nicht mehr, sie hatte sich umgedreht, und schon fiel die Haustür hinter ihr zu.

»Komm rein und mach die Tür zu«, forderte Luise ihre Schwester auf, die im Türrahmen stehen geblieben war. »Setz dich aufs Sofa vor den Kamin, du siehst ja ganz verfroren aus, magst du Tee? Er ist noch heiß.«

Victoria schüttelte stumm den Kopf, setzte sich aber aufs Sofa, direkt vor den Kamin. »Mutter sagte mir, du wärst nicht zu Hause, wo warst du denn?«

Doch Luises Frage war mehr rhetorisch, sie setzte sich neben Victoria, griff nach ihrer Hand, die ihre Schwester ihr sofort wieder entzog.

»Du hast Albert Fuchs gekannt?« Es schien eine Feststellung, keine Frage zu sein.

Victoria nickte. »Warum willst du das wissen?«

»Vor zwei Stunden wurde ich verständigt, dass er…« Luise sprach nicht weiter.

»Du musst keine Rücksicht nehmen. Ich weiß, er hat sich erschossen. Ich war in seinem Zimmer, aber da war es schon passiert. Wir hatten eine Beziehung«, setzte sie hinzu.

Luise sah sie fragend von der Seite an. Vielleicht auch, weil Victoria so ruhig, so emotionslos sprach. »Ich habe vermutet«, setzte sie wieder an, »dass du verliebt bist, aber nicht geahnt, dass es Albert Fuchs ist, ein schwer traumatisierter Patient.«

Victoria hörte nicht zu. »Ich bin schuld«, klagte sie. »Ich habe ihn einfach nicht genug geliebt.«

»Nein, Victoria, rede dir das bitte nicht ein. Dich trifft keine Schuld. Albert Fuchs hat eine Entscheidung getroffen, und wenn jemand sterben will, kann ihn nichts und niemand aufhalten.«

Luise wartete auf eine Reaktion, die erst nach einer Pause erfolgte. »Wann?«, flüsterte Victoria, »wann genau?«

»Nach Professor Schellers Meinung muss es so kurz vor sechs gewesen sein.«

Jetzt sprang Victoria auf, lief zum Fenster und starrte hinaus.

»Nur eine Stunde, nur eine Stunde früher, und er hätte noch gelebt. Ich war zu spät, einfach zu spät.«

Sie sah hinaus, ohne wirklich etwas zu erfassen, sie hörte nur, wie Luise leise hinter sie trat.

»Albert Fuchs hat den Zeitpunkt gewählt, an dem in der Klinik noch Ruhe herrscht. Er wollte allein sterben. Glaub mir, er hätte sicher nicht gewollt, dass du bei ihm bist.«

»Woher willst du das wissen?« Victoria fuhr herum und sah ihre Schwester wütend an. Wütend und verzweifelt. Ihre Ruhe, die sich über ihre Gefühle gelegt hatte und sie vor einem Zusammenbruch bewahrte, war plötzlich dieser Wut gewichen.

»Komm, setz dich wieder«, forderte Luise sie auf, ohne auf die Aggressivität der Schwester einzugehen.

»Ich habe ihn einfach nicht genug geliebt, ich weiß nicht einmal, wie weit ich ihn …« Sie hielt inne, ging aber zurück zum Sofa und setzte sich zögernd.

Vielleicht waren die Gefühle für Albert nur aus der Erinnerung an Juri entstanden.

»Wann ist Liebe schon genug, wann ist sie zu wenig, wir wissen es nicht. Liebe ist kompliziert.«

Luises Stimme klang sanft, sie hob die Hand und strich ihrer Schwester die Haare aus der Stirn, und Victoria ließ es zu, wich ihr dieses Mal nicht aus.

»Wenn jemand plötzlich stirbt, macht man sich immer Vorwürfe, versagt zu haben, das liegt in der menschlichen Natur.«

»Aber er ist nicht plötzlich gestorben. Er hat sich selbst getötet, das ist etwas anderes, und irgendwer trägt Schuld daran.«

»Niemand, Victoria, niemand ist schuld. Albert Fuchs hat diese Entscheidung getroffen, als er es noch konnte, als er noch in der Lage war, über sich selbst zu bestimmen.«

Luise wandte sich ab, ging zu ihrem Schreibtisch und kam mit einem Kuvert in der Hand zurück. »Albert hat zwei Briefe hinterlassen, einer ist für seine Eltern und der andere für dich.«

Nur zögernd griff Victoria danach.

»Ich bin im Nebenzimmer«, schlug Luise vor, »wenn du mich brauchst.«

»Er hat Mut bewiesen.« Victorias Stimme war brüchig, leise. »Den Tod zu wählen, dazu gehört doch Mut, oder?«

»Ja, Victoria, dazu gehört Mut. Und ich denke, es war keine emotionale, sondern eine rein rationale Entscheidung.«

Bevor sie ins Schlafzimmer ging, wandte sie sich noch einmal um. »Nimm dir Zeit für den Brief, solange du brauchst.«

Victoria nickte nur, hörte die Worte nicht wirklich, sondern riss mit zitternden Händen das Kuvert auf.

Meine Königin Victoria,

was war das für ein schönes Spiel, das Du Dir für uns ausgedacht hast. Wie schön war die kurze Zeit mit Dir, habe ich doch durch Dich die Liebe kennenlernen dürfen. Victoria und ihr Prinz Albert.

Ich flehe Dich an, verstehe mich. Du musst mir nicht vergeben, doch Du sollst mich verstehen. Ich kann nicht anders. Du bist so lebendig, so voller Leben, sodass ich in dieser Zeit mit Dir anfing zu träumen, zu hoffen auf ein Leben mit Dir, ohne Schmerzen, ohne Ängste. Diese unsinnige, verzweifelte Hoffnung.

Eigentlich war ich schon bereit zu gehen, als ich Dich in der Wandelhalle beobachtete und für Dich den Liebestraum spielen durfte.

Da war sie da, die Hoffnung, der Wunsch, zu leben. Einmal das Leben spüren.

Zu glauben, die Prognosen der Ärzte Deutschlands seien falsch, verwechselt worden, es sei nicht ich, der eine tickende Bombe im Kopf trägt.

Blind sein oder sogar verrückt werden, in einer Anstalt dahindämmern, wäre das wirklich mein Schicksal?

Die Kugel in meinem Kopf wird wandern und eine Explosion auslösen. Blind sein, tastend durchs Leben stolpern. Oder sogar den Verstand verlieren, die Erinnerung, mein Leben, meine Gedanken, das konnte ich nicht ertragen. Ich habe meinen Revolver mitgebracht und hier unter meiner Wäsche versteckt. Niemand ahnte etwas von meinem großen, meinem letzten Plan. Ich gehöre zu den Patienten, die so mutig sind, so tapfer ihr Schicksal annehmen, ein Held, der einen Orden verdient hat. So sagte man über mich. Es klingt verächtlich und voller Unwissenheit darüber, was die »Helden unserer Nation« durchgemacht haben und immer noch leiden. Und wer ahnt schon, was in einem Menschen wirklich vor sich geht. Ich bin nur ein einfacher Mann, ein Soldat, der leben, der überleben wollte.

Leben … vielleicht sogar mit Dir … Tage der Hoffnung, des heimlichen Gebets, Gott, lass es nicht zu, lass mich leben … doch Gott schwieg, und das Schicksal ließ es nicht zu. Oder einfach nur dieser verdammte Krieg, in den wir uns singend und jubelnd hineinstürzten, uns für unbesiegbar erklärten.

Ich liebe Dich, Victoria, ich liebe Dich, und ich bitte Dich, sei nicht zu sehr in Erinnerungen an mich verhaftet.

Es wäre mir unerträglich, wenn Du um mich weinen würdest.

Lebe für DICH, lebe für UNS.

Man soll nicht weinen, wenn es vorbei ist, sondern lächeln, dass es so schön gewesen ist …

Lange starrte Victoria auf die Zeilen, wieder war sie so ruhig, so gefühllos, so leer. Ihre kurze Wut, die Aggression, die sie an der Schwester ausließ, wie weggewischt.

Als Luise in den Salon zurückkam und sich leise neben sie setzte, sah sie hoch.

»Willst du ihn lesen?«, fragte sie spontan und hielt ihn Luise hin.

Zögernd und erstaunt griff Luise danach. Dann las Luise ihn schweigend und gab ihn der Schwester zurück.

»Victoria und Albert«, lächelte sie, »was für ein schöner Gedanke.«

Victoria schüttelte nur immer wieder den Kopf, ohne wirklich zuzuhören.

»Bin ich schuld? Bin ich schuld, dass er sich umgebracht hat? Habe ich ihn nicht genug geliebt?« Wie ein Kreisel gingen diese Worte durch ihren Kopf. Immer und immer wieder.

»Nichts hätte ihn hindern können. Noch mal: Dich trifft keine Schuld, Victoria. Rede dir das nicht ein. Sondern denke daran, dass du ihn in den letzten Wochen seines Lebens begleitet und ihn geliebt hast.«

Man soll nicht weinen, wenn es vorbei ist, sondern lächeln, dass es so schön gewesen ist …

Victoria erhob sich stumm, sah Luise nicht mehr an, doch an der Tür blieb sie stehen, und ohne sich umzudrehen, sagte sie leise: »Luise, bitte. Komm nach Hause.«

In den nächsten beiden Tagen gab es nur ein Thema. Das Ehepaar Fuchs, die Eltern von Albert Fuchs waren eingetroffen. Um ihren toten Sohn nach Hause zu holen, aber auch um die Klinik zu verklagen. Versäumnis der Aufsichtspflicht gegenüber einem stark selbstmordgefährdeten Patienten. So hatte es der Anwalt des Ehepaars in seiner Klageschrift formuliert.

Die Eltern warteten im Besprechungsraum des *Deutschen Kaisers* auf Carl und Johannes Laverne, Anwalt der Klinik. Nach drei Jahren des absoluten Fernbleibens kam Johannes zurück ins Hotel. Johannes konnte sich nicht an *Hotel Deutscher Kaiser* gewöhnen und betonte gern den früheren Namen. *Grand Hotel.* Begleitet wurde er von zwei weiteren Anwälten seiner Kanzlei.

Er begrüßte seinen Bruder Carl, der ihn in der Halle erwartete. Luise werde bei dieser Verhandlung nicht anwesend sein, erklärte Carl seinem Bruder. »Das habe ich nicht anders erwartet«, erklärte Johannes.

»Nun ja«, erwiderte Carl, »letztendlich gehören ihr fünfunddreißig Prozent Anteile, eigentlich ...«, wandte Carl ein.

»Sie ist keine Anwältin«, unterbrach ihn sein Bruder kühl. »Ihre Anwesenheit ist nicht erforderlich. Also gehen wir es an.« Johannes blieb reserviert.

»Chefarzt Professor Scheller und der Klinikleiter Herr Möller warten im Konferenzraum auf uns. Die Kläger sind natürlich auch schon dort.«

»Die Kläger? Noch sind sie es nicht. Und genau das wollen wir doch verhindern, Carl, oder etwa nicht?«

Carl ging ihm schweigend voraus, er antwortete nicht, er hatte sich an eine gewisse Arroganz seines älteren Bruders gewöhnt. Es war klüger, ihm nicht zu widersprechen.

»Wir sollten verhindern, dass der Vater des Selbstmörders an die Presse geht«, wandte sich Carl an den Bruder, als er die Türklinke bereits herunterdrückte. Johannes hob die Unterlagen hoch und zeigte Carl damit, dass er daran längst gedacht hatte und eine Erklärung zur Unterschrift vorlegen würde. »Auf in den Kampf.«

Kerzengerade betrat Johannes vor seinem Bruder den Konferenzraum des Hotels. Carl wusste, es waren gerade diese Situationen, diese Momente, die Johannes zur Hochform auflaufen ließen, die er liebte und genoss.

»Das ist eine sehr hohe Summe.« Luise sah von dem Vertrag hoch. »War das wirklich nötig?«, fragte sie ihren Onkel Carl. »So leicht bringen wir das Geld auch nicht auf.«

Carl war direkt nach den mehrstündigen Verhandlungen zu Luise gekommen. »Das müssen wir auch nicht. Den Hauptteil trägt das Sanatorium. Letztendlich wurde doch die Aufsichtspflicht vernachlässigt. Patienten, die selbstmordgefährdet sind, müssen rund um die Uhr unter Beobachtung stehen. Aber das Personal ist überlastet, täglich kommen neue Patienten. Wir sind erleichtert, dass dein Vater so geschickt verhandelt hat und nach Stunden endlich die Klage abwenden konnte.«

»Meinst du, es ging dem Ehepaar nur um Geld?«

Carl zuckte mit den Schultern. »Das kann ich nicht einschätzen, er ist Textilhändler und scheint hoch verschuldet zu sein. Das zumindest haben die Nachforschungen ergeben. Ich denke, es wäre im Sinne des verstorbenen Sohns, dass sie sich durch diese hohe Summe wirtschaftlich sanieren können. Wem nützt schon ein langes Strafverfahren.«

»Und die Verschwiegenheitsklausel?«

»Haben sie auch unterschrieben.«

»Aber ihr Sohn ist tot.« Der Selbstmord des jungen Mannes ging Luise sehr nahe.

»Luise, mach dir nicht so viele Gedanken. Ich denke, er wollte sterben, diese Meinung hast du doch mit mir geteilt. Er hätte ein furchtbares Leben vor sich gehabt. Und wir sind nicht schuld, niemand ist schuld. Es ist der Krieg«, sagte Carl leise, »dieser verdammte Krieg.«

Sie blieben noch sitzen, schwiegen, tranken Tee, den sie sich hatten bringen lassen.

»Warum siehst du mich so an?«, fragte Carl seine Nichte.

»Wie denn?«

Carl lachte. »Das will ich ja von dir wissen. Ist etwas?«

»Ich weiß nicht, aber ich musste gerade daran denken, wie ich am ersten August vor drei Jahren hier im Hotel ankam. Ich hatte Angst, ich wusste nicht, was ich machen sollte, wenn auch du mich ablehnen würdest. Aber du bist auf mich zugekommen, hast mich an dich gezogen und gesagt, herzlich willkommen. Das habe ich dir nicht vergessen, ich denke, ich habe dir das auch niemals gesagt.«

Carl sah sie mit großem Ernst an. »Luise, du bist meine Nichte, und ich habe mich gefreut, dass du endlich wieder zurückgekommen bist.«

»Du hättest dich auch mit Vater solidarisch erklären können, aber du hast mich so herzlich aufgenommen und in diese Suite hierherauf gebracht und dann noch hinzugefügt, sie sei immer für mich reserviert gewesen.«

Carl war sichtlich verlegen. Was er damals getan hatte, war für ihn eine Selbstverständlichkeit gewesen. »Ich erinnere mich«, jetzt lächelte er, »wie du ausgesehen hast, mit Ruß bedeckt, zerknittert, verschwitzt.« Er lachte, und Luise stimmte ein. »Ich muss furchtbar ausgesehen haben.«

»Es war schön, dass du damals zum richtigen Zeitpunkt zurückgefunden hast. Aber«, Carl erhob sich etwas verlegen, »ich muss leider noch mal zu deinem Vater in die Kanzlei, bitte entschuldige.«

Nachdem er gegangen war, trank Luise langsam ihren Tee aus. Sie hatte Carl viel zu verdanken. Nicht nur den herzlichen Empfang bei ihrer Rückkehr – im Laufe der Jahre hatte er sie in die Führung des Hotels eingeführt, ihr vieles beigebracht. Ohne ihn hätte sie niemals ihre jetzige Position erreichen können. Ihr Onkel blieb immer freundlich, aber zurückhaltend, hatte ihr nie seine persönliche Meinung aufgedrängt, sie verurteilt, wie es ihr Vater getan hatte. Lieber Carl, schoss es ihr durch den Kopf, lass es dir immer gut gehen. Du hast es wirklich verdient. Hoffentlich wird dir deine schöne Elisabeth immer treu sein und dich lieben.

Herr Mayer, der schon Empfangschef war, als Victoria im Alter von zwei Jahren durch die Halle des Hotels getrippelt und gehüpft war, hatte ihr am nächsten Morgen den Tipp gegeben. Die Eltern des Toten seien nach der Besprechung im Hotel am Bahnhof abgestiegen, hätten dort übernachtet. »Sie verlassen die Stadt mit dem Mittagszug.«

Und so wartete Victoria vor dem Hotel auf das Ehepaar. Schwarz gekleidet, kamen sie mit einem braunen Koffer heraus, der mit Plaketten beklebt war und zeigte, dass sie offenbar in ihrem Leben viel gereist waren. Die Frau trug einen kleinen Hut mit Schleier, der ihr Gesicht verbarg. Zögernd ging Victoria auf die beiden zu.

»Sind Sie das Ehepaar Fuchs?«

Sie blieben stehen. »Ja, was wollen Sie?« Die Stimme des Vaters klang müde und unfreundlich.

»Ich wollte Ihnen mein Beileid aussprechen, und das aus tiefstem Herzen und …«

»Danke, danke, aber wir müssen unseren Zug erreichen.«

Die Mutter hob den Schleier ihres Huts und sah Victoria mit verweinten Augen an. Dieser Blick veranlasste Victoria, sich den beiden in den Weg zu stellen. »Ich wollte Ihnen nur sagen, dass Ihr Sohn in den letzten Wochen seines Lebens sehr glücklich gewesen ist.«

»Ah ja? Und deswegen hat er sich das Leben genommen?« Die Stimme des Vaters nahm an Schärfe zu, doch Alberts Mutter blieb stehen und sah sie an. Albert hatte die blauen Augen von ihr geerbt, ebenso wie den Schwung der dichten Brauen.

»Ich kann es sagen, weil ich diese Tage mit ihm verbracht habe. Wir waren glücklich.«

Jetzt ließ der Vater den Koffer fallen. Er starrte sie an. »Was wollen Sie? Wollen Sie Geld, haben Sie erfahren, dass dieses … dieses Sanatorium-Hotel uns Geld bezahlt hat?«

»Manfred, das kannst du doch nicht behaupten«, mischte sich

seine Frau ins Gespräch. »Und sei nicht so unhöflich zu dieser netten jungen Frau, vielleicht waren sie ja ein Paar.«

»Wenn er glücklich gewesen wäre, hätte er sich nicht umgebracht.« Der Vater nahm den Koffer hoch und zeigte damit, dass für ihn das Gespräch beendet war. »Komm«, herrschte er seine Frau an. »Der Zug fährt gleich ab.«

»Wie ist Ihr Name?« Obwohl ihr Mann sie am Arm genommen hatte, drehte sich Alberts Mutter nach Victoria um.

»Victoria«, antwortete sie mit erhobener Stimme. »Vielleicht hat er Ihnen geschrieben, über uns erzählt?«

Wie schön wäre es gewesen, wenn die Mutter sie in ihre Arme genommen und gesagt hätte, ja, er habe in einem Brief berichtet, dass er eine junge Frau gefunden habe, die er liebe. Und die ihn liebe.

Sie hätte der Mutter erzählen können, wie glücklich er in diesen letzten Wochen seines Lebens gewesen war, wie intensiv er sie erlebt hatte. Und seine Mutter hätte ihr erzählt, wie Albert als kleiner Junge, als junger Mann gewesen war, welche Pläne er gehabt hatte, bevor er in diesen mörderischen Krieg berufen wurde. Es war die Grausamkeit des Kriegs, die sein Leiden verursacht und ihn dazu gebracht hatte, den Tod zu wählen.

Victoria wartete, sah die Eltern an, die jetzt doch stehen geblieben waren. Der Vater sah in ihr vielleicht nur eine sehr junge Frau in einem eleganten Kostüm und mit einem kleinen passenden Hut dazu.

»Ihr Name ist wie?«, betonte er.

»Victoria, Victoria Laverne.«

Jetzt lachte der Vater auf, und sein freudloses Lachen ging Victoria durch den ganzen Körper. »Ach, der Herr Vater hat sein Töchterchen hierhergeschickt, um uns auszuhorchen, etwas zu finden, damit er uns verklagen kann, oder vielleicht will er das Geld sogar zurückfordern, uns abnehmen, was uns zusteht.«

»Manfred, bitte«, flehte seine Frau. »Das ist doch Unsinn.«

Die Schaffnerin lief am Zug entlang und begann, die Türen zuzuwerfen. Der Vater wandte sich von Victoria ab, und sein freudloses Lachen klang in Victorias Ohren nach, als das Ehepaar auf den Bahnsteig lief und in den Zug einstieg.

Doch Alberts Mutter zögerte. Auf der ersten Stufe des Waggons wandte sie sich noch einmal um, lächelte schüchtern, hob die Hand und winkte.

Und Victoria winkte zurück und sah dem Zug nach, wie er langsam aus dem Bahnhof fuhr. Mit ihm verschwand die letzte Verbindung zu Albert, dem Mann, den sie für kurze Zeit hatte lieben dürfen.

VIERZEHN

Kurort Bad Lichtenberg

Johannes Laverne hatte sich ins Turmzimmer zurückgezogen. Hier konnte er in Ruhe nachdenken. Der Fall Albert Fuchs ging ihm nicht aus dem Kopf, ein so kurzes Leben, vergeudet in einem Krieg für den Kaiser. Johannes, der so lange ein Bewunderer Kaiser Wilhelms war, zweifelte schon längst am Handeln Seiner Majestät. Den Kaiser, dessen Fotos in Siegerpose überall hingen oder erschienen, fand Johannes abstoßend; man wusste, dass er täglich ins Hotel *Adlon* ging, um sich dort mit Delikatessen bewirten zu lassen, während seine Untertanen verhungerten.

Albert Fuchs war sicher nicht der erste Soldat, der an einem Trauma litt und sich das Leben nahm. Nachdenklich zündete sich Johannes eine Zigarre an und beugte sich aus dem Fenster, sah hinunter in den Park, der vor drei Jahren in eine Gemüseanlage verwandelt worden war. Der Springbrunnen war abgestellt und stand jetzt inmitten von Tomatenpflanzen und Kürbisstauden. Irene wollte ihn schon abbauen lassen, doch Johannes konnte das gerade noch verhindern. Er lebe in der Vergangenheit, hatte seine Frau erklärt, der Zeit nämlich, in der man viele Dienstboten hatte, die den englischen Rasen pflegten und auf der Terrasse Tee und Gebäck servierten. Doch das gehöre einer fernen Zeit an. Der Kaiserzeit, die es nach dem Krieg nicht mehr geben werde. Nach dem Krieg, vor dem Krieg. Vor dem Krieg bedeutete ein angenehmes Leben, in dem er einen Wagen und einen Chauffeur besaß und sein Park noch ein Park war. Kein Gemüsefeld.

Alles veränderte sich, nicht nur der Park. Doch letztendlich musste er zugeben, Irenes Plan mit der Gemüseanlage, gegen die er sich monatelang gewehrt hatte, war aufgegangen. Und mehr als das, denn mit dem eigenen Gemüseanbau konnten sie die Familie ernähren. Sogar ein Kartoffelfeld hatte Irene zusammen mit dem alten Gärtner Leonhard angelegt, ein Feld, das bis zu dem Obstgarten am Ende des Anwesens reichte. Hier hatte Irene immer schon Äpfel, Birnen und Mirabellen geerntet und mit Berta eingekocht. In den Speisekammern im Souterrain standen Gläser mit Apfelmus, Kompott, köstlicher Marmelade und eingelegten Pflaumen. Aber über die Kartoffeln freute sich Johannes fast am meisten, er aß sie zu gern. Er hatte es ihr zu verdanken, dass sie auf Bertas Speiseplan stehen konnten, denn in den Läden waren die Regale leer, und Kartoffeln gab es auf die Lebensmittelkarten nur wenige, selbst für mehrköpfige Familien höchstens ein Pfund. Man musste Irene für ihren Einsatz wirklich bewundern. Hatte er ihr das jemals gesagt?

Jeden Sonntag, wenn sein Bruder Carl, seine achtjährigen Zwillinge Julian und Felix und die schöne Schwägerin Elisabeth zum Essen kamen, wirkte Irene müde, ihr heller Teint war über den Sommer von der Sonne gebräunt und die Hände voller Schwielen. Elisabeth dagegen wirkte elegant, charmant, und der zarte Duft ihres Parfums wehte ihn manchmal an, wenn sie sich ihm entgegenbeugte und ihre Finger ganz leicht seine Hand berührten.

Er war auch nur ein Mann, und war es nicht verständlich, dass ihm das gefiel? Oft schon hatte er sich gefragt, ob die Ehe seines jüngeren Bruders, der klein und ein wenig unscheinbar wirkte, glücklich war. Doch Carl strahlte Energie, Temperament und Risikofreude aus. Alles, was Johannes fehlte. Er brauchte Sicherheit, Ruhe und auch Anerkennung. Nach der Hochzeit vor zwölf Jahren mit der zwanzigjährigen Elisabeth war Carl in den Anbau der elterlichen Villa gezogen. Elisabeth hatte die Räume mit erlesenem

Geschmack eingerichtet. Carl betete seine junge Frau an, er erfüllte ihr alle Wünsche, auch wenn sie meist Unsummen verschlangen. Einer schönen Frau könne man nichts abschlagen, war Carls Credo. Und sie habe ihm zwei Söhne geschenkt, die Zwillinge Felix und Julian.

Johannes' Gedanken gingen zurück zu seinem Bruder. Seit Kriegsbeginn verstanden sie sich noch besser als früher. Sie unterhielten sich lange Abende über Politik, über die seit Jahren wachsende Feindseligkeit, sogar Hass der Bevölkerung gegen Frankreich und alles Französische. Vor allem spottete man über die Franzosen, sie seien feige, oberflächlich, nur an Mode und Affären interessiert. Carl hatte auch erzählt, dass man seit einigen Monaten bald in jedem Menschen, den man nicht kannte, einen verkappten Spion vermutete, der für den französischen Geheimdienst arbeitete. Letztendlich lag der Kurort nicht weit weg von Karlsruhe, mit seiner DWM, der Deutschen Waffen- und Munitionsfabrik, bewacht wie der Hochsicherheitstrakt eines Zuchthauses. In dieser Fabrik wurden die modernsten Waffen und Munition entwickelt und hergestellt, sicher war dieses Werk im Fokus der Feinde. Man wurde vorsichtig, jeder konnte ein Spion sein. Johannes schüttelte den Kopf, dumme Gerüchte. Der Mensch brauchte offenbar immer etwas Klatsch, sogar in dieser Zeit. Aber hatten die Leute vergessen, wie willkommen die Franzosen als Kurgäste gewesen waren? Würden sie jemals wiederkommen, Geld bringen, das die Stadt so dringend benötigte?

Johannes wandte sich vom Fenster ab, öffnete einen Schrank und holte seinen Portwein heraus, den er hier oben deponiert hatte. Hier konnte er ungesehen trinken und keine Ehefrau ihn tadeln. So setzte er die Flasche an den Mund und nahm einen kräftigen Schluck. Es bereitete ihm Vergnügen, aus der Flasche zu trinken und sich kein Glas zu nehmen, es machte Spaß. Irene wäre entsetzt, wenn sie ihn dabei überraschen würde. Er wurde ihr gegenüber ungeduldig, vertrug keine Kritik von ihr. Was sagte sie ständig? Er sei nicht mehr der Jüngste, er trinke zu viel, rauche zu viel … War es da nicht verständlich, dass ihm Elisabeth gefiel, er ihrem Charme erlag? Sie gab ihm das Gefühl, noch ein richtiger Mann zu sein, ein interessanter noch dazu. Schließlich war er erst vierundfünfzig, ein großer Teil seines Lebens lag noch vor ihm. Noch ein Schluck, das tat gut.

Warum aber wurde Irene ihm gegenüber so streitsüchtig? Manchmal hatte er sogar das Gefühl, sie treffe Entscheidungen, nur um ihn zu ärgern. Noch ein Schluck. Was hatte der Krieg aus den Frauen gemacht? Sie wollten selbstständig sein, arbeiten gehen, Geld verdienen, aber verzichtete das schwache Geschlecht dadurch nicht auf den Schutz eines Ehemanns?

Johannes schüttelte den Kopf. Aber Elisabeth war anders, sie war eine wunderbare Mutter für die Zwillinge, besonders nach deren traumatischem Erlebnis im Juni vor einem Jahr. Und trotzdem blieb sie eine verführerische Frau, war nicht nur Mutter.

Jetzt wandte er den Kopf und horchte nach unten. Laute Stimmen drangen bis zu ihm in den Turm herauf. Neugierig öffnete er die Tür, beugte sich über das Geländer der Wendeltreppe und sah unten einen älteren Mann in der Halle, der auf das Hausmädchen Anni einredete, ihr drohend näher kam. Seine Stimme eskalierte, als er darauf beharrte, er müsse den Hausherrn sprechen, aber offenbar sei dieser zu feige für ein Gespräch unter Männern. Seine Stimme schallte durch die Halle, und jedes Wort erreichte Johannes im obersten Stockwerk.

Das ließ sich Johannes nicht vorwerfen. Sofort lief er die schmale Wendeltreppe hinunter, dann die breite Treppe. Die letzten Stufen nahm er im Eiltempo, bis er unten einem Mann gegenüberstand.

»Es tut mir leid, aber er …«, stammelte das Hausmädchen.

»Ist schon gut, Anni«, beruhigte Johannes sie mit einem Lächeln. Er wusste, wer ihm gegenüberstand. Und niemand durfte ihn einen Feigling nennen.

Gero von Bitten, der Mann, der die Mitgift seiner Frau am Spieltisch verloren, Hypotheken auf das geerbte Haus aufgenommen hatte und der vollkommen verschuldet war. Und dessen arme Frau jetzt auf der Post arbeiten musste, um den Haushalt zu finanzieren. Kein Verantwortungsgefühl als Oberhaupt der Familie. Darüber hinaus war dieser Versager der Vater von Gerda, der angeblichen Verlobten seines geliebten Sohns Franz.

»Sind Sie betrunken, was soll der Lärm?« Johannes richtete sich in ablehnender Haltung kerzengerade auf und übersah die Hand, die sich ihm entgegenstreckte.

Anni zog sich hastig zurück, blieb aber auf der Treppe zum Souterrain stehen, genau auf der Stufe, auf der jetzt auch Berta und die beiden Küchenhilfen standen und neugierig die Szene beobachteten.

»Ich muss mit Ihnen reden.« Gero von Bittens Stimme nahm einen drohenden Ton an.

»Da denke ich anders. Ich wüsste nicht, was wir beide zu besprechen hätten.«

Röte schoss in Gero von Bittens Gesicht. Als er weitersprach, ballte er die Fäuste. »Ich denke schon. Es geht um Ihren Sohn Franz und meine Tochter Gerda.«

Johannes sah sich rasch um und verscheuchte mit einer Handbewegung die Angestellten von der Treppe. Dann forderte er Gerdas Vater höflich auf, ihm in sein Herrenzimmer zu folgen. Doch Gero von Bitten empfand die Höflichkeit als Arroganz. So überhörte er die Aufforderung und sprach erregt weiter.

»Ihr Sohn Franz hat schon vor vier Jahren meiner Tochter Gerda die Ehe versprochen, wo also bleibt die offizielle Verlobung, wann ist die Hochzeit?«

Gero von Bitten redete sich in Wut, er trat ganz nahe auf Johannes zu. Je ruhiger Johannes wurde, desto mehr verlor er jede Beherrschung.

»Soweit ich informiert bin, hat mein Sohn diesbezüglich keinerlei Versprechungen gemacht.« Johannes blieb kühl. »Es ist eine Sache der beiden jungen Leute, finden Sie nicht auch?«

Gero von Bitten überhörte den Vorschlag, er hatte sich bereits am Vormittag Mut angetrunken und war in einer aggressiven Stimmung hierhergekommen, um diesem arroganten reichen Kerl in seiner Villa die Meinung zu sagen.

»Ihr Sohn hat Gerda ins Gerede gebracht. Er hat meine unschuldige Tochter verführt, und jetzt will er die Verantwortung nicht übernehmen.«

Seine Stimme schwoll gefährlich an, das Blut schoss ihm ins Gesicht. Je wütender er wurde, desto gelassener reagierte Johannes. Beide bemerkten Irene nicht, die mit einem Korb, gefüllt mit den letzten Kohlrabi, in der Terrassentür erschien.

»Soviel mir bekannt ist«, erklärte Johannes gerade, während er die Arme vor der Brust verschränkte, »gab es vor meinem Sohn bereits zwei Männer oder sogar drei, die die Gunst Ihrer Tochter genossen, also kann von Verführung einer Jungfrau durch meinen Sohn kaum die Rede sein. Und wenn Sie mich fragen, ich rate ihm davon ab, Gerda zu heiraten.«

Gero von Bitten atmete durch, und seine Stirnader schwoll gefährlich an. Er hatte eine Entschuldigung erwartet, einen vernünftigen Vorschlag, von Vater zu Vater, aber was Johannes Laverne sich jetzt erlaubte, war zu viel für ihn.

»Ach so, der gnädige Herr Anwalt misst mit zweierlei Maß. Meine Tochter ist also nicht mehr fein genug für die Familie, wo doch jeder hier im Ort weiß, dass sich Ihre Tochter Luise mit einem verheirateten Mann eingelassen hat. Jeder Vogel pfeift vom Baum, dass Ihre Tochter das Flittchen eines …«, schrie er Johannes ins Gesicht.

Und da plötzlich schlug Johannes zu. Bevor er selbst nachdenken konnte, landete seine Faust direkt im Gesicht von Gero von Bitten.

Gero schnaufte auf, spürte das warme Blut aus der Nase laufen, und da schlug er zurück. Ein Faustschlag traf Johannes in den Magen, sodass der sich vor Schmerzen krümmte. Doch im Fallen riss er Gero mit. Keuchend und schreiend schlugen sie auf dem Boden aufeinander ein.

»Wage ja nicht, meine Tochter ein Flittchen zu nennen, das war Gerda schon, bevor mein Sohn sich mit ihr einließ …«

Irene ließ den Korb fallen und stand plötzlich neben ihnen. »Hört auf, hört sofort auf!«, schrie sie in Sorge um ihren Mann. Sie riss an Armen und Beinen der Männer, die sich ineinander verhakt hatten. »Hört auf, hört auf …!«, schrie sie immer weiter. Endlich gehorchten die beiden dem weiblichen Befehl. Keuchend und wankend erhoben sie sich.

»Das kostet Sie was«, drohte Gero. »Da wird einiges an Schmerzensgeld fällig, und eine Strafanzeige für den feinen Herrn Anwalt gibt es gratis dazu.«

Auf steifen Beinen ging er zur Eingangstür, während er ein großes gestreiftes Taschentuch aus der Hosentasche zog und es sich gegen die blutende Nase drückte.

»Nur zu«, rief Johannes ihm höhnisch nach, »nur zu. Vor Gericht haben Sie keine Chance.«

Irene war außer sich. Wie konnte ihr Mann, immer diszipliniert und überlegt, sich in seinem Alter prügeln.

»Ich will nicht darüber reden«, erklärte Johannes, bevor sie Fragen stellen konnte. Er schwankte leicht, während er auf die Tür zum Herrenzimmer zuging und beide Hände stöhnend auf den Rücken drückte.

»Soll ich einen Arzt rufen?« Noch nie hatte Irene es erlebt, dass sich ihr Mann geprügelt hatte. Nicht einmal als Student, als sie sich kennengelernt hatten.

»Ich brauche keinen Arzt«, herrschte er sie mit abgewandtem Gesicht an. »Ich brauche einen Kognak. Dieser Kerl hat einfach verrückt gespielt, ist ausgerastet. Wegen seiner Tochter«, lachte er geringschätzig auf.

»Du hast seine Tochter beleidigt, das ist alles. Er hat sie verteidigt, wie übrigens auch du Luise verteidigt hast.«

Mit dem Rücken zu Irene verharrte Johannes kurz, dann öffnete er die Tür zum Herrenzimmer. Ohne sich noch einmal umzusehen, schloss er sie hinter sich. Irene wartete noch, aber er kam nicht mehr heraus. Dann aber lächelte sie. Der Einsatz der beiden Männer für die Ehre ihrer Töchter hatte für Irene fast etwas Rührendes. Und sie erkannte auch, was diese Schlägerei letztendlich bedeutete. Denn Johannes hatte soeben seine Tochter Luise mit Prügel verteidigt. War das nicht ein erstes Zeichen des Umdenkens, einer Versöhnung?

FÜNFZEHN

Kurort Bad Lichtenberg

»Miezchen, du musst jetzt ganz stark sein.«

Gerda erschrak, als ihre Mutter sie an der Haustür abfing. War die Polizei da gewesen, wurde nach ihr gefahndet, hatte ein Detektiv sie verfolgt, und sie kam wegen ihres Stoßes von Clara vor Gericht? Wegen versuchten Totschlags? Ihre Fantasie gaukelte ihr bedrohliche Bilder vor.

»Ich warte schon so lange auf dich. Wo warst du denn?« Ungeduldig zog Barbara ihre Tochter ins Haus.

Gerda war im Palmengarten gewesen, um nach Irene und ihren Freundinnen Ausschau zu halten, doch niemand saß in dem Restaurant. Außer zwei Offizieren, die ein Bier tranken und sich Geschichten über ihre Einsätze an der Front erzählten.

Gerda bemerkte, wie blass ihre Mutter war, die Augen rot geweint. Sic crschrak. »Ist Papa tot?«

»Ach, so ein Unsinn, dein Vater und ich haben uns schrecklich gestritten. Und … komm setz dich erst einmal.« Sie schob ihre Tochter ins Wohnzimmer und drückte sie auf das abgewetzte Sofa mit dem Blumenmuster. Und dann erzählte sie, was vor drei Stunden oben in der Villa der Lavernes passiert war.

»Ich kann verstehen, wie du dich fühlst, es ist so eine Demütigung. Wie konnte dein Vater dir und uns das nur antun«, jammerte Barbara.

Da wurde die Tür aufgerissen, und Gerda war entsetzt über das angeschwollene Gesicht und die Nase ihres Vaters.

Er lehnte sich gegen den Türstock, verschränkte die Arme vor der Brust und sah sie an. »So, mein Fräulein, jetzt heraus mit der Sprache. Hast du dich vor Franz mit zwei oder sogar drei anderen Männern eingelassen, ja oder nein?«

Unter seinem drohenden Blick sank Gerda immer tiefer in die Kissen des Sofas.

»Ich warte!«

Auch ihre Mutter sah sie fragend an, nur war ihr Blick mütterlich und auch verständnisvoll.

Mit drei Schritten war Gero von Bitten bei seiner Tochter und zog sie vom Sofa hoch. Hilfesuchend warf Gerda ihrer Mutter einen Blick zu, doch Barbara zuckte mit den Schultern und wies mit den Augen auf ihren Mann.

»Ja, da gab es einen und dann noch mal«, stotterte sie. »Aber das ist lange her, lange bevor ich Franz kennengelernt habe, und es war auch immer nur einmal und … Franz hat es gewusst.« Das fiel Gerda gerade noch ein. Aber nicht, dass sie Franz lachend erklärt hatte, sie wolle keine feste Beziehung, sie wolle einfach nur das Leben genießen.

Gero von Bitten ließ sich auf einen Stuhl fallen, seine Frau beobachtete ihn besorgt, wie er sich erschöpft die blonden Haare aus der Stirn strich. Das Blond war von grauen Strähnen durchzogen, er wirkte müde und alt. Nichts erinnerte mehr an den jungen Adligen, in den sie sich vor dreißig Jahren verliebt hatte. Ein gut aussehender Mann, fünfzehn Jahre älter als sie, mit besten Umgangsformen – die hatten ihr besonders gefallen und auch ihrem Vater, einem wohlhabenden Geschäftsmann. Er dachte damals, seine Tochter habe mit Gero von Bitten das große Los gezogen. Ein wahrer Gentleman, hatte er bewundernd erklärt.

Im Laufe der Jahre hatten sie alles verloren, von Gero verspielt, verzockt, verwettet in Hinterzimmern von zwielichtigen Kneipen, am Pokertisch. Doch genau diese Vergangenheit hatte ihr die Kraft gegeben, jetzt selbstständig zu sein. Sie hatte Glück. Die Oberpostdirektion Karlsruhe, die ihr die Stelle als Leiterin des hiesigen Postamts angeboten hatte, war eine Frau. Ihr Vorgänger war im Krieg gefallen und konnte nicht mehr ersetzt werden. Das war Barbaras Glück. Auch wenn Gero den Vertrag als Ehemann für sie unterschreiben musste, war Frau Stanner bereit, jeden Ersten des Monats einen Kurier zu schicken, der Barbaras Gehalt in bar auszahlte. Barbara hatte erzählt, wie verschuldet sie waren und dass ihr Mann ihr Gehalt sofort vom seinem Konto abheben würde, auf das sie als Frau keinen Zugriff hatte. Frauen durften kein eigenes Konto haben. So war es möglich, dass Barbara nun den Haushalt finanzierte und über das Geld, das sie verdiente, frei verfügen konnte. Das alles schwirrte ihr in der Minute des entstandenen Schweigens durch den Kopf und gab ihr ein Gefühl von Gelassenheit.

»Ich habe mich zum Narren gemacht.« Endlich sprach Gero von Bitten. »Ich musste mich demütigen lassen, weil ich an deine Ehre geglaubt habe. Wie konntest du deinem Vater das antun. Jeder in der Stadt wird über mich lachen.«

»Unsinn«, meldete sich Barbara zu Wort. »Wen interessiert in dieser Zeit deine Auseinandersetzung um die Ehre deines Töchterchens. Die Welt verändert sich, glaub mir.«

Sie hatten nicht bemerkt, dass Gerda sich rasch aus dem Wohnzimmer geschlichen hatte und jetzt wiederkam. »Hier«, flüsterte sie, »das ist der Verlobungsring von Franz. Er ist von seiner Großmutter, er ist ihm heilig.«

Gero von Bitten nahm und drehte ihn. »Wann hat Franz ihn dir gegeben? Sein Vater hat nichts davon erwähnt.« Er blieb misstrauisch. »Hat er dir überhaupt einen offiziellen Antrag gemacht?«

»Warum hast du uns das nicht gleich gesagt, als du aus Berlin gekommen bist?« Barbara trat neben ihren Mann und griff nach dem Ring.

»Ihr dürft niemandem davon erzählen, das müsst ihr mir versprechen. Es soll noch ein Geheimnis bleiben«, flüsterte sie.

»Wie lange denn noch? Warum gibt Franz Laverne nicht endlich eure Verlobung bekannt?«

Sofort regte sich Gero von Bitten wieder auf. »Stimmt das überhaupt? Denn, mein Fräulein, wer einmal lügt, dem glaubt man nicht … du kennst das Sprichwort.«

»Ja, auch wenn er dann die Wahrheit spricht«, ergänzte Barbara und strahlte ihre Tochter an. »Miezchen, das ist doch wunderbar.«

Gerda nickte stumm. »Ich gehe nach oben, lasst mich bitte allein.«

In ihrem Zimmer setzte sie sich auf ihr Bett, in dem sie seit ihrer Kindheit schlief. Die Tagesdecke bestand aus rosa Seide, die an einigen Stellen brüchig geworden war. Auf dem Regal über dem Bett saßen ihre zwölf Puppen, niedlich angezogen mit Kleidchen, die Barbara für ihr Miezchen genäht hatte. Egal, wie wenig Geld sie hatten, Miezchen sollte es an nichts fehlen.

Gerda versteckte den Ring in ihrem Nähkästchen und schob es unter den Spitzenrock einer der Puppen.

Dann ließ sie ihre Hand sinken. Es war nicht richtig gewesen, ihn den Eltern zu zeigen.

Der Ring schuf eine geheime Verbindung zwischen ihr und Franz, niemand sollte ihn sehen, und gerade das machte den Ring so kostbar. Aber jetzt, da sie ihn aus seinem Versteck geholt und den Eltern gezeigt hatte, war aus diesem wunderbaren Geheimnis etwas Banales geworden. Verbunden mit einer Unwahrheit. Sie erinnerte sich an ihre kalte Wut, als sie Clara die Treppe hinuntergestoßen hatte, gepackt von Hass und Eifersucht. Sie war schwanger gewesen, sie hatte ein Kind von Franz erwartet. Und Gerda war schuld, dass es nicht auf die Welt kam.

Dann aber richtete sie sich auf. Unsinn, nicht sie, sondern das Schicksal hatte entschieden. Gegen Clara und für sie, Gerda.

SECHZEHN

Kurort Bad Lichtenberg

Philip erzählte, er sei einige Tage zuvor in Baden-Oos am Landeplatz des Zeppelins gewesen. Luise wusste, dass von dort aus im ersten Kriegsjahr die Zeppeline nach Holland geflogen waren und Bomben abwarfen. Diese ersten Siege waren in der Heimat frenetisch gefeiert worden. »Und heute«, erzählte er, »war ich in Karlsruhe in der DWM, der deutschen Waffen- und Munitionsfabrik, und bin durch jede Abteilung geschleust worden. Es ist beeindruckend, wie weit Deutschland in der Entwicklung der Rüstungsindustrie ist.«

Sie lagen im Bett, und während er erzählte, beugte er sich über Luise und streichelte zart mit dem Finger über ihren Körper. Sie lächelte. Sie mochte die Art seiner Zärtlichkeiten und die Gespräche mit ihm nach der Liebe, sie waren entspannt und lachten viel, und als sein Gesicht so nahe über ihr war, ergriff sie ein Gefühl von Leichtigkeit – etwas, das sie bei Francois niemals empfunden hatte.

»Karlsruhe«, jetzt war sie es, die erzählte, »ist für uns die Erinnerung an einen Albtraum.« Sie richtete sich auf und lehnte sich gegen die Kissen. »Im Juni vergangenen Jahres, an Fronleichnam, wollte meine Tante Elisabeth mit den Zwillingen nach Karlsruhe in den Zirkus Hagenbeck fahren. Aber sie hatte einen ihrer üblichen Migräneanfälle, und so fuhren meine Cousins mit ihrem kleinen Schulfreund und dessen Vater in den Zirkus. Sie hatten sich so sehr darauf gefreut, es war ein Geburtstagsgeschenk für sie beide«, setzte sie hinzu.

»Und weiter?«

Philips Gesicht war angespannt, das Lächeln verschwunden. »Weißt du es nicht? Eine Bombe ist niedergegangen und traf den Zirkus, sie hat vierundsiebzig Kinder und viele Erwachsene getötet. Julian und Felix, meine kleinen Cousins, mussten mit sieben Jahren miterleben, wie ihr bester Freund in Stücke gerissen neben ihnen lag. Sie waren durch den starken Aufprall und die Detonation auf den Boden gepresst worden. Ihnen ist nichts passiert, aber überall lagen Leichen, es war eine schreckliche Tragödie.«

Schweigend lehnte sich Philip neben Luise gegen die Kissen, seine Hand lag leicht auf ihren Brüsten. »Ja, das ist es. Und das nur, weil der Pilot des französischen Bombers eine falsche Karte hatte, an der er sich orientiert hat. Sie war alt, und an der Stelle des Zirkus war noch der Bahnhof eingezeichnet.«

Er sah auf die Uhr und fuhr hoch, sprang nackt aus dem Bett und zog sich rasch an. »Warum«, fragte Luise, »bist du eigentlich nicht einberufen worden? Bist du freigestellt? Du würdest einen schneidigen Offizier abgeben«, setzte sie mit kleiner Ironie nach, da er zögerte.

Er beugte sich über sie, küsste sie flüchtig auf den Mund. »Ich weiß es nicht, vielleicht weil ich der enge Freund von Roland von Bergen bin?«, antwortete er leichthin. Dann verließ er sie. Es war drei Uhr nachts. Philip kam um elf und verließ sie um drei. Es waren die Stunden, in denen Stille im Sanatorium herrschte, ihm niemand begegnen würde. Philip war sehr vorsichtig, und manchmal überlegte Luise, ob er sie oder sich selbst schützen wollte?

Jetzt aber lehnte sie sich wieder zurück, dachte an die beiden Cousins, die seit einem Jahr zu den Pfadfindern gehörten und in dieser Funktion mit ein paar anderen Jungen auf dem Bahnhof die Ankommenden mit heißem Tee versorgen durften.

Es mache Spaß, erklärten die Zwillinge und fanden allmählich wieder in ihr Leben ohne Albträume zurück.

»Kinder vergessen schnell«, erklärte Elisabeth leichthin. Es war

Carl, der sich um seine Zwillinge kümmerte, der Gouvernante kündigte und die beiden von einem psychologisch gut geschulten Privatlehrer unterrichten ließ.

Luise mochte die beiden, die sie öfter am Bahnhof sah, ihnen zulächelte, kurz mit ihnen sprach. Sie waren beide hübsch und sahen der Mutter ähnlich. Und sie hatten Glück – sie waren Kinder, noch zu jung, um in diesen Krieg geschickt zu werden.

Luise schloss die Augen und streckte sich in dem breiten Bett aus. Sie wollte noch schlafen, bevor sie um sieben Uhr aufstand. Doch dann fuhr sie mit einem Ruck hoch.

Woher wusste Philip, dass es ein tödlicher Orientierungsfehler des französischen Piloten gewesen war? Es hatte in keiner Zeitung gestanden.

Doch am nächsten Morgen verschwand ihr Misstrauen. Sicher hatte man in einer Tageszeitung der Hauptstadt darüber berichtet.

Wie jedes Jahr wurden am 15. November in der Wandelhalle die Brunnen mit Holzbrettern abgedeckt, die Tische und Stühle gegen die Wand gestellt und die Glaswand vorgeschoben. Das Restaurant im Palmengarten war weiterhin geöffnet. Hier saßen nun viele der Rekonvaleszenten an ihren freien Nachmittagen, spielten Schach und unterhielten sich, und jeden zweiten Freitag gab es einen Fünf-Uhr-Tee. Hier waren die jungen Frauen und Mädchen aus dem Ort in der Überzahl, denn viele der Patienten blieben in Rollstühlen am Rand der Tanzfläche stehen, um nur zuzusehen. Die Elite der hohen Offiziere aber zog es vor, im Hotel im Wintergarten ganz unter sich zu bleiben.

Victoria stand am Durchgang der Wandelhalle zum Palmengarten und sah zum Flügel hinüber. Fast zwei Monate waren vergangen, eine Ewigkeit und doch auch so kurz. Hier hatte sie gestanden, als Albert hinter sie trat und vorschlug, ihr etwas vorzuspielen. Hatte er da bereits vorgehabt, sich das Leben zu nehmen, durch den Selbstmord das zu vollenden, was der Schuss in den Kopf nicht erreicht hatte? Seinen Tod? Er hatte eine Gnadenfrist bekommen, die er mit der Liebe zu ihr füllen konnte. Die ihm etwas schenkte, was er vorher noch nicht gekannt hatte, das neu für ihn war, neu und beglückend: die Liebe. Aber sie war nicht stark genug gewesen, um ihn von seinem Vorhaben abzubringen.

Liebe bedeutet Schmerz, das hatte Irene den Töchtern eingeschärft, als sie beide noch Kinder waren. Warum? Vielleicht um ihre Töchter vor einer großen Liebe zu bewahren? Vor Enttäuschung? Sich nicht in Gefühle zu stürzen, die sie nicht bewältigen konnten? Beide Mädchen hatten es auf ihre Art angenommen, doch keine hatte den Ausspruch ernst genommen. Luise hatte den Kopf geschüttelt, wie sie einmal Victoria erzählte, und sie selbst hatte einfach nur gekichert.

Victoria wandte sich ab und ging von der Wandelhalle aus zum Pavillon. Dort saß der blaue Papagei, der von vielen Leuten Tag für Tag bewundert wurde. Er schien zu wissen, wie schön, wie einzigartig er war. Er saß auf einem Ast, ruhig, königlich, die Leute verachtend, die ihn bejubelten und bestaunten.

Langsam wandte sich Victoria vom Pavillon ab und verließ den Raum.

Heute würde sie Luise treffen. »Und weißt du was?«, hatte die Schwester vorgeschlagen, »lass uns in die Konditorei Blum gehen, nicht immer im Palmengarten oder im *Deutschen Kaiser* sitzen.«

Und Victoria war sofort einverstanden gewesen. Mit der Konditorei Blum am Rathausplatz verbanden sie viele Kindheitserinnerungen.

Sie würde also schnell ihr neues Fahrrad holen und dann losfahren. Luise würde staunen, wenn sie die Schwester auf dem Rad ankommen sah.

Victoria traf zu früh ein. Sie war zu schnell gefahren, gebraust, wie sie es in Gedanken nannte, sie hatte alles gegeben, um pünktlich zu sein, und jetzt war sie eine halbe Stunde zu früh.

Sie hatte viel riskiert, auch wenn sie Kurven fuhr und das Lenkrad nicht unter Kontrolle hatte. Mehrmals wäre sie fast umgekippt, aber nun war sie hier. Victoria stellte ihr Rad ab und setzte sich an einen der runden kleinen Tische unter den Kastanien. Es war ein warmer Nachmittag, die Sonne schien, und zum ersten Mal seit Alberts Tod konnte sie die ungewöhnliche Wärme des späten Herbsts genießen. Wie oft hatte sie als Kind mit ihrer Mutter hier gesessen, sie hatten auf den Vater gewartet, dessen Kanzlei direkt gegenüber lag. Wenn er dann zu ihnen kam, lachte ihre Mutter, legte den Kopf an seine Schulter und sah mit geröteten Wangen zu ihm auf. Er zwickte seine kleine Tochter in die Wange und nannte sie seinen Rotfuchs. Und sie aßen diese wunderbaren Petits Fours, süß und mit rosa Guss.

Wie glücklich ihre Mutter damals gewesen war, glücklich und so hübsch, auch wenn sie immer seufzte, sie sei zu dick.

Victoria erklärte jetzt der Kellnerin, sie warte noch auf ihre Schwester, dann ließ sie die Blicke über den Platz schweifen, in dessen Mitte ein Denkmal des Markgrafen Ludwig Wilhelms stand. Er hatte das Theater direkt gegenüber bauen lassen, ein berühmter Barockbau, ein Magnet für die Kurgäste. Im Moment wurde *Minna von Barnhelm* des Dichters Gotthold Ephraim Lessing gespielt, und die Leute drängten sich in die Vorstellungen. Victoria war stolz, denn ihr Vater war, wie alle seine Vorfahren, Mäzen dieser »Perle der Kultur«, wie es in Beschreibungen der Kurstadt genannt wurde. Jedes Weihnachten hatten sie in einer Vorstellung gesessen, damals, als die Familie noch eine Familie gewesen war. Weihnachten war das Fest, an dem sie gemeinsam in die Kirche gingen und am ersten Feiertag das Theater besuchten. Es wurde abwechselnd *Hänsel und Gretel* des Komponisten Engelbert Humperdinck oder das Theaterstück *Die Schneekönigin* von

Hans Christian Andersen gespielt. Am zweiten Feiertag dann gingen sie abends in die Oper.

Schöne Erinnerungen an eine intakte Familie, die es nicht mehr gab, als Luise ging. Vielleicht konnte sie heute ihre Schwester überreden, sich mit dem Vater zu versöhnen, um endlich wieder eine Familie zu sein? Dann aber erregten die vielen Wartenden vor der Theke der Konditorei ihre Neugierde. Die Schlange reichte bis hinaus auf die Straße.

»Was ist denn hier los?«, wandte sie sich an die Kellnerin.

»Heute ist Donnerstag. Da werden unsere Pralinen verkauft, aber jeweils nur in kleinen Mengen.«

Da sprang Victoria auf, denn sie hatte eine spontane Idee.

Von der Kastanienallee aus bog Luise in den runden Platz ein. Sie lief am Rathaus vorbei, vor dessen beeindruckendem Tor aus Schmiedeeisen ein verschlafener Kutscher mit seiner Droschke stand. Sie schlenderte zum Theater vor, sah sich die Plakate an, die für den 31. Dezember die Premiere vom *Zerbrochenen Krug* von Heinrich von Kleist ankündigten. Die Theaterbar, die direkt daneben lag, sah verlassen aus, genau wie der Salon *Madame de …* vereinsamt wirkte. Im Schaufenster stand ein schilfgrünes Kleid der Wiener Werkstatt aus, aber kein aufregendes Modell der *Pariser Couture* mehr. Namen wie Doucet, Trois Quartier waren längst vergessen.

Früher war man stolz darauf gewesen, dass sogar Französinnen hier einkauften. Auch der *Salon de Lingerie* stellte nur ein Nachthemd aus Baumwolle ins Schaufenster. Wie aufregend waren früher die Dessous gewesen: Satin, Schleifen, Spitzen. Eines jedoch war aus der Mode gekommen, die Korsetts mit den festen Stäben. Sie wurden nicht mehr produziert, da die Rüstungsindustrie sämtliche Stahlreserven brauchte. Luise schlenderte weiter und beobachtete auf der gegenüberliegenden Straßenseite, wie sich vor dem Hutsalon die Kundinnen drängelten. Ein neuer Hut war nicht teuer und machte Freude, man vergaß nicht, dass man eine Frau war, auch wenn man in der Industrie arbeitete oder sonst in einem Männerberuf tätig war.

Seit ihrer Rückkehr aus Frankreich war Luise nicht mehr hierhergekommen. Ihre neuen Kleider und Kostüme, die im Salon *Madame de …* angefertigt wurden, ließ sie ins Hotel bringen. Vielleicht wollte sie nicht mehr hierherkommen, weil sich an diesem Platz die Kanzlei ihres Vaters befand? Vermied sie es, ihm zu begegnen? War sie so feige, oder wollte sie einfach nur einer Auseinandersetzung aus dem Weg gehen, einer Versöhnung, wie Victoria so sehr hoffte? In Gedanken versunken, erreichte sie die Konditorei Blum.

Dort wartete Victoria bereits auf sie.

Luise hatte sich vorgenommen, ihrer Schwester heute über ihre Zeit in Paris zu erzählen, ihr den Grund zu nennen, warum es so schwierig war, sich mit dem Vater zu versöhnen. Doch als sich Victoria zögernd erhob, um sie zu begrüßen, erschrak Luise. Ihre Schwester schien noch schmaler, noch dünner, das Gesicht noch durchscheinender geworden zu sein. Einen kurzen Moment blieben sie voreinander stehen, dann gab Luise ihrer Schwester einen leichten Kuss auf die Wange. Sie spürte, dass Victoria einer herzlichen Umarmung auswich, so wie neuerdings immer.

»Weißt du, was da los ist? Verschenkt die Konditorei heute Kuchen?«, lachte Luise.

»Nein, nicht direkt«, antwortete Victoria. »Aber fast. Donnerstags verkaufen sie ihre berühmten Pralinen, die es aber bald nicht mehr geben wird, die Zutaten gehen aus. Aber ich habe noch eine kleine Schachtel ergattert.« Jetzt strahlte Victoria und hob sie hoch, während sich Luise einen Stuhl heranzog.

»Wir sollten sie an Franz schicken, meinst du nicht auch? Es sind seine Lieblingspralinen.«

»Ich weiß nicht, ob die Pralinen den Transport überstehen«, gab Luise zu bedenken.

»Man muss es riskieren«, fuhr Victoria kratzbürstig hoch, »und wenn sie bei Franz ankommen, wird er sich sicher freuen. Wie gesagt, es sind doch seine Lieblingspralinen. Und die ewigen Büchsen mit Rindfleisch und Bohnen hängen ihm doch sicher zum Hals heraus.«

»Du hast recht, schick sie ihm.« Sie sollte nicht so furchtbar realistisch sein, sondern auch Freiraum für Träume lassen.

Sie bestellten Tee und kleine Quittenkekse und warteten schweigend, bis die Kellnerin das Gebäck, die Tassen und die kleinen silbernen Kännchen auf den Tisch gestellt hatte.

»Ich habe Mutter von Albert erzählt«, erklärte Victoria plötzlich mit vollem Mund, »und dass ich eine Beziehung mit ihm hatte. Mutter hat die Fassung verloren, aber sie hat mir keine Vorwürfe gemacht, auch keine Fragen gestellt, sondern hat mir nur eingeschärft, Vater nichts zu erzählen. Er soll es nicht erfahren.«

»Ich denke, sie will dich schützen«, war Luises Antwort. »Es ist sicher besser so. Ein weiteres Liebesdrama verkraftet die Familie nicht.«

Victoria zuckte nur die Achseln. Aber nach einer kleinen Pause, in der ihre Nervosität zu spüren war, atmete sie durch. Dann sah sie Luise fest in die Augen. »Albert war nicht mein Erster.«

Überrascht hob Luise eine Augenbraue. Bevor sie reagieren konnte, erzählte Victoria hastig, was sie schon so lange beschäftigte. Sie sprach über Juri, den schönen blonden Russen, der so einzigartig Klavier spielen konnte. Und der sie plötzlich verließ.

»Wann war das?«

»Kurz vor Ausbruch des Kriegs.«

»Er ist sicher eingezogen worden und hatte einfach keine Zeit, sich von dir zu verabschieden.«

Victoria nickte mehrmals. »Ja, das denke ich jetzt auch. Als

Albert kam, hat auch er sich ans Klavier gesetzt, und auch er spielte den *Liebestraum.*«

»Du hast ihn darum gebeten, oder?«

»Ja, das habe ich.«

Luise verkniff sich ein Lächeln. »Und da hast du geglaubt, dadurch kannst du die Erinnerung zurückholen und mit Albert das erleben, was du mit Juri erlebt hast. Aber das funktioniert nicht, die Ereignisse der Vergangenheit lassen sich nicht wiederholen. Zu oft auch werden sie durch unsere Fantasie verändert, wir sehen vieles anders, als es gewesen ist … schöner, einzigartiger.«

Luise schwieg. Sie hatte mit einer Heftigkeit argumentiert, dass Victoria sie in überraschtem Schweigen nur ansah.

Gab es etwas in Luises Leben, das auch sie wiederholen wollte, obwohl es nicht möglich war?

»Nun ja«, erklärte Luise leichthin, »so denke ich nun mal.« Sie hatte an Philip gedacht. Hatte sie geglaubt, die gleiche Liebe mit ihm zu finden, wie sie sie mit Francois erlebt hatte? War sie dem gleichen Irrtum verfallen wie ihre Schwester? Beide schwiegen, tranken Tee und knabberten an den Keksen.

»Ja, aber ...«, knüpfte Victoria an ihre Worte an. »... ich habe ein schlechtes Gewissen. Habe ich Albert nur benutzt, um etwas zurückzuholen, was längst abgeschlossen war?«

»Du hast mit Juri offenbar deine erste, vielleicht auch große Liebe erlebt, die kannst du nicht einfach so wiederholen. Das geht nicht. Aber du sollst dich jetzt nicht schuldig fühlen, du hast ihn nicht benutzt, wie du es nennst. Du wolltest eine Liebe finden, das ist normal, du warst bereit dazu. Und du hast ihm in den letzten Wochen seines Lebens Liebe und glückliche Momente geschenkt. Ihm gerade dadurch die Entscheidung, zu gehen, leichter gemacht.«

Victoria kamen sofort wieder Tränen. »Ich weiß nicht«, murmelte sie und schob nervös den Teller auf dem Tisch hin und her.

»Das glaube ich nicht. Hätte er denn nicht gerade jetzt leben wollen, da er die Liebe erlebt hat?« Luise schüttelte leicht den Kopf. »Ich denke nicht. Und in seinem Brief hat er doch geschrieben, wie glücklich er mit dir gewesen ist. Er wollte sterben, solange er noch bei vollem Bewusstsein war. Das habe ich dir neulich schon gesagt. Vielleicht ist es gut, wenn man gehen muss oder will, solange man glücklich ist«, überlegte Luise.

Sie griff nach der Hand ihrer Schwester, die Victoria ihr wieder entzog. »Das klingt schrecklich, Luise, wirklich ganz schrecklich.«

»Ach Vic, überleg doch, denk immer an den Satz, den er geschrieben hat: *Man soll nicht weinen, wenn es vorbei ist, sondern lächeln, dass es so schön gewesen ist.*«

Victoria senkte den Kopf und sah auf ihre Hände auf dem Tisch. *Vic*, hatte Luise sie genannt. Der Name, den Luise ihrer Schwester gegeben hatte, als Victoria drei Jahre alt gewesen war. Wie lange hatte Luise sie nicht mehr so genannt?

»Danke, Luise«, flüsterte sie mit belegter Stimme. »Du hast recht, es ist gut, dass du mich daran erinnerst. Und es war schön, mit dir zu reden. Siehst du, wie wichtig es ist, dass wir uns haben. Aber wann werden wir wieder eine Familie sein?«

»Victoria, bitte setz mich nicht unter Druck. Es wird sich alles finden.« Der Satz war banal, aber irgendwie doch auch richtig.

Sie wandte den Kopf zur Seite, und ihr Blick blieb an den Menschen hängen, die immer noch in der langen Schlange vor dem Eingang der Konditorei standen.

»Schau.« Sie stieß Victoria an. »Da ist Vater, und offenbar hat er eine Schachtel ergattert.«

Victorias Kopf fuhr herum.

Johannes ging hochaufgerichtet und wie immer elegant gekleidet an der Schlange der Wartenden vorbei, die ihm ehrfürchtig Platz machten. Er zog den Hut, grüßte loyal in die Menge und ging weiter, ohne die Töchter zu bemerken.

»Endlich«, erklärte Victoria. »Mutter wird sich freuen, dass er ihr etwas schenkt. Sie reden kaum mehr miteinander, und Vater bleibt fast den ganzen Abend oben im Turmzimmer. Er kommt nur noch herunter, wenn Carl und seine Familie zum Essen kommen.«

»Warum?«

»Mutter hat die beiden alten Linden, die ganz hinten im Park stehen, fällen lassen, damit wir im Winter Holz haben und nicht so frieren müssen wie im vergangenen Jahr.«

»Was? Mutter hat die beiden schönen alten Bäume fällen lassen?«, rief Luise entsetzt aus. »Wie konnte sie das im Alleingang entscheiden? Die Bäume waren uralt, und du weißt sicher noch, dass auch du als Kind darauf herumgeklettert bist. Du hast dich sogar im Baum versteckt, wenn man dich gerufen hat. Wir wissen doch gar nicht, ob der Winter so kalt wird wie letztes Jahr. Das ist unverzeihlich.«

»Reg dich doch nicht so auf.« Victoria reagierte überrascht, denn eine so heftige Reaktion ihrer Schwester hatte sie nicht erwartet. Zeigte das aber nicht auch, wie sehr sie sich noch mit ihrem Zuhause verbunden fühlte?

»Wenn es wieder so kalt wird, könnt ihr doch alle ins Hotel ziehen, dort wird geheizt.«

»Das wird Vater garantiert nicht wollen, auch wenn er Anteile am Hotel hält. Das weißt du auch.« Victorias Stimme war leicht aggressiv geworden.

»Warum denn nicht? In Paris sind im ersten Kriegswinter die Frauen der Gesellschaft alle ins Hotel Ritz gezogen, ihre Männer, Liebhaber und männlichen Angestellten wurden eingezogen, und die Wohnungen konnten nicht beheizt werden.«

»Echt?« Victorias Interesse war geweckt. »Woher weißt du das?«

Luise lachte über die Neugierde ihrer Schwester. »Der Freund von Roland von Bergen hat es mir erzählt.«

»Und woher weiß er, was in Paris passiert?«

Darauf wusste Luise keine Antwort. Auch sie hatte sich das

überlegt. »Nun«, antwortete sie leichthin, »ich denke, irgendjemand hat es erfahren und weitererzählt, und es machte eben die Runde.«

»Bis nach Deutschland?«

»Victoria, ich weiß es nicht.« Jetzt war es Luise, die gereizt reagierte. Nach einer kleinen Pause fragte Victoria, ob sie wisse, wie es ihrer Freundin Julie gehe. Luise beantwortete das mit einem bedauernden Kopfschütteln.

»Ich habe keine Ahnung, ich habe nichts von ihr gehört.«

Oft dachte sie an Julie, an das letzte Treffen in Deauville, an ihr Versprechen, ihr zu schreiben. Sie hatten beide nicht geahnt, dass der Krieg auch eine Korrespondenz unmöglich machte.

»Ich denke, es geht ihr gut. Julie ist eine von den Menschen, die sich jeder Situation anpassen können und vom Glück stets begünstigt sind.«

Aber wie war es mit Francois? Wenn sie an ihn dachte, wurde sie von Unruhe und Angst ergriffen. War er an der Front, kämpfte er gegen die Deutschen?

Wenn er fiel oder schwer verwundet wurde, würde niemand sie benachrichtigen. Mit einem Ruck erhob sie sich und legte Geld auf den Tisch. »Es tut mir so leid, Vic, aber ich habe noch eine Besprechung mit unserem Onkel.«

Auch Victoria stand sofort auf und folgte ihrer Schwester. Am Fahrradständer blieb sie stehen. »Sieh mal, das hier ist mein Rad. Onkel Carl hat es mir geschenkt. Eigentlich hat er es für Elisabeth gekauft, da ihr Auto eingezogen wurde. Aber Elisabeth hat keine Lust, Fahrrad zu fahren.«

Jetzt lachte Luise. »Ehrlich gestanden, kann ich mir Elisabeth auf dem Rad nicht gut vorstellen.«

Victoria erwiderte das Lachen. »Ich auch nicht. Aber ich habe schon Lust, zu fahren. Erinnerst du dich an früher? Du hast hinten den Sattel festgehalten. Ich bin auch sehr oft hingefallen, weil du dir einen Spaß daraus gemacht hast, mich loszulassen.«

»Ja, ich dachte, du lernst es am besten, wenn du allein weiterfahren musst.«

»Im Internat wurde uns eingeschärft, Frauen auf dem Rad seien keine Damen«, kicherte Victoria los. »Fahren macht Spaß, und eine Dame will ich sowieso nicht werden. Wenn nur dieser blöde lange Rock nicht wäre«, seufzte sie.

»Du brauchst einen *jupe-culotte*«, schlug Luise vor.

»Was ist das denn?«

»Ein Hosenrock. Er sieht aus wie ein Rock, ist aber eine weit geschnittene Hose.«

»Und wo bekomme ich den?«

»Ich weiß es nicht, vielleicht kann Frau Burger dir einen nähen.«

»Sicher nicht«, antwortete Victoria. »Wo hast du so einen Hosenrock gesehen?«

Luise freute sich über Victorias Begeisterung. Als sie kam, war sie blass und mutlos gewesen, doch jetzt schien sie voller Energie und Freude.

»In Deauville. In Frankreich trägt man sie schon zum Radfahren, auch bei jedem anderen Sport, zum Beispiel Tennis.«

»Den muss ich haben. Ich kaufe mir ein Schnittmuster und nähe ihn mir, Frau Burger muss mir helfen.«

Frau Burger war die Schneiderin, die einmal in der Woche in die Villa kam und alles aufarbeitete und ausbesserte, was so anfiel. Es gab ein extra Nähzimmer mit Nähmaschine, Bügelanlage und einem langen Zuschneidetisch. Auf einer langen Stange hingen Schnittmuster in den Größen der Damen des Hauses. Als Kinder hatten die Schwestern oft mit dem langen schmalen Schubladenschränkchen gespielt, in dem Nähseiden und Knöpfe in jeder Farbe aufbewahrt wurden.

»Meinst du, ich schaffe das mit Frau Burgers Hilfe?«, riss Victoria Luise aus ihrer Erinnerung. »Eigentlich habe ich ja im Internat schon viel genäht, es hat mir auch Spaß gemacht.«

»Na siehst du, Vic, versuch es einfach, und wenn es nicht gelingt, dann gehe hier zu Frau Keppler von *Madame de …*«

Bevor sich Victoria aufs Rad setzte, umfasste Luise plötzlich zart das Gesicht ihrer jüngeren Schwester. »Albert Fuchs hat dir geschrieben, du sollst nicht weinen, du sollst glücklich sein. Erfüll ihm diesen letzten Wunsch. Glaub mir, Schuldgefühle hätte er nicht gewollt. Wir beide, du und ich, haben unsere Erfahrungen gemacht, wir sollten sie annehmen und daraus lernen.«

Victoria spürte einen Kloß im Hals. Mehrmals nickte sie, setzte sich dann aufs Rad und warf ihrer Schwester noch eine Kusshand zu, und bevor sie unsicher in die Kastanienallee einbog, rief sie über die Schulter Luise noch rasch zu: »Du hast recht, ja, das sollten wir.«

Luise lächelte, sah Victoria aber besorgt nach. »Pass auf«, rief sie, doch Victoria hörte sie nicht mehr. Luise war erleichtert, sie hatte befürchtet, ihre jüngere Schwester würde sie wieder bitten, nach Hause zu kommen. Sie hatte es nicht getan, ging sie davon aus, dass eine Versöhnung nicht mehr möglich schien?

Während sie darüber nachdachte, ging ihr Blick zum Denkmal, und da sah sie Philip Rohmer auf und ab gehen, eine schmale Aktentasche in der rechten Hand. Gerade wollte sie ihn rufen, als ein Mann sehr schnell auf Philip zuging, ihn kurz streifte und mit der schmalen Aktentasche in die andere Richtung verschwand.

Es hatte nur Sekunden gedauert.

Unsicher umklammerte Victoria den Lenker, während sie langsam und wackelig in die Hauptstraße einbog. Plötzlich stand Gerda vor ihr und versperrte ihr den Weg. »Um Himmels willen, Gerda, fast wäre ich vom Rad gefallen.«

»Man soll nicht fahren, wenn man es nicht kann«, erklärte Gerda ein wenig spitz.

Beide sahen einander an, beide mochten sich nicht, trotzdem stieg jetzt Victoria vom Rad ab. Sie wollte nicht unhöflich sein.

»Du fährst also Rad oder versuchst es jedenfalls.«

»Das siehst du doch«, antwortete Victoria, bereits verärgert, dass sie abgestiegen war. Schon wollte sie ihr Rad an Gerda vorbeischieben und aufsteigen. Doch wieder stellte sich Gerda ihr in den Weg.

»Ich komme gerade von der Vermittlungsstelle, ich soll in Baden-Baden in einem Militärbüro als Sekretärin arbeiten, eine Stelle, die den Töchtern aus höchsten Kreisen vorbehalten ist.«

Vor Victorias Augen entstand unwillkürlich das Bild des kleinen Hauses der von Bittens, und auch sie kannte die Gerüchte von Geldsorgen und Spielschulden der Familie. So unterdrückte sie nur ein Lächeln, schwieg aber, um Gerda nicht zu verletzen.

Also fragte sie nur: »Kannst du Schreibmaschine schreiben?«

»Nein, noch nicht, aber das kann ich doch lernen. Außerdem ist Baden-Baden eine aufregende Stadt, Theater, Oper … Tanzveranstaltungen …«

»Ich weiß nicht«, war Victorias Überlegung, »man hört doch nur Berichte, dass auch dort alle Hotels zu Lazaretten und Sanatorien umgewandelt sind, die Stadt wimmelt von Militärs. Außerdem steht sie im Fokus von feindlichen Fliegerangriffen.«

»Woher willst du das wissen? Und geredet wird viel. Aber ich werde es nicht annehmen, letztendlich wird Franz etwas dagegen haben.«

Victoria wollte bereits wieder aufsteigen, sah jetzt aber Gerda erstaunt an.

»Was sagst du da? Mein Bruder hat etwas dagegen? Wie kommst du denn darauf?«

Gerda lächelte geheimnisvoll. »Weil ich es eben weiß, ich kenne seine Gedanken.«

Victoria sah sie einen Moment schweigend an, schüttelte den Kopf und wollte endlich aufs Rad steigen, aber jetzt griff Gerda in den Lenker. Sie zeigte auf die rosa Tüte der Konditorei Blum. »Du hast eingekauft? Sag bloß, du hast noch eine Schachtel Pralinen ergattert.«

»Ja, habe ich, und ich will sie Franz schicken.«

Gerda lachte auf, leicht hysterisch, wie Victoria fand.

»Das kannst du lassen«, erklärte sie und hielt immer noch den Lenker fest umschlossen. »Franz mag die Pralinen nicht mehr, ich habe sie ihm geschickt, aber er wollte sie gar nicht. Das hat er mir bei meinem Besuch gesagt.«

Victoria ging darauf nicht ein. Was auch in Berlin zwischen Gerda und Franz passiert war, wollte sie aus Gerdas Mund nicht hören.

»Lass bitte los, ich muss fahren.« Sie stieg auf, sodass Gerda nichts anderes übrig blieb, als die Hand von der Lenkstange zu nehmen und einen Schritt zur Seite zu machen. Wackelig fuhr Victoria los.

»Na ja, wenn man nicht fahren kann, soll man das auch lassen«, rief Gerda ihr noch nach.

Victoria überhörte die spitze Bemerkung, doch Gerda ließ nicht locker, sie lief neben dem Rad her.

»Und was hast du für Pläne, jetzt, da die Wandelhalle wieder schließt?«, wollte sie wissen.

Victoria fuhr in halsbrecherischer Weise an, rief Gerda nur noch schnell zu: »Ich schneidere mir einen *jupe-culotte*.« Sie warf einen Blick über die Schulter auf Gerda, die ihr mit aufgerissenen Blauaugen nachsah.

»Du kannst doch gar nicht nähen, und was soll das bitte sein, dieses … wie?«

»*Jupe-culotte*«, lachte Victoria und fuhr im Zickzackkurs die Hauptstraße hoch.

Es hatte Spaß gemacht, Gerda aus der Fassung zu bringen. Victoria fühlte sich gelöst. Es war auch schön gewesen, sich mit Luise zu treffen, die sich Zeit genommen und sie als gleichwertige Erwachsene behandelt hatte und nicht wie sonst nur als kleine Schwester.

Sie fuhr am Palmengarten vorbei und die Birkenallee hoch, dabei richtete sie ein schnelles kleines Gebet in den strahlend blauen Himmel. Lieber Gott, mach, dass Luise zu Weihnachten nach Hause kommt. Wie als Kind, wenn sie einfach ihre Wünsche in den Himmel geschickt hatte.

Irene saß im Restaurant Palmengarten und wartete auf ihre Freundinnen. Heute hatte sie kein Gemüse mehr für sie dabei, der Garten war winterfest gemacht worden, Kartoffel, Äpfel und Karotten im Keller eingelagert, wie auch anderes Gemüse. Gurken und Tomaten hatten sie eingelegt.

Da sah sie Gerda vorne am Eingang stehen, die sich mit der neuen Empfangschefin des Palmengartens unterhielt. Es war eine Frau in mittlerem Alter, die jetzt die Nachfolge von Monsieur Haller, wie er sich vor dem Krieg genannt hatte, einnahm. Haller war in Russland gefallen.

Seit der Prügelei der beiden Väter um die Ehre ihrer Töchter hatte Irene Gerda nicht mehr gesehen. Sie hatte nicht gewusst, dass Gerda bereits zwei oder sogar drei Liebschaften vor der Beziehung mit Franz gehabt hatte. Aber war das heute noch von Bedeutung, diese starre gesellschaftliche Ordnung? Victoria hatte ihr ins Gesicht gesagt, sie habe eine Beziehung mit dem Selbstmörder gehabt, und Frau Burger hatte neulich so eine Andeutung gemacht, beim Metzger habe man über Victoria getuschelt, sie habe wohl eine Vorliebe für Klavierspieler. Als Irene nachhakte, erklärte Frau Burger rasch, das sei nicht ihre Meinung, sondern nur so ein Gerücht, da gab es doch diesen jungen Russen, der so fantastisch Klavier spielte und auch noch so ein schöner Mann war. Jedes Mädchen im Ort habe für ihn geschwärmt, doch er …

Frau Burger hatte nicht weitergesprochen, als sie die Ablehnung in Irenes Gesicht erkannt hatte. Das fiel Irene jetzt wieder ein. Victoria war erst neunzehn und hatte bereits zwei Männer gehabt, einen mehr als die Mutter, dachte Irene ironisch. Johannes war der erste Mann gewesen, der sie geküsst hatte, und sie war als Jungfrau in die Ehe gegangen, so wie erwartet.

Auch Luise hatte sich über gesellschaftliche Regeln hinweggesetzt – würde das in Zukunft immer so sein? Die Frauen trugen kein Korsett mehr, das war ein Segen. Sie arbeiteten, ersetzten die Männer, sie hatten Beziehungen, bevor sie heirateten. Was für eine neue, aber vielleicht gute Entwicklung? Die Frauen hatten sich befreit. Barbara von Bitten arbeitete ohne gesellschaftliche Vorbehalte als Postdirektorin, und sie machte das sehr gut. Jeder im Ort war voll des Lobes, und wie durchgesickert war, konnte sie über ihr Geld sogar selbst verfügen. Auch das war neu.

Und sie, Irene? Sie war neunundvierzig Jahre alt, es hatte in ihrem Leben nur einen Mann gegeben, und sie arbeitete für die Familie, ernährte sie mit der Gemüseanlage und dem Obstgarten. Und dann wurde sie von ihrem Mann auch noch dafür zurechtgewiesen, dass sie die alten Bäume hatte fällen lassen, damit die Familie im Winter nicht fror. Es war ungerecht. Auch schien sie die Einzige zu sein, die wirklich um Franz bangte. Johannes erklärte nur, er sei stolz auf seinen Sohn, der zum Hauptmann ernannt worden war und seine vaterländische Pflicht an der Front erfülle.

Wieder fiel ihr Blick auf Gerda, die immer noch am Eingang stand. Erwartete sie, dass Irene sie an den Tisch winkte? Irene war ratlos. Franz hatte mehrmals geschrieben, er habe sich von ihr getrennt, die Mutter solle sie bitte nicht in die Familie aufnehmen. Was sollte sie jetzt tun?

Gerda hatte ihre Unterhaltung mit der Empfangschefin beendet und sah sich um, ihr Blick ging suchend durch den Palmengarten. Sofort lehnte sich Irene zurück und wurde so durch eine Palme verdeckt. Sie mochte Gerda, die immer lieb und ihr gegenüber aufmerksam war, eigentlich war sie nach wie vor ihre Wunschschwiegertochter, trotz ihres Vaters. Aber gegen Franz konnte sie sich nicht stellen, die Wünsche des Sohns zu übergehen, das war unmöglich.

Als sie vorsichtig um die Ecke lugte, sah sie, dass Gerda gegangen war, aber in diesem Moment steuerten Marga und Ella auf den Tisch zu.

Ella war strahlender Laune, ihr Sohn Klaus hatte ihr geschrieben, er käme über Weihnachten nach Hause. Das versetzte Irene einen Stich ins Herz. Franz konnte über die Feiertage nicht kommen. Das hatte er seinem Vater geschrieben. Er bleibe am Standort, sei sich als Hauptmann seiner Verantwortung der Kompagnie gegenüber bewusst. Irene hatte die ganze Nacht in ihre Kissen geweint. Er wollte seine Kameraden nicht im Stich lassen, aber was war mit ihr, der Mutter? Sie konnte man offenbar übergehen, ihre Wünsche nicht berücksichtigen.

Irene stiegen sofort wieder die Tränen in die Augen. Plötzlich sprang sie auf, erklärte, es ginge ihr nicht gut, außerdem habe sie es satt, dass die beiden immer zu spät kämen, das sei eine Unhöflichkeit ihr gegenüber. Damit rannte sie aus dem Restaurant.

Es wurde ihr alles zu viel. Die Vorwürfe des Ehemanns, die Angst um Franz, Victoria mit ihren Liebschaften und Luise mit ihrem Dickkopf.

Es musste sich etwas ändern, aber was?

Der Krieg, dieser elende Krieg, sollte endlich zu Ende sein. Er war schuld an so vielem, der Lockerung der Werte und der Moral, aber das Ende würde auch das Ende der Angst bedeuten. Selbst wenn Deutschland den Krieg verlor. Wen interessierte das noch, ob das Land siegreich aus dem Krieg hervorging, einem Krieg, der Millionen von Leben gefordert hatte und das Land in Armut und Hunger trieb.

Endlich ein Ende, es musste einfach wieder alles gut werden. Und Franz sollte nach Hause kommen.

SIEBZEHN

Kurort Bad Lichtenberg

Seit seiner Ankunft stand Philip Rohmer im Mittelpunkt des Interesses. Er war elegant gekleidet, verhielt sich liebenswürdig und äußerst höflich. Er kam und ging zu ganz unterschiedlichen Zeiten, und so erregte er große Aufmerksamkeit. Es sprach sich herum, dass er im Besitz eines Diplomatenpasses sei, in Berlin geboren war und in der Hauptstadt seinen Wohnsitz hatte. Seine Diplomatentätigkeit habe er unterbrochen, um seinen Freund Roland von Bergen hierher zu begleiten und für ihn wichtige Aufgaben zu übernehmen. Dazu gehörten Besichtigungen in der Karlsruher Rüstungsfirma oder der Besuch in Baden-Oos am Landeplatz des Zeppelins, und das mit der persönlichen Vollmacht des Kaisers. Roland von Bergen, ein herausragender Stratege, bekannt für erfolgreiche Einsätze an den Fronten, konnte diese wichtigen Aufgaben, die er für sich selbst während der Zeit seiner Rekonvaleszenz geplant hatte, nicht ausführen. Er hatte sie seinem guten Freund Philip Rohmer übertragen, der mit der kaiserlichen Vollmacht diese strengstens bewachten und abgeriegelten Orte besuchte. Roland von Bergen erholte sich nur langsam von seinem Bauchschuss und blieb bettlägerig. Der Kammerdiener des Offiziers stehe Roland von Bergen Tag und Nacht zur Verfügung, weiche ihm nicht vom Krankenbett. Herr Rohmer aber bewohne das Nebenzimmer, verbunden mit der Suite des Offiziers durch eine Tür. Philip Rohmer telefonierte meist am frühen Morgen, dann ließ er sich mit zwei Nummern in Berlin verbinden. Die Telefonistin Christine war oft versucht, heimlich mitzuhören, doch wenn es herauskam, wurde sie fristlos entlassen. Luise hatte strenge Regeln eingeführt, nachdem sie erfuhr, dass eines der Mädchen vom Nachtdienst in der Telefonzentrale die Gespräche eines hohen Offiziers mitgehört hatte. Um zehn Uhr verband sie ihn mit seinem Zuhause, seiner Ehefrau. Zwei Stunden später dann führte er ein sehr frivoles Telefonat mit seiner Geliebten. Das sprach sich unter dem Personal herum, und das Mädchen wurde wegen dieser Indiskretion am selben Tag noch von Luise entlassen.

Philip Rohmer schien ein langweiliges Leben zu führen. Abends, wenn der Kranke nach Obst verlangte, saß Philip Rohmer in seiner Suite und unterhielt sich mit Roland von Bergen, bis der seine Tabletten bekam und daraufhin sehr schnell in tiefen Schlaf fiel. Niemand ahnte, dass Philip Rohmer nach elf Uhr, wenn absolute Ruhe auf den Gängen herrschte, in den zweiten Stock hochlief und rasch in der Suite von Luise Laverne verschwand. Die Tür ließ Luise immer unversperrt. Gegen drei Uhr morgens, bevor die Pagen die geputzten Schuhe vor die Türen stellten und die Nachtschwestern die letzte Runde drehten, huschte er unbemerkt zurück in sein Zimmer im ersten Stock.

Luise dachte viel über ihn nach. Er gab nichts preis, ihre Fragen nach seiner Vergangenheit überging er geschickt mit einem Lächeln, mit Zärtlichkeit, sodass sie ihren Vorsatz, ihm Fragen zu stellen, dann fallen ließ. Auch er schien sich nicht für sie zu interessieren, also war es für ihn letztendlich nur eine Affäre. Aber heute wollte sie ihm erzählen, dass sie ihn auf dem Rathausplatz gesehen hatte. »Es sah so ungemein ernst, so bedeutungsvoll aus.«

»Ach, wirklich?« Philip lachte. »Es war ganz harmlos«, erklärte er. »Es sind Unterlagen, ich habe sie einem Freund von Roland von Bergen übergeben. Er nimmt sie mit nach Berlin und hatte es eilig.«

Es klang plausibel, und Luise fragte sich, was sie in diese kleine Szene hineininterpretiert hatte, wieso sie ihr so eigenartig vorgekommen war. Und so stellte sie keine weiteren Fragen und überließ sich Philips zärtlichen Händen. Dann aber beugte er sich über sie, während er sie weiterhin sanft streichelte: »Was hast du gemacht, bevor du dieses Hotel übernommen hast?«, wollte er wissen.

Sie zuckte vage mit den Schultern und merkte, dass sie mit ihm nicht über ihr Leben, nicht über Francois sprechen wollte. War das ein Zeichen, dass er für sie auch nur eine Affäre war? »Ich war in der Schweiz«, erzählte sie die unverfänglichsten Daten aus ihrem Leben, »du weißt schon, Internat, Sprachen lernen. Anschließend aber habe ich sechs Jahre in Paris gelebt.« Er streckte sich neben ihr aus, und Luise hatte das Gefühl, er wusste über sie Bescheid.

»Gab es dort einen Mann?«, fragte er nach einer kleinen Pause, da sie schwieg.

Luise wandte ihm das Gesicht zu. »Ja, Philip, es gab einen Mann, und ich habe ihn sehr geliebt, aber ich will nicht darüber sprechen.«

»Das akzeptiere ich«, war seine schnelle Antwort. Nach einer weiteren Pause beugte er sich über sie. »Könntest du dir vorstellen, mit mir … ach was.« Er streckte sich wieder neben ihr aus.

Jetzt war es Luise, die sich über ihn beugte. »Was meinst du? Was könnte ich mir vorstellen?«

»Nichts, gar nichts.« Sein Gesicht hatte sich verschlossen, sodass sie keine weiteren Fragen stellte. Dann aber legte sie den Kopf an seine Brust. »Und du? Gibt es eine Frau in deinem Leben, bist du verheiratet?« Oft schon war ihr dieser Gedanke durch den Kopf gegangen. Nachdem sie so gar nichts von ihm wusste, nahmen ihre Spekulationen wilde Formen an. Doch jedes Mal stellte sie erstaunt fest, es interessierte sie nicht allzu sehr. Er war für eine gewisse Zeit hier, und es war schön, dass es so war. Ohne quälende Eifersucht, Verletzungen, Verlustangst.

»Nein«, antwortete er auf ihre Frage. »Ich bin nicht verheiratet und habe auch keine feste Bindung. Das geht in meinem Beruf nicht.«

»In welchem Beruf? Meinst du, als Diplomat kannst du nicht verheiratet sein? Ich dachte immer, gerade sie müssten ein intaktes Familienleben vorweisen, wenn sie für Deutschland ins Ausland geschickt werden.«

»Ach, das dachtest du?«

Sie spürte, dass er mit einer gewissen Leichtigkeit das Gespräch abbrechen wollte, und so stellte sie keine weiteren Fragen mehr, und auch Philip schwieg. Schon kurz darauf verließ er sie, obwohl es noch nicht drei Uhr morgens war.

Das Wetter schlug um, es wurde kalt, und der erste Advent am 2. Dezember stand vor der Tür. In der Halle des *Deutschen Kaisers* wurde gerade eine vier Meter hohe Tanne aufgestellt, als Victoria ihre Schwester besuchte.

Sie saßen oben in der warmen Suite, und Victoria klagte, in der Villa sei es eiskalt. Es werde nur noch in den Schlafzimmern und im kleinen Salon geheizt. Auch wurde entschieden, dieses Jahr an Weihnachten nur einen Tischbaum aufzustellen und nicht wie die Jahre zuvor eine Edeltanne in der Halle, so wie sie immer im Hotel aufgestellt worden war.

Johannes zog sich ins Herrenzimmer zurück, in dem ein kleiner Ofen stand, den er dicht an den Schreibtisch neben seine Füße stellte. In seinem geliebten Turmzimmer war es eiskalt.

»Er ist schlechter Laune«, erzählte Victoria. »Weil er sich nicht mehr dorthin zurückziehen kann. Und dann noch die eisige Stimmung zwischen den Eltern, sie sprechen nicht mehr miteinander.«

Luise setzte überrascht ihre Teetasse ab. »Aus welchem Grund?«

Victoria atmete durch. »Ich bin auch noch schuld daran. Ich

habe Mutter gefragt, wie ihr die Pralinen geschmeckt haben, die Vater für sie gekauft hat.«

»O nein«, rief Luise aus, die bereits ahnte, was jetzt folgte.

»Mutter hat erstaunt gefragt, welche Pralinen denn? Ich habe keine bekommen.«

»Und dann?«

»Vater hat gesagt, er habe sie Elisabeth geschenkt, sie habe ihm einen großen Gefallen erwiesen.«

»Was für einen Gefallen?«

Victoria seufzte. »Mehr weiß ich auch nicht, aber Mutter läuft nur noch in ihrem schrecklichen braunen Kleid herum. Es ist sozusagen ein Protest gegen Elisabeth. Sie trug es sogar gestern beim Familienessen. Als sie die erstaunten Blicke der anderen bemerkt hat, erklärte sie, sie wolle keinem Mann mehr gefallen. Sie sei nicht so eitel wie andere Frauen, die auch jetzt im Krieg nur ihr Aussehen im Kopf hätten.«

Luise konnte nicht anders, sie lachte.

»Du lachst«, fuhr Victoria hoch, »aber Mutter geht es wirklich schlecht. Und dann …«

»Ja?«

»Sie hat Vater beim Essen direkt gefragt, warum er die Pralinen Elisabeth geschenkt hat. Er soll sich bitte näher erklären, was das für ein Gefallen gewesen sei.«

»Und?«

»Elisabeth hat mit der Frau eines Mandanten ein Gespräch geführt und mit ihrem Charme verhindern können, dass es zu einem langwierigen Gerichtsstreit kommt.«

»Und was sagt Onkel Carl dazu?«, wollte Luise wissen.

»Er hat gelacht, er hat gesagt, er sei stolz auf seine Frau, die nicht nur schön, sondern auch noch eine Diplomatin sei.«

»Und Mutter?«

»Sie hat daraufhin geschwiegen. Aber Vater und Elisabeth konnte man ihr schlechtes Gewissen richtig ansehen.«

»Die Situation wird sich schon wieder beruhigen. Ich denke, auch Mutter weiß, dass es jetzt Wichtigeres gibt als diese kleinen Eifersüchteleien.«

»Ja, aber ich bin schuld, ich hätte Mutter nicht fragen dürfen. Warum bin ich immer nur so schrecklich vorlaut?«

»Vic, hör endlich auf, dir für alles die Schuld zu geben. Du wolltest doch nur, dass Mutter sich freut. Mach dir nicht so viele Gedanken, es wird alles gut.«

Am nächsten Nachmittag besuchte Irene ihre Tochter im *Deutschen Kaiser*. Sie saßen zusammen im Wintergarten, und Luise beobachtete ihre Mutter, die das braune Kleid auch heute trug. Sie wirkte nervös, und Luise war darauf vorbereitet, dass sie über die Pralinen sprechen würde. Doch ihre Mutter fragte sie nur, ob sie einen Brief von Franz bekommen habe. Ihre Stimme klang voller Sorge, ihr Gesicht war so blass, dass Luise betroffen erkannte, für ihre Mutter war letztendlich nur noch von Bedeutung, wie es Franz ging. Sie litt, und auf ihrem Gesicht zeigte sich die Angst, ihr Sohn könne verwundet werden. Da stand Luise auf, schob ihren Stuhl um den Tisch herum und setzte sich direkt neben die Mutter. Sie griff nach ihrer Hand.

»Weißt du vielleicht, warum dein Bruder an Weihnachten nicht kommt?«, klagte Irene. »Ist wirklich nur der Grund, dass er als Hauptmann bei seiner Kompagnie bleiben muss? Oder meinst du, er will einfach nicht nach Hause kommen?«

»Nein, das kann ich mir nicht vorstellen.« Luise versuchte, ihrer Stimme Festigkeit zu geben. »Bitte, Mutter, denk doch auch einmal an dich. Die Angst um Franz bringt dich noch um. Versuche, dich abzulenken.«

Irene seufzte tief auf. »Als ich den Garten angelegt und jeden Tag dort gearbeitet habe, ging es ja, aber jetzt kreisen meine Gedanken nur um Franz. Und mein eigener Ehemann versteht mich nicht, aber sollten wir denn nicht gemeinsam um ihn bangen?« Irene fing an zu weinen.

»Er ist ein Mann, er kann nicht zugeben, dass er Angst hat. Du bist nicht allein in deiner Sorge, glaub mir. Wir haben doch alle Angst um Franz, aber wir versuchen, trotzdem unser Leben zu leben. Und Franz wird sicher nicht wollen, dass du unglücklich bist, versuche, die Tage vor Weihnachten auch ein wenig zu genießen. Ich denke, auch Victoria braucht dich, auch sie ist dein Kind, nicht nur Franz.« Und auch ich, setzte Luise in Gedanken hinzu.

Doch da zog Irene ihre Hand heftig zurück, stand auf und erklärte, sie müsse jetzt gehen. Und so wandte sie sich ab und verließ den Wintergarten. Langsam erhob sich auch Luise.

Konnte es wirklich sein, dass für Irene nur der Sohn zählte, dass er im Mittelpunkt ihrer Liebe, ihrer Gedanken und auch ihrer tiefen Angst stand?

Zählte sonst niemand für sie, erwartete sie von ihrem Ehemann nur noch, dass auch er diese Angst teile, war sie enttäuscht, weil Johannes offensichtlich noch ein eigenes Leben hatte?

In den nächsten Tagen beschäftigte sich Luise in Gedanken mit ihrer Mutter. Auch schien sich die Krise zwischen den Eltern zu verschärfen. Ursache war sicher nicht die Sache mit den Pralinen, aber doch der Auslöser für Streit und Entfremdung.

Dann erkannte Luise auch eine eigene Unruhe. Philip war seit drei Abenden nicht gekommen. Sie hielt sich an die gemeinsame Vereinbarung, keine Telefonate zwischen den Zimmern, kein gemeinsamer Aufenthalt im Wintergarten oder im Salon. Einmal begegnete sie ihm in der Halle, sie grüßten sich freundlich, doch sie blieben nicht stehen, um sich zu unterhalten. Auch das war Teil ihrer Absprache. Nur heute Nachmittag, als sie sich in der Halle begegneten, warf sie ihm einen raschen fragenden Blick zu. Er zuckte unmerklich mit den Schultern, blieb dann doch kurz stehen, als sie sich bereits abgewandt hatte.

»Herrn von Bergen geht es sehr schlecht«, informierte er sie und erklärte damit sein Fernbleiben.

Sie wünschte seinem Freund gute Besserung und ging die Treppe in den zweiten Stock hinauf. Er musste offenbar auch nachts bei ihm bleiben, obwohl der Kammerdiener stets und überall erklärte, er halte die Stellung bei seinem Herrn, egal, ob Tag oder Nacht, er sei für ihn da.

Doch an diesem Abend wartete sie trotzdem. Sie war müde, der Tag war anstrengend gewesen. Sie setzte sich aufs Sofa, schaltete das große Licht aus und kuschelte sich in eine Wolldecke ein. Nur kurz ausruhen. Wenn Philip dann doch kam, wäre sie bereit. Wie immer hatte sie die Tür nicht abgeschlossen. Irgendwann schlief sie ein, aber plötzlich schreckte sie hoch, die Kaminuhr schlug zweimal. Hatte sie so tief mehrere Stunden geschlafen? Doch dann erkannte sie, es war nicht der dumpfe Schlag der Uhr, der sie geweckt hatte, sondern das Schrillen des Telefons, das nicht aufhören wollte. Verschlafen erhob sie sich, taumelte im Halbdunkel zum Schreibtisch und tastete nach dem Hörer.

»Ihr Onkel will Sie sprechen, nehmen Sie das Gespräch an?«

»Natürlich.«

Ihr Herz fing unruhig und schnell zu schlagen an. Und da war Carl, seine Stimme klang heiser, er atmete keuchend, kaum verstand sie ihn.

»Pass auf, Luise, reg dich bitte nicht zu sehr auf, aber der Kammerdiener von Roland von Bergen rief mich an. Roland von Bergen ist tot, ermordet worden.« Carl rang nach Luft. »Und es geht noch weiter, sein Freund, dieser … dieser …« In der Aufregung fiel ihm der Name nicht ein. »Philip Rohmer«, ergänzte Luise mit tonloser Stimme. »Ja, ja, der. Er ist ein Spion, der Kammerdiener hat schon eine geheime Militärbasis verständigt, hier in der Nähe, ich wusste gar nicht, dass es hier …«

Da legte sich eine Hand auf die Gabel des Telefonapparats und beendete das Gespräch.

»Du musst mir helfen«, flüsterte Philip.

Und Luise spürte den kalten Lauf eines Revolvers an ihren Rippen.

ACHTZEHN

Kurort Bad Lichtenberg

Irene horchte nach unten, doch alles war still. Nach dem Abendessen hatte sie sich sehr rasch zurückgezogen, sie sei müde, hatte sie erklärt. Sie wollte nicht hören müssen, dass alles zwischen ihrem Mann und Elisabeth doch nur ganz harmlos sei. Vielleicht war es das ja, aber sie wollte nicht darüber sprechen. Die Schönheit, die Jugend ihrer Schwägerin verletzte sie, traf sie im Innersten ihres Wesens als Frau.

Jetzt lag sie bereits seit Stunden im Bett und konnte nicht schlafen. Immer wieder schreckte sie hoch. Die Nacht wollte nicht vergehen. Als sie auf die Uhr sah, war es bereits fünf Uhr morgens. Was machte sie nur so unruhig, war Franz etwas passiert? War er in diesem Moment noch am Leben, oder lag er bereits erschossen in Schlamm und Dreck? Warum tat er ihr das an und kam an Weihnachten nicht nach Hause? Wusste er denn nicht, wie sehr sie litt? Dann aber erkannte sie, dass es nicht nur Franz war, der ihr heute Nacht den Schlaf raubte. Immer wieder ging sie in Gedanken das Abendessen durch. Sie hatte sehr genau gesehen, wie Johannes sich um Elisabeth bemühte, mit ihr flirtete, lachte. Wieso hatte Carl das übersehen können, oder wollte er es nicht zur Kenntnis nehmen? Würde er sonst bei dieser schönen Frau keine Ruhe mehr finden?

Elisabeth, schön, gebildet, elegant.

Ihr Ehemann hatte Irene nicht einmal richtig angesehen, ihr braunes Kleid war ihm nicht aufgefallen. Johannes erkannte den

Protest nicht, den Protest gegen übertrieben zur Schau gestellte Weiblichkeit, Protest gegen diese Eleganz von Elisabeth in einer Zeit, in der Hunderttausende junge Männer an der Front einen grausamen Tod erleiden mussten und Menschen in den Städten an Hunger starben. Sie hatte ihrem Mann durch ihre Aufmachung sagen wollen, dass man sie als Mensch und nicht als Weibchen sehen sollte. Aber dieser Vorsatz endete im Nichts, da weder Johannes noch Carl ihre einfache Aufmachung bemerkten. Sie wurde einfach übersehen. Und Elisabeth? Außer dieser sozialen Ignoranz, wie Irene ihre Einstellung nannte, hatte Elisabeth keinen Makel, zu all ihren äußeren Vorzügen war sie gebildet und intelligent und konnte sich über französische Romane oder deutsche Philosophen unterhalten. Im Gegensatz zu Irene, die in einfachen Verhältnissen als Tochter eines Volksschullehrers aufgewachsen war.

Ihre Gedanken wollten nicht zur Ruhe kommen, unkonzentriert schweiften sie zwischen Abendessen und Franz hin und her. Wieder horchte sie angespannt nach unten, sie hatte ein Geräusch gehört. So stieg sie rasch aus dem Bett, warf sich den Morgenmantel über und verließ das Schlafzimmer. Als sie sich über das Geländer beugte, sah sie, dass im Herrenzimmer noch Licht brannte und die Tür einen Spalt offen stand.

Rasch lief sie die Treppen hinunter und stieß vorsichtig die Tür ganz auf.

Johannes saß hinter dem Schreibtisch und blätterte Unterlagen durch. Als er ein Geräusch an der Tür hörte und seine Frau dort stehen sah, blickte er überrascht hoch. »Kannst du auch nicht schlafen?«

Irene ging nicht auf die Frage ein. »Warum hast du Elisabeth die Pralinen geschenkt? Das mit deinem Mandanten war doch nur eine Ausrede, du musst mich nicht für dumm verkaufen.« Sie hatte souverän bleiben wollen, so aber schoss sie mit dieser Frage gegen ihren Mann und traf offenbar voll ins Schwarze.

Johannes kniff die Lippen zusammen und atmete durch. Irene

beobachtete sehr genau, wie er sich nur langsam wieder unter Kontrolle bekam.

»Komm, setz dich doch«, forderte er sie freundlich auf und wies zum Sofa, während er den Platz hinter seinem Schreibtisch verließ und auf sie zukam.

Irene folgte der Aufforderung nicht. Sie blieb stehen und sah ihm angespannt entgegen.

»Du kannst mir glauben oder auch nicht, das ist deine Sache.« Johannes' Stimme klang ruhig und gelassen. »Es war eine Geste, eine kleine Aufmerksamkeit, mehr nicht.«

»Und …« Irene konnte kaum weitersprechen. Was würde sein, wenn er ihre nächste Frage mit *Ja* beantwortete? Würde sie ihn verlassen, würde sie … »Bist du in sie verliebt?«

»Nein, natürlich nicht, ich sage dir doch, es war einfach eine Geste und …«

Hier machte Johannes eine Pause, er griff nach dem Etui mit Zigaretten, die er jetzt rauchte und die ihm ein Angestellter auf dem Schwarzmarkt besorgte. Er ließ sich Zeit. »Elisabeth gibt mir das Gefühl, ein Mann zu sein.«

Irene ging jetzt doch zum Sofa und ließ sich in die Lederpolster fallen, ihr Herz schlug schnell und unruhig, während sie zu ihm hinübersah. »Was soll das bedeuten, ich meine, ist sie … ist sie … deine Geliebte?«

Johannes drückte die Zigarette bereits wieder aus und kam zu ihr, er setzte sich neben seine Frau und griff schweigend nach ihrer Hand. »Nein, natürlich nicht. Sie ist die Frau meines Bruders.«

Irene lachte auf. Es klang etwas schrill. »Das hat schon manchen Mann nicht gehindert«, erklärte sie.

»Irene, bitte. Es ist schön, wenn sie mit mir kokettiert, während du …«

Irene unterbrach ihn. »Elisabeth ist zweiunddreißig, und ich bin neunundvierzig, ist es das? Sie ist jung, und ich bin alt und verbraucht?«

Johannes ließ ihre Hand los und sprang auf. »Ach Unsinn, aber du bist gerade in den letzten Jahren nur noch Mutter, selten überhaupt noch Ehefrau.«

Er sah sie an, und Irene wusste, er unterdrückte die Bemerkung, sie solle sich doch im Spiegel ansehen, wieder mehr auf sich achten, sich zurechtmachen und schönere Kleider anziehen.

»Ich werde sicher nicht mit Elisabeth in Konkurrenz treten, vielleicht erinnerst du dich«, ihre Stimme klang scharf, »dass ich es war, die für die Ernährung unserer Familie gesorgt hat, die im Frühjahr bis in den Herbst hinein im Garten geschuftet hat. Deine Elisabeth hat mir nicht geholfen, sie hatte Zeit, sich zurechtzumachen, sich zu pflegen.«

»Irene, bitte.« Die Stimme ihres Mannes hatte sich verändert, und als sie hochsah, erkannte sie in seinen Augen … ja was? Mitleid? Das wollte sie nicht. Zuneigung? Oder doch noch ein Rest der Liebe, die ihren Anfang vor einunddreißig Jahren genommen hatte?

»Wir gehören doch zusammen.« Johannes kam zum Sofa und zog sie hoch, Irene, die Widerstrebende, die nicht wirklich mit seinen Antworten zufrieden war.

Da läutete das Telefon.

Sofort drehte er sich um und ging zum Schreibtisch, nahm den Hörer ab.

»Es ist Carl«, wandte er sich an seine Frau.

Voller Angst stand sie jetzt neben ihm, versuchte mitzuhören, wer zu dieser frühen Stunde anrief. »Es ist doch nichts mit Franz?« Ihre Stimme zitterte, sie musste sich festhalten, als sie neben ihrem Mann am Schreibtisch stand, alles drehte sich um sie.

Er schüttelte den Kopf, horchte in den Hörer, dann legte er grußlos auf. »Es … es ist etwas Schreckliches passiert.«

»Franz«, schrie Irene mit erstickter Stimme auf, während ihr Herz zu versagen schien.

Doch Johannes schüttelte nur wieder den Kopf, stumm und

blass im Gesicht. Seine Stimme klang rau und kaum verständlich. »Luise.«

Philip packte Luise hart am Arm. Den Revolver fest in ihre Seite gedrückt, zwang er sie aus der Suite, auf die Treppe und durch die leere Halle. Sollte sie schreien, sich fallen lassen, ihn stoßen?

»Wenn du schreist, schieße ich.«

Es dauerte kaum eine Minute, bis sie durchs Haus gehetzt waren und Philip sie zwang, in den Mercedes zu steigen. Wie immer steckte der Schlüssel.

»Fahr los«, herrschte er sie an und verstärkte den Druck des Revolvers.

Sie fuhr los, und sie brausten die Hauptstraße entlang. Wieso kam keine Kontrolle, es hieß doch immer, die Ausgangssperre, die Verdunkelung würde streng überwacht werden?

»Bieg in den Bahndamm ein«, befahl Philip, »und dann weiter durch den Hohlweg.«

»Du willst zur Grenze.« Es war das Erste, was sie sagte, bis jetzt war sie stumm geblieben.

»Ja, das will ich. Ich werde von einem Führer erwartet, der mich vor Morgengrauen über die Grenze bringt.«

Ein paar Meter auf dem holprigen Weg, dann bremste Luise scharf und machte die Scheinwerfer aus. Nur Dunkelheit, nur Stille, nur ein bisschen Mondlicht.

Ohne ihn anzusehen, fragte sie: »Hast du Roland von Bergen ermordet?«

»Ich habe ihn nicht ermordet«, betonte er. »Luise, wir sind im Krieg. Er war mein Feind, und ich habe ihn als Offizier meines Landes getötet. Wie übrigens auch dein Bruder an der Front tötet.« Während er noch sprach, beugte er sich angespannt vor und lauschte auf die Stille. »Fahr weiter.« Doch sein Ton war nicht mehr so herrisch, der Druck des Revolvers nicht mehr so fest.

»Du hast ihn getötet, weil du ein Spion bist?«, setzte sie unbeirrt nach.

Er wandte sich ihr zu und sah sie an. »Luise, ich bin Offizier der französischen Armee und wurde jahrelang dafür ausgebildet, wichtigste Aufgaben zu übernehmen.«

»Bedeutet das auch, einen Freund zu hintergehen, ihn zu ermorden?«

»Roland von Bergen war nicht mein Freund, er war ein feindlicher Offizier, durch dessen Strategien und Pläne Tausende von Franzosen durch Giftgasanschläge starben.«

»Und warum bist du auf der Flucht?« Sie musste es wissen.

»Ich hatte schon seit Langem den Verdacht, heute wurde er zur Gewissheit. Er hat mich bespitzeln lassen, ich bin aufgeflogen. Ich bin Soldat, Luise, ich kämpfe auf meine Weise für mein Land, für Frankreich, das ich liebe.«

Sein Gesicht war ganz nahe, es war blass im Mondlicht, es war das Gesicht eines Mannes, der für sein Vaterland sein Leben einsetzte, denn auf Spionage drohte die Todesstrafe. Er war ein Mann, der ein gefährliches Leben führte, der auf seine Art kämpfte. Er war aber auch der Mann, mit dem sie geschlafen, mit dem sie gelacht hatte, der sie kannte wie vorher nur Francois.

»Bitte«, sagte er leise, »bitte, Luise, bring mich zur Grenze.« Er ließ den Revolver sinken, und es war eine Geste der Auslieferung.

Da atmete sie durch und schaltete die Scheinwerfer ein. »Ich werde dir helfen«, sagte sie. »Ich werde dich zur Grenze bringen.«

Sie hatte sich entschieden. Sie half ihm, weil sie Gefühle für ihn hatte, weil er ihr vertraut war, weil er vielleicht doch nicht nur eine Affäre war, weil sie ihn vielleicht sogar liebte.

Sie startete den Wagen und fuhr die Strecke am Bahndamm entlang, bis sie zum Hohlweg einbog. Er wirkte verlassen, düster, ein Weg durch eine hohe Böschung, unbewachsen, nur Erde.

»Den Motor drosseln, das Licht ausmachen, leise fahren«, gab er vor, aber wie ging das ohne Licht, ohne Mond, der jetzt hinter Wolken verschwunden war. Leise sein. Sich nicht bemerkbar machen …

Sie spürte die Gefahr, spürte sie im ganzen Körper, sie versuchte, den Atem zu unterdrücken, überhaupt nicht zu atmen, sie spürte die Angst von Philip. Gleich, gleich haben wir es … Sie warf ihm einen Blick zu, den er auffing, er nickte, starrte weiterhin durch die Windschutzscheibe.

Und dann kamen sie. Oben auf der Böschung blieben sie stehen. Die Gewehre waren auf sie gerichtet, vor ihnen fuhr ein Militärauto scharf an, hinter ihnen bremste ein Wagen. Licht flammte auf, blendete sie. Es gab kein Zurück, keinen Ausweg.

»Das ist das Ende«, murmelte Philip, »C ést la fin.« Seine Stimme klang erstaunt, ruhig, als könne er es nicht glauben. Das Ende …

»Sofort aussteigen und die Hände hoch«, schallte eine kalte, scharfe Stimme, »auf die Knie.«

Da packte Philip Luise und zerrte sie auf seiner Seite aus dem Wagen, er hielt ihr den Revolver an den Kopf und rief: »Diese Frau ist meine Geisel. Ich werde sie erschießen, wenn sie mich nicht gehen lassen.«

Doch da krachten die Schüsse, mehrere, schnell nacheinander, ein Echo im Hohlweg, mehrmals, noch einmal, sie sah Philip wanken, sie sah, wie er blutüberströmt zu Boden fiel. Die Waffe entglitt seiner Hand, er sah sie noch an, doch noch ein Schuss, fast gleichzeitig, oder war es nur das Echo? Da spürte sie den scharfen Schmerz, der sie taumeln ließ, aufstöhnen, ein Schrei – war sie das? Wo war Philip? Sie streckte die Hand aus, fühlte ihn, wieder schrie sie auf. Und dann nichts mehr … es wurde so dunkel, obwohl doch die Scheinwerfer so hell waren, wieso …

»Sie hat großes Glück gehabt.« Nur ganz langsam tauchte Luise aus der tiefen Dunkelheit auf. »Der Transport hierher dauerte nur zwanzig Minuten, so konnten wir sie sofort operieren.«

War das Professor Scheller, der Chirurg, Chef des Sanatoriums?

»Einen Zentimeter weiter nach rechts, und der Schuss hätte ihr Herz durchbohrt. Und länger hätten wir mit der OP auch nicht warten können.«

Zwanzig Minuten, blieb in ihrem Gehirn hängen. Nur zwanzig Minuten hatte die Flucht von Philip Rohmer gedauert, bis sie zu Ende war. Bis er im Kugelhagel starb.

»Aber die nächsten vierundzwanzig Stunden sind entscheidend, sie ist noch nicht über den Berg.«

»Durst«, flüsterte sie, »ich habe Durst.«

Ihre Augen fielen wieder zu, da spürte sie, wie ihr Kopf leicht angehoben und ein Glas Wasser an ihre Lippen gehalten wurde. Während sie trank, sah sie hoch. Es war ihr Vater, der das Glas hielt, und in seinem Gesicht stand nur Liebe und in seinen Augen tiefe Angst um seine Tochter. Mit einem kleinen Seufzer und einem Lächeln auf den Lippen glitt sie zurück in die Dunkelheit.

Luise musste noch auf der Krankenstation des Sanatoriums bleiben. Sie hätte auch nicht in ihre Suite zurückgewollt. Die Erinnerungen würden sie quälen, sie war noch nicht bereit, sich ihnen zu stellen. Aber sie wollte auch nicht nach Hause. Sie fühlte sich zwischen zwei Welten, wusste nicht, wohin sie gehörte. Nachts schreckte sie hoch, schweißgebadet, immer wieder sah sie die Szene vor sich, Philip, der blutüberströmt zusammenbrach, ein letzter Blick von ihm – hatte er ihr gegolten?

Luise wusste, sie würde sich immer fragen, warum er sie aus dem Auto gezerrt, ihr den Revolver an die Schläfe gehalten und den Soldaten zugerufen hatte, sie sei seine Geisel. Er hatte geflüstert, das ist das Ende … la fin … er hatte gewusst, es gibt keinen Ausweg mehr, warum also hatte er es getan? Um den Soldaten zu zeigen, sie ist meine Geisel, nicht meine Komplizin?

Mit niemandem konnte sie darüber reden, sich niemandem anvertrauen, sie hatte einen Spion geliebt, sie hatte ihm geholfen. Und das war die Wahrheit, wer aber hätte sie verstanden?

Nach zwei Tagen besuchte ihr Vater sie. Er hüstelte, blieb verlegen, doch dann erklärte er, sie müsse die Details kennen. »Während du noch auf dem Operationstisch gelegen hast, kamen ein paar Leute vom Geheimdienst, haben Philip Rohmers Zimmer durchsucht und komplett leer geräumt. Sie hatten nur Carl kurz verständigt, dass Philip Rohmer mehrere Pässe besaß, unter anderem auch einen englischen, in dem er als *Intelligence officer*, als Angehöriger des britischen Geheimdiensts, geführt wurde.« Besorgt beobachtete Johannes seine Tochter, die ihm mit geschlossenen Augen zuhörte. Als er eine Pause einlegte, bat sie ihn, sie nicht zu schonen, sondern alles zu erzählen.

»Seine Leiche wurde über die Grenze nach Frankreich geschickt. Wie Carl berichtete, stand die gesamte Aktion unter strengster Geheimhaltung. Hast du mich verstanden?« Tief besorgt beobachtete Johannes seine Tochter, die vollkommen abwesend schien, die Augen jetzt öffnete und aus dem Fenster starrte.

»Es hat ihn also nie gegeben«, murmelte sie.

»Nun ja, hier im Hotel wurde nur kurz erklärt, er musste noch am Morgen dringendst weg, sein Vater liege im Sterben. Der Kammerdiener Herr Lauritz wurde mit der Leiche von Roland von Bergen gestern nach Karlsruhe gebracht und von dort mit einer Militärmaschine nach Berlin geflogen. Es wird eine pompöse Beerdigung geben, an der höchstwahrscheinlich der Kaiser teilnehmen wird.«

»Warum diese Geheimhaltung?« Luises Gedanken waren bei Philip, nicht bei dem gestorbenen General.

»Ich denke«, sagte Johannes, »man will verschleiern, dass es einem französischen Agenten gelungen ist, Militärgeheimnisse auszuspionieren. Dieses Versagen der Spionageabwehr will man nicht öffentlich machen und die Bevölkerung nicht beunruhigen, dass ein Spion mit einer kaiserlichen Vollmacht durch die Rüstungsfabrik spazieren kann.«

Hatte sie Philip misstraut? Es hatte Hinweise gegeben, zumindest kleine, aber hatte sie die Anzeichen einfach nicht erkennen wollen? Dann bat sie ihren Vater, er möchte sie allein lassen.

Sofort sprang er vom Stuhl auf, aber an der Tür drehte er sich noch einmal um. »Du wirst nicht zu den Ereignissen befragt werden, Professor Scheller hat erklärt, du seist gesundheitlich nicht dazu in der Lage.« Sie nickte nur stumm, so sprach Johannes weiter: »Offizier Herbert von Bode, der die Blitzaktion geleitet hat, ist einverstanden. Er erklärte, das sei auch nicht nötig, es habe kein Zweifel bestanden, dass Philip Rohmer dich als Geisel genommen hatte.«

Wieder nur ein Nicken als Antwort.

Doch für Johannes war das Ganze noch nicht abgeschlossen. Er kam zurück und blieb vor ihrem Bett stehen. »Ich meine«, er hüstelte, »hat er dir Gewalt angetan?«

Luise schüttelte schweigend den Kopf, nein, habe er nicht.

»Sein Name ist übrigens nicht Philip Rohmer, sondern …«

»Ich will es nicht wissen«, fuhr Luise heftig auf, und so schwieg Johannes.

Für sie war er Philip, Philip Rohmer mit dieser kleinen französischen Betonung. »Ich frage mich nur, wieso ihr unbemerkt aus dem Hotel gekommen seid und wieso …«

»Niemand war im Treppenhaus unterwegs, es war ganz einfach«, unterbrach sie ihn.

»Ja, aber wieso hast du deine Suite nicht abgeschlossen, wieso …«

»Bitte, Vater, ich will nicht mehr darüber reden. Ich will jetzt wirklich allein sein.«

»Natürlich, wie ungeschickt von mir. Ich respektiere deinen Wunsch. Es ist gut, dass die Sache mit diesem Spion vertuscht wird und du nicht mit hineingezogen wirst.«

»Er war nicht einfach nur ein Spion.« Luise sah ihrem Vater fest in die Augen. »Er war Offizier der französischen Armee.«

Johannes war so überrascht von ihrer Antwort, dass er nichts erwidern konnte, sondern nur tief durchatmete. Er sah auf seine Tochter, ihr durchscheinend blasses Gesicht, sah, wie unglücklich sie war.

Er hob die Hand, doch bevor er seinem Impuls folgte, ihr über die Stirn zu streichen, irgendetwas Tröstliches zu sagen, lächelte sie ihm zu. »Es ist schön, dass du da bist, aber jetzt muss ich allein sein.«

Langsam drehte er sich um und verließ das Krankenzimmer.

Am späten Abend klopfte er an die Schlafzimmertür von Irene.

»Ja?«, rief sie. Als er hereinkam, fuhr sie verlegen hoch. »Ich dachte, Anni bringt mir meinen Tee«, stotterte sie, höchst unbehaglich. Sie sah an sich hinab, sie trug ihr altes geblümtes Flanellnachthemd, das sie wärmte und in dem sie sich wohlfühlte. Sie war verlegen, als so plötzlich ihr Ehemann in der Mitte des Raums stand. Doch er schien ihr Äußeres nicht wirklich wahrzunehmen.

Natürlich, dachte sie mit Bitterkeit, er sah sie nicht mehr als Frau an, es war egal, was sie trug. Und doch war sie neugierig, was ihn am späten Abend plötzlich in das einstmals gemeinsame Schlafzimmer trieb.

Er sah sich um, setzte sich dann kerzengerade auf das Biedermeiersofa, schlug die Beine übereinander, bevor er erzählte: »Ich war heute bei Luise.«

»Ich weiß«, erwiderte Irene.

»Da gibt es Ungereimtheiten«, erklärte er. Als seine Frau ihn nur erwartungsvoll ansah, sprach er weiter. »Wieso hatte Luise ihre Suite nicht abgeschlossen, hat sie auf ihn gewartet?«

»Das ist absurd.« Irene reagierte heftig. »Sie hat doch erklärt, dass sie aus Übermüdung heraus vergessen hatte, abzusperren. Sie war sogar so erschöpft, dass sie angezogen auf dem Sofa eingeschlafen ist.« Irene wurde ungeduldig, sie wollte nicht mehr darüber nachdenken müssen, was hätte sein können oder ob sich Luise richtig verhalten hatte. Sie war glücklich, dass alles ein gutes Ende gefunden hatte.

»Sie hätte schreien können.« Johannes gab nicht auf. »Er hat sie gezwungen, zwei Etagen nach unten zu laufen, dann durch die Halle und ins Auto. Das ist doch unwahrscheinlich. Sie hätte schreien, sich auf der Treppe fallen lassen können, ihn stoßen.«

»Ach, wirklich? Ich finde, sie hat sehr besonnen reagiert. Vielleicht hätte er aus Nervosität geschossen, ein Blutbad anrichten können.«

Johannes wusste nichts mehr zu erwidern, so erhob er sich, drehte sich um, doch bevor er das Zimmer verließ, rief Irene ihm plötzlich nach. »Was wäre denn gewesen, wenn sie eine Beziehung mit ihm gehabt hätte. Hättest du sie dann wieder … mit diesem schlimmen Wort belegt?«

Johannes straffte die Schultern, verharrte einen Moment, dann verließ er schweigend das Schlafzimmer.

Irene biss sich auf die Lippen. Hätte sie jetzt anders reagieren, freundlicher sein müssen? Hätte sie ihn bitten sollen, zu ihr zu kommen, hatte er eine Umarmung erwartet? Wahrscheinlich nicht, dachte sie voll Bitterkeit, nichts brachte ihn dazu, länger als unbedingt nötig in ihrem Schlafzimmer zu bleiben.

Als Victoria ihre Schwester besuchte, entschuldigte sie sich zuerst, dass sie nicht so oft kommen könne. Es sei etwas Wunderbares passiert. »Ich habe den Hosenrock wirklich nähen können, und da dachte ich, ich zeige ihn einfach mal Frau Keppler von *Madame de …*«

»Und?« Luise richtete sich auf, es war das erste Mal, seit sie hier lag, dass sie lächelte und ihre Schwester voller Spannung ansah. »Erzähl weiter.«

»Es ist zwar so, dass sie jetzt im Winter keinen Hosenrock verkaufen kann, aber …« Victoria machte eine geheimnisvolle Pause. »Als ich bei Frau Keppler war, kam Tekla Wenger in ihren Salon.«

»Wer ist das, muss man sie kennen?«

»Tekla Wenger ist eine bekannte Chanson- und Liedsängerin aus Berlin. Sie besucht viele Soldaten an der Front und gibt Konzerte für sie, aber jetzt wird sie Teil der Silvestervorstellung im großen Saal des Palmengartens sein. Das hat sich kurzfristig ergeben, denn eigentlich besucht sie hier nur ihre Großeltern.«

Victoria machte eine wirkungsvolle Pause, bevor sie weitersprach. »Aber da sie nur privat hier ist, hat sie für den Auftritt kein Kleid und jetzt …«

»Jetzt?«

Victoria stand von ihrem Stuhl auf und setzte sich aufs Bett. »Ihr gefiel nichts, was Frau Keppler ihr vorgeschlagen hat. Ich stand direkt neben ihr, und da ist mir plötzlich eine Idee gekommen. Ich habe einen Stoff aus dem Regal gezogen und einen spontanen Vorschlag gemacht. Luise, *ich*, stell dir vor. Tekla Wenger war begeistert, sie hat ihn angenommen, und in den vergangenen Tagen habe ich das Kleid für die hiesige Vorstellung genäht, ist das nicht wunderbar?«

»Gratuliere, das ist es wirklich. Ich wusste gar nicht, dass du so gut nähen kannst und sogar Schnittmuster entwickeln, das ist nicht einfach.«

»Das habe ich im Internat gelernt, es hat mir Spaß gemacht. Ich habe mich fürs Nähen und gegen Sport entschieden.«

Luise ermüdete schnell, und als Victoria das merkte, stand sie sofort auf.

»Aber du musst mir versprechen, mit in die Vorstellung zu kommen. Die ganze Familie geht ins Theater, aber ich will natürlich in den Palmengarten. Ich habe zwei Karten«, erklärte sie noch rasch, als die Krankenschwester hereinkam und die Suppe fürs Abendessen brachte. »Du kommst doch mit mir, oder?«

»Ja, Vic, ich verspreche es dir.«

Johannes hatte sich dieses Gespräch lange überlegt, bevor er das nächste Mal Luise besuchte. Doch es würde nicht einfach sein, nach so vielen Jahren den Anfang zu finden. Er blieb an der Tür stehen und sah zu Luise hinüber. In der Hand hielt er einen kleinen Strauß Tannen mit Christrosen.

Luise spürte seine Unentschlossenheit. »Die sind aber schön, vielen Dank, ich freue mich, dass du noch weißt, wie gern ich Christrosen habe.«

Johannes schwieg, es war ihm peinlich, denn es war Irene gewesen, die ihm den Strauß für die Tochter in die Hand gedrückt hatte. Während er zum Tisch ging, die Christrosen in eine Vase ordnete, sagte er mit abgewandtem Rücken: »Damals, da war ich in jeder Hinsicht so enttäuscht, dass du einfach gegangen bist. Du hast dich über alles hinweggesetzt, was wir dir in der Erziehung an Wertvorstellungen mitgegeben hatten. Und dann waren da auch noch meine hohen Erwartungen, die ich in dich gesetzt hatte. Ich war enttäuscht. Das war nicht richtig, und ich hatte kein Recht, über dein Leben zu bestimmen.« Er schwieg, offensichtlich erleichtert, es endlich ausgesprochen zu haben.

Luise schwieg, und langsam drehte Johannes sich zu ihr um.

»Ich bitte dich, Luise, verzeih mir, vor allem verzeih mir meine Wortwahl. Ich hatte auch nicht das Recht, dich vor die Entscheidung zu stellen, diesen Mann oder deine Familie zu wählen.«

Luise setzte sich auf. Das kam unerwartet. »Ich habe mich auch nicht richtig verhalten, auch ich muss mich entschuldigen. Auch mir tut es leid.«

Es war so einfach, diese Worte auszusprechen, endlich die Vergangenheit hinter sich zu lassen. Wenn sie auch nicht vergessen konnte, so konnte sie doch jetzt vergeben. Letztendlich hatte auch sie Fehler gemacht, war starrsinnig geblieben, in falschem Stolz verharrt.

»Du hättest mich nicht eine *Hure* nennen dürfen.«

Johannes wurde blass. Er hatte nicht damit gerechnet, dass sie es so klar und einfach wiederholen würde, was er ihr damals ins Gesicht geschleudert hatte.

Er zuckte mit den Schultern. Es war, als würde er erkennen, wie verletzend es für Luise gewesen sein musste. Aber wusste er das nicht schon längst? Konnte er einfach nicht über seinen Schatten springen, ihr endlich entgegengehen? Heute hatte er es getan.

»Es war so verletzend, weil du den fremden Leuten geglaubt hast, die so bösartig über mich geredet haben. Als ich nach Hause gekommen bin, da wollte ich euch von Paris erzählen, auch von ihm, aber du hast mich eine Hure genannt, ohne mir zuzuhören.«

Johannes wandte das Gesicht ab. Konnte es wirklich sein, dass so viele Jahre vergehen mussten, bevor man die richtigen Worte für eine Annäherung fand? Musste erst ein Unglück passieren, damit man es konnte?

»Es ist so lange her«, hörte er Luise versöhnlich sagen. »Die Ereignisse der letzten Tage sind auch bereits zu einem Teil meiner Vergangenheit geworden. Und sie sind mir im Moment näher, und ich muss lernen, sie zu bewältigen.«

Sie schwiegen, doch dann fügte Luise hinzu, was ihr schon so lange durch den Kopf ging. »Ich bin dir heute noch dankbar, dass du mir damals die Anteile am Hotel verweigert hast. Ich wollte sie an irgendjemanden verkaufen. Heute bin ich sehr glücklich, dass ich sie noch habe, denn das Hotel gehört zu meinem Leben, wird immer Teil davon sein.«

Johannes kam zögernd zum Bett, doch eine tiefe Scheu hielt ihn ab, sich zu seiner Tochter hinunterzubeugen, sie in die Arme zu schließen und zu sagen, wie glücklich er sei, dass jetzt endlich nichts mehr zwischen ihnen stehe. So verharrte er vor dem Bett, bis Luise mit einem Lächeln zu ihm hochsah. Er musste sie nicht umarmen. Sie verstand ihn ohne weitere Worte, ohne Umarmung. Auch er lächelte jetzt, und endlich war dieser Nachmittag, dieses über Jahre so quälende Ereignis abgeschlossen und ließ Raum für die Zukunft.

Drei Wochen waren seit diesem Gespräch mit ihrem Vater vergangen.

Heute war der 23. Dezember und der vierte Advent. Luise setzte sich auf und lehnte sich gegen die Kissen, sie sah durch das Fenster, wie der kalte Wind Schneeflocken gegen die Scheiben wehte. Es klopfte, und Johannes kam herein, unsicher, ob es ihr auch recht sei, dass er es war, der kam.

Da wandte sie sich ihm zu. »Bring mich nach Hause, Vater, bitte bring mich nach Hause.«

NEUNZEHN

Berlin

Zur gleichen Zeit

Ein eiskalter Wind fuhr durch Berlin, das Schneegestöber ließ kaum einen Blick auf die Straßen zu, auf der Busse und Droschken nur schemenhaft zu erkennen waren. Clara ging an einem Geschäft vorbei, vor der eine lange Schlange frierender Menschen stand, um ein paar Kartoffeln auf die Lebensmittelkarten zu bekommen, so wenige, dass sie kaum für eine Mahlzeit reichten.

Immer öfter sickerten Meldungen durch, Leute seien erfroren oder verhungert.

Sie bog vom Kurfürstendamm ab und ging auf das Haus zu, in dem sich im Erdgeschoss die Redaktion befand. Ben Ehrlich wartete bereits ungeduldig auf sie.

Sie schlüpfte aus dem Mantel, nahm die Mütze ab, knöpfte sich die Überschuhe auf und schleuderte sie weit von sich. Ihre Füße waren eiskalt, und während sie sich die Zehen rieb, die durch die plötzliche Wärme zu jucken anfingen, ließ sie sich auf den Stuhl vor ihrem Schreibtisch fallen.

Ben beobachtete sie mit einem liebevollen Lächeln. »Ich habe eine gute Nachricht für dich. Du hast die Erlaubnis, am 31. März mit einem Transport in ein Kriegsgebiet zu reisen. Du bist offiziell als Kriegsreporterin akkreditiert. Dort sollst du Aufnahmen machen. Den genauen Standort wirst du noch erfahren.«

Clara sprang auf. Sie wusste, wie sehr sich Ben dafür eingesetzt hatte, dass sie als Frau an einen Kriegsschauplatz fahren konnte, um einen Bildbericht über die Soldaten an der Front zu machen.

Fast wäre sie am 15. Dezember nach Brest-Litowsk gefahren, um die Verhandlungen wegen eines Waffenstillstands an der Ostfront zu beobachten, dann aber bekam ein Kollege, Helge Rosner, den Auftrag. Er war noch nicht zurück in Berlin, sondern er hatte aufsehenerregende Neuigkeiten telegrafiert. In Russland gingen die Menschen auf die Straße, eine Revolution eskalierte, Inflation trieb die Menschen in die Armut, und der Kommunismus breitete sich unter der Bevölkerung aus. Für einen Reporter traumhafte Bedingungen, hatte sie Ben erklärt, Helge wird berühmt werden.

Aber jetzt war sie glücklich, denn endlich schien ihr ehrgeiziger Wunsch in Erfüllung zu gehen. »Danke, Ben, danke.« Strahlend ging sie auf ihn zu, doch Ben hob in einer abwehrenden Geste die Hände.

»Clara, nicht gleich so euphorisch. Das ist noch eine lange Wartezeit, und der 31. März ist der Ostersonntag, ob es da so günstig ist …« Sein Satz blieb in der Luft hängen, als er ihre Enttäuschung sah. Vielleicht schickte man deswegen eine Frau dorthin. Sicher würde es an diesen Tagen keine Kämpfe geben, wahrscheinlich waren auch viele Soldaten auf Fronturlaub. »Du wirst in die Gegend um Cambrai-Beaumont geschickt.«

Franz, schoss es ihr durch den Kopf. Er hatte ihr von dieser Gegend erzählt. War nicht auch sein Schacht in diesem Gebiet? Da ging Ben auf sie zu, schloss sie in die Arme und zog sie an sich, und Clara legte den Kopf an seine Schulter. Nie hatte sie sich so geborgen gefühlt.

»Willst du morgen Abend zu mir kommen?« Seine Stimme klang unsicher.

Clara wusste, dass er seit ihrem ersten Vorstellungsgespräch in sie verliebt war. Nach der Fehlgeburt hatte er alles getan, um ihr über diesen Verlust hinwegzuhelfen. Er gab ihr das Versprechen, immer für sie da zu sein, und hatte es bis heute gehalten. *Nicht wie*

Franz, schoss es ihr durch den Kopf, der sagte, er liebe sie, und trotzdem war er offensichtlich mit einer anderen Frau verlobt.

Am nächsten Abend, am 24. Dezember, ging Clara zu Ben in seine Wohnung.

Er erwartete sie, trug ein hellblaues Hemd und hatte sich die Haare sorgfältig nach hinten gekämmt. In seinem kleinen Wohnzimmer stand auf dem Tisch ein Weihnachtsbaum, geschmückt mit Sternen, Lametta und bunten Kugeln.

»Ich habe Spätzle selbst gemacht, und es gibt einen Kalbsbraten«, erklärte er, »und einen Stollen, alles von unserem Wohltäter vom Land.«

Er lachte sie an, schien glücklich zu sein, dass sie gekommen war. Hatte er gezweifelt? Clara mochte nicht mehr an Franz denken, hoffen, er käme zurück, und er sei es, der sie in die Arme nahm. So aber ließ sie es zu, dass Ben sie umarmte, dass er sie zart küsste und fragte, ob sie über Nacht bliebe.

Da hob sie den Kopf und sah ihn an. »Ja, Ben, ich bleibe.« Es schien das Natürlichste auf der Welt zu sein. Sie verharrten in der Umarmung, beide in der stillen Freude auf die gemeinsame Nacht.

Ben hatte das Radio eingeschaltet, und sie blieben immer noch eng umschlungen, als aus dem kleinen Apparat ein Lied erklang.

Stille Nacht, heilige Nacht …

Clara wusste, dieses Weihnachten 1917 würde sie niemals vergessen, das Jahr, in dem Deutschland sich mit letzter Kraft gegen den Untergang aufbäumte, obwohl der Krieg längst verloren war.

Stille Nacht, heilige Nacht …

ZWANZIG

Südlich von Beaumont, Frankreich

Zur gleichen Zeit

Franz, kommst du? Wir packen unsere Geschenke aus der Heimat aus.«

Franz stand oben im Freien. Jetzt wandte er sich seinen beiden Kameraden zu. »Gleich, ich komme sofort nach.«

Jeder in der Kompagnie wusste, Franz hatte seinen Weihnachtsurlaub nicht genommen, sondern war geblieben. Seine Kameraden spekulierten, sie glaubten, den Grund zu kennen. Franz war ihr Vorgesetzter, ihr Hauptmann, und er wollte seine Leute nicht allein lassen.

Seine beiden Kameraden stiegen in den Schacht hinunter, ganz tief, in den Raum, in dem sogar ein Weihnachtsbaum stand. Hier wollten sie ihre Pakete von zu Hause gemeinsam auspacken.

Franz aber blieb noch oben stehen, ließ die Stille auf sich wirken. Kein Kanonendonner in der Ferne, kein ewiges fernes Grollen der Panzer, keine Flugzeuge am Himmel und keine Angst vor Giftgasangriffen der Alliierten. Heute hielt die Welt den Atem an. Heute, an Weihnachten, schwiegen die Waffen.

Franz sah hoch in den Sternenhimmel, an dem an diesem Abend keine Suchscheinwerfer entlanghuschten. »Meinst du, Rex, sie denkt an mich?«

Er hatte seinem Hund den Namen Rex gegeben, er fand, er passe zu ihm.

Rex sah zu ihm hoch, seine braunen Augen blickten ihn voller

Verständnis an. Während Franz ihm den Kopf kraulte, dachte er an Clara. Wo war sie am heutigen Abend, mit wem verbrachte sie das Fest?

Wie oft hatte er schon versucht, ihr einen Brief zu schreiben? Doch alles, was er zu Papier gebracht hätte, klang wie dumme Ausreden, wie kleinliche Lügen.

Hätte er nach Berlin fahren sollen, sie besuchen, es erklären?

»Weißt du, mein Freund«, er kraulte weiterhin den Hund, der ihm bereitwillig den Kopf hinhielt, »wahrscheinlich hat sie mich vergessen. Komm, lass uns nach unten gehen.« Mit einer heftigen Bewegung wandte er sich ab und stieg hinunter in die Tiefe. Der Hund folgte ihm schwanzwedelnd.

Dort wurde er von seinen Kameraden erwartet. Sie saßen um den Tisch herum, auf dem sich die Päckchen und Pakete der Familien türmten. Holger hatte einige von den Notfallkerzen aus der Vorratskammer geholt, sie an den Baum gesteckt und angezündet.

Vor dem Radio hockte Gerhard, ebenfalls ein guter Kamerad von Franz. Er drehte und drehte an den Knöpfen, es rauschte im Apparat, bis er horchte und innehielt.

»Der englische Sender.« Grinsend wandte er sich an die Kameraden. Der verbotene Sender.

Die Männer hielten inne, ihre Hände, die die Pakete griffen, fielen herab.

Silent night, holy night …

All is calm, all is bright …

So erklang es aus dem Sender der englischen Alliierten. Und da erhoben sich die Männer und sangen mit.

»Eine Botschaft für den Frieden. Gott helfe uns.«

Silent night, holy night …

EINUNDZWANZIG

Kurort Bad Lichtenberg

Silvester 1917/18

Wie oft schon hatte sie diesen Brief gelesen? Er war am 11. Dezember eingetroffen und war das letzte Lebenszeichen von Franz gewesen. In dieser Zeit lag Luise nach der OP bereits im Krankenhaus, und niemand wusste, ob sie die schwere Schussverletzung überleben würde.

Liebste Mutter,
ich kann mir denken, wie enttäuscht Du bist, mich an Weihnachten nicht in die Arme schließen zu können. Aber meine Pflicht hält mich hier.
Sicher verstehst Du, dass ich jetzt einfach nicht wegkann. Victoria schrieb mir ausführlich, was es bei euch zu essen gibt. Dank Dir, die Du den Park in einen großen Gemüsegarten verwandelt hast. Ich muss lächeln, wenn ich mir Vaters Gesicht vorstelle, als sein geliebter englischer Rasen durch unseren lieben alten Leonhard umgehackt wurde. Ich hoffe, Vater weiß es zu schätzen, was Du geleistet hast. Durch Dich habt Ihr jetzt im Winter Lebensmittel, während viele Menschen in den deutschen Großstädten verhungern. Den Kaiser kümmert's nicht. Er geht, wie man weiß, ins Restaurant des Hotels Adlon in Berlin, um mit Freunden groß zu tafeln.
Bitte sage Victoria, dass die Pralinen unbeschädigt angekommen sind. Es war eine große Überraschung. Ihr wisst ja, dass es

meine Lieblingspralinen sind, ich musste mich beherrschen, um sie nicht in einem Satz aufzuessen.
Euer Weihnachtspaket kam auch an, ich werde es am Heiligen Abend zusammen mit meinen Kameraden auspacken, wir machen eine Bescherung mit unseren Paketen aus der Heimat.
Es umarmt Dich liebevoll Dein Sohn Franz

Voller Unruhe legte Irene den Brief auf den Tisch zurück. Wie oft hatte sie ihn jetzt bereits gelesen? Was enthielt er, wie ging es Franz wirklich, er schrieb nur nette, nichtssagende Dinge. Irene spürte, er wollte sie nicht ängstigen, nicht über Kämpfe, Verluste schreiben, nicht über Stunden in Kälte und Eis, in Erwartung einer Bombe, eines Angriffs, der den Tod bedeuten konnte.

Aber verhielten sie sich nicht genauso? Sie hatte mit Johannes und Victoria vereinbart, nichts über die Geiselnahme von Luise zu schreiben, natürlich auch nicht von der Schussverletzung, die sie fast getötet hätte. Franz sollte sich nicht unnötig Sorgen machen müssen. Auch Luise war damit einverstanden gewesen, als sie am 23. Dezember nach Hause kam. Auch sie wollte ihren Bruder nicht beunruhigen.

Doch dann erinnerte sich Irene an einen Brief ihres Sohns an Johannes.

»*Vater*«, schrieb Franz, »*ich hoffe nicht, dass Du als ewiger Kaisertreuer immer noch dieser Illusion nachhängst, wir Deutsche seien unbesiegbar. Als im Frühjahr 1917 die Deutschen einen U-Boot-Krieg begonnen haben, hat sich Amerika in den Krieg eingeschaltet. Spätestens zu diesem Zeitpunkt war klar, der Krieg ist verloren.*«

Irene hatte den Brief heimlich gelesen, da Johannes ihn auf seinem Schreibtisch im Herrenzimmer hatte liegen lassen.

Mit einem Seufzer stieg sie jetzt die Treppen hinunter, sie sollte sich beeilen, sie traf ihre Freundinnen im Palmengarten.

Wieder ein Silvester im Krieg, wieder verbunden mit der Hoffnung, im neuen Jahr gäbe es endlich Frieden und Franz käme nach Hause. Dann wäre alles gut.

Heute Nachmittag waren Elisabeth, Carl und Johannes ins Theater gegangen, in die Premiere zu *Der zerbrochene Krug* des Dramatikers Heinrich von Kleist. Zuerst hatte Johannes abgelehnt, das sei keine Komödie, typisch deutsch schwerfällig, er liebe die französischen Komödien und deren Leichtigkeit, aber als Elisabeth ihn bat, doch mitzukommen, erklärte er sich bereit. Elisabeth sah hinreißend aus in ihrem hellgrauen Satinkleid und ihrer Silberfuchsstola, die das Grau ihrer Augen und die tiefschwarzen Haare betonte.

Irene hatte abgelehnt, nein, danke, ihr sei nicht nach Theater und auch nicht nach Varieté. Im Palmengarten gab es im Tanzsaal eine Aufführung mit verschiedenen Künstlern, einem berühmten Zauberer, Magier, wie er sich nannte, einer Sängerin aus Berlin und einigen Artisten. Irene lächelte, Victoria war so aufgeregt gewesen, als sie ihrer Mutter von dem Erfolg erzählte, dass diese Chansonette ihr Kleid trug, entworfen und genäht von Victoria Laverne. Sie hatte sich zu Weihnachten eine Nähmaschine gewünscht, eine Singer 201, und natürlich hatte Johannes alles darangesetzt, eine aufzutreiben und ihr dieses Monstrum unter den Tisch mit dem Weihnachtsbaum zu stellen. Er hatte seine Beziehungen spielen lassen. Johannes gelang eben alles.

Irene freute sich für Victoria, das war wirklich ein erstaunlicher Erfolg.

Und sie freute sich auch, dass Luise mit Victoria in die Vorstellung ging. Langsam schien es ihr besser zu gehen.

Irene holte eine Tasche und legte zwei Flaschen Riesling aus dem Weingut der Familie hinein. Laverne-Weine … seit einem Jahrhundert bereits gehörte es der Familie, war aber seit Jahren verpachtet, und weder Johannes noch Carl hatten Ambitionen gezeigt, sich darum zu kümmern.

Für die Freundinnen Marga und Ella war es ein nachträgliches kleines Weihnachtsgeschenk. Dann zog sie vor dem Spiegel in der Halle ihren Hut auf. Er sah ein wenig verbeult aus, aber war es letztendlich nicht egal, was sie trug? Wer sah sie denn überhaupt noch an? Für die Töchter war sie die Mutter und für Johannes die Mutter seiner Kinder. Aber Elisabeth war für ihn eine aufregende Frau, die alles versprach, aber hoffentlich nichts hielt, schoss es Irene durch den Kopf. Auch ihre Schwägerin war Mutter, doch sie betonte, selbst wenn man Kinder habe, sollte man nie vergessen, dass man in erster Linie eine Frau sei. Elisabeth machte offenbar alles richtig und sie, Irene, alles falsch. Sie wandte den Blick von ihrem Spiegelbild ab, und da sah sie unter dem Spiegel auf der Konsole einen Brief liegen. Er war von Franz. Offensichtlich war er heute Nachmittag gebracht worden, als sie sich in ihrem Zimmer aufhielt und die anderen bereits gegangen waren. Voller Freude griff sie danach, doch dann ließ sie enttäuscht die Hand sinken, denn der Brief war nicht an sie, sondern an Luise adressiert. Eigentlich an die Adresse vom *Deutschen Kaiser*, aber Irene hatte Barbara von Bitten gebeten, die Post ihrer Tochter vorläufig in die Villa bringen zu lassen. Nein, nein, es gehe Luise gut, sie brauche einfach ein bisschen Abstand und Erholung.

Was schrieb Franz wohl an seine Schwester? Schrieb er Luise, was er der ängstlichen und besorgten Mutter verschwieg?

Irene war immer eine neugierige Frau gewesen. Sie zögerte, schwankte hin und her, sie durfte den Brief nicht öffnen, sie verletzte damit das Briefgeheimnis. Aber er war doch an ihre Tochter gerichtet, und er war von Franz, ihrem Sohn. Sie drehte und wendete ihn in der Hand. An einer Stelle war der Umschlag eingerissen, es würde ein Leichtes sein, ihn über Wasserdampf zu öffnen und sorgfältig wieder zu verschließen.

In den ersten Jahren ihrer Ehe war sie von Eifersucht gepeinigt gewesen, in jeder hübschen Mandantin sah sie eine Gefahr, eine Nebenbuhlerin, eine Frau, die es auf den gut aussehenden und vermögenden Johannes Laverne abgesehen hatte. Letztendlich war Irene zwar hübsch, aber nie wirklich schön gewesen, so wie ihre Tochter Luise. Und an Bildung hatte es auch gefehlt. Hatte sie da nicht jeden Grund zur Eifersucht, eine gewisse Berechtigung zur Kontrolle?

Auch jetzt glaubte sie daran. Sie stand mit dem Brief in der Hand vor der Konsole, drehte und wendete ihn, dann lief sie entschlossen die Stufen in die Küche hinunter. Nein, so weit durfte sie es nicht kommen lassen, dass sie die Briefe ihrer erwachsenen Kinder über Wasserdampf heimlich öffnete und las.

Und doch tat sie es.

Vorsichtig zog sie den Brief aus dem feuchten Umschlag.

Beaumont, der 27. Dezember

Liebe Luise,

nur ganz schnell, lange schon haben wir nichts voneinander gehört. Ich kann mir vorstellen, wie enttäuscht Mutter gewesen ist, als ich an Weihnachten nicht gekommen bin. Aber es war gut so, dass ich hier bei den Kameraden blieb.

Ich habe mir lange überlegt, ob ich Dir diese Zeilen überhaupt schreiben soll, doch nach einigem Zweifel bin ich zu der Überzeugung gelangt, dass es wichtig für Dich ist. Vor allem, da Du sicher dann mit der Vergangenheit abschließen kannst, und ist das nicht die beste Zeit, jetzt, da Du wieder eine neue Beziehung hast? Ich denke, dass Du sehr glücklich bist mit Deinem Philip, und vielleicht findest Du dadurch auch die Kraft, Dich mit Vater zu versöhnen. Und eine gute Beziehung gibt auch einen stabilen Rückhalt im Leben. Aus diesem Grund schreibe ich Dir, da ich glaube, ja, mir sicher bin, Du solltest es wissen.

In einer Schlacht gegen die Franzosen hier in der Nähe wurde ein gefürchteter und sehr tapferer Major der französischen Armee schwer verletzt und, wie ich erfahren habe, in ein Lazarett gebracht. Dort erlag er seinen Verletzungen.

Ich zögere, Dir den Namen zu nennen, aber – wie schon oben erwähnt – ich bin der Meinung, Du solltest es wissen.
Der Name des Majors lautet Francois de Leclerc.
In einem Brief aus Frankreich hast Du seinen Namen erwähnt, mir erzählt, dass Du Dich von ihm getrennt hast und wie sehr Du darunter leidest. Da Du wieder in einer Beziehung lebst, wirst Du durch seinen Tod endgültig abschließen können. Davon bin ich zumindest überzeugt.
Ich beeile mich, denn ein Kamerad fährt gleich ab, er hat Urlaub, und er wird den Brief nach Deutschland mitnehmen und in Stuttgart zur Post bringen, so bekommst Du ihn doch sehr viel schneller.
Am 31. Dezember werde ich an Euch denken, eine liebevolle Umarmung von Deinem Bruder Franz

Irene spürte die Schwäche in den Beinen, sie hielt sich an der Tischkante fest, ließ sich dann vollkommen entkräftet auf den Stuhl neben dem Herd fallen.

Der Mann, den ihre Tochter geliebt und für den sie ihr Zuhause aufgegeben hatte, war seinen Verletzungen in diesem mörderischen Krieg erlegen. Wie würde Luise, noch so schwach, diese Nachricht aufnehmen? Franz wusste ja nichts über ihren labilen gesundheitlichen Zustand. Doch dann begriff Irene das Ungeheuerliche: Franz schrieb von Luises neuer Beziehung, einem Philip. Wen meinte er damit?

Irene zitterte am ganzen Körper. Es konnte doch nicht sein, dass Johannes das richtige Gespür gehabt hatte, als er vermutete, Luise habe eine Beziehung mit ihrem Geiselnehmer, einem gesuchten Spion gehabt – einem Feind?

Irene atmete tief durch, ihr wurde schwarz vor Augen. Hatte Luise gewusst, wer er war? Dann aber ließ sie einen anderen Gedanken zu: Wie sehr würde dieser Brief Luise in ihrer Heilung zurückwerfen, nach dem, was sie gerade durchgemacht hatte? Sie müsse sich erholen, geschont werden, das hatte Professor Scheller Johannes eingeschärft. Keine Aufregungen. Und jetzt dieser Brief? Was konnte er bewirken? Würde Luise zusammenbrechen? Zwei Männer, die sie geliebt hatte, starben durch Gewalt, einer hochgeachtet, der andere als Spion enttarnt und hingerichtet. Anders konnte man den Tod Philip Rohmers nicht nennen. Irene atmete schwer, dumpf schlug ihr Herz gegen die Rippen.

Ihre arme Tochter.

Ach, und Franz, er konnte ja nicht wissen, was passiert war, da die Familie über die Ereignisse schwieg. Er aber wollte seiner Schwester nur helfen, mit der Vergangenheit abzuschließen.

Der Brief wurde schwer in ihrer Hand, sie konnte die Entscheidung treffen, ihre Tochter zu schonen. Durfte sie das? Durfte sie Schicksal spielen? Zuerst musste sie den Brief mit einem Kleber wieder vorsichtig verschließen. Sie hatte Routine darin. Als sie fertig war, betrachtete sie ihn kritisch, aber niemand würde erkennen können, dass er bereits einmal geöffnet worden war. Ein Durchatmen, ein energischer Ruck des Oberkörpers, dann steckte sie den Brief ein, lief aus dem Souterrain hoch und weiter die Treppe in ihr Zimmer. Sie sah sich um, wo war ein geeignetes Versteck?

In ihrem Schreibsekretär gab es in der Schublade ein schmales hinteres Geheimfach, niemand wusste davon. Und genau dort schob sie den Brief vorsichtig hinein. Wenn es Luise irgendwann besser ging, würde sie ihn holen, ihn auf die Konsole legen und erklären, er sei offensichtlich verloren gegangen und erst jetzt zugestellt worden. Das sei ja in Kriegszeiten nichts Ungewöhnliches. Oder sie zerriss ihn. Er hätte ja auch unterwegs verloren gegangen sein können. Vielleicht war das sogar die bessere Lösung. Irene war von der Richtigkeit ihres Handelns überzeugt. Sie schützte Luise vor einer furchtbaren Wahrheit, die sicher einen Zusammenbruch verursachen würde und Luise in ihrem Genesungsprozess weit zurückwerfen könnte.

Irene stieg rasch die Treppe hinunter, nahm die Tasche mit den beiden Weinflaschen und verließ das Haus. Sie musste sich beeilen, sicher warteten die Freundinnen schon auf sie.

Ella und Marga waren tatsächlich bereits da, saßen an »ihrem« Tisch im Palmengarten.

»Na, ist das deine kleine Rache, dass heute du zu spät kommst?«, zog Ella sie auf.

Irene war nicht nach Scherzen zumute, sie überging die Bemerkung. »Wieso ist das Restaurant komplett leer?«, wunderte sie sich.

»Die Tische sind alle für die Besucher der Vorstellung reserviert. Ich denke, sie wird gleich zu Ende sein.«

Die beiden Frauen freuten sich über den Riesling, dann bestellten sie Sekt, und Ella erzählte, wie schön die Weihnachtstage mit ihrem Sohn gewesen seien, der auf Fronturlaub zu Hause gewesen war. Es versetzte Irene einen Stich. Doch dann lächelte sie, sie sollte sich freuen und nicht neidisch auf ihre Freundin sein.

»Seht, da draußen versammeln sich viele Leute, die keine Karten für die Vorstellung bekommen haben. Sie wollen Autogramme, offenbar ist die Sängerin doch berühmt.«

Da erzählte Irene stolz, dass genau diese berühmte Sängerin heute ein Kleid trug, das Victoria entworfen hatte. »Darauf stoßen wir an.« Ella hob ihr Glas und trank es in einem Zug aus. »Wir können ja noch eine zweite Flasche bestellen, Silvester ist nur einmal im Jahr«, lachte sie und prostete den Freundinnen zu.

Irene aber dachte voller Sorge an Luise, die jetzt mit Victoria in der Vorstellung saß. Sie war so blass gewesen, als sie gingen. Ob sie sich amüsierten? Sie hoffte es für ihre beiden Töchter.

Victoria und Luise saßen in der ersten Reihe, sahen gespannt den Artisten zu, die zuerst auftraten, dann kam ein Jongleur, anschließend der berühmte Magier aus Berlin. Eine kleine Pause, dann trat ein hübscher eleganter Pianist an den Flügel, den man in den großen Saal geschoben hatte, verbeugte sich und spielte ein kleines Klaviersolo. Leicht und locker glitten seine schmalen Finger über die Tasten. Ein Melodienpotpourri aus verschiedenen Operetten.

Luise wandte rasch Victoria das Gesicht zu, die mit einem atemlosen Lächeln dem Pianisten zuhörte. Als er sich verbeugte, glitt sein Blick über die Zuschauer und blieb kurz an Victoria hängen, die sich erhoben hatte und »Bravo« rief. Ein Kontakt, ein Austausch, ein Lächeln. »Sein Name ist Mario Bergonzi«, flüsterte Victoria ihrer Schwester zu. »Er ist in Berlin ein bekannter Pianist.«

Er wartete am Flügel auf den Star des Abends: Tekla Wenger bei ihrem Solo. Sie verbeugte sich, lächelte und verständigte sich mit dem Pianisten, bevor sie anfing zu singen. »Das ist jetzt dein Entwurf?« Luise wandte sich bewundernd ihrer Schwester zu.

Victoria nickte. »Ja, das weißt du doch.«

»Sie sieht darin hinreißend aus«, flüsterte Luise.

Tekla Wenger wartete den Beifall ab, verbeugte sich leicht, nickte dem Pianisten zu und begann zu singen. Ihr Repertoire bestand aus leichten Operettenarien, wonach sie den Gassenhauer *Männer sind alle Verbrecher* als Zugabe sang. Die Zuschauer forderten ein da capo, und als sie das Lied noch einmal anstimmte, sangen die Zuschauer begeistert mit.

Luise aber schüttelte den Kopf. »Es ist Krieg, Ehemänner, Brüder und Söhne kämpfen und riskieren den Tod, und wir singen dieses dumme Lied.«

Victoria fand, ihrer Schwester fehle es an Leichtigkeit, es sei doch nur eine kleine Melodie, die für einen kurzen Moment den Krieg vergessen ließ.

Und dann war die Vorstellung schon vorbei. Die Zuschauer klatschten, riefen »Bravo«, und endlich löste sich die Menge langsam auf. Die meisten gingen nach Hause, einige zu den Papageien und der Rest der Zuschauer ins Restaurant.

Victoria und Luise machten den kleinen Bogen zum Pavillon. Der alte Papagei legte sich ins Zeug und krächzte zum Vergnügen der Zuschauer sein *Seemann ahoi* von dem obersten dicken Zweig des Baums. Der blaue Papagei aber blieb stumm, wie seit seiner Ankunft hier im Pavillon.

»Meinst du, der blaue ist traurig?«

Victoria drehte sich erstaunt um. Das kleine Mädchen, das sie schon einmal hier angesprochen hatte, stand hinter ihr. »Dort steht mein Opa«, erklärte sie, »der gesagt hat, dir gehört hier alles.«

Auch Luise hatte sich umgedreht und sah auf das kleine Mädchen hinunter. »Ach, bist du süß.« Schon ging Luise in die Knie, lachte mit dem Mädchen, zupfte sie an den blonden Locken und fragte sie nach ihrem Namen.

»Olga«, erklärte sie. Sie strahlte Luise an, während sie einen trotzigen Blick auf Victoria warf.

»Und wie noch?«, wollte Luise wissen.

»Na, wie mein Opa eben.«

»Und wie heißt dein Opa?«

»Sie ist die Enkelin von Bruno Reimann«, übernahm Victoria die Antwort. »Er lässt die Kleine immer allein durch den Ort laufen, sie ist schon überall bekannt.«

»Aber müsstest du nicht schon längst im Bett sein?« Luise war immer noch sichtlich angetan von der Kleinen.

Olga hob die Schultern und ließ sie wieder fallen. »Ich gehe immer ins Bett, wann ich will«, setzte sie noch hinzu. »Aber jetzt muss ich gehen, dort steht mein Opa. Er erlaubt mir alles«, fügte sie ein wenig provokant hinzu.

Unwillkürlich drehte sich Luise um. Dort stand ein alter Mann, der zu ihr herüberstarrte, nicht grüßte, nicht lächelte. »Komm jetzt, Olga«, herrschte er die Enkelin an. Aber Olga ließ sich Zeit. »Und wie heißt du?«, fragte sie.

»Luise.« Das Mädchen blieb stehen und strahlte Luise weiterhin an.

»Wie alt bist du denn, Olga?«, wollte Luise noch schnell wissen.

Olga überlegte, zog die Stirn kraus, hob die Hand, zählte die Finger nachdenklich ab und streckte sie dann in die Höhe.

»Vier«, strahlte sie Luise an. »Im April werde ich vier.«

»Olga, komm jetzt sofort hierher.«

»Auf Wiedersehen, Luise«, winkte die Kleine jetzt, spitzte die Lippen zu einem Kuss und ging widerwillig auf ihren Großvater zu.

»Dieser Bruno Reimann ist unheimlich«, erklärte Victoria. »Er sieht mich immer so an … Ich weiß nicht, wie ich es benennen soll, böse, ja, böse und neidisch.« Luise hatte ihr nicht zugehört.

»Die Kleine ist ja so süß. Aber sie müsste doch wirklich längst im Bett sein. Das ist unverantwortlich, sie so lange herumlaufen zu lassen. Und das ohne Aufsicht.«

Victoria starrte ihre Schwester überrascht an, die vollkommen verzückt dem Kind nachsah, plötzlich jedoch blass wurde.

»Geht es dir nicht gut?« Victoria erschrak über den plötzlichen Stimmungswandel ihrer Schwester.

»Doch, doch, vielleicht war der Besuch der Vorstellung etwas zu viel für mich. Ich gehe rasch nach Hause und lege mich hin. Ich komme schon zurecht«, fügte sie hastig hinzu, »du bist doch verabredet.«

Victoria überlegte. »Mutter sitzt mit ihren Freundinnen im Restaurant, vielleicht willst du dich zu ihnen setzen, dann kannst du mit Mutter nach Hause gehen.«

Luise wurde immer blasser, schüttelte heftig den Kopf. »Nein, ich muss mich hinlegen, aber bitte, Vic, du musst nicht mit mir gehen. Ich schaffe das schon, bitte bleib. Vielleicht kann ich mir eine Droschke oder ein Taxi nehmen.«

Victoria drehte sich um und warf einen schnellen Blick auf die Künstler, die jetzt aus dem Seiteneingang kamen und von Autogrammjägern umlagert wurden. Tekla stellte sich auf die Zehenspitzen und machte ein Zeichen, sie warte auf Victoria. Neben ihr stand Mario Bergonzi, der Pianist, und auch er winkte ihr mit großer Geste zu. Victoria zögerte nur einen kleinen Moment, dann hakte sie Luise unter.

»Nein, nein, ich begleite dich.«

Sie hatte mit Tekla vereinbart, mit ihr und dem Pianisten mit Sekt zu feiern, doch sie verzichtete. Sie spürte, wie schlecht es Luise ging. Hatte sie sich übernommen, hätte sie nicht mit in die Vorstellung gehen sollen? Sie hatte es ja nur Victoria zuliebe getan. Draußen sahen sie sich vergeblich nach einer Droschke oder einem Taxi um.

»Die stehen jetzt sicher alle vor dem Theater«, war Victorias Meinung.

Luise nickte, und so gingen sie sehr langsam weiter, die Birkenallee hoch, immer wieder blieb Luise stehen, und Victoria stützte sie. »Danke, dass du mich begleitet hast«, flüsterte Luise. »Ich habe ein ganz schlechtes Gewissen, du wärst doch sicher gern mit dem Pianisten und der Sängerin ins Restaurant gegangen.«

Victoria schüttelte heftig den Kopf. »Nein, eigentlich nicht, ich bin auch müde.«

Endlich waren sie zu Hause. Luise atmete erleichtert auf und befreite sich aus dem fürsorglichen Griff ihrer Schwester.

»Es geht mir schon wieder besser«, versicherte sie, »ich gehe am besten auch gleich auf mein Zimmer.«

»Aber später, wenn wir feiern, kommst du doch herunter, oder?«

Luise nickte.

Victoria stand unten an der Treppe, sah hoch und wartete, bis sich die Tür von Luises Zimmer schloss.

Warum ging es Luise plötzlich so schlecht? Sie hätte nicht mitgehen dürfen, Victoria fühlte sich schuldig. Sie hatte ihre Schwester so sehr gebeten, mit ihr zu kommen, ohne Rücksicht, wie es Luise wirklich ging.

Victoria stieg langsam die Treppe hoch, dann zögerte sie, an der Tür von Luise zu klopfen. Also setzte sie sich auf die oberste Stufe, denn so war sie zur Stelle, wenn Luise Hilfe brauchte. Und sie blieb, auch wenn im Palmengarten Tekla Wenger und der Pianist mit dem aufregenden italienischen Namen auf sie warteten.

Luise blieb in der Mitte des Zimmers stehen. Ihrem alten Mädchenzimmer mit dem Himmelbett, den Kirschbaummöbeln und den Tapeten mit dem Schleifenmuster, die sie sich selbst im Alter von vierzehn Jahren ausgesucht hatte. Es war wie früher und doch anders, es war viel Zeit vergangen, und sie hatte sich verändert. Sie versuchte, tief durchzuatmen, das Keuchen ihres Atems abzuschwächen. Diese kleine Olga wurde im April vier Jahre alt. Genau wie Heloise. Warum, warum hatte Heloise sterben müssen, warum ausgerechnet sie, warum, warum …

Sie ging zum Fenster, lehnte die Stirn an die Scheibe und starrte hinaus in die abendliche Winterlandschaft mit den flatternden Krähen vor einem grauen dunklen Himmel.

»Da kommt auch der Oberbürgermeister aus der Vorstellung, heute mit der ganzen Familie«, flüsterte Marga. »Erinnert ihr euch noch? Vor Beginn des Kriegs saßen wir auch hier, und er stieß laut auf den Sieg an.«

»Natürlich«, antwortete Irene.

»Damals hast du ihn ganz schön aus dem Konzept gebracht«, kicherte Ella, hob ihr drittes Glas Sekt und prostete den Freundinnen wieder zu.

Der Oberbürgermeister schien die Blicke der drei Frauen zu spüren. Er drehte sich um, zögerte, dann hob er sein Glas und verbeugte sich in ihre Richtung.

»Auf ein gutes neues Jahr, Frau Laverne, und auf den endgültigen Sieg«, rief er ihnen durch den Raum gut gelaunt zu. Irene empfand es als eine Provokation, in Erinnerung an damals, August 1914.

»Auf den Frieden.« Und wie damals sprang sie auf und hob ihr Glas. Ihre Stimme klang klar und hörbar durch das Restaurant, genauso wie damals.

»Auf den Frieden«, schallte es plötzlich durch die Räume des Palmengartens.

Doch unter die vielen Rufe mischten sich plötzlich ein paar andere: »Nieder mit Kaiser Wilhelm.«

Die Frauen sahen sich betroffen an. Und es war Ella, die Sanfte, die selten eine eigene Meinung vertrat, die sich jetzt erhob und in den Ruf »Nieder mit Kaiser Wilhelm« einstimmte.

Ein kurzer Moment der Stille, allgemeines Erstaunen, Blicke trafen die drei Frauen, die fast verdeckt durch eine Palme in der Ecke saßen.

»Auf den Frieden«, brausten die Stimmen auf.

»Nieder mit dem Kaiser«, rutschten ein paar verstohlene Rufe dazwischen.

ZWEIUNDZWANZIG

Berlin

Sechs Monate später
Juni 1918

Du hast Glück.« Ben beugte sich über Clara, die an ihrem Tisch saß und sich mit einer großen Lupe Fotos ansah. Als er sie leicht am Hals berührte, fuhr sie hoch. Sofort zog er sich zurück. »Es tut mir leid, wenn ich dich erschreckt habe.«

Clara drehte sich um und sah zu ihm auf. »Ach Unsinn, Ben, aber ich war so vertieft in meine Bilder, ich habe dich einfach nicht gehört.«

Sie zog sich vor ihm zurück, und er empfand es immer noch als Kränkung.

Clara hätte am Ostersonntag, dem 31. März, mit einem Militärtransport an die Front aufbrechen sollen, doch das wurde kurzfristig abgesagt. Und so verbrachten sie Ostern gemeinsam bei einem Frühstück. Das lag drei Monate zurück, und in der Zwischenzeit spürte er, wie Clara sich distanzierte, von Freundschaft, aber nie von Liebe sprach.

Liebe konnte er auch nicht erwarten, er war nicht attraktiv, er war im Gefängnis gewesen, lebte ohne gesellschaftliche Anerkennung. Und man hatte ihn einen jüdischen Drückeberger genannt. Das sei doch nicht wichtig, betonte Clara immer wieder.

»Was wolltest du mir sagen, wieso habe ich Glück?«

Claras Frage riss ihn aus seinen Gedanken. »Bertold Scheuer ist krank geworden, und die Wahl des Kriegsministeriums fiel auf dich, du hast dich ja immer wieder neu beworben. Jetzt trägt deine Beharrlichkeit Früchte. In einer Woche geht es los, ein Transport mit Soldaten wird dich mitnehmen. Und du kannst auch fotografieren, dazu hast du die Genehmigung vom Bild- und Fotoamt«.

Clara konnte ihr Glück kaum fassen. Wie sehr hatte sie es sich gewünscht, als Reporterin an die Front zu fahren. Sie wollte durch Bilder den Menschen zeigen, wie der Krieg wirklich war. Zu viele glaubten immer noch an glorreiche Kämpfe, an tapfere Offiziere auf ihren Vollblutpferden, nach wie vor wurde der Kaiser hoch zu Ross, sich dem Gegner entgegenstellend, gezeigt. Wehende Fahnen, stolze Soldaten.

»Weißt du, wo ich hingeschickt werde?«

»An die Westfront, zwischen Beaumont und Beaucourt, zumindest dort in die Nähe. Das Ministerium will einen Bericht über den Hauptmann haben, der wegen seines unterirdischen Stollenbaus, eines Schachts, hoch geachtet wird. Dadurch konnten im vergangenen Jahr fast zweitausend Zivilisten gerettet werden.«

Clara war blass geworden, sie sprang auf und stellte sich mit dem Rücken zu Ben ans Fenster.

»Das Ministerium schickt noch den genauen Standort und auch den Namen des Hauptmanns, du bekommst die Unterlagen vor deiner Abfahrt.«

Langsam drehte sich Clara um. »Ich kenne den Namen, Ben. Es ist Franz, Franz Laverne.«

Sie sah, wie alles Blut aus Bens Gesicht wich. Er schluckte, versuchte, Fassung zu bewahren. Sie hatte ihm viel von Franz erzählt, von seinem Kind, von ihren Zweifeln, von ihrer Enttäuschung über sein Verhalten. Von Anfang an hatte er eine tiefe Eifersucht auf diesen Mann verspürt, den Clara so sehr geliebt hatte.

»Willst du den Auftrag annehmen? Ich kann an das Bild- und Filmamt telegrafieren, dass du in der Redaktion nicht abkömmlich bist, das ist kein Problem. Oder …« – hier machte er eine Pause – »hast du um genau diesen Standort gebeten?«

Seine Stimme klang belegt. *Bitte, Clara, bleib hier, bei mir. Fahr nicht zu ihm, dem Mann, der dich zutiefst verletzt hat, der dir nur Unglück gebracht hat.*

Wollte er das sagen, sprach es aber nicht aus? Sie warf ihm einen raschen Blick zu. »Nein, Ben, das habe ich natürlich nicht. Es ist einfach nur Zufall. Und ich werde diese Chance wahrnehmen. Zu lange habe ich schon darauf gewartet. Es hat nichts mit meinem Privatleben zu tun«, fügte sie noch hinzu.

Ben schien es anders zu sehen, doch er schwieg. Er musste dem Schicksal vertrauen. Aber würde es für ihn entscheiden?

»Du weißt aber«, sagte er anstelle seiner Liebeserklärung, »dass du die Fotos nur nach strengen Vorschriften machen darfst.«

»Ich weiß, Ben, ich weiß.«

Sie wechselten einen Blick, beide kannten die strengen Vorgaben des Amts. Und beide hatten eine stumme Verabredung, diese Vorgaben zu umgehen.

DREIUNDZWANZIG

Kurort Bad Lichtenberg

Zur gleichen Zeit

... durch Hunderttausend zuckt es schnell
... und aller Augen blitzt es hell
... der deutsche Jüngling, fromm und stark
... beschirmt die heil'ge Landesmark ...,

... schallte es durch die Hauptstraße.

Eine Gruppe junger Pfadfinder marschierte singend mit einer deutschen Fahne voran im Gleichschritt an der Trinkhalle vorbei.

Victoria blieb stehen und winkte ihren beiden kleinen Cousins Julian und Felix zu, die mitmarschierten. Sie riskierten einen Blick auf Victoria, grinsten, um sofort wieder ernst und andächtig das Lied mitzusingen.

Sie winkte den Pfadfindern noch nach, für die an diesem strahlenden Sommertag eine kleine Feier vor dem Rathaus stattfand. Sie wurden für ihr vorbildliches Verhalten bei Ankunft der Patienten geehrt. Sie halfen beim Aussteigen, boten Tee zur Stärkung nach einer langen Zugfahrt an, bevor der Krankenwagen sie abholte und in den *Deutschen Kaiser* brachte.

Victoria arbeitete wieder als Hilfsschwester in der Wandelhalle. Alles schien wie im vergangenen Sommer, und doch war es anders. Vor einem Jahr hatte sie eine Liebe erlebt, die tragisch endete. Und Victoria brachte nicht mehr die Freude auf, mit der sie damals die Patienten umsorgt hatte. Sie war hier und doch nicht präsent, sie engagierte sich nicht mehr in der Weise, wie sie es im Jahr zuvor getan hatte, denn jetzt konzentrierte sie sich in Gedanken auf Berlin. Dort sah sie ihre Zukunft. Tekla Wenger hatte ihren Plan umgesetzt und in der Hauptstadt ein kleines Theater gekauft. Sie schrieb, sie werde es zur ersten Adresse in der Berliner Revue-Szene machen.

Haben Sie nicht Lust, nach Berlin zu kommen und mitzuarbeiten? Sie haben so großes Talent als Kostümbildnerin.

Außerdem suche ich noch einen Partner oder Partnerin, der oder die finanziell einsteigt. Würde es Ihnen gefallen, Mitinhaberin eines kleinen Theaters zu werden, Ihre eigene Chefin zu sein, über Programm, die Auswahl der Künstler und Kostüme bestimmen zu können? Die Menschen sind ausgehungert nach leichter Unterhaltung, sie wollen sich amüsieren, für ein paar Stunden diese düstere Zeit vergessen. Sie wollen feiern.

Als sie den Brief erhalten hatte, war sie in den kleinen Salon gestürmt, in dem die Eltern beim Frühstück saßen. Victoria hatte sich neben dem Stuhl ihres Vaters aufgebaut, ihm erklärt, sie wolle bitte ihr Erbe von Tante Anna ausbezahlt bekommen.

»Ich möchte mich in Berlin finanziell an einem Theater beteiligen«, platzte sie heraus.

Ihr Vater hatte sie prüfend angesehen, sich die Serviette aus dem Kragen gezogen, auf den Tisch gelegt und die Tasse abgestellt, bevor er reagierte. Mit gerunzelter Stirn erklärte er ruhig und gelassen, sie könne über ihr Erbe erst im Alter von fünfunddreißig Jahren verfügen. »Meine Schwester Anna war der Meinung, Perlen stehen erst einer reifen Frau. Und, Victoria, keine Widerrede.«

Victorias Erbe bestand aus den legendären Perlen ihrer Tante Anna, das Geschenk ihres russischen Großfürsten, die im Safe einer Schweizer Bank aufbewahrt wurden. »Außerdem«, betonte Johannes, »war es der ausdrückliche Wunsch deiner Tante, dass diese legendären Perlen aus der russischen Zarenfamilie in unserer Familie bleiben sollen. Sie hat sich vorgestellt, dass du sie einmal tragen wirst.«

Victoria machte sich nichts aus Schmuck. Und ausgerechnet sie sollte einmal diese lange schwere Perlenkette, die ein Vermögen wert war, tragen?

»Selbst wenn wir uns über den Willen meiner Schwester hinwegsetzen würden, scheint es mir fast unmöglich, sie zu verkaufen«, erklärte Johannes noch. »Vor allem nicht in dieser Zeit.«

Victoria dachte an Pfandhäuser in der Hauptstadt oder an einen der Kriegsgewinnler, Flugzeughersteller oder Waffenfabrikanten und andere, die durch den Krieg unermesslich reich geworden waren. Ihr Vater und Carl hatten sich erst am vergangenen Sonntag darüber unterhalten. Sicher gab es den einen oder anderen, der den Wunsch hatte, seiner Frau oder Geliebten diese berühmten Perlen zu schenken. Doch sie schwieg, denn sie wollte den Familienfrieden, der noch so zerbrechlich schien, nicht aufs Spiel setzen. Die Familie war zu kostbar. Man würde sehen, abwarten. Sicher ergab sich die richtige Gelegenheit, das Thema Erbe noch einmal anzusprechen. Und sie würde sowieso gehen, niemand konnte sie davon abhalten. Dann wurde sie eben die Kostümbildnerin des Theaters, ohne Mitinhaberin zu werden. Auf alle Fälle aber wollte sie nach Berlin.

Victoria machte Gudrun ein Zeichen, sie sei nur auf einen Sprung weg. Luise wartete bereits beim Pavillon, doch sie schien Victoria nicht zu vermissen. Sie saß auf einer der Bänke und neben ihr Olga, die mit den Beinen baumelte und auf den kleinen Händen saß. Luise unterhielt sich mit ihr, dann lachten sie zusammen, Luise zeigte zum blauen Papagei hoch und strich dem kleinen Mädchen ganz schnell zärtlich über die Haare.

»So ein harmonisches Bild«, hörte Victoria hinter sich sagen. »Diese schöne Mutter mit ihrem hübschen Kind. Wie auf dem Bild eines berühmten Malers.«

Erstaunt drehte sich Victoria zu der Frau um, die ihr lächelnd zunickte, bevor sie den Raum verließ. Betroffen sah Victoria zu ihrer Schwester hinüber. Die Sonne schien durch das Glasdach und ließ die Haare des Kindes in einem rötlichen Schimmer leuchten. Tatsächlich, man konnte die beiden für Mutter und Tochter halten. Aber wieso war ihre Schwester in dieses Kind geradezu vernarrt?

Victoria verharrte immer noch an der Tür, als Bruno Reimann kam, um seine Enkelin abzuholen. Er verbeugte sich in einer spöttischen Geste vor Luise, nahm dann seine widerstrebende Enkelin an der Hand, die sich nicht fortziehen ließ, sondern mit den kleinen Füßen aufstampfte und ein lautes Geheule veranstaltete. Erst mit Ermahnungen und offenbar auch Versprechungen des Großvaters verließ sie widerstrebend mit ihm den Raum.

Luise hatte sich erhoben und winkte Olga nach. Da plötzlich kam der Großvater noch einmal zurück und erklärte, es sei Tierquälerei, diese Vögel hier einzusperren. »Ihnen gehört doch hier alles, sorgen Sie dafür, dass sie freikommen.« Er hatte so laut gesprochen, dass sich die Besucher erstaunt nach ihm umdrehten und dann Luise ansahen.

Doch Luise blieb ruhig: »Ich denke, Sie sollten darauf achten, dass Ihre kleine Enkelin nicht immer allein und zu später Stunde im Ort herumstreunt.«

Der alte Mann starrte Luise an, lachte auf und verschwand dann erstaunlich schnell für sein Alter, die schreiende Olga hinter sich herziehend.

Erst jetzt bemerkte Luise ihre Schwester, die bereits neben ihr stand. »Oh, es tut mir leid. Wir waren ja verabredet, das hatte ich ganz vergessen, bitte entschuldige.«

»Das macht doch nichts, aber was hältst du von dem Opa?«

»Er scheint unsere Familie zu hassen. Vor allem, weil ich ihn zurechtgewiesen habe. So einer wie er verkraftet das nicht, aber ich konnte einfach nicht anders.«

»Ich denke, man muss ihn nicht ernst nehmen«, war Victorias Meinung. »Er ist sicher nur ein alter, starrsinniger Mann.«

»Ich habe kein gutes Gefühl, es geht zu viel Hass von ihm aus. Aber seine Enkelin, ist sie nicht süß?«

»Ich weiß nicht«, antwortete Victoria zögernd. »Ich finde sie vorlaut und auch frech. Sie hat mir schon mehrmals die Zunge herausgestreckt.«

Anstatt den Kopf zu schütteln, lachte Luise. »Sie ist ein Kind«, entschuldigte sie Olgas Verhalten. »Ihre frühe Kindheit war sehr schwierig, das hat man mir erzählt. Ihre Mutter ist mit einem anderen Mann durchgebrannt, als Olga zwei Jahre alt war – ist das nicht schrecklich? Sein Kind zu verlassen. Und dann ist der Vater in den ersten Kriegstagen in Russland gefallen. Der Großvater nahm Olga dann bei sich auf. Er lebt allein, irgendwo in der Nähe des Bahnhofs, da, wo neue Siedlungen entstanden sind. Aber ich finde sie süß, sie ist ein aufgewecktes, gescheites Mädchen. Weißt du Näheres über den Großvater?, wandte sie sich an ihre Schwester.

Victoria schüttelte den Kopf. »Nein, nichts.«

»Wir sollten aufpassen«, überlegte Luise, »aber seine Enkelin ist wirklich zu süß. Hoffentlich geht es ihr bei ihm gut. Ich muss zurück«, erklärte sie plötzlich panisch, »ich habe eine Besprechung.« Sie nickte ihrer Schwester zu, und schon war sie verschwunden.

Eigentlich hatte Victoria ihrer Schwester erzählen wollen, was sie heute von Frau Keppler, der Inhaberin von *Madame de …*, erfahren hatte.

Tekla Wenger sei für drei private Konzerte in höchsten Berliner Kreisen gebucht worden. Dafür brauche sie dringend drei Kleider, nicht so spektakulär wie für einen Bühnenauftritt, aber doch elegant, mit Bewegungsfreiheit und figurbetont. Der Auftrag aber gelte nur, wenn Victoria Laverne sie entwerfen würde. Aber Luise schien nicht ansprechbar, zu sehr war sie gerade auf dieses ungezogene kleine Mädchen konzentriert. So hatte Victoria geschwiegen, aber sie war enttäuscht, dass sie die große Freude nicht mit ihrer Schwester teilen konnte. Bevor sie zurück in die Wandelhalle ging, sah sie sich um. Einer der wenigen Momente, in denen niemand vor dem Pavillon stand, niemand sah hoch zu den Papageien.

Victoria stand bereits am Ausgang, als sie hinter sich ein Krächzen hörte. Erstaunt drehte sie sich um. Hatte sie richtig gehört?

Der blaue legte den Kopf schief und öffnete den Schnabel. Verstand sie ihn richtig?

»Nieder mit dem Kaiser«, krächzte er. Und noch einmal, jetzt lauter: »Nieder mit dem Kaiser!«

Doch als Victoria voller Staunen zurück zum Pavillon ging, flatterte er hoch und sah von ganz oben auf sie herunter. Victoria lachte, sie konnte nicht anders.

Silvester, natürlich. Gudrun hatte ihr erzählt, dass eine Stunde nach Ende der Vorstellung auf der Straße Unruhen ausgebrochen seien und der Ruf »Nieder mit dem Kaiser!« immer lauter geworden war, bis die Polizei kam, die Leute auseinandertrieb und sogar einige wegen Majestätsbeleidung verhaftet worden waren.

Luise kam zu spät zur Besprechung mit dem Architekten Simon Roth. Er war bereits gegangen.

»Es tut mir so leid, Onkel Carl«, entschuldigte sie sich. »Ich habe mich im Palmengarten mit Victoria getroffen und leider unseren Termin vergessen«, bekannte sie.

»Ist schon in Ordnung.« Carl legte seiner Nichte die Hand auf die Schulter. Er konnte ihr nichts nachtragen, Luise war eine zu schöne Frau. Musste man da nicht nachsichtig sein? Sie sollte einen Mann haben, der sie verwöhnte und für sie sorgte. Als er sie jetzt anlächelte, fiel ihm auf, dass sie in letzter Zeit unkonzentriert war und viel vergaß. Aber war das ein Wunder? Sie hatte so viel durchgemacht. Er und Johannes sprachen oft über Luise, beide hatten den vorsichtigen Verdacht geäußert, Luise habe eine Affäre mit ihrem Geiselnehmer gehabt. Und warum auch nicht? Wie hätte sie auch ahnen sollen, dass er ein berüchtigter Spion war?

Bei der Erinnerung an Philip Rohmer schweiften Carls Gedanken ab. Wie viele harmlose Bürger waren in den letzten Jahren wegen angeblicher Spionage denunziert worden. Und da ging ein echter Spion im *Deutschen Kaiser* ein und aus, gab hochbrisante militärische Geheimnisse weiter, und niemand hatte Verdacht geschöpft.

Für jeden schien es nachvollziehbar, dass Philip Rohmer mit dem Frühzug überstürzt abreisen musste, da sein Vater im Sterben lag. Er habe gewissermaßen schon auf gepackten Koffern gesessen und nur noch in den letzten Stunden von Roland von Bergen bei ihm sein wollen, das habe er ihm versprochen.

Kurze Zeit gab es auch Gerüchte um Luise. Nach Philip Rohmers angeblich überstürzter Abreise lag sie vollkommen abgeschottet auf der Krankenstation, bis sie nach Hause gebracht wurde. Aber dann gab es wieder andere Gerüchte um heimliche Affären der Offiziere mit Krankenschwestern. Die Zeit war schnelllebig geworden. Was heute passierte, war interessant, die gestrige Sensation schon vergessen.

Carl beobachtete seine Nichte seit Tagen. Sie wirkte erschöpft, nur wenn sie arbeitete, schien es ihr gut zu gehen. Irgendwann würde er ihr seine Anteile am *Deutschen Kaiser* gegen eine Gewinnbeteiligung übertragen. In diesem Fall gehörte das Hotel Luise, nur ihr Vater hielt dann noch Anteile in Höhe von fünfzehn Prozent, zu gering, um in die Führung des *Deutschen Kaisers* einzugreifen. Luise liebte dieses Haus. Sie würde alles tun, um den Standard eines Luxushotels zu halten. Er gab seine Anteile beruhigt ab und hätte dann freie Bahn für seine heimlichen Pläne. Doch die mussten noch reifen. Und der *Deutsche Kaiser* musste dann auch erst wieder ein Hotel und kein Sanatorium mehr sein.

Als Luise in ihre Suite zurückkam, griff sie als Erstes nach ihrer Post. Die Unterhaltung mit der Schwester ging ihr nicht aus dem Kopf. Hatte sie zu gereizt reagiert? Victoria konnte nicht ahnen, dass die kleine Olga sie schmerzhaft an Heloise erinnerte, die jetzt auch vier Jahre alt wäre. Victoria wusste nicht einmal, dass ihre Schwester eine kleine Tochter geboren hatte.

Unkonzentriert überflog sie die Briefe, und mit einem kleinen Ausruf griff sie nach dem letzten. Er war von Franz. Seit langer Zeit wieder das erste Lebenszeichen von ihm. Luise hatte gehört, dass der Transport der Briefe von der Front in die Heimat immer schwieriger wurde, lange Zeit brauchte, bis sie ankamen. Ungeduldig riss sie ihn auf, las ihn, ging ihn noch einmal langsam durch, doch auch beim zweiten Mal begriff sie nichts. Franz hatte ihr vor Weihnachten einen Brief geschrieben, den er einem Kameraden mitgab, um ihn in Stuttgart einzuwerfen. Das habe dieser auch getan, und zwar bereits am 23. Dezember. Habe sie ihn wirklich nicht erhalten?

Diesen wichtigen Brief, in dem er seiner Schwester die traurige Nachricht übermittelt hatte. Oder war sie zu betroffen oder auch getroffen, um zu antworten? Er habe doch nur helfen wollen, um mit der Vergangenheit abzuschließen, jetzt, da sie wieder eine Beziehung mit Philip habe.

Luise blickte lange verständnislos auf den Brief, den letzten ihres Bruders hatte sie nicht erhalten. Dann fiel ihr ein, dass ihre Post im Dezember vom *Deutschen Kaiser* aus nach Hause weitergeleitet wurde. Hatte es damit Schwierigkeiten gegeben? Luise überlegte. Vielleicht lag der Brief noch irgendwo in der Villa, und jemand hatte ihn aus Versehen weggeräumt? Es gab tausend Möglichkeiten.

Irene kam über die Terrasse ins Haus. Vor Kurzem hatte sie zwei junge Kriegswitwen eingestellt, die jetzt in Armut lebten, da die Männer gefallen waren. Eine von ihnen hatte drei kleine Kinder, und die andere hatte ihre zweite Tochter zur Welt gebracht, als ihr Ehemann bereits gefallen war.

Sie arbeiteten gern bei ihr, und Irene bezahlte sie in Naturalien. Sie durften sich aus dem Garten und auch aus den Vorräten, die noch im Keller lagerten, nehmen, was sie brauchten. Die jungen Mütter weinten vor Dankbarkeit, da sie nicht wussten, wie sie die Kinder ernähren sollten. Beide Frauen sahen in Irene eine Vertraute, und manchmal lud Irene sie noch ein, mit ihr auf der Terrasse einen Tee zu trinken, den sie selbst gebraut hatten. Pfefferminze, Fenchel, Hagebutte. Sie vertrauten sich Irene an, brachten Fotos ihrer gefallenen Männer und ihrer Kinder mit. Und irgendwann öffnete sich auch Irene ein wenig, mehr als sie es bei ihren beiden Freundinnen tat. Sie klagte, dass ihr Sohn auch an Ostern nicht nach Hause gekommen sei. Das sei eine so große Enttäuschung gewesen, nicht nur für sie, auch für die ganze Familie. An einem dieser Nachmittage hatte sie plötzlich von dem Brief erzählt, den sie ihrer Tochter unterschlagen hatte. Die jungen Frauen waren entsetzt gewesen. Als Mütter könnten sie zwar das Verhalten von Irene verstehen, die ihre Tochter schützen wollte, aber man dürfe nicht in das Leben seiner erwachsenen Kinder eingreifen. Das ging Irene durch den Kopf, während sie in der Halle stand und wartete, bis Berta aus der Küche heraufkam. »Da gibt es heute Abend einen schönen Salat«, freute sich die Köchin, als sie ihr den Korb abnahm und wieder nach unten ging. »Die Radieschen sehen aus wie aus dem Bilderbuch«, rief sie noch aus der Küche nach oben.

Da wurde die Eingangstür aufgerissen, und Luise stand vor ihr. In der Hand hielt sie einen Brief. Einen Brief von Franz. Irene erkannte sofort die Schrift ihres Sohns.

»Ist etwas passiert?«, fragte sie, aber wusste sie es nicht bereits?

»Ich weiß es noch nicht. Im Dezember muss ein Brief von Franz gekommen sein. Die Post wurde mir in dieser Zeit hierher nachgesendet, erinnert ihr euch?« Sie wandte sich auch an ihren Vater, der aus dem Herrenzimmer kam. »Franz schreibt hier«, sie hob den Brief hoch, »er habe mir vor Weihnachten geschrieben. Aber wo ist der Brief, habt ihr eine Ahnung? Er muss sehr wichtig gewesen sein.«

»Nun«, Johannes überlegte, »es sind viele Frontbriefe verloren gegangen oder waren monatelang unterwegs.«

»Ein Kamerad von Franz hat ihn am 23. Dezember in Stuttgart eingeworfen, also muss er angekommen sein.«

»Das ist erstaunlich. Mein Vorschlag wäre, gehe aufs Postamt zu Frau von Bitten. Sie führt genaue Listen über Ein- und Ausgänge der Post. Vielleicht kann sie dir weiterhelfen.«

Er nickte seiner Tochter freundlich zu und zog sich wieder in sein Herrenzimmer zurück. »Warten wir es ab.«

Irene atmete durch. Jetzt konnte sie zwar lügen, behaupten, der Brief sei vielleicht aus Versehen unter Zeitungen geraten und mit ihnen weggeworfen worden, oder …

Sie sah Luise an, die vollkommen aufgelöst schien. »Was schreibt Franz denn?« Irene versuchte, Zeit zu gewinnen.

»Er bezieht sich auf den Brief vom 23. Dezember, darin steht etwas, das …« Sie brach ab.

Jetzt war der Moment da, vor dem sich Irene monatelang gefürchtet und den sie immer verdrängt hatte. Jetzt musste sie sich entscheiden. Weiter lügen oder zur Wahrheit stehen. Der Wahrheit, dass sie als Mutter Schicksal gespielt hatte. Aber sie brauchte noch Zeit. »Ich sage Anni, sie soll überall nachsehen«, schlug sie vor.

»Gut, wenn er heute nicht gefunden wird, gehe ich morgen aufs

Postamt.« Luise schien sich etwas beruhigt zu haben. Ihr entging aber nicht, wie nervös ihre Mutter war, wie angespannt sie wirkte, als sie sich kurz darauf verabschiedete. »Dann bis morgen«, rief sie Irene zu, bevor die Haustür zuflog.

Irene blieb stehen und sah ihr nach. Warum hatte Franz diesen letzten Brief nur erwähnt? Es wäre so einfach gewesen, sie hätte schweigen und den Brief irgendwann zerreißen können, ohne selbst bloßgestellt zu werden.

In der Nacht fand Irene keinen Schlaf. Je länger sie nachdachte, desto mehr erkannte sie, dass sie jetzt handeln musste. Sie konnte nicht mehr schweigen. Luise hatte ein Recht darauf, den Brief zu bekommen. *Das arme Kind*, seufzte Irene in Gedanken. Ein halbes Jahr war seit diesem Erlebnis mit dem Geiselnehmer und ihrer Operation vergangen, aber war sie jetzt stabil genug, um die Nachricht vom Tod ihres ehemaligen Geliebten zu verkraften?

Müde quälte sie sich aus dem Bett, und noch vor dem Frühstück holte sie den Brief aus dem Geheimfach ihres Sekretärs, sagte Anni Bescheid, sie besuche die Tochter, und verließ die Villa.

Ein Canossagang, schoss es ihr durch den Kopf. Langsam ging sie im *Deutschen Kaiser* die Treppen in den zweiten Stock hoch, langsam lief sie den Gang entlang, stand noch zögernd vor der Tür, bis sie endlich an der Suite klopfte. Als Luise nicht reagierte, atmete sie fast erleichtert auf, sie bekam eine Gnadenfrist. Doch dann öffnete sich die Tür, und Luise stand ihr gegenüber.

»Ist etwas passiert?« Luise erschrak. Ihre Mutter kam am frühen Morgen zu ihr, blass und mit tiefen Ringen unter den Augen, die zeigten, dass sie die Nacht über nicht geschlafen hatte.

»Hast du Zeit?«, war ihre Gegenfrage.

»Natürlich, Mutter, komm rein und setz dich«, forderte Luise ihre Mutter auf. »Soll ich dir einen Tee bestellen, willst du mit mir frühstücken?«

Irene schüttelte stumm den Kopf, dann zog sie langsam das Kuvert aus der Tasche und hielt es ihrer Tochter hin.

Erstaunt griff Luise danach. »Das ist der Brief von damals«, erklärte Irene tonlos. »Er kam am 31. Dezember bei uns an. Als du und Victoria im Palmengarten gewesen seid.«

»Ach, habt ihr ihn gefunden?«

Irene schüttelte wieder nur stumm den Kopf, und bevor Luise den Brief aufriss, brach es aus ihr heraus. »Ich habe den Brief damals geöffnet und dann wieder vorsichtig verschlossen«, bekannte sie atemlos. »Und ich kann mir denken, dass du mich deswegen verachtest. Bitte mach das nicht, ich wollte dich nur schützen, damals ging es dir noch so schlecht.«

»Mutter! Das ist fast ein halbes Jahr her. Ich meine …«

»Ich weiß, ich weiß«, fiel ihr Irene ins Wort. »Aber trotzdem, ich …«

In einer Gebärde der Unsicherheit und Ratlosigkeit hob sie die Hände und ließ sie wieder fallen.

Luise aber reagierte nicht darauf, sie ging in ihr Schlafzimmer hinüber, schloss die Tür hinter sich, setzte sich auf ihr Bett und öffnete mit zitternden Händen den Brief, vor dem ihre Mutter sie schützen wollte.

Sie überflog ihn, las ihn noch einmal, sog jedes Wort in sich auf. Franz hatte ihn aus gutem Glauben geschrieben, in der Hoffnung, ihr zu helfen, mit der Vergangenheit abzuschließen.

Francois … Francois war tot, gefallen in diesem unsinnigen Krieg.

Hatte er gelitten, um sein Leben gekämpft, hatte er an sie gedacht? Sie, die in dieser Zeit eine Affäre mit einem französischen Spion anfing und fast im Kugelhagel starb?

Der Brief entglitt ihren Händen, fiel auf den Boden. Sie hob ihn nicht auf, starr saß sie auf dem Bett. Sie empfand nichts, nur Leere. Aber sie hätte doch spüren müssen, dass er tot war, gefallen für sein Vaterland, für Frankreich, das er so liebte.

Tot.

Sie hatte sich vor Jahren von ihm getrennt, doch sie hatte oft an ihn gedacht, malte sich aus, was er gerade machte, ob er glücklich war, ob auch er an sie dachte. Tot, einfach weg, verschwunden aus dem Leben.

Erinnerungen schossen durch ihre Gedanken, Fragmente, kurze Momente, als sie ihn zum ersten Mal in ihre kleine Wohnung mitnahm, als er sie auszog und sie die Bewunderung in seinen Augen erkannte. Es war ihr erstes Mal gewesen, und als sie ihn über sich zog, da flüsterte sie, ich werde dich immer lieben, immer, immer …

Und doch war sie gegangen.

Als es an der Tür klopfte, fuhr Luise aus ihren Erinnerungen hoch. »Lise, bitte, mach auf, es tut mir so leid.«

Irenes Stimme klang bittend: Lise. So hatte sich Luise selbst als Kind genannt. Ihre Mutter hatte diesen Kosenamen beibehalten, bis sie erkannte, dass Luise längst eine erwachsene Frau geworden war, die ihre eigenen Entscheidungen traf, die die Familie auseinanderriss. Von da an gab es die Lise nicht mehr.

»Lise, bitte.«

Aber Luise konnte nicht antworten. Sie blieb einfach sitzen, während ihr die Tränen über die Wangen liefen.

Erinnerungen.

Erinnerungen an lange Abende, an Nächte, in denen sie und Francois sich nach rauschenden Festen mit Freunden in einem der vielen kleinen Lokale in LES HALLES trafen, den riesigen Markthallen, dem Bauch von Paris, dort, wo das Leben herrschte, wo geschrien, gestritten, gearbeitet wurde, wo man in langen Nächten, berauscht noch von Champagner, zwischen Arbeitern saß und eine Zwiebelsuppe aß. Julie kam fast jede Nacht mit ihrem ganzen Gefolge. Es war modern geworden, dorthin zu gehen, um Teil des *richtigen Lebens* zu sein, wie Julie es einmal nannte.

Und inmitten des Lärms der Arbeiter an den Obst- und Gemüseständen hatte Francois sie in die Arme genommen. Luise,

Louise, ich liebe dich, ich werde dich immer lieben, bis in den Tod. Später, als sie die Place Vendôme überquerten, dort die Laternen ausgingen und sich ein zarter Morgenhimmel über Paris spannte, hatte er diesen Satz wiederholt.

Ich werde dich immer lieben, solange ich lebe, bis in den Tod …

Sie waren beide jung und glaubten an ihre Unsterblichkeit, an die Unendlichkeit ihrer Liebe. Und doch war sie gegangen. Und es gab keine Unsterblichkeit, denn Francois war tot.

Luise erhob sich, öffnete die Tür und ging zurück in den Salon ihrer Suite. Dort stand Irene und starrte ihr entgegen.

»Es tut mir so leid, ich hätte …«, brach es aus ihr heraus.

Doch Luise ließ sie nicht ausreden. »Es ist in Ordnung, Mutter, ich verstehe, dass du aus Sorge so gehandelt hast. Es ist alles gut. Aber ich möchte jetzt bitte allein sein.«

»Aber am Sonntag kommst du doch zum Familienessen?«

Luise nickte. »Ja, ja, ich werde da sein.«

Familie, feste Bande, die dich halten, die dir aber auch die Luft zum Leben nehmen konnten. Irene verabschiedete sich nur zögernd, einerseits erleichtert, aber auch erstaunt über Luises gelassene Reaktion. Hatte sie sich zu große Sorgen gemacht?

Nachdem ihre Mutter gegangen war, verließ auch Luise ihre Suite und das Hotel durch den Seiteneingang. Sie lief durch den Park des *Deutschen Kaisers*. Die Blätter an den hohen Linden waren hell und frisch, so erschien auch die Luft und der Frühlingstag voller Verheißung. Tief atmete sie ein, ihr Herzschlag beruhigte sich, sie war auch nicht müde, fühlte sich nicht so erschöpft wie in den vergangenen Monaten. Sie ging wieder zurück und blieb bei dem roten Mercedes stehen. Monatelang hatte sie es vermieden, ihn nur anzusehen, hatte den zweiten Empfangschef gebeten, alle Fahrten zu übernehmen. Aber plötzlich raffte sie ihren Rock und stieg ein. Sie saß hinter dem Lenkrad, so wie damals in jener Nacht. Sie erinnerte sich, wie Philip sie herauszog, als die Gewehre auf ihn gerichtet waren, er ihr den Revolver an die Schläfe hielt, als er sie ein paar Schritte vom Auto wegzerrte, bis ein Scharfschütze ihn schließlich erschoss. Nur ein Schuss verfehlte ihn und traf deshalb sie, die sich Philip unbewusst zuwandte, als wollte sie ihn retten.

Das Auto aber blieb intakt und wurde noch in der Nacht zum Hotel gefahren, als sei nichts passiert, als sei in dieser Nacht Philip Rohmer nicht erschossen, sein Leben, seine Existenz nicht ausgelöscht worden, als hätte es ihn nie gegeben, als habe er nie gelebt.

Sie hatte mehrmals mit Carl darüber gesprochen, wie das alles so schnell und reibungslos abgewickelt werden konnte.

»Es waren Profis.« Carl hatte nur mit den Schultern gezuckt und ihr geraten, nicht zu viel daran zu denken, nicht zu grübeln.

Langsam umschlossen ihre Hände das Lenkrad, sie wandte ihr Gesicht zur Seite. Dort hatte Philip gesessen, ihr den Revolver in die Seite gedrückt, sie bedroht und noch um sein eigenes Leben gekämpft, obwohl es längst verloren war.

»C'est la fin«, hatte er gesagt.

Es ist das Ende. Das Ende der kurzen Beziehung mit ihm, fast das Ende ihres eigenen Lebens.

Franz hatte geschrieben, er glaube, sie könne neu anfangen, mit der Vergangenheit abschließen, da es einen neuen Mann, Philip, in ihrem Leben gäbe.

Tief atmete Luise den Duft des ersten Flieders ein, der vom Park des *Deutschen Kaisers* herüberwehte. Sie hatte zwei Männer geliebt. Francois war ihre große, eine fast schicksalhafte Liebe gewesen, und es gab Philip, der so leichtlebig war, mit dem sie hatte lachen können, der genau im richtigen Moment in ihr Leben getreten war.

»Sie ist meine Geisel«, hatte er gerufen, als er sie aus dem Wagen gezerrt hatte. Immer wieder hatte sie sich die Frage gestellt: Warum? Er wusste, es gab keinen Ausweg mehr, keine Flucht.

Doch als sie jetzt hier im Wagen saß, war sie sich sicher, er hatte es getan, um sie zu retten.

Philip Rohmer … ein Mann, der das Risiko liebte und sein Leben verlor. Was hatte ihr Vater gesagt? Ein Abenteurer, der mit verschiedenen Identitäten spielte, in andere Rollen schlüpfte. Manchmal sei er ein Deutscher gewesen, manchmal ein Engländer, ein *Intelligence Officer*, ein Angehöriger des britischen Geheimdiensts.

»C'est le risque de métier«, hatte Johannes gesagt.

Er wollte es so.

War auch Francois aus Liebe zu seinem Vaterland gefallen oder nur aus vaterländischer Pflicht? Beide hatten sie für Frankreich gekämpft, beide waren in diesem unsinnigen Krieg gestorben.

Das sonntägliche Familienessen war noch nicht vorbei, als Victoria bereits bat, aufstehen zu dürfen. Sie müsse unbedingt an den Entwürfen arbeiten. Das schien das Signal zum allgemeinen Aufbruch zu sein, denn auch Carl und Elisabeth erhoben sich rasch und gingen mit den Zwillingen nach Hause. Vielleicht war es auch die angespannte Stimmung, die sie auseinandertrieb. Irene saß schweigend am Tisch, aß kaum etwas und warf ihrer Tochter Luise immer wieder unsichere Blicke zu.

Johannes zog sich ins Turmzimmer zurück, doch bevor er seinen Portwein aus dem Schrank holen konnte, war ihm Luise gefolgt.

»Ich möchte mit dir reden«, bat sie, »passt es dir?«

»Natürlich, komm, setz dich. Magst du auch einen Portwein?«

Luise nickte. Sie wollte endlich sprechen, und zwar mit dem Vater.

Schweigend saßen sie sich am Kamin gegenüber, und erst nachdem jeder einen Schluck Portwein getrunken hatte, begann Luise.

»Ich habe mich entschieden«, erklärte sie und sah ihren Vater ruhig und konzentriert an. »Ich will mit dir über *damals* sprechen. Ich weiß, du und Mutter wart entsetzt, dass ich nach dem Internat ein Jahr lang als Deutschlehrerin in Paris arbeiten wollte. Ich wurde von dem Ehepaar de Leclerc für die beiden Söhne engagiert,

Julie hatte den Kontakt hergestellt. Die Arbeit hat mir großen Spaß gemacht, und ihr habt auch gewusst, dass ich in dieser Zeit bei Julie gewohnt habe. Manchmal begleitete ich Francois de Leclerc in die Oper, und so ist das Gerücht entstanden, er habe eine Affäre mit seiner Angestellten. *Tout Paris* sprach darüber, denn Francois galt als Mann ohne Affären. Seine Frau lebte in der Camargue und züchtete auf ihrem Gut Pferde. Ich bin ihr nur ein Mal begegnet, und das war an dem Tag, als ich von dem Ehepaar engagiert wurde. Als mein Vertrag nach diesem einen Jahr ausgelaufen ist und die Söhne ins Internat geschickt wurden, wollte ich unbedingt in Frankreich bleiben. Du weißt, das war damals, als ich hierherkam, um mein Erbe zu verlangen. Aber du hast mich aus dem Haus geworfen, hast mich eine Hure genannt.«

Johannes war aufgesprungen, stieß sein Glas um, er wollte nicht wieder hören, was er damals zu seiner Tochter gesagt hatte. »Luise, bitte …«

Doch seine Tochter schüttelte nur den Kopf, eine Geste, mit der sie ihm zeigte, er solle ihr weiter zuhören.

Also setzte er sich wieder und versuchte, ruhig zu bleiben, denn was nun kam, wollte er genauso wenig hören. Doch er ahnte, wie wichtig es für Luise war, und so schwieg er und sah sie nur an.

»Dieses Wort hat mich vollkommen zerstört, denn Francois hatte mich noch nicht einmal geküsst … Ich ging ihm aus dem Weg, denn du, mein geliebter Vater, hattest mich eine Hure genannt. Das konnte ich nicht vergessen. Ich habe mich selbst gehasst und geglaubt, ich verdiene es, so genannt zu werden, weil ich einen verheirateten Mann geliebt habe.«

Wieder fuhr Johannes hoch, doch mit einem Kopfschütteln bat Luise ihn, einfach nur zuzuhören. »Ich bin Mannequin geworden, habe mein eigenes Geld verdient und mir eine Wohnung genommen. Erst ein halbes Jahr nach meiner Rückkehr wurde ich die Geliebte von Francois. Vielleicht war ich auch naiv, ich glaubte, das

Ehepaar würde längst getrennte Wege gehen. Sie hat in der Camargue gelebt, er in Paris. Ich war viele Jahre sehr glücklich mit ihm, bis ich erkannte, dass es dieses unsichtbare Band gab.«

Jetzt schwieg Luise, Johannes beugte sich in seinem Sessel vor.

»Was für ein Band?«, fragte er vorsichtig.

»Das unauflösbare Band zwischen zwei Eheleuten, zwischen Francois und seiner Frau. Er hatte gesagt, er würde mich immer lieben, bis in den Tod, aber dieses Band existierte dennoch, und …« Luise zögerte, dann sah sie ihrem Vater direkt in die Augen. »Dann bin ich gegangen. Aber was niemand wusste: Ich war schwanger.«

»Was?« Johannes war vollkommen erschüttert.

Luise beachtete seinen Ausruf nicht, sondern sprach ruhig weiter. »Ich ging nach Deauville und arbeitete dort für einen Verlag«.

Luise schwieg, setzte neu an, als ihr Vater sie erwartungsvoll ansah.

»Dort ist meine kleine Tochter zur Welt gekommen«, fügte sie leise hinzu. »Heloise …« Luises Stimme war nur noch ein Flüstern. Zum ersten Mal hatte sie es ausgesprochen, sie hatte ein Kind geboren, hatte die Schmerzen einer Geburt durchlebt, das Kind geliebt, und dann war es gestorben.

Johannes blieb bewegungslos sitzen, wagte kaum zu atmen. Er war blass geworden, sah auf seine Hände hinunter, die zitterten. Dann blickte er hoch zu Luise, und er erkannte diesen kostbaren Moment, in dem sich seine Tochter zum ersten Mal öffnete. Und sie tat es ausgerechnet bei ihm, dem Vater, der sie Hure genannt hatte. Bei ihm, der sie aus dem Haus geworfen hatte und ihr gegenüber all die Jahre starr und erbarmungslos geblieben war, statt seinem Gefühl zu folgen, sie an sich zu ziehen und zu sagen, er sei immer für sie da, egal, was passiere. Wie so oft hatte er den Impuls verspürt, nach Paris zu fahren, sich bei ihr zu entschuldigen, doch seine verdammte Dickköpfigkeit, seine Eitelkeit, auch seine väterliche Eifersucht auf diesen Mann hatten es ihm verwehrt. Und die Enttäuschung, dass sich seine schöne intelligente Tochter weggeworfen hatte. Er schwieg und wartete voller Bestürzung, voller Selbstvorwürfe, voller Mitleid und Liebe zu seiner Tochter.

»Was ist aus dem Kind geworden, wo lebt es?«, fragte er endlich vorsichtig.

Sie erhob sich, wandte sich von ihm ab und lehnte sich gegen das Fenster.

»Heloise«, flüsterte sie, »ihr Name ist Heloise. Sie hatte ein Loch im Herzen und ist nach drei Tagen gestorben. Ich habe mich immer wieder gefragt, warum, warum sie nicht leben durfte.«

Auch Johannes erhob sich. Er trat leise hinter sie, und da lehnte sie sich gegen ihn, ohne ihn anzusehen, nur mit dem Rücken, ganz leicht, und Johannes legte die Arme um sie und zog sie vorsichtig an sich. Irgendwann, nach langem Schweigen, löste sie sich.

»Wenn der Krieg vorbei ist«, sagte sie leise, »möchte ich nach Deauville an ihr Grab.« Und dann erzählte sie noch, was durch Irene er und sicher auch die ganze Familie wusste: dass Francois in diesem unsinnigen Krieg gefallen war.

Wie sehr musste Luise, *seine* Luise gelitten haben. Und das ohne Hilfe, ohne Rückhalt. Johannes sparte nicht mit Selbstvorwürfen. Er war so stolz auf sie gewesen, als sie heranwuchs. Aber sie war ihren Weg gegangen, und erst jetzt erkannte er, wie stolz er wirklich auf sie sein konnte.

In den nächsten Tagen beobachtete er sie jedes Mal, wenn sie nach Hause kam, und manchmal hob sie den Kopf, und dann lächelten sie sich zu. Er wusste jetzt so vieles von Luise und war dankbar, dass sie sich ihm geöffnet hatte. Irene fragte ihn, was sie denn so lange da oben im Turmzimmer geredet hätten, doch er zuckte nur die Achseln, deutete an, es sei nichts Wichtiges gewesen. Auch wenn Irene ahnte, dass es das doch gewesen sein musste, schwieg sie und drang nicht länger in ihn. Luise war immer das *Vaterkind* gewesen, so wie Franz der *Muttersohn* war.

Johannes dachte viel über das Gespräch nach, doch dann erkannte er, wie wenig beachtet Victoria innerhalb der Familie so ganz für sich lebte. Als er das erkannte, wollte er am nächsten Sonntagabend vor dem Familienessen mit seiner jüngsten Tochter sprechen. Er musste sie nicht lange suchen – wie immer verbrachte sie ihre Zeit oben im Nähzimmer. Schon als er hochkam, hörte er die Maschine rattern. Als Victoria das Klopfen überhörte, öffnete er leise die Tür. Erst da hob sie den Kopf, nahm die Füße vom Trittbrett und ließ das Rad auslaufen.

Erstaunt sah sie ihn an. »Ist schon Zeit zum Essen?« Victoria saß mit aufgelösten Haaren und erhitztem Gesicht hinter der Nähmaschine.

Doch Johannes schüttelte den Kopf, nein, es sei noch Zeit.

Da zog sie vorsichtig ein hellblaues Seidenkleid mit beiger Spitze aus der Maschine. »Gefällt es dir?«, fragte sie unsicher.

Johannes, der ein gutes Gespür für Eleganz hatte, nickte. Ja, es gefiel ihm, er erkannte sofort das ungewöhnliche Zusammenspiel der beiden Farben. Victoria strahlte. Sie sprang auf, legte das unfertige Kleid auf den Tisch und ging zu einem Kleiderständer, an dem Schnitte und halb fertige Kleider hingen. »Interessiert es dich?« Fast schüchtern fragte Victoria und doch begierig, ihrem Vater zu zeigen, was sie entworfen und genäht hatte.

»Tekla Wenger hat drei Modelle bei *Madame de …* bestellt, nur unter der Bedingung, dass es meine Entwürfe sind. Das hier ist das erste.«

Johannes spürte, wie stolz sie war, und er beobachtete sie lächelnd, wie sie vorsichtig ein schwarzes schmales Kleid von der Stange nahm und es hochhielt. Es war schlicht geschnitten, und die winzigen Steinchen, mit denen es besetzt war, glitzerten bei jeder Bewegung geheimnisvoll auf. Es gefiel Johannes, es gefiel ihm außerordentlich gut.

»Das ist ganz …« Er suchte nach dem passenden Wort. »… außergewöhnlich, Victoria, wirklich. Und das hast du entworfen und genäht?«

Vor Freude schoss Victoria das Blut in die bereits erhitzten Wangen, strahlend nickte sie. »Ja, und im ersten Stock der Turnhalle der Mädchenschule gibt es einen Laden mit Stoffresten. Die Besitzerin bietet auch Abendkleider an, die aus der Mode gekommen sind. Und ich zertrenne sie und mache neue daraus.«

Victoria war glücklich, endlich interessierte sich jemand aus der Familie für ihre Arbeit. Und ausgerechnet ihr Vater war es, nicht Irene oder Elisabeth oder auch Luise. Es war der Vater, dessen Gespür für Eleganz jeder kannte.

»Ich habe nicht gewusst, was du für ein großes Talent besitzt. Das hast du bis jetzt gut verborgen.« Johannes war vollkommen überrascht.

»Ich will nach Berlin«, brach es aus ihr heraus. Der Moment schien günstig, ihr Vater bewunderte ihre Arbeit und nahm sich für sie Zeit. »Ich habe es euch neulich schon gesagt. Aber wenn ich mich auch nicht finanziell am Theater von Tekla Wenger beteilige, will ich ihre Kostümbildnerin werden. Das ist meine Berufung.«

Johannes unterdrückte ein Lächeln, spürte aber, wie ernst es seiner Tochter mit ihren Plänen war. »Du weißt, Victoria, das kann ich nicht erlauben. Zumindest noch nicht jetzt, in dieser Zeit. Außerdem ist dieses Milieu nicht gerade das, was ich mir für meine Tochter wünsche.«

Victorias Begeisterung verschwand schlagartig. »Du hast wohl Angst, ich werde in dem Milieu zu einer *Konkubine,* wie du deine Schwester Anna nennst.« Victoria betonte das Wort, es gefiel ihr. Es klang auch aufregend, fast ein wenig romantisch. Sie hatte gut zugehört, wenn sich ihr Vater und Carl über ihre ältere Schwester unterhielten. *Konkubine* hatten sie Anna genannt. Eine Frau, die jeden Rahmen einer guten Familie sprengte. Sie war die Geliebte eines russischen Großfürsten, eines Verwandten des Zaren, der sie mit Luxus und Geschenken überschüttete und den sie mit einem armen und untalentierten Maler betrog.

Johannes sah Victoria überrascht an. Kannte sie die Bedeutung des Worts überhaupt? Aber in den letzten beiden Tagen hatte er mehr über seine beiden Töchter erfahren und gelernt als in den Jahren zuvor.

»Wir reden ein anderes Mal darüber. Auch über … ja, ich meine … was dieses Wort bedeutet. Und vergiss nicht, in einer halben Stunde wird gegessen.«

Er nickte ihr zu, und da er ging, wich er einer Erklärung geschickt aus, wie er glaubte. Doch Victoria sah ihm mit einem Lächeln nach. Natürlich kannte sie die Bedeutung des Worts, aber ihr Vater musste das ja nicht wissen.

Langsam stieg Johannes die Treppen hinunter.

Eigentlich hätte Victoria mit siebzehn Jahren in die Gesellschaft eingeführt werden sollen. Jahrzehntelang gab es in der Ballsaison im Saal des Palmengartens rauschende Feste, zu denen reiche Familien aus der Umgebung und auch aus Baden-Baden kamen, um hier ihre Töchter und Söhne in die Gesellschaft einzuführen. Jedes Jahr war das ein angemessener Heiratsmarkt. Viele Ehen kamen durch die glanzvolle Saison hier zustande, der Palmengarten war berühmt für seine Feste. Durch den Krieg jedoch gab es diese wunderbaren Bälle nicht mehr. Er bedauerte es, denn für Victoria wäre es sicher sehr schön gewesen, daran teilzunehmen und ihre Jugend zu genießen. Die Jugend, die so schnell vorbeiging. Doch wenn der Krieg zu Ende war, würde es dann jemals wieder diese glanzvollen Veranstaltungen geben?

Dann aber fiel ihm ein, was Irene ihm erzählt hatte: Victoria sei keine Jungfrau mehr, sie habe eine Affäre mit diesem unglücklichen Selbstmörder gehabt, und beim Metzger habe man getuschelt, sie sei auch diesem hübschen russischen Pianisten Juri nahegekommen. Er hatte es abgetan, doch jetzt war er sich nicht mehr so sicher. Und wenn das der Wahrheit entsprach, war es sowieso schwer, für sie einen Ehemann zu finden. Sie musste ihren eigenen Weg gehen, wie auch Luise es tat. Seine Töchter waren selbstständig geworden, und auch wenn er sich für beide einen wohlhabenden, gut erzogenen jungen Ehemann gewünscht hätte, entschied das Leben anders. In den Jahren des Kriegs hatte er gelernt, dass es keinen Sinn machte, Pläne zu schmieden. Es galt nur die Gegenwart.

VIERUNDZWANZIG

Südlich von Beaumont, Frankreich

An einem kühlen, regnerischen Tag kam Clara an ihrem Ziel an. Die letzte Strecke saß sie auf der Ladefläche eines Lastwagens, dem ersten eines langen Konvois, eingezwängt zwischen einer Gruppe schweigender junger Soldaten. Clara erinnerte sich an die jubelnden jungen Männer, die vier Jahre zuvor an die Front gedrängt und mit wehenden Fahnen und Gesang in den Krieg gezogen waren, in den heiligen Kampf um Deutschlands Freiheit, wie sie es nannten.

Unterwegs waren sie an Soldaten vorbeigekommen, die in Reih und Glied am Straßenrand lagen, wo sie einfach zusammengebrochen waren. Als der Konvoi vorbeifuhr, hoben sie kaum die Köpfe.

Die Soldaten, zwischen denen Clara saß, sprachen nur wenig. Irgendwann erzählte einer von ihnen, bei Cambrai, also in der Nähe der Gegend, in die sie gebracht wurden, hätten die Engländer aus dem Hinterhalt Deutsche mit Panzern angegriffen. »Und wir haben mit Giftgas reagiert.« Die anderen hoben die Köpfe. »Wer hat gesiegt?«, wollte einer wissen.

»Niemand. Verluste auf beiden Seiten.«

Wieder Schweigen. Manche beobachteten Clara verstohlen. Eine Frau, die sich freiwillig gemeldet hatte, um an die Front zu fahren? Frauen waren dafür nicht geeignet, lautete ihre Meinung. Frauen waren doch immer noch das schwache Geschlecht, oder etwa nicht?

»Wir sind da«, rief der Fahrer nach hinten und bremste scharf. »Für Fräulein Weinberg ist hier die Reise zu Ende.«

Mühsam und mit steifen Gliedern erhob sich Clara. Einer der Soldaten half ihr abzuspringen. Ein anderer beugte sich zu hier hinunter, reichte ihr die Reisetasche, ein anderer das Stativ und die Glasplatte zur Belichtung. Die Kamera trug sie selbst, sie gab sie auch jetzt nicht aus der Hand.

Dann stand Clara am Weg und wartete auf den Unteroffizier, der ein paar Worte mit dem Fahrer des Lastwagens sprach, zu ihr herübersah und mehrmals nickte. Er salutierte, dann setzte sich der Konvoi wieder in Bewegung. Als alle vorbeigefahren waren, kam er auf Clara zu.

»Entschuldigen Sie, ich bin überrascht. Uns wurde ein Fotograf angekündigt, ein Mann.« Er blätterte seine Unterlagen nach dem Namen durch. »Ein Herr Bertold Scheuer.« Er sah hoch.

»Ich weiß«, antwortete Clara rasch. »Er war verhindert, deshalb bin ich nachgerückt, sozusagen. Wollen Sie meine Beglaubigung sehen?« Sie kramte in der Tasche, während der Offizier wartete. Sie überreichte ihm das Dokument, und während er es sorgfältig prüfte, sah sie sich um. Eine leicht hügelige Gegend, ein paar Bäume und Sträucher. Verbrannte Erde, verkohlte Felder und viele Einschlaglöcher von Granaten. Aber nichts deutete darauf hin, dass sich hier in der Nähe der Eingang zu einem unterirdischen Schacht befand, der dreistöckig nach unten gebaut worden war.

Der Offizier gab ihr die Dokumente zurück. »Holger Ludwig«, stellte er sich vor. »Bitte entschuldigen Sie meine Zurückhaltung, aber ich bin vollkommen überrascht, um es milde auszudrücken, dass das Bild- und Filmamt eine Frau schickt. Allein die Ausrüstung ist doch für eine Frau zu schwer.« Er warf ihr einen neugierigen Blick zu.

»Das ist schon in Ordnung, ich kann mir vorstellen, dass Sie erstaunt sind. Bei Hauptmann Laverne aber bin ich akkreditiert.«

»Das wusste ich nicht, aber leider ist Hauptmann Laverne nicht hier. Er hat sich heute Morgen einem Suchtrupp angeschlossen und wird erst am Abend zurückerwartet.«

Clara spürte ihre Enttäuschung; sie hatte gehofft, dass Franz sie erwartete.

»Vom Amt wurde mir der Gasthof *la petite auberge* genannt, um dort zu übernachten.«

»Ja, darüber wurden wir informiert. Er liegt in einem Dorf, die Besitzer des Gasthofs sind als Einzige zurückgeblieben, als die Bevölkerung vor uns geflohen ist. Die Frau ist eine Deutsche, vielleicht aus diesem Grund. Wollen wir?«, schlug Holger Ludwig vor.

Sie nickte stumm und folgte ihm zu einem Militärauto. Sie war müde, vollkommen gerädert, die Reise im Zug und dann in verschiedenen Lastwagen hatte sie erschöpft und ihre Nerven unter Hochspannung gesetzt. Was hatte sie erwartet? Franz, der ihr voller Freude entgegenkam? Wenn sie ehrlich zu sich selbst war, hatte sie sich genau das erhofft.

»Sie wissen ja sicher, dass Sie bei uns unten im Schacht keine Fotos machen dürfen.«

»Nein, das wusste ich nicht«, rief Clara aus. »Gerade die unterirdischen Räume wollte ich fotografieren.« Sie wusste, dass Ben solchen Aufnahmen entgegenfieberte. Geheime Anlagen, die zum ersten Mal fotografiert wurden, modernste Technik tief unter der Erde.

Holger Ludwig zuckte die Achseln und meinte, sie müsse es mit Hauptmann Laverne besprechen, er müsse das entscheiden, aber seines Wissens gebe es dafür keine Erlaubnis.

Während der Fahrt sah sie sich um. »Wir konnten dieses ganze Gebiet in einem zähen, monatelangen Kampf erobern, mit vielen Verlusten und unter ständigem Beschuss von Granaten. Da erwies sich unser Schacht als starkes Bollwerk, gegen das die Engländer monatelang vergeblich ankämpften.« Clara hörte zu, sah sich weiterhin um. Nur Einschlaglöcher, kahle Baumstämme, eine zerstörte Mauer, bewachsen mit frischem Efeu.

»Und für was interessieren sich Ihre Leser – oder soll ich sagen Leserinnen – denn so?« Holger warf ihr einen raschen Seitenblick zu.

Sie überging die leichte Überheblichkeit in seiner Stimme und wandte ihm das Gesicht zu. »Für die Wahrheit, die Realität«, antwortete sie ruhig.

»Will man die nach fast vier Jahren Krieg wirklich noch sehen? Der Krieg ist verloren, wollen Sie Fotos von Sterbenden, Toten, Blinden machen, zerstörten oder verlassenen Dörfern, Menschen auf der Flucht?«

»Ja, warum nicht?«

»Wenn ich ehrlich bin, scheint mir eine Frau als Kriegsreporterin ungeeignet. Aber soweit ich informiert bin, sollen Sie ja auch nur Hauptmann Laverne befragen, der sich einen sehr guten Ruf erworben hat. Er wird von höchster Stelle gelobt. Und unser Kommandeur, der Neffe von Hindenburg, hat ihn ebenfalls ausgezeichnet. Obwohl das für Hauptmann Laverne ohne Bedeutung ist. Wenn Sie nach links sehen«, erzählte er weiter, da Clara keine Antwort gab, »können Sie das Lazarett erkennen?«

Clara verrenkte sich den Kopf, doch dann waren sie schon daran vorbei. »Regelmäßig kommen Ärzte her, die dort eingesetzt werden, wir bringen sie dann zum Lazarett. Wir sind da«, schloss er unvermittelt.

Sie fuhren durch ein Dorf, dessen Kirchturm inmitten von Ruinen zerstörter Häuser stand. Aus einem davon aber stieg Rauch auf. »Dort ist eine unserer Stellungen«, erklärte Holger Ludwig, der ihrem Blick gefolgt war.

Dann bremste er scharf, und sie standen vor dem Gasthof, *la petite auberge*. Früher sicher ein schöner französischer Landgasthof, doch jetzt war der Anbau zerstört und die Mauer des Haupthauses mit rauchschwarzen Einschlaglöchern übersät. Neben und hinter dem Haus gab es weitere zerstörte Höfe. »Manche von uns kommen manchmal hierher, und da die Wirtin Deutsche ist, sind wir relativ willkommen.«

Holger Ludwig sprang aus dem Wagen und holte ihre Reisetasche, das Stativ und die Glasplatte aus dem Kofferraum. Clara nahm die Kamera, dann betraten sie den Gasthof. Es war dunkel darin, und Claras Augen mussten sich erst daran gewöhnen, als ein altes Ehepaar auf sie zukam und die Wirtin sie ungläubig fragte, ob sie wirklich der Fotograf sei, der zwei Nächte bleiben sollte.

Clara lachte, erklärte, ja, das sei sie, die Planung habe sich geändert, darum sei jetzt sie da.

Holger Ludwig stellte sie dem Ehepaar vor: »Fräulein Weinberg, Monsieur und Madame Dupont.« Dann wandte er sich bereits zum Gehen. »Ich muss schnell wieder zurück, und vergessen Sie nicht, wir holen Sie morgen um zwölf Uhr ab. Hoffentlich kommt nichts dazwischen.« Mit diesen Worten verabschiedete sich Holger Ludwig, nickte den Wirtsleuten freundlich zu und verließ den Gasthof.

Was wollte er damit sagen? Konnte es sein, dass hier in diesem abgelegenen und bereits zerstörten Ort eine Bombe einschlug oder ein englischer Panzer den Gasthof überrollte? Oder Franz mit seiner 14. Kompagnie zu einer Schlacht aufbrach?

»Dann zeige ich Ihnen mal Ihr Zimmer.« Die Wirtin lächelte Clara freundlich an, während ihr Mann sich schweigend in die hinteren Räume zurückzog. »Wenn Sie möchten, können wir Ihre Ausrüstung in die Kammer neben dem Gastraum stellen, wir schließen sie ab«, fügte sie rasch hinzu, als sie Claras Zögern bemerkte.

Doch dann war Clara mit ihrem Vorschlag einverstanden, und sie brachten ihre Ausrüstung in einen kleinen Raum, den die Wirtin abschloss und Clara den Schlüssel in die Hand drückte. »Kommen Sie, ich zeige Ihnen jetzt Ihr Zimmer.« Clara nahm ihre

Tasche und folgte der Wirtin eine schmale dunkle Holztreppe hoch.

»Ich koche Ihnen eine Zwiebelsuppe«, schlug Madame Dupont vor, »aber lassen Sie sich ruhig Zeit, ich kann mir vorstellen, wie beschwerlich die Reise war. Kommen Sie einfach nach unten, wenn Sie fertig sind.« Damit öffnete sie eine niedrige Tür, ließ Luise eintreten und zog sie hinter ihr wieder zu. Luise ließ ihre Tasche fallen und sah sich in dem kleinen Gastzimmer um. Ein Bett, auf dem viele Kissen lagen, eine Kommode, darauf eine große Waschschüssel aus Porzellan, ein gefüllter Wasserkrug. Die Blumentapete war verblichen, der Holzboden wellig, und doch konnte man den einstigen Charme dieses kleinen Gasthofs noch erkennen. Luise ging zum Fenster und öffnete es, es klemmte, doch dann sprang es auf. Sie sah in einen großen Gemüsegarten, in dem mehrere Hühner herumspazierten. Die Wirtsleute hatten Glück, dass Soldaten sie ihnen nicht gestohlen hatten.

Clara goss das frische Wasser aus dem Krug in die Porzellanschüssel und versuchte, sich gründlich zu waschen, versuchte auch, mit ihrer Bürste die Haare, zerzaust durch die lange Fahrt, irgendwie zu frisieren oder zu bändigen. Wie sah sie aus? Würde Franz enttäuscht sein, wenn er sie erblickte? Wie würde er sie begrüßen? Hatte er ihr verziehen, dass sie damals so klanglos verschwunden war und nur einen Zettel hinterlegt hatte?

Ihre Unsicherheit wuchs, die Angst, von ihm kühl und ablehnend behandelt zu werden, stieg. Hätte er nicht das Recht dazu? Andererseits war viel Zeit vergangen, jeder hatte sich verändert, das Leben eines jeden hatte sich verändert. Wann kam er mit seinem Suchtrupp zurück? Der Unteroffizier hatte seine Rückkehr nicht erwähnt. Sie hatte Holger Ludwig gegenüber behauptet, sie sei bei Franz Laverne avisiert, aber vielleicht entsprach das nicht der Wahrheit, da niemand zu wissen schien, dass eine Frau als Ersatz für einen männlichen Kollegen kam. Hatte man ihm ihren Namen genannt? Wie würde er sich verhalten? Kam er morgen, um sie selbst abzuholen, oder schickte er einen Untergebenen? Ihre Gedanken kamen nicht zur Ruhe, doch dann gab sie sich einen Ruck, denn ihr leerer Magen meldete sich.

Unten wartete bereits die Wirtin auf sie und brachte Clara in den warmen Gastraum. Sie wurde an einen der Holztische geführt, und während sie auf die Suppe wartete, sah sie sich um. Die Wände der Gaststube waren weiß gekalkt und mit dunklen Balken durchzogen. Auf ihrem Tisch lag ein kariertes Tuch, und neben ihrem Teller stand ein Korb mit dicken Brotscheiben.

Clara war ausgehungert und griff gierig danach, noch bevor die Wirtin an den Tisch trat und aus einer bauchigen Schüssel die Zwiebelsuppe ausschenkte. Dann zog sie sich zurück, erklärte, wenn sie noch Hunger habe, solle sie einfach rufen. »Ich bin in der Küche und mache Ihnen noch ein Omelett.«

Clara verschlang hungrig die Suppe, und als der Teller leer war, kam die Wirtin bereits mit einem Omelett auf einem großen blau geblümten Teller zurück und stellte ihn auf den Tisch. Sie blieb erwartungsvoll stehen, und so bat Clara sie, sich zu ihr zu setzen.

Die Wirtin schien nur darauf gewartet zu haben. Sofort zog sie sich einen Stuhl heran und nahm Platz.

Sie erzählte von ihren Zwiebeln im Garten, sie habe auch noch Gurken und Tomaten angebaut. Und einen Birnbaum gäbe es noch, der stehe ganz nahe hinter dem Haus, er sei nicht abgebrannt wie die anderen Obstbäume. Als sie kurz schwieg, fragte Clara endlich: »Warum sind Sie nicht mit den anderen Bewohnern geflüchtet?«

Die Wirtin schwieg, antwortete nicht sofort. »Mein Mann ist sehr krank«, erzählte sie dann, »er hätte eine Flucht nicht überlebt. Also sind wir geblieben.«

»Sie haben riskiert, dass Sie beide erschossen werden?«

Sie nickte. »Ja, wir dachten, wenn sie uns erschießen, sterben wir zusammen, das ist doch besser, als dass mein Mann irgendwo auf der Flucht unter schrecklichen Bedingungen stirbt.« Ihre Stimme klang ruhig, als wäre diese Entscheidung nichts Besonderes.

Sie erhob sich, und jetzt erst fiel Clara die Gelassenheit, die Ruhe auf, die sie ausstrahlte. Als sie den Suppenteller hochnahm, legte ihr Clara die Hand auf den Arm.

Sie hatte ein Motiv gefunden, ihre Müdigkeit war verflogen, sie spürte die Freude, die Spannung, die ihr nur der Beruf schenkte. »Wissen Sie was? Ich würde Sie sehr gern vor Ihrem Gasthof fotografieren. Würden Sie mir das erlauben? Sie beide?«

Die Wirtin zögerte, sah unwillkürlich zur Küche, in der ihr Mann mit Geschirr klapperte. »Ich muss Luc fragen, ich sage Ihnen Bescheid. Es kommt darauf an, wie es ihm geht. Wissen Sie, wir sind auch noch nie fotografiert worden«, setzte sie unsicher hinzu. Sie nahm den Teller und den Brotkorb hoch, blieb aber stehen. »Bekommen wir dann auch ein Foto? Ich meine, zur Erinnerung.«

»Natürlich, Madame Dupont.« Clara wusste, was sie damit meinte, eine Erinnerung an ihren Mann nach seinem Tod.

Clara blieb sitzen, hörte, wie die Wirtin in der Küche sich leise mit ihrem Mann in französischer Sprache unterhielt, offenbar überredete sie ihn, sich morgen von der Deutschen fotografieren zu lassen. »Ja, es geht in Ordnung, mein Luc ist einverstanden«, erklang es schließlich aus der Küche.

Während Clara noch angestrengt nach hinten lauschte, hörte sie draußen ein Auto anfahren, eine Wagentür schlug zu, und dann flog die Tür zur Gaststube auf. Dort stand Franz und neben ihm, wachsam den Kopf drehend, sein Hund. Franz stand nur da und sah zu Clara herüber, er hörte nicht, wie die Wirtin ihn von der Küchentür aus begrüßte.

Er war blass, das Gesicht ausgemergelt, seine Uniform schlotterte ihm am Körper. Jetzt lächelte er, kam zu Clara, die sich langsam erhoben hatte. Stumm zog er sie an sich.

»Ich habe erst vorhin von Holger erfahren, dass der avisierte

Fotograf durch eine weibliche Kollegin ersetzt wurde und ihr Name Clara Weinberg ist. Ich weiß gar nicht, was ich sagen soll. Außer wie glücklich ich darüber bin. Er zog sie noch fester an sich. Sie verharrten in ihrer Umarmung, doch da trottete sein Hund zu Clara, blieb ganz eng neben ihr stehen und sah hoch zu ihr.

»Er kennt dich noch, er hat dich damals schon geliebt«, lachte Franz befreit auf, löste sich von Clara, die sich zu dem Hund hinunterbeugte und hinter den Ohren kraulte. »Hast du jetzt einen Namen für ihn?«

Franz hob die Schultern. »Rex. So ganz passt dieser Name eigentlich nicht«, fügte er hinzu, »aber das ist egal, wichtig ist nur, dass wir unzertrennlich sind.«

Schweigend sahen sie sich an, beide überwältigt von dem Wiedersehen. Da kam die Wirtin aus der Küche, stellte zwei Gläser auf den Tisch und eine Flasche Rotwein. »Ich denke, Sie haben etwas zu feiern.« Sie nickte ihnen zu und zog sich diskret zurück, im hinteren Teil des Gasthofs fiel eine Tür zu. Stille herrschte, und Clara war sicher, die Wirtsleute würden sich am Abend nicht mehr sehen lassen.

Clara und Franz lächelten sich an, und es schien, als sei keine Zeit vergangen. Nichts stand zwischen ihnen, nicht Claras hastiger enttäuschter Abschied damals, nicht ihre Verletztheit oder ihre Eifersucht auf Gerda und deren Paket.

Alles war einfach. Es war nur wichtig, dass sie heute zusammenfanden. Sie tranken Wein, sprachen wenig, und dann sahen sie einander in die Augen, erhoben sich gleichzeitig und gingen die schmale steile Holztreppe hinauf in das Gästezimmer.

In dieser Nacht liebten sie sich, hielten sich, und Clara klammerte sich an ihn, während das Licht der Suchschweinwerfer durch die dunklen Vorhänge aufleuchtete und wieder abebbte und in der Ferne das dumpfe Grollen von Explosionen zu hören war.

»Ich liebe dich«, stammelte Clara immer wieder.

»Ich liebe dich«, wiederholte er ihren Satz. »Ich liebe dich.« Wenn einer es sagte, wiederholte es der andere.

»Ich will dich nie mehr loslassen«, flüsterte Clara zwischen den Küssen, während sie sich leidenschaftlich über ihn beugte. »Niemals«, setzte sie noch hinzu. »Wir gehören doch zusammen?«

»Ja«, war seine leise Antwort. »Heute gehören wir zusammen.«

Noch vor Morgengrauen stand Franz auf und küsste sie zart, bevor er ging. »Um zwölf Uhr wirst du abgeholt, und wir machen die Fotos. Ich habe vom Bild- und Filmamt eine Benachrichtigung erhalten, wie du uns fotografieren sollst oder auch darfst. Keine Fotos unten im Schacht, das weißt du doch, oder?«

Langsam nickte Clara, sie dachte an Ben und seine Erwartungen, die sie nicht erfüllen würde, nicht erfüllen konnte. Und wusste er das nicht auch?

Um neun Uhr ging sie die Treppe hinunter, schloss die Kammer auf und holte ihr Stativ und die restliche Ausrüstung heraus. »Guten Morgen«, rief sie nach hinten, wo sie die Wohnung der beiden Wirtsleute vermutete. Dann schleppte sie ihre Ausrüstung nach draußen. Der Himmel war aufgeklart, und wenn es auch kein sonniger Tag war, freute sich Clara auf die beiden Alten, die sie nach ihren Vorstellungen fotografieren durfte, ohne dass sie Vorgaben von einer Behörde bekam.

Und dann kamen sie auch schon aus dem Haus, schimpften ein wenig, das Fräulein Weinberg hätte doch erst frühstücken sollen, doch Clara versprach, es nachzuholen. »Zuerst die Fotos.« Sie war aufgeregt und sah immer wieder hinauf in den Himmel.

Der Wirt trug einen schwarzen Anzug, der sogar im Freien nach Mottenkugeln roch und sicher seit Jahrzehnten nicht mehr aus dem Schrank geholt worden war. Er ging langsam und stützte sich auf einen Stock. Clara erschrak, wie schmal und blass er aussah, längst vom Tod gezeichnet. Seine Frau hatte sich die Haare sorgfältig zu einem strengen Dutt hochgesteckt, so kamen ihre Kamee-Ohrringe gut zur Geltung. Passend dazu hatte sie eine Brosche an dem hohen Kragen ihres Kleids befestigt. Feierlich stellten sie sich vor der Eingangstür auf, und Clara lächelte ihnen aufmunternd zu, versicherte, es werde alles gut gehen. Sie gab den beiden keine Anweisungen, sie wollte die Bilder ganz natürlich haben. Streng blickten sie in die Kamera, erwartungsvoll, was nun passieren würde. Den Hintergrund konnte man gut erkennen, die Ruine des Kirchturms, die Einschlaglöcher am Gasthof, eine Hausmauer, an der sich späte Rosen hochrankten. Irgendwann hatte sie die Idee, aus dem Schankraum des Gasthofs die alte Holzbank herauszuschleppen und sie ein wenig abseits aufzustellen, dort, wo man das zerstörte Dorf noch besser als Hintergrund erkennen konnte. Das Ehepaar nahm Platz, setzte sich kerzengerade darauf, und dann plötzlich wandten sie sich einander zu, lächelten und nahmen sich an den Händen. Bei ihrem Anblick erfasste Clara eine tiefe Sehnsucht. Wie schön war es, so verbunden zu sein, ein Leben lang zusammenzustehen und sich im Alter noch zärtlich an den Händen zu fassen und sich anzulächeln. Würde sie jemals mit einem Mann eine solche Geborgenheit, ein tiefes Vertrauen und das jahrzehntelange Gefühl einer Zusammengehörigkeit erleben dürfen? Vielleicht sogar mit Franz?

Als Clara alle Fotos im Kasten hatte, war ihre Freude groß. »Die Bilder werden ganz wunderbar«, strahlte sie, »und ich werden Ihnen ein paar Fotos schicken.« Die beiden warfen sich Blicke zu und atmeten auf. Sie schienen sehr erleichtert, sich wieder bewegen zu können.

»Zur Erinnerung.« Zum ersten Mal sprach der Wirt, er redete langsam, jedes Wort, jede Bewegung schien ihn anzustrengen. »Madame Weinberg, eine Erinnerung für meine Frau, wenn ich tot bin.« Er lächelte seine Frau an, die stumm nach seiner Hand griff. Dann führte sie ihn wieder langsam, Schritt für Schritt, zurück ins Haus. Eine Liebe bis in den Tod. Ein Zusammensein, bis einer von ihnen starb.

Nach ihrem Frühstück wartete sie vor dem Gasthof, bis Holger Ludwig sie abholte. Während sie dort stand, gingen ihr die Wirtsleute nicht aus dem Kopf, ihre Gelassenheit im Anblick des sicheren Todes von Luc beeindruckte Clara zutiefst. Sie war gespannt auf ihre Fotos, ob sie ihr gelungen waren. Dann brauste Holger Ludwig heran, sprang vom Wagen, half ihr mit der Fotoausrüstung, und schweigend fuhren sie zum Schacht, wo Franz sie bereits erwartete. Circa zwanzig Soldaten in ihren Uniformen bildeten erwartungsvoll einen Kreis um ihn. »Es sind meine Freunde, Kameraden seit dem ersten Einsatz.«

»Seid ihr nur zwanzig Leute in dem Schacht?«

Da sahen sich die Männer an und lachten. »Nein, natürlich nicht, der Schacht fasst insgesamt an die zweitausend Soldaten. Aber die Kompagnie ist nicht hier, sie sind auf einem Erkundungsmarsch. Wir könnten uns hier aufstellen«, schlug Franz vor und zeigte auf die Stelle, an der ein kleiner Garten angelegt war. Kräuter, kleine Blümchen in Form des Emblems des Kaisers.

Clara sah sich um. »Wo ist der Eingang zum Schacht?« Sie bemerkte die Blicke, die Franz und Holger Ludwig wechselten.

»Da vorne.« Franz wies unbestimmt auf eine Stelle, zu der ein paar Stufen aus Holzbalken führte. »Aber du weißt ja, im Schacht darfst du nicht fotografieren. Man will vermeiden, dass Fotos von unserer Anlage in die Hände des Feinds gelangen.«

Clara war zutiefst enttäuscht, obwohl sie geahnt hatte, dass ihr das verwehrt bleiben würde. Und dann gab es ja noch die genauen Vorgaben des Bild- und Filmamts.

»Du könntest da unten sowieso keine Fotos machen, allein deine Ausrüstung nach unten zu schleppen erscheint mir fast unmöglich, und dann ist es dort auch sehr dunkel.«

»Ich denke, ihr habt ein Stromaggregat?«

Franz überging ihre Bemerkung, und Clara begriff, dass er ihr das nicht hätte anvertrauen dürfen, damals im Kranzler, als er so ohne Vorsicht militärische Geheimnisse preisgegeben hatte.

»Also«, sagte er in munterem Ton, »wie sollen wir uns aufstellen?«

Sie gab Anweisungen, die Soldaten gruppierten sich nach ihrem Wunsch und lächelten in die Kamera, als gäbe es keine Angriffe, kein Giftgas und keine Bomben. Und keinen Tod.

Als sie eine Pause einlegten, fragte Clara, ob sie wüssten, wann wieder ein Angriff bevorstand.

Franz schüttelte den Kopf. Man müsse warten, oft wochenlang. »Das ist schwer zu ertragen«, sagte er, »viele Soldaten fangen zu trinken an, sie können es nicht aushalten.«

Den ganzen Tag vermied er den persönlichen Kontakt zu ihr. Das fand Clara ein wenig eigenartig – wussten seine Kameraden nicht, wo er die Nacht verbracht hatte? Und würde er auch in dieser Nacht zu ihr kommen?

Und Franz kam. Wieder saßen sie im Gastraum und hatten eine Flasche Rotwein vor sich. Franz fing zu erzählen an, und Clara hörte zu. Er sprach über seine Eltern, die Schwestern, die schöne Kindheit in der elterlichen Villa.

»Warum fährst du in deinem Heimurlaub nicht nach Hause?«

»Ich bin als Hauptmann verantwortlich für meine Leute und für diesen Schacht, den wir immer weiter ausbauen und modernisieren. Außerdem stehe ich kurz davor, zum Major ernannt zu werden.«

Clara schwieg. Sie konnte dieses militärische Pflichtbewusstsein nicht nachvollziehen. Doch dann griff sie nach seiner Hand und schlug vor, nach oben zu gehen. Rex trottete wieder hinterher, denn er ließ seinen Herrn nicht einen Moment aus den Augen. In dieser Nacht gingen sie sehr zärtlich, fast vorsichtig miteinander um. Sie sprachen wenig, sie wollten nichts tun oder sagen, was den anderen auch nur im Ansatz verletzen könnte. Sie war schon fast in seinen Armen eingeschlafen, als er ganz dicht an ihrem Ohr ein leises »Ich liebe dich« flüsterte. Es klang ernst, nicht so spielerisch wie in der Nacht zuvor.

Clara lächelte, gab vor, schon zu schlafen. Doch sie wusste, an diesen Moment würde sie sich ihr ganzes Leben lang erinnern.

Am nächsten Tag war es wieder regnerisch und kühl. Schon gegen vier Uhr morgens war Franz nach einem schnellen Abschied abgefahren. Er müsse zu seinen Kameraden zurück.

Clara erschrak. »Wird es einen Angriff geben?«

Er zuckte nur indifferent mit den Schultern. Wusste er etwas, das er ihr verschwieg?

Clara warf sich unruhig im Bett hin und her, erhob sich sehr früh und schleppte ihre Ausrüstung die steile schmale Treppe hinunter. Sie frühstückte, während der Abschiedsschmerz ihr bereits die Kehle zuschnürte. Wann würde sie Franz wiedersehen? Seit Wochen hatte sie diesen beiden Tagen entgegengefiebert. Nun waren sie so schnell vorbeigegangen, und die lange mühsame Heimreise stand bevor. Holger Ludwig holte sie wieder ab und packte ihre gesamte Ausrüstung hinten in den Wagen. Sie dürfe heute keine Fotos mehr machen, das wisse sie ja sicher. Nur noch das Interview mit dem Hauptmann.

Der Abschied von den Wirtsleuten fiel herzlich aus, und die Wirtin gab ihr noch ein Paket mit einem Stück frischem Brot, mehreren Birnen und sieben harten Eiern mit, und sie versprach, die Fotos zu schicken. »Ich werde mein Möglichstes tun, damit sie ankommen. Ich verspreche es.« Dann fuhr sie mit dem schweigsamen Holger Ludwig zum Schacht. Der Himmel war grau, es sah nach Regen aus, und Clara fror, während sie Franz und Holger Ludwig auf einem Schemel vor dem Gärtchen gegenübersaß. Wenn es regnete, durfte sie dann hinunter in den Schacht, um das Interview weiterzuführen? Immer wieder sah sie hoch zum Himmel, doch das Wetter blieb beständig. Auf den Knien hielt sie ein Heft, in das sie ihre Fragen an Hauptmann Laverne notiert hatte und auf die er jetzt freundlich, aber unverbindlich antwortete. So verbrachte sie die letzten beiden Stunden mit Franz im Beisein von Holger Ludwig, der Franz bei dem offiziellen Gespräch nicht von der Seite wich. Passte er auf, dass sein Hauptmann keine militärischen Fakten preisgab und nur nichtssagende Aussagen machte, darauf abgelegt, positiv zu klingen?

Dann war die Zeit vorbei, und der große Wagen des Roten Kreuzes kam, um Clara abzuholen. Sie fuhr mit zwei Krankenschwestern und einem Sanitäter zurück. Aber wann würde sie Franz wiedersehen? Sie wagte nicht, ihm diese Frage bei dem schnellen Abschied zu stellen. Sie gaben sich die Hand, wechselten Blicke, lächelten, während Franz ihre Hand eine Sekunde länger als nötig festhielt. Als sie dann im Wagen saß, kurbelte sie das Fenster herunter, beugte sich weit hinaus und winkte ihm zu. »Bis bald?«, rief sie und versuchte, den Kloß in ihrem Hals hinunterzuschlucken und sich den Anschein von positiver Erwartung zu geben. Franz nickte und bestätigte dieses Nicken mit einem zweiten. Der letzte Eindruck von Franz, den Clara in ihr Leben in Berlin mitnahm, war, dass er ein paar Schritte dem Wagen nachlief, stehen blieb, die Arme hochriss und ihr noch einmal winkte. Dann aber bog der Wagen um die Ecke, und der weite Weg nach Hause lag vor ihnen. Und da erinnerte sie sich an seine Worte in der ersten Nacht: »Heute gehören wir zusammen.«

Viele Jahre später fragte sie sich immer wieder: Hatte er sich keine Zukunft mit ihr vorstellen können, oder hatte er geahnt, was passieren würde?

Langsam ging Franz zurück, stieg hinunter in den Schacht, auch Stollen oder Schlucht genannt, seine Schlucht, von der man bereits sprach, sogar nach ihm benannt, und die wegen ihrer Form Ypsilon-Schlucht genannt wurde. Die Belobigungen von höchster Stelle häuften sich. Und bald schon sollte er zum Major befördert werden. Aber war das von Bedeutung? Er war ehrgeizig, ein Offizier aus Überzeugung, und trotzdem schien heute nur wichtig, dass Clara gegangen war. Ein letzter Blick von ihr durch das offene Fenster des Wagens, ein Winken, ein kleines banges Lächeln. Er hatte sich mutig gezeigt, gelacht, gewinkt, alles sei gut, bald sehen wir uns wieder.

Würden sie ein Leben zusammen haben, Kinder, ein Haus? Müde strich er sich die Haare aus dem Gesicht, er, der Optimist, der charismatische Mann voller Energie, der seine Kameraden anspornen, ihnen Mut geben konnte, sich gern lachend zeigte, er zweifelte längst an einem guten Ausgang, an ein Leben, wie es vor dem Krieg gewesen war. Von genau diesem Leben träumten seine Kameraden.

Franz ging den langen Gang entlang, der sich mehrere Kilometer unter der Erde hinzog. Eine Leistung seiner Leute. Wie auch die Räume, die Vorratskammer mit den Regalen, auf denen sich die Lebensmittel in Dosen und luftdicht verpackt stapelten. Er ging weiter und blieb vor dem Sanitätsraum stehen, da ihn der Sanitäter heranwinkte, sich ganz nahe zu ihm stellte und ihm zuflüsterte, es seien bereits wieder Medikamente gestohlen worden, trotz der nächtlichen Wachen.

Franz fühlte sich müde, fast täglich wurden Tabletten aus dem Medizinschrank genommen, das letzte Morphium entwendet. Andere tranken heimlich, sie hielten die Wartezeit zwischen Einsätzen im nüchternen Zustand nicht mehr aus. Viele brauchten den Alkohol oder die Drogen.

Sie lebten so tief unter der Erde, bei diffusem Licht, wenigstens waren die Stockbetten relativ bequem, und sie hatten Decken. Es ging ihnen gut, besser als tausend anderen. So weit unten lebten sie in einer anderen Welt.

Doch für Kameraden, die an Klaustrophobie litten, war es die Hölle. Sie konnten nicht schlafen, sie stöhnten, sie schrien, bekamen Anfälle von Panik, bis man sie mit Tabletten ruhigstellte. Es konnte auch sein, dass man immer noch auf Minen trat, zerrissen wurde. Das war beim Bauen des Schachts mehrmals passiert.

Müde ging Franz in seine Offiziersstube hoch, gelegen direkt am Eingang zum Schacht. Sollte er Clara schreiben? Doch er konnte es nicht, es gab nur noch das Gefühl der Leere.

Er steckte das Blatt zurück in seine Mappe, lehnte sich im Stuhl zurück und schloss die Augen. Gott, lass es zu Ende sein. Wie auch immer das Ende aussehen mochte.

FÜNFUNDZWANZIG

Berlin

Zwei Wochen war sie bereits wieder in Berlin. Ben sei zu seinem kranken Vater gefahren, erfuhr sie bei ihrer Rückkehr. Doch heute kam er zurück. Clara war ungeduldig, ihm endlich die Bilder zu zeigen, obwohl sie wusste, dass er sich etwas anderes erwartet hatte. In diesen Tagen hatte sie sich auf die Entwicklung der Fotos konzentriert, sie war begierig darauf, das Ergebnis in Händen zu halten. Die Beschäftigung damit erleichterte ihr auch, nicht ständig an die kurze Zeit mit Franz zu denken.

Sie breitete die Fotos vor sich auf dem Tisch aus und beugte sich mit einer Lupe konzentriert über eines der Bilder, das sie von den Wirtsleuten gemacht hatte. Wie aufgeregt sie gewesen waren. Nachdenklich strich sie über das Foto, das ihr am besten gefiel. Es zeigte nicht nur die beiden, sondern auch das vom Krieg zerstörte Dorf mit der Ruine des Kirchturms.

Sie wollte sie unbedingt einmal nach dem Krieg besuchen – sie musste einfach wissen, was aus dem Wirt geworden war. Wann war er gestorben, wie lebte seine Frau weiter? Blieb sie allein in dem Dorf? Jetzt hob sie den Kopf und horchte angespannt nach draußen. Sie hörte Ben mit den anderen Redakteuren ein paar Worte wechseln, doch dann schien er in das Besprechungszimmer zu gehen, die Stimmen verklangen. Da konzentrierte sie sich wieder auf die Bilder, die sie schon so oft betrachtet hatte: die Fotos von Franz und seinen Kameraden.

Jetzt schreckte Clara hoch. Draußen hörte sie Ben, der aus dem

Besprechungszimmer kam, noch ein paar Worte mit dem zweiten Redakteur wechselte, dann ging die Tür auf, und er kam herein. Sie drehte sich um und sah zu ihm hoch.

»Schön, dass du wieder da bist, wie geht es deinem Vater?«

Ben legte ganz leicht seine Hand auf ihre Schulter, zog sie aber sofort wieder zurück. »Danke, es geht besser. Und dir, wie war die Fahrt?«

Er setzte sich am Schreibtisch ihr gegenüber, und während sie noch erzählte, wie anstrengend sie gewesen sei, griff er nach den Fotos. Lange schwieg er, sah alle sorgfältig durch, dann blickte er hoch. »Das also sind die Fotos, die du gemacht hast? Und der hier, ist das dein Franz?«

Clara blickte auf, die Besprechung fing nicht gut an. »Ja«, sagte sie kurz, »ja, wie du weißt, hatte ich die Anweisung, ihn im Kreise seiner Kameraden zu fotografieren, und das habe ich gemacht.«

Er antwortete nicht, sondern griff wahllos nach weiteren Fotos. »Das sind alle?«

Clara hörte den Misston, die Unzufriedenheit, auch das Erstaunen aus Ben Ehrlichs Stimme heraus. »Was hast du erwartet? Ich habe das Interview gemacht, das vom Ministerium gewünscht und vom Amt vorgeschrieben wurde. Sie waren sehr zufrieden damit.«

»Das kann ja sein, aber du weißt, was *ich* mir vorgestellt habe. Fotos von dem unterirdischen Schacht, Fotos des Stromaggregats und vor allem der Telefon- und Abhöranlage.«

»Das durfte ich nicht, das ist streng geheim. Und das hast du auch gewusst. Du hast die Auflagen vom Bild- und Filmamt gekannt.«

»Nun, ich dachte, du lässt deine Beziehungen spielen, um dann doch an diese Aufnahmen zu kommen.«

Sie überging seine Betonung auf *deine Beziehungen*.

Ben lehnte sich zurück und verschränkte die Arme vor der Brust. »Unser Sponsor ist abgesprungen, der Geldfluss, auch die begehrten Lebensmittel fließen nicht mehr. Unser Blatt sei ihm zu nichtssagend geworden, er vermisst die Provokation unserer politischen Artikel. Mit diesen Aufnahmen hätten wir vielleicht eine Chance gehabt, ihn zurückzugewinnen. Und leider gehen auch die Einnahmen für Reklame zurück.« Da sie schwieg, sprach er weiter: »Als wir zum ersten Mal darüber gesprochen haben, dass du als Reporterin an die Front willst, da hast du Fotos machen wollen, die aufrütteln, Entsetzen auslösen bei genau den Menschen, die sich immer noch von der kaiserlichen Kriegspropaganda in die Irre führen lassen. War das nicht dein Plan?« Bens Stimme wurde mit jedem Wort lauter und hatte einen scharfen Unterton angenommen.

»Das war einmal, ja. Aber ich habe es mir anders überlegt. Und, um es noch einmal zu betonen, ich habe mich an die Anordnungen gehalten.«

»Warum? Ich kann's dir sagen.« Erregt sprang er auf und lief im Zimmer auf und ab. »Ist es nicht so, dass du kein Interesse daran hattest, aufwühlende Fotos zu machen, weil du dich in die Arme deines Geliebten flüchten wolltest, der dich nach deinen eigenen Angaben so unglücklich gemacht, dich sogar betrogen hat? Oder war es umgekehrt? Er hat seine Verlobte mit dir betrogen.« Da sie keine Antwort gab, blieb er ganz nahe neben ihr stehen und wischte die Fotos über den Tisch. »Diese Bilder bringen uns keine hohen Auflagen, geschweige denn unseren Sponsor zurück.«

Sie versuchte, sich zu beherrschen, und sah die Fotos noch einmal durch. Franz Laverne zwischen niedrigen Bäumen mit Kameraden am Hügel, genau da, wo sich der Eingang zum Schacht befand. Doch der Standort war unauffällig, niemand hätte von den Fotos den genauen Eingang zum berühmten Laverne-Schacht ausmachen können.

Dann ein Foto von Franz mit einigen Kameraden, als sei es nur ein nettes Treffen. Sie hatten einen kleinen Garten angelegt, und hier standen sie nun, auch der Hund von Franz war dabei. Vor sich das Gärtchen, bepflanzt mit kleinen Blumen in Form des Symbols des Kaiserreichs.

»Das alles sind nette Fotos fürs Familienalbum, mehr nicht.«

Sie schwieg weiterhin, wollte die Situation, die sich durch Bens Verhalten ankündigte, nicht eskalieren lassen. Sie sah zu, wie Ben nach den Fotos griff, die sie von den Wirtsleuten gemacht hatte.

»Diese Fotos gefallen mir. Der Gasthof ist Zeuge der Verwüstung, es sind unspektakuläre Bilder, trotzdem haben sie eine große Aussagekraft.«

»Ich habe gewusst, dass sie dir gefallen. Es ist ein altes Ehepaar, die ihren Gasthof, ihr Zuhause nicht verlassen wollten, auch wenn um sie herum die Welt untergeht. Der Mann ist sehr krank, deswegen sind sie geblieben.«

»Was hat er denn?« Ben sah hoch.

Clara hob die Schultern. »Ich weiß es nicht, ich wollte nicht fragen, aber ich denke, er hat Krebs.«

Ben sah sich noch einige Fotos an, legte die Lupe weg und schob die Bilder zur Seite. »Sie sind ausgezeichnet, ohne Zweifel, aber«, er zog die Schultern hoch und ließ sie wieder sinken, »was sollen wir damit?«

»Ich habe die Art von Fotos gemacht, wie ich sie machen *sollte,* und die von dem Ehepaar sind solche, die ich machen *wollte.*«

Für sie war der Beruf immer Berufung gewesen, hatte sie jetzt versagt? Aus Bens Sicht offenbar schon. Aber sie hatte diese strengen Vorgaben, und sie wusste inzwischen auch, dass tote deutsche Soldaten nicht fotografiert werden durften, um die Moral im Land nicht zu untergraben. Fotos waren nur von feindlichen Toten erlaubt und von siegreichen Angriffen der Deutschen, auch wenn es die schon lange nicht mehr gab.

Sie beobachtete Ben, wie er noch einmal kurz über die Fotos sah. Er wollte sie nicht gut finden, das erkannte sie jetzt. Aber es war nicht wichtig, nicht mehr. Seit sie zurück in Berlin war, fühlte sie nichts anderes als die quälende Sehnsucht nach Franz. Wie hatte sie in den vergangenen Jahren nur glauben können, dass sie ihn nicht mehr lieben würde?

»Wenn ich wieder in Berlin bin«, hatte er beim Abschied gesagt, »gebe ich dir endlich den Ring meiner Großmutter. Ich habe ihr versprochen, ihn der Frau an den Finger zu stecken, die ich liebe und die ich heiraten werde.«

Wie aus weiter Ferne hörte sie Ben weiterdeklamieren. »An der ganzen Westfront entlang gibt es diese unterirdischen Anlagen, wie zum Beispiel den Bismarck-Schacht … das ist nichts Neues, aber Fotos von unterirdischen Abhöranlagen, das wäre außergewöhnlich.«

Plötzlich verlor Clara die Geduld. »Du weißt genau, dass ich diese Anlagen niemals hätte fotografieren dürfen, wie oft soll ich das jetzt noch sagen?«, schrie sie ihn an, selbst überrascht von ihrer heftigen Reaktion. »Und ich bereue es, bereue es zutiefst, dir davon erzählt zu haben. Hast du vergessen, dass du mir geschworen hast, es für dich zu behalten? Ich habe immer gewusst, dass es ein Fehler war, dich ins Vertrauen zu ziehen.«

Ben ging darauf nicht ein, aber sie erkannte, wie sehr sie ihn getroffen hatte. Er hob den Kopf, sah sie an, und jetzt wurde auch er laut. »War es nicht dein Plan, mit sensationellen Fotos zurückzukommen? Und das Ergebnis ist das da?« Wieder wischte er verächtlich über die Fotos.

»Zum letzten Mal, Ben, ich *konnte* nicht. Ich habe die Fotos gemacht, für die ich beauftragt war. Alles andere war Illusion, und du hast außerdem gewusst, dass man tote Soldaten nicht fotografieren darf, nur tote Feinde. Und so weit bin ich gar nicht gekommen. Letztendlich war ich nicht direkt an der Front.«

»Das war offenbar ein Fehler. Diese Fotos sind jedenfalls nichts für uns. Und meinen Auftrag, den ich dir als Chefredakteur dieser Zeitung gegeben habe, hast du nicht erfüllt. Du weißt, was ich erwartet habe.« In einer verächtlichen Geste schob Ben alle Aufnahmen von sich, sodass die meisten über den Rand des Tischs auf den Boden fielen.

Clara sprang auf, sammelte die Fotos wieder ein, und als sie sich aufrichtete, fragte sie ihn ruhig: »Was willst du wirklich, Ben?«

»Die Wahrheit«, erklärte Ben plötzlich, »ich will die Wahrheit.«

Clara atmete durch und schloss für eine Sekunde die Augen. »Ist es nicht so, dass du die Wahrheit über mich und Franz wissen willst? Und zwar, ob etwas zwischen uns passiert ist, wie meine Gefühle sind …«

»Ja, genau das. Wir sind seit Weihnachten ein Paar, und jetzt ist Juli, und dann fährst du weg und …«

»Ben, bitte. An Weihnachten waren wir beide einsam, da erschien es richtig, aber bereits im März habe ich dir gesagt, dass eine Beziehung zwischen uns nicht funktionieren kann, da ich … ja, dass ich Franz Laverne nicht vergessen konnte. Erinnere dich doch bitte an dieses Gespräch.«

Ben atmete durch, wandte das Gesicht zur Seite, fuhr unruhig mit den Händen über die Fotos. »Ich erinnere mich, natürlich, aber ehrlich gestanden hatte ich den Eindruck, du bist dir in deinen Gefühlen nicht sicher.«

»Vielleicht war ich das damals auch nicht, aber jetzt …« Der Satz blieb in der Luft hängen, dann sprach sie weiter: »Es tut mir leid, Ben, aber Franz und ich haben uns versöhnt.« Sie wusste, wie sehr sie Ben damit traf, aber sollte sie lügen, ihm Hoffnungen machen, die sie nicht erfüllen würde?

Ben gab keine Antwort, sondern bedeckte sein Gesicht mit den Händen.

»Es tut mir so leid, Ben, wirklich.« Ben litt, und sie trug die Schuld daran. Weil sie an Weihnachten schwach und einsam gewesen war, vielleicht auch nur, um Franz zu vergessen.

»Was bedeutet das, es tut dir leid? Du hast ihm misstraut, erinnere dich bitte daran. Du hast ihm vorgeworfen, er habe eine Verlobte, und jetzt ist alles vergessen? Und hast du ihm von dem Kind erzählt?«

Clara ging die paar Schritte zum Fenster und sah in den Hinterhof hinaus, zu den blühenden Sträuchern, dem saftigen Grün des Rasens, der warmen Sonne.

»Ja«, sagte sie mit dem Rücken zu Ben. »Ja, das habe ich.«

Sie dachte an den Moment, als sie im Bett gelegen und ihm davon erzählt hatte, auch von dieser jungen Frau, die sie gestoßen und wie sie dadurch das Gleichgewicht verloren hatte. »Sie hat mich so voller Hass angesehen.«

Da hatte Franz sie an sich gezogen. »Das war Gerda«, flüsterte er. »Ich bin mir sicher, es war Gerda.« Und da hatte er angefangen zu weinen.

»Und?« Bens Stimme riss Clara aus ihrer Erinnerung.

Langsam drehte sie sich zu ihm um. »Ben, ich kann nichts anderes sagen, als dass es mir leidtut.«

»Ich brauche dein Mitleid nicht«, erklärte er förmlich, »aber ich denke, es ist besser, du suchst dir eine andere Stelle. Du hast den Auftrag, den ich dir als Chefredakteur unserer Zeitung gegeben habe, nicht erfüllt, also würde ich es vorziehen, dass du ab morgen nicht mehr in die Redaktion kommst. Und sag mir, wohin ich deine Sachen schicken soll.«

Mehrere Wochen lief sie jeden Tag durch die Straßen Berlins. Ohne nachzudenken, nur um am Abend müde ins Bett zu fallen. Sie suchte auch keine Motive mehr, um zu fotografieren, sie lief und lief. Bis sie spürte, dass ihre Sohlen der einzigen Schuhe, die sie noch besaß, durchgelaufen waren. Irgendwo lehnte sie sich erschöpft gegen eine Hauswand und glitt an ihr hinunter. Die Wand war kalt, sie fror und hatte Hunger. Franz hatte gesagt, er käme nach Berlin zu ihr. Er schrieb nicht gern Briefe, das wusste sie, aber ein Lebenszeichen – war das zu viel verlangt? Wut mischte sich in ihre Angst um ihn, Müdigkeit ließ sie verzweifeln. Sie war arbeitslos wie Zehntausende in Berlin, sie hatte Hunger wie alle, sie fror, sie war erschöpft, sie war einsam, und sie war schwanger. Sie war sich nicht sicher, ob sie dieses Kind haben wollte. Sollte man überhaupt in dieser Zeit ein Kind bekommen? Sie fühlte sich erschöpft und mutlos. Und so lief sie weiter und weiter, nur nicht nachdenken. Am Morgen wünschte sie den Abend herbei und war froh, wenn sie schlafen konnte. Sie war zu ihrem früheren Arbeitgeber, dem Kaufhaus *KaDeWe* gegangen. Sie hatte sich nicht abwimmeln lassen, hatte sich gegen jeden Widerstand zu dem Personalchef durchgekämpft. Sie würde alles tun, nur um nicht arbeitslos zu sein, sie würde putzen, auch nachts, auch gegen wenig Geld, sie flehte den Personalchef um eine Chance an, doch der wehrte sie ab. Jede Woche kämen Hunderte Frauen und suchten Arbeit, das *KaDeWe* sei ein Kaufhaus, kein Sozialamt.

Sie hatte den Kopf auf die Knie gelegt, als sie mit der Spitze eines Stiefels unsanft angestoßen wurde. »Hau ab«, herrschte eine männliche Stimme sie an, und als sie hochsah, stand ein Metzger mit blutig fleckiger Schürze neben ihr. »Hau ab«, wiederholte er, »und bettle woanders.«

»Ich bettle nicht, mir geht es nur nicht gut.«

Schweigend wartete der Metzger, bis sie sich langsam an der Mauer hochzog. Als er in seinem Laden verschwunden war, sah sie ihn durchs Schaufenster hinter der Theke stehen. Es war früher Morgen und der Laden noch leer. In einer Stunde, das ahnte Clara, würde sich hier vor der Metzgerei eine lange Schlange von hungrigen Leuten bilden. Gab es überhaupt noch Fleisch zu kaufen? Sie wurde neugierig, stellte sich ganz nahe ans Schaufenster, und da sah sie, dass an den Fleischerhaken hinter der Theke tote Eichkätzchen und Singvögel hingen. Bei dem Anblick wurde Clara übel, sie ging ein paar Schritte und lehnte sich wieder stöhnend gegen die Wand.

»Kann ich Ihnen helfen?« Eine junge Frau stand vor ihr und sah sie voller Mitleid an.

Clara schüttelte den Kopf. »Danke, aber es geht schon wieder.«

»Von dem dadrinnen«, voller Verachtung zeigte sie auf das Schaufenster, »können Sie keine Hilfe erwarten.«

»Warum, was meinen Sie?« Trotz Hunger, Kälte und Übelkeit erwachte Claras Neugierde. »Jeder weiß«, fast flüsternd erzählte die junge Frau weiter, »im Hinterzimmer seiner Metzgerei verkauft er gutes Fleisch, auch Fische, sogar Kaviar. Aber nur an die Reichen. Und niemand wagt es, ihn wegen Schwarzhandels anzuzeigen. Im ganzen Viertel hat man Angst vor seinen Brüdern, das sind richtige Schläger.« Die junge Frau schwieg, offenbar erschrocken, dass sie sich zu weit vorgewagt hatte. »Also, ich muss dann wieder, in einer Stunde stehen hier die Leute Schlange, um irgendetwas zu bekommen, was man braten oder kochen kann. Alles Gute dann.« Sie nickte Clara zu und bog hastig um die Ecke.

Einen Moment blieb Clara stehen, sah noch einmal durchs Schaufenster auf den Metzger, der ihr mit einer Geste drohte, zu verschwinden. Clara wandte sich ab, doch als sie weiterlief, reifte in ihr ein Entschluss. Sie musste zu Ben. Das war eine Geschichte für die Zeitung, er würde das genauso sehen.

Und wieder lief sie, doch jetzt hatte sie ein Ziel. Sie spürte nicht, dass ihre Füße eiskalt waren, dass Feuchtigkeit der regennassen Straße durch die Löcher in die Schuhe drang, obwohl sie Zeitungspapier eingelegt hatte. Sie war wie elektrisiert, spürte endlich wieder die Aufregung, den Wunsch, Ungerechtigkeit aufzudecken.

Als sie vor dem Haus stand, in dem sich im Erdgeschoss die Redaktion befand, ging die Tür auf. Fast prallte Clara mit Hans Förster, dem stellvertretenden Chefredakteur, zusammen.

»Fräulein Weinberg«, rief er aus, »das ist ja ein Zufall, gerade wollte ich zu Ihnen.«

Überrascht sah sie ihn an, sie hatte nicht damit gerechnet, so angestrahlt zu werden. Bevor sie etwas fragte, sprach er weiter.

»Fräulein Weinberg, ich wollte zu Ihnen, da wir Sie unbedingt zurückhaben wollen, und das möglichst schnell. Könnten Sie morgen wieder anfangen?«

Clara war wie betäubt, sie begriff es nicht sofort, was er gesagt hatte. Alle Sorgen der vergangenen Wochen fielen von ihr ab. »Natürlich kann ich, aber was wird Ben Ehrlich dazu sagen?«, gab sie zu bedenken.

»Ben ist gegangen, er hat einen Tag nach Ihnen die Redaktion verlassen. Er hat nichts hinterlassen, wir haben keine Ahnung, wo er ist und was er macht. Nicht einmal seine neue Adresse kennen wir. Und ich bin jetzt der Chefredakteur.«

Es war, als sei sie nie weg gewesen, als seien die vergangenen Wochen nur ein Albtraum gewesen, unwirklich in ihrer Härte. Sie saß wieder in ihrem kleinen Redaktionsbüro, und jeder versicherte ihr, wie schön es sei, sie hier zu haben. Aber sehr schnell erkannte sie, dass ohne Bens journalistisches Gespür die Zeitung indifferent, ohne wirkliche Aussage blieb. Als sie am ersten Tag vorschlug, die üblen Machenschaften des Metzgers aufzudecken, blieb Hans Förster zurückhaltend. Das sei ein zu brisantes Thema.

Clara schwieg, sie setzte sich nicht mehr mit ganzer Kraft für das ein, was ihr wichtig war. Sie brauchte die Stelle.

Nie mehr Hunger haben, Kälte spüren, verzweifelt sein. In den vergangenen Wochen hatte sie sich den vielen Menschen, die keine Existenz mehr hatten, auf der Straße verhungerten, betteln mussten, nahe gefühlt. Aber auch hilflos, weil sie jetzt selbst zu den Vernachlässigten, zu den Elenden gehörte. Sie war mit offenen Augen durch die Straßen gelaufen, hatte die Frauen gesehen, schwarz gekleidet, ausgehungert, hoffnungslos, Frauen, die um ihre Männer oder Söhne trauerten. Sie hatte die Invaliden gesehen, die am Straßenrand kauerten, blinde Männer, manche ohne Beine, die Hände nach einem Almosen ausgestreckt. Und sie hatte nicht helfen können, denn sie gehörte zu ihnen, den Verzweifelten. Auch sie schien ohne Zukunft, sie war schwanger und halb verhungert gewesen. Nie mehr, hatte sie sich geschworen, wollte sie in diese Hoffnungslosigkeit zurückgestoßen werden, krank vor Angst, was aus ihr und dem Kind, das in ihr wuchs, werden sollte. Wo war Franz, wann kam er zurück, kam er überhaupt zurück? Und da hatte sie diese Chance bekommen, und die hatte ihren Preis.

Es bedeutete, sich unauffällig zu verhalten. Sie war nicht mehr die Unangepasste, die Unbequeme, die Kämpferin. Sie war still, freundlich, versuchte, die Schwangerschaft zu verbergen, solange es ging. Denn vielleicht würde man sie entlassen, sah in ihr nur eine Last, jemanden, den man durchfüttern musste? Jeden Tag lief sie vom Prenzlauer Berg bis in die Redaktion, aber der Winter würde kommen, und wie sollte sie dann hin- und zurücklaufen? So fing sie an, nur von Tag zu Tag zu denken, die Zukunft auszublenden. Sie hoffte inständig, dass Franz sein Versprechen hielt und eines Tages hier vor ihr stehen würde – dann konnte sie ihm von der Schwangerschaft erzählen. Ihm schreiben wollte sie nicht, sondern ihn ansehen, wenn sie von dem Kind sprach, das schien ihr die einzig richtige Entscheidung. Wenn sie in seinem Gesicht Freude sah, würde auch sie das Kind endlich annehmen können. Ihre Gedanken kreisten weiterhin um Franz, sie wollte nichts von dem vergessen, was er gesagt und welche Botschaft vielleicht zwischen den Zeilen gestanden hatte. Er erwähnte einen Ring, der für sie bestimmt sei. Aber hatte er es ernst gemeint? Immer mehr zermarterte sie sich das Hirn. Dann erinnerte sie sich, wie er von seiner Familie erzählt hatte, den Schwestern und auch dem Vater. »Er besitzt die größte Kanzlei in der ganzen Umgebung, zu ihm kommen Mandanten aus Baden-Baden, von überall her.«

Da hatte sie einen spontanen Einfall. Sie nahm einige Fotos, die sie von Franz und seinen engsten Kameraden gemacht hatte, steckte sie mit ein paar begleitenden Worten in ein Kuvert und adressierte sie an die Kanzlei Laverne. Wenn der Vater ein so renommierter Anwalt war, bekam die Familie sicher die Fotos. Dadurch knüpfte sie ein Band, konnte vielleicht sogar in ständiger Verbindung mit ihnen bleiben und erfuhr auf diesem Weg, wie es Franz ging.

Sie versuchte, den Gedanken zu verdrängen, dass er tot sein könnte, längst gefallen, ohne dass sie es erfahren hatte. Ungeduldig wartete sie tagelang auf Antwort.

Sie saß in ihrem Zimmer, als sie hörte, wie draußen der Radioapparat auf höchste Lautstärke gestellt wurde. Rasch erhob sie sich, öffnete die Tür. Hans Förster beugte sich ganz nahe an den Apparat, legte den Finger auf den Mund und lauschte angespannt auf die Nachrichten. Die anderen Mitarbeiter standen um ihn herum, genauso angespannt wie Hans.

Es hatte neue, harte Kämpfe an der Westfront gegeben, und die Verteidigungslinie, bis jetzt ein deutsches Bollwerk, war von den Alliierten durchbrochen worden. Die Entscheidung schien endgültig gefallen, Deutschland schien besiegt. Und doch gingen die Kämpfe weiter.

SECHSUNDZWANZIG

Kurort Bad Lichtenberg

Carl und Johannes saßen in dem Weinkeller *Zur blauen Traube*, direkt dem Theater gegenüber. Damit hatten sie eine neue Gewohnheit begonnen, die fast zur Tradition werden könnte, wie Carl anmerkte. Es gefiel den beiden Männern, sich nachmittags gegen fünf Uhr hier zu treffen, wenn Johannes seine Kanzlei verließ und Carl sich im *Deutschen Kaiser* eine Pause gönnte.

»Es sieht nicht gut aus. Die Alliierten haben bei Amiens die Westfront durchbrochen, die von den Deutschen so tapfer verteidigt wurde. Und es wird immer noch gekämpft.«

Carl nickte. »Ja, niemand kann das verstehen.«

Sie schwiegen, jeder trank seinen Wein. »Eigentlich wollte ich mit dir heute etwas besprechen, aber da kam mit der Post ein Brief aus Berlin, du wirst staunen.«

Johannes zog ein großes Kuvert aus seiner Dokumententasche. »Eine Fotografin hat mir Bilder geschickt. Von Franz.«

»Lass sehen.« Neugierig griff Carl nach den Fotos, die sein Bruder vor ihn auf den Tisch gelegt hatte.

Carl sah von den Bildern hoch. »Wann wurden sie gemacht?«

»Schon Ende Juni.«

»Sie sind erstaunlich, findest du nicht? Es wirkt, als sei es nur ein Treffen unter Kameraden. Sie sehen auch nicht abgemagert aus.«

»Ja, das ist erstaunlich, und schau, hier«, Johannes hob eines der Fotos hoch. »Da haben sie einen kleinen Garten angelegt, erkennst du es? Wenn man genau hinsieht, wurden die Pflanzen in Form des Emblems der deutschen Fahne angebaut.«

»Ja, das wurde vielleicht schon vor ein paar Jahren angelegt. Und wem gehört dieser Hund?«

»Ich denke, er gehört Franz. Er hat es in einem Brief kurz erwähnt, du weißt, Franz ist kein großer Briefeschreiber. Und hier«, er tippte auf ein anderes Foto, »scheint der Eingang zu dem Schacht zu sein, den er konzipiert hat, aber das könnte auch nur ein kleiner Abhang sein, mehr nicht.«

Interessiert sahen sie die Bilder durch. »Wer ist diese Fotografin, woher kennt sie deine Adresse?«

»Ich weiß es nicht, sie schreibt nur, sie wäre als Berichterstatterin an der Front gewesen.«

»Das ist doch Unsinn, das habe ich noch nie gehört. Eine Frau als Kriegsreporterin, das gibt es doch gar nicht.«

»Doch, doch … es gibt einige. Aber Clara Weinberg kennt man nicht. Doch ich werde mich bei ihr bedanken, es ist sehr aufmerksam, dass sie uns Fotos schickt. Leider hat sie nichts Näheres geschrieben.«

»Sind sie in einer Zeitung erschienen?«

»Ich weiß nicht, aber sicher hätte sie es erwähnt.«

»Jedenfalls wird sich Irene über die Bilder freuen.«

»Das denke ich auch.«

Johannes drückte seine Zigarre aus und steckte die Fotos wieder sorgfältig in das Kuvert.

»Will diese Fotografin Geld?«, fragte Carl.

Johannes überlegte. »Nein, bis jetzt nicht. Aber das glaube ich auch nicht. Ich warte ab, ob Franz über sie und die Fotos schreibt. Aber Carl, ich hatte es schon angesprochen, ich muss mit dir reden.«

»Die Kanzlei, oder?«

Johannes zündete sich eine Zigarre an, blies den Rauch in die Luft, bevor er nickte. »Um es auf den Punkt zu bringen, meine

Kanzlei hat im Moment so gut wie keine Klienten mehr. Du weißt, die meisten meiner Mandanten sind große Firmen, die aber durch den Krieg in Konkurs gingen oder jetzt zahlungsunfähig sind. Ich bezahle die Angestellten über Rücklagen, aber die sind bereits aufgebraucht. Ich muss höchstwahrscheinlich einen hohen Kredit aufnehmen.«

»Mir geht es nicht viel anders, Johannes. Was wird sein, wenn das Sanatorium ausgezogen ist? Wir befürchten, dass das Hotel dann grundlegend renoviert werden muss. Doch wer kann hier die Kosten tragen? Es ist alles offen, uns bleibt nur, abzuwarten.«

Johannes dachte noch an dieses Gespräch, als er die stillen Räume seiner Kanzlei betrat.

Es war das erste Mal, dass er mit seinem Bruder über die angespannte finanzielle Lage seiner Kanzlei gesprochen hatte. Doch er hatte nicht bedacht, dass auch der *Deutsche Kaiser* in Schwierigkeiten geraten könnte. Wieso hatte Luise ihm nichts davon erzählt?

Zutiefst beunruhigt setzte er sich hinter seinen Schreibtisch und griff nach der restlichen Nachmittagspost. Mit einem erstaunten Ausruf entdeckte er einen Brief von Franz. Ungeduldig riss er ihn auf.

Der Brief war kurz gehalten, das hatte Johannes nicht anders erwartet. Franz schrieb, er gebe den Brief einem Transporter mit, der bereits vor der Tür stehe, er wolle sich nur schnell melden. Er erzählte von der Influenza, die sich rasend schnell zur Epidemie ausbreite und an der bereits viele Soldaten gestorben seien. Aber ihm gehe es gut, das wollte er nur sagen.

Er schrieb noch, er sehne sich nach Hause. Er wolle der Familie von der Frau erzählen, die er liebe und die er heiraten wolle. Und dann waren da noch ein paar Zeilen, die Johannes zutiefst erschreckten.

Lieber Vater, wie Du ja weißt, habe ich eine Ausbildung zum Offizier gemacht, doch in den letzten Monaten ist die Liebe zwischen mir und der Armee gestorben.

Der Brief war hastig verfasst, einige Worte ausgestrichen. Ein Brief nur an den Vater gerichtet. Nicht an die Mutter oder die Schwestern, nur an ihn.

Je länger er nachdachte, desto klarer erkannte Johannes, dass sein Sohn Franz an ihn geschrieben hatte, da er Angst hatte. Angst, die er nur seinem Vater eingestehen wollte. Angst, die hinter jedem Wort zu erkennen war.

Und Johannes konnte nichts tun, um seinem Sohn diese Angst zu nehmen, denn verspürte er sie nicht selbst? Kroch sie ihm nicht selbst über den Rücken, ließ ihn nachts wach liegen, das Schlimmste befürchten? Und auch er vertraute sich niemandem an. Nicht einmal seinem Bruder. Aber spürte Carl nicht längst, wie es ihm ging, war er auch deswegen bereit, sich mit ihm zu treffen, wann immer Johannes ihn darum bat?

SIEBENUNDZWANZIG

Kurort Bad Lichtenberg

Victoria verteilte gefüllte Wassergläser, lächelte, unterhielt sich, doch ihre Gedanken beschäftigten sich mit dem dritten Entwurf eines Kleids für Tekla.

Irgendwie sah es auf der Schneiderpuppe verschnitten aus. Sie sollte nach Hause gehen und daran arbeiten, es vielleicht noch einmal neu zuschneiden, aber dazu brauchte sie neuen Stoff.

»Hallo, kannst du mal aufpassen?« Die gereizte Stimme von Gudrun ließ sie hochfahren. »Dein Glas läuft über.«

Seit Monaten kam kein Offizier mehr in den *Deutschen Kaiser,* mit dem Gudrun nach schnellem Augenkontakt und ein wenig Flirten Spaß im Hotel *Regina* haben konnte. Außerdem besserte eine belebende Affäre ihr schmales Gehalt auf. Gudrun nahm eine kleine Aufmerksamkeit der Offiziere in Form eines Geldgeschenks sehr gern an. Einmal hatte Victoria sie entsetzt gefragt, ob sie sich wirklich bezahlen ließe, wenn sie mit ihnen ins Bett ging.

Gudrun lachte nur, hob die Schultern und erklärte, aber nein, es seien Geschenke, und da die Herren, wie übrigens alle Männer, nicht so wirklich wussten, was einer Frau gefiel, drückten sie ihr ein Kuvert in die Hand. Eine sogenannte kleine Aufmerksamkeit, die oft sehr großzügig ausfiel.

Victoria spürte Gudruns Gereiztheit, und so fragte sie gar nicht erst, ob sie kurz mal wegkönne. Sie blieb und bediente die Patienten. Es war der erste Oktober, es wurde kälter, und bald schon würden die Brunnen wieder mit Holz abgedeckt und die Wandelhalle geschlossen werden. Alles wiederholte sich. Sie dachte an Albert Fuchs, an ihre Liebe zu ihm, dem *Cherub*, wie sie ihn in Gedanken genannt hatte. Jetzt, über ein Jahr später, gab es für sie eine neue Leidenschaft, das Entwerfen und Nähen von Bühnenkostümen. So fieberte sie dem Abend entgegen, denn um sechs Uhr kam die Ablöse, und sie konnte noch schnell mit dem Fahrrad zur Sporthalle und in den ersten Stock in den Resteladen fahren.

»Hallo, wie geht es dir?«

Victoria schrak hoch. Sie stand immer noch vor dem Brunnen und füllte Gläser. Sie drehte sich um und stand direkt Gerda gegenüber.

»Hallo«, antwortete sie einsilbig. »Mir geht es gut, und dir?«

»Ich arbeite jetzt beim zweiten Bürgermeister, sitze am Empfang. Er wollte unbedingt eine junge Frau aus den besten Kreisen für diesen Posten.«

Victoria unterdrückte ein ironisches Lächeln und nickte ihr freundlich zu.

»Was macht dein, wie heißt das? Jupe?«, wollte Gerda wissen.

»Du meinst, den *jupe culotte*, den Hosenrock«, erklärte sie. »Ja, den trage ich, wenn ich mit dem Rad unterwegs bin.«

»Meine Mutter hat mir erzählt, dass du nach Berlin willst, um dort an einem Theater zu arbeiten.« Es klang ein wenig herablassend und doch voller Neugierde. Victoria ahnte, dass Gerda es aufregend fand und doch auch unpassend für eine Tochter aus gutem Haus.

»Ja, das ist richtig, und ich werde auch nach Berlin gehen«, erklärte Victoria geduldig.

»Wirst du bei Franz wohnen?«

Victoria zuckte unschlüssig mit den Schultern. »Mal sehen«, antwortete sie spröde.

»Die Wohnung ist ja wirklich sehr groß, und dann gibt es auch noch einen Eingang nur für die Dienstboten, die kommen über eine eigene Treppe.«

Victoria stellte die Gläser auf dem Tablett ab. »Woher weißt du das?«

»Ich kenne die Wohnung«, erklärte Gerda, ein wenig von oben herab, »du ja offenbar nicht, aber Franz hat sie mir gezeigt.«

Es war nicht wichtig, dass sie die Wohnung nur kannte, weil sie sich heimlich Zugang dazu verschafft hatte.

»Wann warst du dort?« Victorias Erstaunen war groß. War ihr Bruder in Berlin gewesen, ohne hierher nach Hause zu kommen, ohne irgendetwas zu sagen?

Gerda ließ sie ein wenig zappeln, es tat gut, die Überlegene zu sein.

»Das letzte Mal, dass ich bei ihm war, das war … lass mich mal nachdenken … ja, genau, das war an dem Tag, als er mir sagte, er mag die Pralinen von der Konditorei Blum nicht mehr. Das habe ich dir doch erzählt, als du sie gekauft hast.«

»Das ist lange her«, antwortete Victoria. »Was schreibt er dir denn so?«

Victoria wollte Gerda mit ihrer Frage irritieren, doch Gerda ließ sich nicht beirren. Sie zuckte vage mit den Schultern, lächelte, erklärte, sie müsse zurück ins Rathaus, sie werde vom Bürgermeister erwartet. Schon war sie weg. Victoria blieb stehen und sah ihr nach.

Wie immer hatte Gerda es geschafft, Unsicherheit hervorzurufen. Victoria fragte sich, ob Franz noch mit ihr zusammen war oder nicht. Luise dementierte energisch, während ihre Mutter zögerte und es zugleich zutiefst bedauerte. Franz wollte, dass sie Gerda auf Abstand hielten. Für Irene aber war sie immer noch die Wunschschwiegertochter.

»Ich muss jetzt gehen«, wandte sich Victoria jetzt doch an Gudrun, »in einer Stunde bin ich wieder da.«

Bevor ihre Kollegin reagieren konnte, war Victoria bereits weg. Sie hatte kein schlechtes Gewissen, schließlich hatte sie Gudrun immer den Rücken freigehalten, wenn die *»ihre kranke Oma besuchen musste«*.

Victoria rannte los. Sie konnte es kaum erwarten, Stoffrollen aus dem Regal zu ziehen, über kühle Seide zu streichen, mit Perlen bestickten Tüll zu bewundern und ihre Hände über weichen glatten Samt gleiten zu lassen. Der Resteladen war eine Fundgrube. Endlich hatte Victoria ein Ziel in ihrem Leben gefunden. Wie hatte sie nur vergessen können, wie viel Freude ihr im Internat das Fach »Nähen und Schnittentwicklung« gemacht hatte. Während ihre Mitschülerinnen Tennis spielten oder Klavierstunden nahmen, hatte sie im Nähzimmer der Schule gesessen.

Das Leben war schön, sagte sie sich selbst, es musste einfach schön sein und auch schön bleiben, vor allem, wenn endlich der Krieg zu Ende war und Franz nach Hause kam. Und dann …

»Berlin, ich komme«, jubelte sie.

3. Oktober 1918

Irene saß mit den Freundinnen im Palmengarten. Die Fotos von Franz lagen vor ihnen auf dem Tisch, Irene hatte sie mitgebracht.

»Wie hübsch dein Sohn darauf aussieht, und seine Kameraden wirken so entspannt. Von wann sind denn die Aufnahmen?«

Irene hob die Schultern. »Ich weiß es nicht. Johannes hat gesagt, sie wurden bereits Ende Juni gemacht. Eine Berliner Fotografin hat sie meinem Mann in die Kanzlei geschickt.«

»Komm, lass uns einen Sekt bestellen«, schlug Ella vor. »Wir haben Grund dazu, Klaus kommt nach Hause. Man hat ihn entlassen, da er sich bei einem Sturz vom Pferd ein Bein gebrochen hat. Und du hast diese schönen Fotos mit einem glücklichen Sohn, das ist doch ein Grund zum Feiern.«

Schon winkte sie der Kellnerin, während Irene vorsichtig, fast liebevoll die Fotos wieder zurück ins Kuvert steckte.

»Ja, lass uns anstoßen«, lachte sie, sie fühlte sich befreit wie seit Langem nicht mehr. »Johannes sagt, er schreibt dieser Fotografin und will sich bedanken. Wahrscheinlich hat Franz die Zeitungsleute darum gebeten, die Fotos an uns zu schicken, was meint ihr?«

Der Sekt kam, die Flasche wurde von der Bedienung geschickt geöffnet und die Gläser gefüllt. Die Frauen prosteten sich zu und tranken.

»Das klingt plausibel, sicher war das so«, meinte Ella.

»Johannes hat erzählt, diese Fotografin sei an der Front gewesen und habe selbst diese Fotos gemacht. Aber Johannes glaubt das nicht so ganz. Er kann sich eine Frau als Kriegsreporterin nicht vorstellen.«

»Das ist auch ungewöhnlich, aber letztendlich sind es doch nur Bilder von Kameraden, denen es offenbar gar nicht so schlecht geht.«

»Sind sie in einer Zeitung erschienen?«, fragte Ella

»Das wissen wir nicht, aber das ist auch nicht so wichtig. Ich freue mich, dass diese Frau sie uns geschickt hat.«

»Extrablatt!«

Während die Frauen noch gut gelaunt ihren Sekt schlürften, entstand Bewegung am Eingang zum Palmengarten. Der Zeitungsjunge in seiner roten Uniform schlängelte sich durch die Leute, die jetzt auf seine Rufe hin vom Pavillon herüberliefen. Auch die Besucher des Restaurants erhoben sich, drängten sich ebenfalls um ihn.

»Was ist da los? Es muss etwas passiert sein.«

Auch die Frauen standen neugierig auf.

»Extrablatt«, schrie der Zeitungsjunge. »Extrablatt! Westfront endgültig zusammengebrochen, Verhandlungen für einen Waffenstillstand laufen seit heute Morgen.«

Die Besucher rissen ihm die Zeitung aus der Hand. Irene starrte ihm nur entgegen. *Westfront endgültig zusammengebrochen*, hämmerte es in ihrem Kopf.

»Ich muss nach Hause.« Sie griff hastig nach ihrer Tasche, nickte den Freundinnen zu und drängte sich rücksichtslos durch die Menge der Wartenden.

»Aber es gibt doch Grund zu feiern«, rief Marga ihr nach. »Waffenstillstand, endlich.«

Doch Irene hörte sie nicht mehr. Es war ein kühler Oktobertag, die Blätter an den Birken der Allee waren längst abgefallen. Keuchend erreichte sie die Villa. Doch Johannes war in der Kanzlei – wie hatte sie das nur vergessen können? Sie lief die Allee wieder hinunter, bis sie endlich zum Rathausplatz kam. Auch hier standen die Menschen in Gruppen zusammen, ratlos, aber auch mit verhaltener Freude. Verhandlungen für einen Waffenstillstand, bedeutete das, der Krieg war vorbei?

Johannes trat gerade aus seiner Kanzlei, als Irene atemlos und mit aufgelösten Haaren auf ihn zustürzte. »Die Westfront gefallen«, stammelte sie, »was bedeutet das?«

Johannes zog sie wortlos an sich. »Ich weiß es nicht, ich weiß es nicht.« Verzweiflung klang aus seiner Stimme. »Lass uns nach Hause gehen, auch Luise und Victoria sollen kommen, wir müssen abwarten. Mehr können wir nicht tun.«

In der Nähe von Beaumont
Ein Tag zuvor, 2. Oktober 1918

Franz saß in der Offiziersstube. Vor ihm auf dem Tisch lag ein Blatt Papier, daneben ein Füllfederhalter. Langsam drehte er ihn auf, doch die Hand blieb liegen, sein Kopf war leer. Wem sollte er schreiben? Er konnte nicht. Er spürte den Herzschlag, den schnellen Puls, das Wissen um die Entscheidung über sein Leben, seinen Tod. Jetzt gleich musste er in eine der letzten Schlachten gehen, als Hauptmann seinem Bataillon voraus.

Er spürte das Zittern im ganzen Körper, diese fatale Ungeduld, hinauszuwollen, der Entscheidung entgegen, vielleicht dem Tod.

Das Adrenalin schoss hoch, er konnte nicht mehr warten. Was sollte er jetzt schreiben? Vielleicht letzte Worte zu Papier bringen? Aber an wen von den Menschen, die er am meisten liebte? Die Mutter, die Schwestern, Clara? Den Vater?

Er spürte die weiche Schnauze seines Hunds, die sich auf seinen Schoß legte, mit traurigen Augen sah er zu ihm hoch.

»Sieh mich nicht so an«, flüsterte Franz. »Bitte nicht. Oder ahnst du meinen Tod?« Er streichelte ihn hinter den Ohren, unkonzentriert und angespannt. Wann geht es los, wann müssen wir in die Schlacht, kommen die Alliierten mit Panzern, mit Giftgas? Oder ist es ein Kampf von Mann gegen Mann? Es gab keinen deutschen Angriff mehr, sie gingen nur noch in die Defensive.

Hinter ihm erschien Holger. »Franz, es geht los.« Seine Stimme klang belegt, spürte auch er dieses Adrenalin, diese Ungeduld, endlich in die Schlacht, in die Entscheidung zu gehen?

»Es ist so sinnlos«, hörte er Holger verbittert hinter sich sagen, während Franz aufstand, den Füller wieder zuschraubte und auf das leere Papier legte.

»Warum können wir uns nicht verstecken, uns verweigern, der Krieg ist längst entschieden, warum?«

»Weil wir keine Deserteure sind und es verdammt noch mal unsere vaterländische Pflicht ist. Und haben wir nicht immer Glück gehabt? Auch heute wird uns das Schicksal gnädig sein.«

Kurz darauf stürmte Franz Laverne an der Spitze seines Bataillons in den Kampf. Er war der Erste, der fiel.

ACHTUNDZWANZIG

Kurort Bad Lichtenberg

Seit das Extrablatt erschienen war, gab es täglich neue Informationen. Die Front zusammengebrochen, die Verantwortlichen baten die USA, in den Verhandlungen für einen Waffenstillstand zu vermitteln, Revolten der Arbeitslosen in der Hauptstadt.

Ohne zu reden, blieben Luise und Victoria zu Hause. Auch Carl hielt sich in der Villa auf, wanderte umher. Es war offenkundig, sie warteten, warteten alle. Auch Elisabeth kam herüber, brachte die Zwillinge mit. Sie alle suchten eine Beschäftigung, die sie ablenkte, ein Gespräch, das nicht wichtig, aber doch tröstlich schien. Irene rührte sich kaum mehr aus dem Herrenzimmer, da es dem Eingang am nächsten lag.

Sie sahen sich an, lächelten tapfer, nickten sich zu, ja, es wird alles gut, warum denn nicht, wollen wir nicht etwas essen. Doch keiner hatte Hunger, nur die Zwillinge. Sie wurden hinunter in die Küche geschickt und bekamen von Berta eine Suppe mit Einlage gekocht oder nur ein Brot mit Wurst, die die Köchin vom Metzger mitgebracht hatte. Elisabeth hatte schon vor Monaten vermutet, Berta habe eine Affäre mit dem Metzger – wieso bekam sie sonst öfter noch einen Braten oder gute Wurst, die er im hinteren Raum für besondere Kunden bereithielt? Vorne war die Metzgerei so gut wie leer. Die Vorzugsbehandlung gelte der Familie, war Irenes Meinung, doch Elisabeth hatte gelacht und erklärt, es sei Berta, deren Affäre man es verdanke. Warum dachten sie in diesen Stunden an die kleine Unterhaltung zwischen Irene und Elisabeth?

Im Radio hörten sie, es gebe Verhandlungen in Berlin. Noch einmal wurde betont, die Westfront sei zusammengebrochen, doch was bedeutete das? Immer noch wussten sie es nicht, doch jeden Tag standen sie früh auf und versammelten sich im kleinen Speisesalon und warteten, dann wechselten sie ins Wohnzimmer. Carl und Luise erklärten, sie seien im *Deutschen Kaiser* abkömmlich, Victoria hatte Gudrun erklärt, sie habe keine Zeit zu kommen. Irene ging blass umher, sah niemanden an, hüllte sich in Schweigen. Sie alle warteten.

Nach Tagen dann läutete es um sieben Uhr morgens am Tor. Alle kamen sie, waren schnell in Morgenmäntel geschlüpft, niemand hatte geschlafen, Johannes kam angezogen aus dem Herrenzimmer. Er stand seit Tagen vor Morgengrauen auf, so als wüsste er, wenn eine schlechte Nachricht eintraf, dann am frühen Morgen.

Noch einmal läutete es, der Bote oder wer es auch war, schien bereits an der Eingangstür zu stehen und nicht vorne am Tor gewartet zu haben. Es war Johannes, der schweigend in aufrechter Haltung auf die Tür zuging. Die anderen standen an der Treppe, aus dem Souterrain kamen Berta und Anni herauf.

Johannes nahm das Telegramm in Empfang, nickte dem Boten zu und schloss die Tür. Dann riss er es auf, öffnete und überflog es. Er wurde blass, er taumelte, sah Irene an. Er nickte, er ließ die Hand mit dem Telegramm sinken.

»Am 2. Oktober ist unser geliebter Sohn gefallen.«

Nur einen Tag, bevor die Verhandlungen wegen des Waffenstillstands begonnen hatten.

NEUNUNDZWANZIG

Berlin

Mitte Oktober 1918

Die Antwort von Johannes Laverne war ein kurzes höfliches Dankschreiben, verbunden mit den besten Wünschen für Claras Zukunft. Was hatte sie erwartet? Eingeladen zu werden? Oder dass der Vater schrieb, Franz habe von ihr erzählt, sie sei willkommen? Tiefe Enttäuschung ergriff sie. Es war offensichtlich, dass die Familie nichts von ihr wusste. Wann endlich kam Franz nach Berlin zurück? Wie würde er auf die Schwangerschaft reagieren? Vielleicht wollte er kein Kind, hatte andere Zukunftspläne?

Unruhig erhob sie sich, um das Fenster ihres Büros zu schließen, es war ein kühler Tag, und es sah nach Regen aus. Nach einem kurzen Klopfen steckte die Sekretärin den Kopf herein.

»Ein Mann mit einem Hund will zu Ihnen.«

Franz! Er war gekommen, so wie er es versprochen hat … Franz ging es gut … er lebte … Mit einem Aufschrei lief sie aus dem Zimmer und ihm entgegen.

Doch es war nicht Franz, der in der Diele stand und ihr mit Unbehagen entgegensah. Es war Holger Ludwig. Sie erinnerte sich an ihn, denn er hatte sie in die *petite auberge* gefahren und war nicht sehr freundlich gewesen. Neben ihm stand Rex, abgemagert mit struppigem Fell und traurigem Blick. Als er Clara sah, trabte er auf sie zu, doch Clara beachtete ihn nicht. Sie sah Holger an. »Wann kommt Franz, sollen Sie mir etwas ausrichten? Wann?« Sie redete weiter, irgendetwas, Franz kam sicher nach …

»E… es tut mir … leid.« Holger fing an zu stottern, sein Unbehagen wuchs.

Sie starrte ihn an, und erst nach einer Weile stummen Wartens sprach Clara aus, was ihr Gehirn nur langsam zuließ. »Er ist gefallen?«

Holger nickte. »Am zweiten Oktober, am letzten Tag der Kämpfe. Mein herzliches Beileid«, fügte er unsicher hinzu.

Clara lehnte sich kraftlos gegen den Empfangstisch und schloss die Augen. Sie spürte nicht, wie Rex seine Schnauze in ihre Hand schob. Zweiter Oktober … schon vor einer Woche, nur einen Tag, bevor die Verhandlungen … »Nur einen Tag«, sprach sie aus, »nur einen Tag …«, schrie sie dann, »nur einen Tag …«

Die Sekretärin fragte mitfühlend, ob sie ihr einen Tee kochen sollte, mit Traubenzucker, den habe die Witwe gebracht, sie müsse jetzt an das Baby denken …

Clara reagierte nicht. Sie hörte auch nicht, wie die Sekretärin mit den Redakteuren leise sprach und sie alle um Clara herumstanden, das Gefühl hatten, jetzt bei ihr bleiben zu müssen.

»Wissen es seine Eltern schon?« Warum fragte sie das? Es interessierte sie nicht, aber sie musste reden, durfte jetzt nicht aufgeben, nicht in Verzweiflung versinken. Sie musste sich aufrecht halten, nicht zusammenbrechen. Sie wollte mehr wissen: Wie war er gestorben? War er sofort tot gewesen? Wer war bei ihm? Hatte man ihn nach Hause gebracht?

»Seine Eltern wurden benachrichtigt. Franz ist wie alle Gefallenen an diesem Tag sofort nach der Schlacht begraben worden.«

Keine Möglichkeit, an seinem Grab zu trauern, nichts außer der Nachricht, er sei gefallen. »Wir furchtbar«, murmelte sie tonlos. Ratlos standen die Redakteure um sie herum, auch Holger blieb wartend stehen und drehte nur seine Mütze in der Hand.

»Als ich ihn vor der Schlacht abgeholt habe, wollte er noch einen Brief schreiben, er hatte aber keine Zeit mehr. Ich denke, er wollte Ihnen schreiben«, erklärte er dann verlegen, es sollte offensichtlich ein Trost für Clara sein.

»Wie ist er gestorben?«

»Er wurde erschossen, er war sofort tot.«

»Wenigstens das«, flüsterte sie. »Kennen Sie seine Eltern? Haben Sie ihnen geschrieben?« Sie wollte jede Information, die sie aus ihm herausziehen konnte.

Er schüttelte den Kopf.

»Waren Sie denn nicht mit ihm befreundet?«

Wieder schüttelte er den Kopf. »Wir waren Kameraden, aber keine Freunde. Nur der Krieg hat uns zusammengeführt. Aber ich muss jetzt leider gehen. Draußen wartet ein Wagen, der mich und ein paar Kameraden in unser Dorf bringt. Ich dachte«, er nickte in Richtung des Hundes von Franz, »Sie könnten ihn nehmen. Er saß tagelang an dem Grab, an dem er … in das man Franz gelegt hat. Wir mussten ihn mit Gewalt wegholen.«

Es war der schlimmste Albtraum. Gleich würde sie aufwachen, und alles wäre gut. Es war Franz, der hier mit seinem Hund stand, und nicht Holger, der gesund aus dem Krieg zurückkam.

»Ja also, wie gesagt, ich muss dann. Wir wussten nicht, wohin mit seinem Hund, und da dachten meine Kameraden und ich, Sie mochten ihn doch, und wir wollten ihn nicht erschießen.«

Rex verhielt sich mucksmäuschenstill, sah nur zu Clara hoch. Sie beugte sich zu ihm, kraulte ihn hinter den Ohren. »Wir sind Leidensgenossen«, flüsterte sie. Dann sah sie hoch. »Wieso bringen Sie ihn nicht zu seiner Familie? Wieso zu mir?«

»Ihre Adresse kannte ich aus den Unterlagen, die Sie damals mitgebracht haben. Wir fahren über Berlin, und so hat sich das ergeben. Mir schien es das Beste zu sein.«

»Franz hat ihn so geliebt.« Wieder beugte sie sich zu Rex hinunter und streichelte ihm über das struppige Fell. Dann sah sie hoch. »Ich nehme ihn.«

Holger schien sehr erleichtert. »Ich denke, bei Ihnen ist er gut aufgehoben.« Dann verabschiedete er sich rasch, murmelte, Franz sei es gut gegangen, bis er in die Schlacht voranstürmte, er sei einen Heldentod gestorben. »Also, ich muss jetzt leider gehen.«

Clara wollte ihn halten, ihn beschwören, nicht zu gehen, nicht aus ihrem Leben zu verschwinden, ihr erzählen, was Franz in den letzten Stunden gesagt hatte, bitte bleiben Sie noch, nein, gehen Sie nicht … rief sie ihm nach, ihr Mund formte die Worte, doch sie kamen ihr nicht mehr über die Lippen. Sie schwankte, versuchte sich am Tisch festzuhalten, alles drehte sich um sie, sie spürte, wie jemand sie am Arm nahm und vorsichtig zum Sofa führte. Dann sank sie in tiefe Dunkelheit.

»Hören Sie mich?«

Jemand beugte sich über sie, sie hörte ihn, sie wusste, es war Dr. Kleber, der Arzt, dessen Praxis direkt neben der Redaktion lag.

»Ich habe Ihnen eine Spritze gegeben. Sie sollten jetzt auf keinen Fall allein sein, vor allem nicht in der Schwangerschaft«, wandte er sich an die Redakteure, die um das Sofa herumstanden.

»Ach, das arme Ding.« Es war die Stimme der Witwe, der Wohltäterin, wie die Redakteure sie nannten, da kein Tag verging, an dem sie ihnen nicht etwas zu essen oder trinken brachte.

Clara ließ die Augen geschlossen, sie wollte einfach so liegen bleiben, nicht nachdenken.

»Bringen Sie sie am besten zu mir hoch. Dieser schreckliche Hund kann auch mit, Martha und ich kümmern uns um beide, ach, das arme Ding …«

Zuerst sollte Clara nur ein paar Tage bei der Witwe Schickinger bleiben, doch dann zog sie bei ihr ein. Sie konnte Rex behalten, sie seien beide willkommen, denn sie sei doch etwas einsam, bekannte die Witwe. Noch nie in ihrem Leben hatte Clara so komfortabel gewohnt, und nie war sie so gut versorgt worden wie bei ihr. Die

Witwe erzählte strahlend von ihrem lieben Neffen, der sich so sehr um seine alte Tante kümmere …

Und Clara schwieg, sie ahnte, woher die gute Butter, das Obst und das Fleisch kamen, doch sie arrangierte sich. Clara brauchte dieses Zuhause, und so schwieg sie.

Abends dann saß sie mit der Witwe im Wohnzimmer, vollgestellt mit Porzellanfigürchen, kleinen Ballerinen und an den Wänden viele Bilder mit Jagdmotiven. Überall lagen gehäkelte Deckchen und Kissen, auf Sofas, Stühlen und sogar den Tischen. Und Clara hörte ihren Erzählungen zu, wenn sie von ihrem verstorbenen Mann, einem leidenschaftlichen Jäger, sprach, von ihrer Heirat im Stephansdom und von Wien, ihrer Heimatstadt. Doch der Beruf ihres Mannes habe sie nach Berlin verschlagen. Er sei Professor gewesen. Und Clara lächelte und hörte zu.

Jeden Tag musste sie nur zwei Etagen mit dem Aufzug fahren, und schon war sie in der Redaktion. Sie arbeitete, lächelte weiter, arrangierte sich auch hier. Bitte keinen Artikel über Schwarzhandel, denn auch die Redakteure profitierten von der Großzügigkeit der Witwe. So schwiegen auch sie. Und hatte sie, Clara, nicht ein gutes Leben?

Aber nachts drückte sie ihr Gesicht in die Kissen und schluchzte. Die Sehnsucht nach Franz quälte sie, vor der Zukunft ängstigte sie sich. Manchmal legte sie die Hände auf ihren Bauch, sie spürte die ersten Bewegungen des Kinds, zart und leicht. Hier wuchs das Kind von Franz, und doch konnte sie sich nicht freuen. Wollte sie es wirklich haben? Sie spielte alle Möglichkeiten durch. Eine davon war, dass sie die Familie von Franz verständigte. Doch würden sie ihr glauben? Offenbar hatte Franz nichts von ihr erzählt … und falls sie ihr glaubten, würden sie ihr das Kind nicht wegnehmen? Eine mächtige, wohlhabende Familie und sie, eine kleine Fotografin, alleinstehend. Diese Familie würde für das Kind sorgen können, es in eine gute Schule schicken und ihm eine glänzende Zukunft geben können.

Aber dann traf Clara eine Entscheidung. Wenn also das Schicksal wollte, dass dieses Kind auf die Welt kam, war es nur ihr Kind. Und vielleicht würde sie im Laufe der Schwangerschaft auch lernen, es zu lieben. Es war doch das Kind von Franz.

DREISSIG

Kurort Bad Lichtenberg

Oktober 1918

Die sonntägliche Besuchszeit bei der Familie Laverne, die traditionsgemäß zwischen elf und eins stattfand, ging dem Ende zu. Die letzten Besucher, die der Familie ihr Beileid ausgesprochen hatten, waren bereits im Gehen begriffen, als Anni Herrn von Bitten und seine Tochter Gerda in den großen Salon führte.

Gero von Bitten hatte zu Hause seine Tochter gezwungen, sich dunkel anzuziehen und den Ring mitzunehmen. Sie hatte sich erst geweigert, war in Tränen ausgebrochen, doch ihr Vater blieb hart. Franz habe seiner Tochter doch offensichtlich mit diesem Ring die Ehe versprochen. »Bei der heutigen Besuchszeit werden wir die feine Familie damit überraschen«, erklärte er höhnisch.

»Ob sie dich reinlassen, bezweifle ich.« Verachtung klang aus der Stimme seiner Frau heraus. »Nach dem, was du dir damals geleistet hast.«

»Ich gehe hin, um einen höflichen Beileidsbesuch zu machen«, erklärte Gero kurz, dann nahm er seine Tochter am Arm und zwang sie, mit ihm hierher in die Villa zu kommen. Da standen sie jetzt am Eingang, zuerst wenig beachtet, bis Anni zu Irene ging und ihr zuflüsterte, wer gerade noch gekommen war. Irene drehte sich um, sah Gerda, zögerte einen Moment, doch dann lief sie auf sie zu und umarmte sie.

»Wie schön, dass du gekommen bist, danke.«

Doch Johannes schoss auf Gero von Bitten zu und forderte ihn stimmgewaltig auf, sofort sein Haus zu verlassen, während Gerda und auch Irene in Schluchzen ausbrachen. Dann aber zog Gerda aus ihrem kleinen seidenen Pompadour den Ring heraus und hielt ihn Irene entgegen.

»Der Ring von Großmutter Eugenia«, rief Irene vollkommen überrascht in die Runde.

Als die Familie sie umringte, packte Johannes Gero von Bitten am Arm und schob ihn als letzten Gast aus dem Salon. Als Johannes ihm die Haustür aufhielt, lachte Gero auf und verließ lachend die Villa. Er wusste, Gerda würde das Richtige tun.

Als Luise den Ring sah, schüttelte sie ungläubig den Kopf, auch Victoria blieb misstrauisch, doch Irene brach in unnatürliche Euphorie aus. Immer wieder umarmte sie Gerda, erklärte, sie habe es immer gewusst, sie sei die Auserwählte ihres einzigen geliebten Sohns. Jeder in der Familie wusste, dass diesen Ring nur die Frau bekam, die Franz heiraten wollte. Es war Luise, die ihre Mutter sanft, aber bestimmt aus der neuerlichen Umarmung mit Gerda löste.

»Wann genau hat Franz dir diesen Ring gegeben?«, wollte sie wissen.

»Als ich das letzte Mal in Berlin war und er mir eine Liebeserklärung gemacht hat.« Gerdas Stimme klang leise, voll Trauer um ihren gefallenen Verlobten.

Luise sah sich nach ihrem Vater um, der gerade in den Salon zurückkam.

»Das kann nicht sein«, erklärte Luise. »Er hat mir und auch Mutter geschrieben, du bist nicht die Frau, die er heiraten möchte. Das stimmt doch, Mutter«, wandte sie sich beschwörend an Irene.

»Nun«, Irenes Stimme klang unsicher, »das ist lange her. Inzwischen kann er sich doch längst wieder anders entschieden haben.« Sie entfernte sich ein paar Schritte von Gerda, zog Luise weg und flüsterte: »Vielleicht gab es ja dazwischen irgendeine, aber Gerda hat den Ring, und das sagt alles.«

Gerda war ihr gefolgt und stand jetzt nahe bei ihnen. »Franz und ich, wir hatten immer diese Verbindung, auch wenn wir uns lange nicht gesehen haben. Und als ich das letzte Mal in Berlin war, da sprach er nur über die Liebe zu mir. Ich verstehe euer Misstrauen nicht«, klagte sie mit einem Aufschluchzen.

Irene legte den Arm um sie, zog sie ganz nahe zu sich heran und warf ihrer Tochter einen vorwurfsvollen Blick zu. »Du hast den Ring, und das ist der Beweis, dass du seine Auserwählte bist. Franz hat Großmutter Eugenia auf ihrem Sterbebett das Versprechen gegeben, ihn nur der Frau anzustecken, die er heiraten wird. Vielleicht war er dazwischen mal unsicher, aber der Ring ...«

Sie beendete den Satz nicht, sondern wandte sich um Bestätigung heischend an Johannes, der ein paar Schritte entfernt stand und vollkommen ratlos wirkte. Es gab diesen letzten Brief von Franz, in dem er seinem Vater von einer Frau geschrieben hatte, aber konnte das Gerda sein? Das schien ihm unwahrscheinlich. Aber sollte er jetzt Irene erklären müssen, er habe ihr einen Brief des Sohns verschwiegen?

»Arme Mutter, sie wirkt plötzlich fast glücklich. Ich weiß gar nicht, ob man sie überzeugen soll, dass Gerda eine Betrügerin ist. Und das ist sie ganz sicher.« Luise trat neben ihren Vater, tiefes Mitleid spiegelte sich in ihrem Gesicht. »Sie sieht in Gerda die Verbindung zu Franz. Wer weiß, wie sie zu dem Ring gekommen ist. Das ist sehr mysteriös.«

»Wir werden es herausfinden müssen, und ich denke, der Schlüssel dazu liegt in seiner Berliner Wohnung«, überlegte Johannes. »Aber im Moment scheint Gerda für sie wie ein Anker in ihrer Trauer zu sein, an den sie sich klammert. Sollten wir ihn ihr wegnehmen?«

Auch ihn hatte der Schmerz um den Sohn zutiefst erschöpft, ihn ratlos und allein gelassen, Irene ließ ihn an ihrer Trauer um den Sohn nicht teilhaben. Es war ihr Schmerz, es war ihr Sohn.

»Die Trauer um Franz hat uns nicht geeint, jeder trauert für sich. Warum?«, fragte er Luise.

»Ich weiß es nicht, es ist alles noch so frisch. Jeder empfindet die Trauer um ihn anders, jeder hat andere Erinnerungen an ihn, Gefühle für ihn, auch jetzt, da er tot ist. Vielleicht ist es einfach noch zu früh, darüber zu sprechen, uns auszutauschen. Der Verlust ist zu groß«, setzte sie leise hinzu. »Geben wir uns Zeit.«

Doch als Irene am nächsten Morgen allen erklärte, ab sofort sei Gerda Teil der Familie und nähme an den Sonntagsessen teil, erklärten Luise und Victoria, dann müsse die Mutter aber auf sie beide verzichten. Sogar Carl und Elisabeth lehnten Gerda ab. Johannes zögerte noch, er wollte seiner Frau nicht noch mehr Kummer bereiten, doch je mehr er über den letzten kurzen Brief von Franz nachdachte, desto stärker kam er zur Überzeugung, dass Gerda nicht die Frau war, über die er im Brief geschrieben hatte. Im Interesse der Familie untersagte er seiner Frau, Gerda einzuladen. »Triff dich mit ihr, wann und wo du willst, aber wir nehmen sie nicht in die Familie auf, wir brauchen erst Gewissheit.«

Irene lachte auf. »Sie hat den Ring. Welche Gewissheit brauchst du noch?«

Doch er war zu müde und erschöpft, so voller Trauer, dass er in keine Diskussion gehen wollte. Er nahm sich aber vor, in der Berliner Wohnung seines Sohns nachzuforschen. Vielleicht gab es hier Hinweise auf diese andere Frau, vielleicht hatte er sogar ein Testament hinterlegt. Das musste überprüft werden.

Wenn auch Gerdas Nähe Irene ein wenig Trost gab, erkannte Johannes die tiefe, elementare Trauer seiner Frau. Irene weinte, da es kein Grab gab, weil Franz irgendwo anonym verscharrt worden war, wie sie es nannte. Wo konnte sie jetzt trauern? Da entwickelte er einen Plan. Er war ungewöhnlich, aber vielleicht war es ein Trost für Irene.

An einem der nächsten Nachmittage holte er sie in der Villa ab und ging mit ihr zum Friedhof. Befremdet sah sie ihn an, doch er nahm sie nur schweigend am Arm und ging mit ihr den Kiesweg hoch bis zum Ende. Hier blieb er stehen. »Wie still und friedlich es hier ist«, flüsterte Irene. »Es tut gut. Die Tannen rauschen so beruhigend. Aber was ist das für ein Grab? Hast du es für uns gekauft, glaubst du, unsere Zeit ist abgelaufen?«

Da lächelte Johannes. »Nein, es ist kein Grab, nur eine Grabstätte. Ich habe sie gekauft. Du kannst sie nach deinen Vorstellungen bepflanzen und dir beim Steinmetz einen Grabstein aussuchen, dazu eine Inschrift, passend für Franz«, erklärte er.

Jetzt verstand Irene. »Du meinst, ich …«

»Ja, Irene, hier kannst du herkommen, um unseren Sohn trauern, es ist nicht wichtig, ob er hier begraben liegt, es ist dir doch wichtig, dass du einen Platz für deine Trauer hast.«

Irene schwieg, sie zögerte. »Was werden die Leute sagen, wenn ich hierherkomme, Blumen bringe, es sogar einen Grabstein gibt und Franz gar nicht hier liegt?«

»Es ist nicht wichtig, was andere denken. Wichtig ist doch nur, wie es dir geht und ob du dir vorstellen kannst, hier den Ort für deine Trauer zu finden.« Johannes sah, wie sie durchatmete, wie ihr nervöser Atem sich beruhigte, wie ein Lächeln auf ihrem Gesicht erschien. »Danke«, flüsterte sie, »danke, das ist eine wunderbare Idee.«

Da zog Johannes sie an sich, er spürte ihre Magerkeit, ihre Zerbrechlichkeit. Auch er trauerte, aber war die Trauer einer Mutter nicht eine viel größere? Das Kind, das sie in sich getragen, unter Schmerzen geboren, aufgezogen und geliebt hatte, musste vor ihr gehen. Es gab nichts Schlimmeres, entschied Johannes, und seine Umarmung wurde ein wenig fester.

»Extrablatt!
Deutsche Flotte gegen die britische Navy.
Matrosen streiken.
Wie geht es weiter?«

Victoria ging an dem Zeitungsjungen vorbei, der die Meldung in den Palmengarten schrie, doch nur wenige kauften ihm die Sonderausgabe ab. Die Leute waren müde geworden, sie wollten ihren Alltag zurück. Der Krieg war doch längst entschieden, wieso hörte es einfach nie auf?

Es waren kaum mehr Patienten in der Wandelhalle, und so ging sie hinüber zum Pavillon und ließ sich auf eine der weißen Bänke fallen.

Victoria wartete auf ihre Schwester. Beide wollten hier sein, um sich zu erinnern, darüber zu reden, wie es gewesen war, als Franz, der Älteste, mit den beiden Schwestern hierherkam. Victoria in der Mitte fest an der Hand der Geschwister, die sie fliegen ließen, und Victoria jauchzte laut und fand kein Ende. Dann saßen sie hier, sahen hoch zu den Vögeln, gingen zum Gehege der beiden Pfaue, und dann aßen sie zusammen im Palmengarten ein Eis. Es waren die schönsten Kindheitserinnerungen, verbunden mit Franz, Luise und ihr. Niemals hatten sie geglaubt, dass Franz sterben könnte, sie hatten geglaubt, alles bliebe ewig, die Besuche hier, der Palmengarten und auch der geschwisterliche Zusammenhalt. Doch dann kam der Krieg und mit ihm die Angst um den Bruder. Auch hatte diese Zeit verhindert, dass sie in die Gesellschaft eingeführt wurde, um einen entsprechenden Ehemann für sie zu finden. Letztendlich war Victoria froh darüber. Sie hatte die Liebe mit Juri erlebt, die sonst sicher nie möglich gewesen wäre, sie hatte eine Beziehung mit Albert Fuchs durchlebt und durchlitten. Jetzt aber galten ihre Pläne keiner Heirat mehr, sondern sie wollte nach Berlin. Ihr Vater lehnte es ab, aber Franz hätte sie unterstützt, Victoria war sich sicher. Und wenn sie in seiner Wohnung lebte, war er auf eine gewisse Art immer noch bei ihr. Die Trauer würde mit den Jahren nicht mehr so schmerzen, sie würde wieder am Leben teilhaben können.

»Kommt Luise nicht?« Die kleine Olga setzte sich neben sie, ließ ihre Füße baumeln und schubste Victoria an.

Sie war ein sehr hübsches Kind, keine Frage, aber Victoria mochte sie nicht, sie war frech und aufdringlich. »Nein, ich denke nicht«, antwortete sie, obwohl sie hier mit Luise verabredet war und schon seit einer halben Stunde auf sie wartete.

»Ich mag sie«, erklärte Olga, »sie ist nett.«

Victoria hörte den Unterton heraus, *du aber nicht*. »Ich finde dich auch nicht nett«, erklärte sie der Kleinen, aber mit einem Lächeln, und da lächelte Olga zurück und zeigte ihr bezauberndes Grübchen in der Wange.

»Bist du die Mama von den bösen Jungs am Bahnhof?«

Sicher meinte sie Julian und Felix, ihre lebhaften Cousins. Das ärgerte sie, sah sie etwa aus wie eine Mutter von neunjährigen Zwillingen? »Nein, bin ich nicht, und die Jungs sind nicht böse.«

»Doch, sie necken mich immer, sagen, ich bin ein kleines dummes Mädchen.«

Jetzt lachte Victoria amüsiert auf. Das sah ihren Cousins ähnlich.

»Ich kann mir vorstellen, du lässt sie nicht in Ruhe und ärgerst sie.«

Da zog Olga die Schultern hoch, sah Victoria fest an und steckte dabei den Daumen in den Mund. »Ich muss gehen, mein Opa wartet sicher schon, er kommt aber nicht mehr hierher, wegen denen.« Sie hatte den Daumen wieder aus dem Mund genommen und zeigte jetzt auf die Vögel im Pavillon.

»Warum? Was hat dein Opa gegen sie?«

»Weil ihr die armen Vögel einsperrt«, erklärte Olga mit fester Stimme, »das ist böse.«

»Du kannst deinem Opa von mir ausrichten, den Vögeln fehlt

es an nichts. Und er soll nicht so einen Unsinn reden.« Victoria wurde wütend. Dieser alte Mann benutzte seine Enkelin, um Victorias Familie seine Meinung aufzudrängen.

Olga sah sie unsicher an. »Mein Opa hat immer recht.« Dann steckte sie wieder den Daumen in den Mund und rannte davon, bevor Victoria antworten konnte.

Endlich kam Luise. Sie atmete durch, entschuldigte sich für ihr Zuspätkommen und ließ sich neben die Schwester auf die Bank fallen.

Eigentlich hatte Victoria ihr von der kleinen frechen Olga erzählen wollen, doch Luise wehrte sofort ab, als sie ansetzen wollte.

»Was ist los?«, fragte Victoria beunruhigt.

»In den nächsten Tagen wird das Sanatorium aufgelöst, die letzten Patienten mit einem Sonderzug nach Baden-Baden gebracht, dann ist das ganze Hotel leer.«

»Das ist doch eine gute Nachricht, oder? Dann kann aus dem *Deutschen Kaiser* endlich wieder ein Hotel werden.« Victoria strahlte. »Und in der Wandelhalle flanieren bald wieder elegante Kurgäste.«

Luise schüttelte den Kopf. »So leicht ist das nicht. Bis wieder die internationalen Kurgäste kommen, wird es dauern, und das Hotel wird sicher erst einmal leer stehen, und … das ist das Problem, es muss renoviert werden.«

Als Luise merkte, wie sehr Victoria erschrak, strich sie ihr schnell über die Wange. »Das wird schon alles«, sagte sie leichthin. »Alles wird gut. War die kleine Olga da?«, wechselte sie rasch das Thema.

Victoria erzählte ihrer Schwester, welche seltsamen Ansichten Olgas Opa vertrat. »Einfach nur ein alter neidischer Kerl ist das«, meinte sie.

»Er kann Kommunist sein, wer weiß. Vielleicht gibt es mehr davon, als wir glauben. Der Krieg verändert die Menschen, bringt ihre schlechtesten Eigenschaften zum Tragen. Wir sollten aufpassen, dieser Mann ist kein harmloser alter Kerl.«

Victoria erschrak über diese heftige Reaktion ihrer Schwester. Hatte sie sogar recht? War dieser Bruno Reimann gefährlicher, als sie dachte?

EINUNDDREISSIG

Berlin

9. November 1918

Schon am Vormittag hörte Clara im Radio, dass eine Revolution durch das ganze Land ging. Der Auslöser war der Befehl an die Flotte, die Royal Navy anzugreifen. Die Matrosen hatten gegen diesen unsinnigen Befehl gemeutert, und ihr Verhalten hatte sich im Laufe der letzten Wochen zu einer offenen Revolution bis nach Berlin ausgeweitet. In den Nachrichten kam, dass Soldaten mit roter Fahne durchs Brandenburger Tor fuhren, ganz Berlin war in Aufruhr. Clara erwachte aus ihrer Trauer und Lethargie. Sie spürte jeden Nerv im Körper kribbeln, sie musste auf die Straße, fotografieren, berichten, obwohl sie ahnte, dass Hans Flößer als neuer Chefredakteur ihr keinen Auftrag dazu erteilen würde. Sie sei schwanger, wie er schon mehrmals betont hatte, er könne keine Verantwortung übernehmen, indem er sie zu politisch aufgeheizten Standorten schickte, um Fotos zu machen.

Unschlüssig stand Clara vor dem Spiegel ihres Zimmers. Wieder beschwor sie sich selbst, es ginge ihr gut. Sie wohnte besser als jemals zuvor in ihrem Leben, und sie konnte sich satt essen. Schon lange hatte sie ihren Ehrgeiz unterdrückt, Unrecht und soziales Elend aufzudecken. Sie war egoistisch geworden und hatte deswegen ein schlechtes Gewissen. Aber sie lebte angenehm, war schwanger und konnte nichts riskieren. Fast hasste sie sich dafür. Sie genoss das gute Leben und lächelte, wenn die Witwe wieder von ihrem Neffen schwärmte. Und Clara schwieg.

An diesem Tag jedoch ließ sie das Frühstück ausfallen und lief voller Unruhe in die Redaktion hinunter. Rex trabte hinter ihr her. Er war wieder ein hübscher Hund geworden, der von Martha, der Haushälterin, liebevoll gepflegt wurde, doch er hing an Clara, ließ sie kaum aus den Augen. In der Redaktion angekommen, sah Clara sich um. Es herrschte Aufbruchsstimmung, es wurde hitzig gestritten, wer heute auf die Straßen dürfe, wer darüber berichten und Fotos machen könnte. Der Beste sollte es sein.

»Ich bin die Beste«, rief sie in den Trubel hinein, »und das wisst ihr alle. Ben und ich, wir waren die Besten.«

Schlagartig verstummten die Redakteure und warfen sich betretene Blicke zu.

»Ben ist nicht mehr da, und ich werde mich hüten, dich in deiner Schwangerschaft für einen gefährlichen Auftrag auf die Straße zu schicken. Du machst Schreibtischarbeit, oder du …« Er griff sich ein paar Unterlagen, die auf dem Tisch lagen. »Du kannst höchstens ein Interview mit einer Sängerin machen, die hier in der Nähe ein Revuetheater eröffnet. Das wäre was für dich.«

Clara wehrte vehement ab. »Niemals, ich will auf die Straße, ich will genau dort sein, wo heute Geschichte geschrieben wird.«

Ihr Herz raste, sie zitterte vor Erregung, sie musste hinaus, musste dabei sein. Die Lethargie des vergangenen Monats war von ihr abgefallen, ihre Leidenschaft für den Beruf war wieder erwacht.

»Die Geschichte muss ohne dich stattfinden«, erklärte Hans Flößer kurz angebunden. »Ich gehe selbst und nehme euch beide mit.« Er zeigte auf zwei seiner Kollegen. »Kommt. Wir müssen los.«

Die Tür fiel hinter ihnen zu, und die anderen blickten sich stumm an.

»Es ist besser so, wie Hans entschieden hat.« Ein Kollege klopfte Clara freundschaftlich auf den Rücken, nickte ihr zu und verließ den Besprechungsraum.

Doch so leicht ließ sich Clara nicht abspeisen. Einen Moment lang blieb sie stehen und überlegte. Durch die geschlossenen Fenster drang gedämpfter Lärm, laute Rufe und Pfiffe der Polizei, die im Tumult offenbar untergingen. Da gab es für Clara kein Halten mehr. »Berlin ist in Aufruhr, und ich soll nicht dabei sein? Niemals«, erklärte sie kriegerisch, »auch wenn Hans mich feuert, ich ziehe los.«

Mit Engelszungen konnte sie schließlich die Sekretärin Lola überreden, auf Rex aufzupassen. »Nur für zwei Stunden, bitte. Ich kann ihn nicht mitnehmen, es ist zu gefährlich.«

Jetzt lachte Lola. »Für den Hund ist es gefährlich, aber für dich nicht?«

Clara hob die Hände in einer bittenden Geste und lächelte die Sekretärin an.

»Na gut, Rex, komm her. Zwei Stunden, dann setz ich ihn aus«, zwinkerte sie, doch sie streichelte Rex liebevoll hinter den Ohren, so wie er es mochte.

Da schlich sich Clara ganz schnell aus der Redaktion, bevor Rex zu winseln anfing. Sie lief zum Kurfürstendamm, blieb stehen und atmete tief ein. Sie ahnte, wo genau »Geschichte geschrieben wird«, wie sie sich vorhin ausgedrückt hatte.

Irgendwann geriet sie in einen Strom von Menschen, die Parolen schrien und sich in Richtung Reichstagsgebäude bewegten. Mit ihnen lief sie, mit ihnen schrie sie, sie fühlte sich lebendig wie schon lange nicht mehr. Das war ihr Leben, ihre Berufung. Nicht am Schreibtisch sitzen oder eine Sängerin interviewen, die ein Theater eröffnen wollte. Nein, die Straße gehörte ihr, da war sie zu Hause, hier war sie am Puls des Geschehens, fühlte sich eins mit den Unterdrückten, den Ausgebeuteten, den Revolutionären. Ihre geliebte Handkamera war defekt und bei einem Fachmann zur Reparatur, so musste Clara ohne sie los, aber sie würde darüber berichten, aus ihrer Sicht über das Geschehen schreiben. Immer mehr Menschen schlossen sich jetzt der Menge an, bis sie vor dem

Reichstag ankamen, vor dem sich schon Tausende versammelt hatten und zu den Fenstern hochstarrten.

Jetzt erst zögerte sie. Eine plötzliche Angst ließ sie stehen bleiben. Sie bekam Panik bei dem Gedanken, inmitten dieser Tausenden zu stehen und vielleicht nicht mehr herauszukönnen oder sogar niedergetrampelt zu werden. Fieberhaft überlegte sie, sah sich um, und da fiel ihr Blick auf Ben. Auch er stand am Rand der Menge, doch sein Blick hing am Reichstagsgebäude, die Haltung war vollkommene Konzentration. Zuerst versuchte sie, ihren Blick auf ihn zu konzentrieren, doch er bemerkte sie nicht, und so drängte sie sich durch die Menschen, die immer weiter hierherströmten, bis sie direkt vor Ben stand. Er war so hoch konzentriert, dass er sie erst wahrnahm, als sie ihn ansprach. Er zuckte zusammen, starrte sie an, dann glitt ein Lächeln über sein blasses Gesicht.

»Ach, das ist eine Überraschung.« Seine Stimme klang hölzern. »Wie geht es dir?«, setzte er steif nach.

»Gut, danke«, nickte sie. »Was, glaubst du, wird heute hier passieren?«, fragte sie ihn, da beide verlegen nach Worten suchten.

»Ich weiß es auch nicht, darum bin ich hier.« Jetzt wandte er ihr das Gesicht ganz zu. »Ich habe neulich Dr. Kleber getroffen, und von ihm weiß ich, dass du wieder in der Redaktion arbeitest. Herzlichen Glückwunsch. Ich bin so erleichtert, ich kann dir das gar nicht sagen, ich wollte dir …«

Doch da wurden sie beide abgedrängt. Clara bekam keine Luft mehr, sie geriet in Panik, rang nach Atem, dann verlor sie den Boden unter den Füßen, ihr wurde schwarz vor Augen. »Ben«, schrie sie, »Ben.«

Als sie zu sich kam, saß sie auf einer Bank, und Ben hielt sie. Sie hob den Kopf und hörte die Menschen rufen, klatschen, jubeln.

»Was habe ich verpasst?« Nur mühsam kam sie zu sich, hustete, schluckte, denn Ben hielt ihr eine Flasche Wasser an den Mund. Mit einem Satz versuchte sie aufzuspringen, doch Schwäche ließ sie zurück auf die Bank fallen.

»Du hast Geschichte verschlafen.« Ben beobachtete sie besorgt.

»Was ist passiert?«, flüsterte sie. Ihr Mund war ausgetrocknet, und ein Flimmern vor den Augen ließ sie kaum erkennen, was um sie herum geschah.

»Komm, trink noch mal.«

Sie schluckte, hustete, und erst als sich ihr Atem langsam beruhigte, antwortete Ben.

»Du bist umgefallen«, erzählte er, »und zwar genau in dem Moment, als ein Fenster im Reichstagsgebäude aufgerissen wurde. Zum Glück konnte ich dich festhalten und auffangen. Ich habe dich einfach hochgenommen und hierhergetragen.«

»Danke, danke, Ben … aber was ist passiert?«

»Philipp Scheidemann von der SPD hat die deutsche Republik ausgerufen. Hörst du es? Die Leute jubeln immer noch.«

»Ja, ja, natürlich, und was ist mit dem Kaiser?«

»Er scheint heimlich geflohen zu sein. Scheidemann hat gerufen, die Monarchie sei tot.«

»Und das hast du miterlebt und mich trotzdem hierhergebracht?«

Jetzt lachte Ben, und sie erkannte ihn wieder, wie er damals gewesen war, nicht nur der ernste Mitstreiter, sondern auch ein Mann mit viel Humor und Lebensfreude. »Ich habe dich zwar hochgehoben, bin aber noch stehen geblieben. Ich habe also das Wichtigste mitbekommen, dann habe ich diese Bank entdeckt und bin mit dir hierher. Ich habe mir schon Sorgen gemacht, Clara. Du warst ziemlich lange ohnmächtig.«

Er sah sie an, während sie an ihrer Bluse zupfte und sich die Haare richtete. »Du bekommst ein Kind, nicht wahr?«

Sie zögerte, bis sie antwortete. »Ja, Ben, ich bin schwanger.«

Da wandte er das Gesicht ab und schien konzentriert auf die Rufe der Massen zu lauschen. »Hörst du sie, Clara? Auch wir haben einen kleinen Teil dazu beigetragen. Wir haben immer für die soziale Gerechtigkeit, für die Abschaffung der Monarchie gekämpft. Es ist auch ein wenig unser Sieg.« Jetzt wandte er sich ihr wieder zu.

»Ja, Ben, wir beide, auch wir haben gesiegt … Ben, mir geht es wieder gut. Du willst doch sicher zu den Menschen zurück. Du bist doch hier, um diesen Moment mitzuerleben, nicht um mich zu bemuttern.«

Sie klang ein wenig forsch, denn sie spürte, wie sehr es ihn traf, dass sie schwanger war, so sehr, dass er nicht darüber sprechen wollte.

Er gab keine Antwort, dann aber sah er sie wieder an. »Dr. Kleber hat mir auch erzählt, dass … Franz Laverne gefallen ist. Das tut mir leid.«

Er erhob sich, fast flüchtete er, als er sich ein paar Schritte von ihr entfernte.

Clara aber umfasste mit beiden Händen krampfhaft die Bank, auf der sie saß. Seit Wochen verdrängte sie die Gedanken an Franz. Und wie oft hatte sie in der Redaktion den Spruch gehört, das Leben ginge weiter. Ja, es war weitergegangen, doch sie bekam dennoch ein Kind von ihm. Immer würde er also ein Teil ihres Lebens bleiben, zu ihr gehören. Doch in diesem Moment der körperlichen Schwäche überwältigte sie die Erinnerung. Es war Franz, der mit ihr gekämpft hatte. An ihn knüpften sich die stärksten Erinnerungen ihres Kampfs um Gerechtigkeit. Der Moment, in dem sie Franz kennenlernte, als er an ihrer Seite bei den Demonstrationen mitmarschiert war. Sie erinnerte sich auch, dass sie ihn zuerst nicht ernst genommen hatte, ihn, den jungen Mann aus reichem Haus. Sie hatte geglaubt, er mache das nur aus einer Laune heraus. Sie hatte ihn falsch eingeschätzt, nur weil er aus einer wohlhabenden Familie kam. Doch er hatte sich zusammen mit ihr für Gerechtigkeit eingesetzt und mit ihr gegen Kaiser Wilhelm demonstriert.

Aber eines hatte sie nie verstehen können: dass es ihn zum Militär drängte. Die Armee sei seine Liebe, hatte er gesagt. Vielleicht war es sogar seine größte, die Liebe, die ihn an der Front bei seiner

Kompagnie hielt, die Liebe, die ihm verbot, Heimaturlaub zu nehmen. Die Liebe, die mit seinem Tod endete. Tränen traten ihr in die Augen. Tränen, die niemand sehen sollte, denn sie wollte kein Mitleid. Es war ihre einsame Trauer. Und jetzt reichte nur eine Bemerkung aus, damit der Schmerz sie überwältigte. Sie richtete sich kerzengerade auf, atmete durch und beobachtete Ben, wie er sich auf die Zehenspitzen stellte, um über die Köpfe der Leute bis zum Reichstagsgebäude sehen zu können.

Jetzt spürte er ihren Blick und kam zu ihr zurück. Sie lächelte ihm entgegen, nur schwach, nahm er es wahr? Auch ihn hatte sie geliebt, auf eine andere Weise, aber doch geliebt. »Komm!« Sie nahm ihre ganze Kraft zusammen, als sie aufsprang und nach seiner Hand griff. »Komm, mir geht es wieder gut, lass uns noch mal ganz nahe zum Reichstag laufen. Ist Scheidemann noch am Fenster?«

Er schüttelte den Kopf, doch mit seiner Hand, die sie ergriffen hatte, zog er sie ganz nahe zu sich heran. »Nein, Clara, nein. Lassen wir es. Ich denke, es wird nichts mehr passieren, nichts Denkwürdiges jedenfalls.«

»Es lebe die deutsche Republik!« Der Ruf der Menge wollte nicht verebben.

»Die Monarchie ist endgültig zusammengebrochen, ein neues Zeitalter beginnt.« Bens Stimme klang feierlich, so ernst, dass sie ihn fast erschrocken ansah.

»Ja, Ben, aber eigentlich ist das ein Grund zum Feiern.«

Er ging darauf nicht ein. »Komm«, schlug er vor, »lass uns ein Stück zusammen gehen.«

Schweigend liefen sie weiter und entfernten sich von der Masse der Tausenden. Als es ruhiger um sie wurde, blieb sie stehen. »Und was hast du in der Zwischenzeit gemacht?«, wollte sie wissen. »In der Redaktion wusste keiner Bescheid.«

»Ich?« Ben hob nur die Schultern und ließ sie wieder fallen. Dann aber antwortete er: »Ich war bei meinem Vater.«

»Wie geht es ihm?«

»Er ist gestorben.« Seine Stimme klang fast gleichgültig, als er noch hinzufügte: »Es ist besser so, er war sehr krank, und er wird nicht mehr miterleben, wenn …«

»Wenn was?«

»Wenn ich gehe.« Doch bevor sie fragen konnte, sprach er schnell weiter. »Clara, ich muss das jetzt loswerden, ich möchte mich für mein Verhalten von damals entschuldigen. Ich war verletzt, in meiner Eitelkeit gekränkt, ich hätte dich nicht so behandeln dürfen, geschweige denn dich einfach feuern.«

»Ist schon gut«, erklärte sie mit schwacher Stimme, »alles schon vergessen, aber was meinst du …«

»Bitte«, unterbrach er sie, »vergiss es nicht nur, sondern verzeih mir auch. Das ist für mich so wichtig.«

Forschend sah sie ihn an. »Wenn es für dich so wichtig ist – ja, Ben, ich verzeihe dir.«

Jetzt wich die Anspannung in seinem Gesicht großer Erleichterung. »Wenn wir uns heute nicht zufällig getroffen hätten, hätte ich dir geschrieben, bevor ich gehe.«

»Ben, was ist los? Was meinst du damit? Wohin willst du gehen? Sag doch was.« Tiefe Unruhe erfasste sie. Verlor sie ihren guten Freund, gerade jetzt, da sie sich wiedergefunden hatten?

Er wandte das Gesicht ab, schwieg beharrlich, während sie atemlos wartete. Dann drehte er sich ihr wieder zu. »Clara, ich werde Deutschland verlassen.«

Schweigend starrte sie ihn an. »Ich … ich verstehe dich nicht. Wohin willst du denn?«

»Es lebe die deutsche Republik!«, schallte es aus der Ferne.

»Hörst du es nicht? Du willst gehen, jetzt, da es ein besseres, ein freieres Deutschland geben wird, ein Deutschland, für das du gekämpft hast.«

Ben schwieg verbissen.

»Wann? Ben, sprich mit mir!« Sie packte ihn am Revers seiner Jacke. »Bitte!«

»Morgen. Ich werde morgen nach Hamburg fahren und vorerst bei meinem Onkel bleiben.«

»Hamburg ist doch Deutschland, was redest du da?«

»Ja, natürlich, Clara. Ich bleibe nur kurz dort, aber dann verlasse ich Deutschland.«

Ihre Hand fiel herunter. Sie sah den gequälten Ausdruck in seinem Gesicht. »Du wirkst aber nicht glücklich. Wohin, Ben, und warum willst du weg?«

»Ich werde nach Amerika gehen. Ich habe die Möglichkeit dazu.«

Sie versuchte, ruhig zu bleiben. Es schien so ungeheuerlich, so ganz außerhalb jeglichen Verständnisses. Dann aber flüsterte sie: »Warum, Ben warum?«, wiederholte sie. »Hat es etwas mit mir, mit uns zu tun?«

»Aber nein«, war seine rasche Antwort. »Eines Tages«, sagte er leise, »eines Tages, Clara, wirst du es verstehen.« Dann hob er die Hand und strich ihr zart über die Wange.

»Ich brauche dich, du kannst nicht gehen.« Es klang kindisch, sie wusste es, und doch sprach sie es aus.

»Nein, Clara, du brauchst mich nicht, du brauchst niemanden. Aber ich wünsche dir alles Gute. Dir und deinem Kind.«

Dann wandte er sich abrupt ab und verschwand in der Menge.

Lange stand sie da, doch Ben kam nicht zurück. Er würde nie mehr kommen, endlich erkannte sie es. Sie löste sich aus ihrer Erstarrung, als eine Gruppe Männer direkt an ihr vorbeimarschierte.

Arbeitslose, Sozialisten auf ihrem Weg zum Reichstagsgebäude. Die Männer marschierten weiter, sie hoben die Fäuste und hielten Schilder hoch, und auf eins hatten sie ein schwarzes Hakenkreuz gemalt.

Sie haben mich einen jüdischen Drückeberger genannt … Bens Erzählung vor einem Jahr im Kranzler.

Clara fröstelte, dann ergriff ein Zittern ihren ganzen Körper. Waren sie der Grund, warum Ben Ehrlich, der Visionär, der Zukunftsdenker, Deutschland verließ? Und eine tiefe, elementare Angst griff nach ihr.

ZWEIUNDDREISSIG

Kurort Bad Lichtenberg

Zur gleichen Zeit

Als Gerda nach Hause kam, erwartete ihre Mutter sie an der Haustür.

»Wo warst du?«

»Oben in der Villa bei Frau Laverne.« Gerdas Stimme klang herausfordernd.

»Wer war sonst noch da?«

»Nur Frau Laverne, warum?«

»Komm ins Wohnzimmer, ich möchte mit dir reden.«

Nur ungern folgte Gerda der Aufforderung.

»Setz dich, Gerda.«

Zögernd drückte sich Gerda aufs Sofa, ihre Mutter nahm ihr gegenüber auf einem Stuhl Platz. Es sah nach einem ernsten Mutter-Tochter-Gespräch aus.

»Wer außer Frau Laverne war noch da?«

Gerda sah sie erstaunt an. Dann aber erkannte sie, worauf ihre Mutter hinauswollte. »Nur sie und ich. Das ist viel schöner, als wenn die Töchter dabei sind«, sagte sie hastig.

Frau von Bitten ging darauf nicht ein. »Kann es nicht sein, dass Frau Laverne dich nur in die Villa einlädt, wenn die Töchter nachmittags ihrem Beruf nachgehen und Herr Laverne in der Kanzlei ist?«

Gerda spürte, wie die Röte ihr ins Gesicht stieg. »Und wenn es so wäre?«

»Das kann ich dir sagen. Es bedeutet, die Familie will von dir nichts wissen, um es ganz deutlich auszusprechen.«

»Das ist doch Unsinn«, fuhr Gerda hoch. »Sie akzeptieren mich, da ich den Ring habe und …«

Mit einer Handbewegung brachte Barbara von Bitten ihre Tochter zum Schweigen. »Ich weiß«, fing sie an, »dass du der armen Frau Laverne und der ganzen Familie nur Lügen auftischst. Und Irene ist die Einzige, die dir glaubt.« Gerda schwieg, sah auf ihre Hände und drehte nervös an dem Ring, den sie seit einigen Tagen angesteckt hatte.

»Du hast angeblich diesen Ring von Franz Laverne erhalten, das Zeichen, dass du seine Verlobte bist, wie du es sagst.«

»Ja.« Gerda wurde es unbehaglich. »Das weißt du doch, und wie du siehst, trage ich ihn auch. Frau Laverne will das so.«

»Ich finde es nur eigenartig«, fuhr ihre Mutter unbeirrt fort, »dass du und Franz euch nie geschrieben habt. Es gibt keinen Briefwechsel zwischen euch.«

»Woher willst du das wissen?«

»Miezchen! Ich bin die Post, ich weiß, dass es Feldpostbriefe von Franz an seine Familie gab, aber nicht an dich«, betonte Gerdas Mutter. »Auch kann es nicht sein, dass ihr euch getroffen habt, denn du warst in diesen Jahren nicht in Berlin und er nicht hier.« Frau von Bitten wandte den Kopf zur Tür, da ihr Ehemann hereinkam, dort stehen blieb und die Arme vor der Brust verschränkte. Es wirkte wie eine Provokation. »Was willst du? Ich möchte allein mit Gerda sprechen.«

»Lass das Kind«, herrschte Gero von Bitten seine Frau an. »Und hör auf, sie zu bedrängen. Verstehst du das nicht? Unsere Tochter gilt jetzt als Verlobte des gefallenen Franz Laverne. Das verschafft ihr einen gesellschaftlichen Aufstieg. Sie wird zur Familie gehören.«

Gerda strahlte ihn an. Es tat so gut, dass ihr Vater zu ihr stand. »Franz und ich hatten immer diese Verbindung, auch wenn wir uns nicht geschrieben haben«, wandte sie sich an die Mutter, deren Verärgerung wuchs.

»Und wie bist du zu dem Ring gekommen?«

»Er hat ihn ihr geschenkt«, mischte sich der Vater ins Gespräch, »egal, ob, wann und wie, unsere Tochter ist in seinem Besitz«, grinste er.

Barbara von Bitten schloss für einen kurzen Moment die Augen, atmete durch und versuchte ruhig zu bleiben. »Gero, du benutzt deine Tochter, um dich an Johannes Laverne zu rächen, und sie wird es büßen müssen.«

»Diese arrogante Familie ist selbst schuld, wenn sie so leichtgläubig ist.«

»Also bist auch du der Meinung, dass sie ihn … ich meine … einfach genommen hat.« Das Wort *gestohlen* ging ihr nicht über die Lippen.

Gero von Bitten zuckte nur mit den Schultern. »Na und? Er ist in ihrem Besitz, und das reicht doch wohl.«

»Seine Frau wandte sich wieder ihrer Tochter zu. »Gerda, eines Tages wird die Familie erkennen, dass du lügst. Es kann nur ein böses Erwachen geben. Vielleicht verklagen sie dich sogar wegen Diebstahls. Es ist eine mächtige Familie.«

»Arrogant sind sie, das sind sie.« Gero von Bittens Stimme wurde lauter, auch gehässiger.

Seine Frau beachtete ihn nicht mehr, sondern sprach nur noch zu ihrer Tochter. »Vielleicht geht es sogar ein oder zwei Jahre gut, aber dann …« Sie brach ab, denn ihr kamen die Tränen, da sie sah, wie Gerda die Realität nicht erkennen wollte. Sie setzte neu an: »Selbst wenn sie dich als seine Verlobte ansehen, dir also glauben, wird auch das bald seinen Reiz für sie verlieren. Du bist nicht seine Witwe. Da hättest du Rechte, sogar auf ein Erbe, dann würdest du wirklich zur Familie gehören. So aber bist du nur die Verlobte, und auch das nur deiner eigenen Aussage nach. Der Ring ist nicht die Versicherung, wie du jetzt glaubst. Wenn dein ganzes Lügenkonzept zusammenbricht, wirst du mit Schande davongejagt. Noch einmal, Gerda: Im Moment glaubt dir nur Irene Laverne, weil sie es glauben *will.* Aber irgendwann wird auch sie müde werden, will nicht immer nur um den Sohn trauern … und was ist dann?« Es war eine rhetorische Frage, denn sie sprach sofort weiter. »Dann wird sie deine Gegenwart nicht mehr suchen, Miezchen, sich wieder anderen Dingen in ihrem Leben zuwenden. Dann aber stehst du allein da. Du bist bereits dreiundzwanzig Jahre alt und verschenkst die besten Jahre deines Lebens, nur weil du unbedingt zu dieser Familie gehören willst. Stell dich endlich der Realität.« Barbara atmete tief durch, sie hatte ausgesprochen, was sie so lange belastete.

Gerda sah unsicher zu ihrem Vater hinüber, der weiterhin grinste und ihr aufmunternd zunickte.

Ihre Mutter aber wollte nicht aufgeben. »Also, ich habe mit Susanne gesprochen, sie bietet dir an, in Berlin bei ihr zu wohnen. Für dich bedeutet das einen Neuanfang und vielleicht auch einen neuen Mann. Der dich liebt«, setzte sie leise hinzu. »Wo du dir keine Lügen ausdenken musst, wo …«

»Es sind keine Lügen«, schrie Gerda plötzlich auf und brach in Tränen aus. »Ich habe ihn geliebt, und er wäre zu mir zurückgekommen, ich weiß es ganz genau.«

»Du fährst nach Berlin«, bestimmte Frau von Bitten. Sie liebte ihr Miezchen über alles und wollte ihr diese große Demütigung ersparen, die in ihren Augen nicht ausbleiben würde. Sie wollte für ihr Kind das Beste, und das Beste war ein neues Umfeld, neue Menschen, ein Mann, der ihr hübsches Miezchen liebte und mit dem sie eine Zukunft aufbauen konnte.

»Ich will nicht nach Berlin«, schrie Gerda schluchzend und sah Hilfe suchend ihren Vater an.

»Doch, du fährst, deine Fahrkarte habe ich schon gekauft.« Barbaras Stimme klang ruhig und bestimmt.

Jetzt setzte sich Gerdas Vater neben seine Tochter, legte den

Arm um sie und unterstützte sie in höhnischer Freude. Er hatte Johannes Laverne Rache geschworen für die Demütigung, die er ihm zugefügt hatte, als er ihn bei seinem Kondolenzbesuch aus der Villa geworfen hatte. Und jetzt gab das Schicksal seiner Gerda eine Waffe in die Hand, um ihn, Gero, zu rächen.

»Ich stehe zu dir«, versprach er Gerda.

Frau von Bitten standen die Tränen in den Augen. »Du wirst es bereuen, wenn du nicht nach Berlin gehst. Bitte sei vernünftig. Miezchen«, fügte sie noch zärtlich hinzu. »Lass dich von deinem gewissenlosen Vater nicht beeinflussen.«

»Ich bin schon oft oben in der Villa gewesen«, triumphierte Gerda. Aber ihre Mutter hatte richtig vermutet, Irene lud sie nur ein, wenn ihr Ehemann in der Kanzlei und Luise im *Deutschen Kaiser* war und Victoria Dienst in der Wandelhalle hatte. »Frau Laverne mag mich«, erklärte Gerda und setzte provokant nach: »Und sie ist wie eine Mutter für mich.«

Frau von Bitten sah ihre Tochter nur lange an. Sie war blass geworden, und Gerda spürte, wie sehr sie ihre Mutter damit verletzte. Doch sie schwieg, und ihr Vater gab vor, diese Provokation nicht gehört zu haben.

Barbara ging auf die Tür zu und wartete auf eine Entschuldigung. *Mama, ich habe das nicht so gemeint …* doch da nichts kam, verließ sie schweigend das Zimmer.

Als Gerda am nächsten Morgen in die Küche kam, war der Tisch nicht gedeckt und kein Frühstück vorbereitet. Ihr Vater lümmelte auf der Bank und las. »Es gibt Neuigkeiten.« Er ließ die Zeitung sinken. »Deutschland ist jetzt eine Republik, und der Kaiser hat sich verdrückt.«

Gerda reagierte nicht. Was ging die Politik sie an.

»Weißt du«, fragte ihr Vater, »warum deine Mutter kein Frühstück gemacht hat?«

Da hörten beide, wie Barbara langsam und polternd die Treppe herunterkam, sie schien etwas zu schleppen. Gero von Bitten sprang auf und öffnete neugierig die Küchentür. In der Diele stand seine Frau, neben ihr zwei Koffer.

»Ich ziehe aus«, erklärte sie ruhig. »Die Oberpostdirektion in Karlsruhe hat mir die Dienstwohnung über dem Postamt angeboten. Dort könnt ihr mich finden. Meinen Mann«, sprach sie weiter, »kann ich schon lange nicht mehr begreifen, und meine Tochter will meinem Rat nicht mehr folgen und denkt, sie habe in Irene Laverne sogar eine neue Mutter gefunden«, fügte sie hinzu, hob die Koffer auf, ging zur Haustür und öffnete sie.

Gerda lief ihr nach und packte sie am Arm. »Du musst mir glauben, bitte. Franz hat mich geliebt«, rief sie aus. »Ich habe den Ring genommen, ja, aber er war für mich bestimmt, nicht für die andere … für mich … mich … mich …« Sie brach in Tränen aus. Sie wollte, dass ihre Mutter ihr glaubte, wollte, dass sie bei ihr blieb.

Ihre Mutter strich ihrem Miezchen zärtlich über die Wange. »Fahr nach Berlin, es ist das Beste für dich. Es wird einen anderen Mann geben, der dir einen Ring an den Finger steckt und den du dir nicht heimlich nehmen musst. Und wenn du mich brauchst, weißt du, wo du mich findest.« Sie hob die beiden Koffer hoch und wandte sich an ihren Ehemann: »Ich verlasse dich, falls du das nicht begreifst. Und ich werde die Scheidung einreichen.«

Dann schloss sich die Tür hinter ihr.

Gerda verharrte lange in der Diele, doch ihre Mutter kam nicht zurück.

Ihr Vater hatte sich wieder an den Tisch gesetzt und griff nach der Zeitung. »Kann Mama das denn?«

Gero von Bitten lachte auf. »Als Frau? Die Scheidung einreichen? Niemals. Und jetzt, Gerda, mach uns das Frühstück.«

Wenn ihr Vater sich auch selbstsicher gab, war er tief getroffen. Seine Frau hatte eine Stelle angenommen, wurde von allen gelobt, wie gut sie die Post leite. Sie hatte durchgesetzt, dass das Geld an sie und nicht, wie es sich gehörte, an ihn ausbezahlt wurde, und vielleicht erreichte sie es auch, sich scheiden zu lassen. Damit würde sie ihn zur Lachnummer der ganzen Stadt machen.

»Ich habe keinen Hunger, mach dir das Frühstück doch selbst.« Und schon war Gerda weg.

Sie lief aus dem Haus bis zum Palmengarten, denn hier war sie heute mit Irene verabredet. Sie entdeckte sie inmitten vieler Leute. Doch als Gerda sie ansprach, schrak Irene zusammen. »Weißt du es nicht, was passiert ist? Gerda, es tut mir leid, aber ich muss zu meiner Familie, ein anderes Mal wieder.«

»Aber ich gehöre doch zu …«

Aber Irene hörte sie nicht mehr, sondern eilte davon. Und Gerda stand wie angewurzelt da und erinnerte sich an die Worte ihrer Mutter: *Du wirst nie zu dieser Familie gehören, geh nach Berlin.*

Wie betäubt drängte sie sich durch die vielen Menschen, die dem Zeitungsjungen das Extrablatt aus der Hand rissen. Sie hörte auch nicht, wie die Kirchenglocken läuteten.

Deutschland hatte den Krieg verloren.

»Wir sind jetzt also eine Republik.«

»Die Frage ist«, antwortete Carl seinem Bruder, »ob wir damit umgehen können.«

Sie saßen in der Weinstube *Zur blauen Traube* und tranken ihren Riesling.

»Wir haben den Krieg verloren, und die Siegermächte werden uns alles nehmen, auch die Kolonien. Wir werden uns an eine Besatzung gewöhnen müssen.«

Carl hörte seinem Bruder gebannt zu, er bewunderte Johannes für seinen klaren Verstand und sein politisches Verständnis.

Dann aber wechselte Johannes abrupt das Thema. Er sprach von der Insolvenz seiner Kanzlei, den hohen Krediten, mit denen er die Villa belastet hatte.

Carls Antwort war ein tiefer Seufzer. »Im *Deutschen Kaiser* sieht es nicht besser aus. Das Sanatorium ist ausgezogen, und wie ich dir das letzte Mal schon sagte, muss das gesamte Hotel renoviert werden, und das ist sehr kostspielig. Wie es weitergehen soll, steht in den Sternen.«

Johannes überlegte. »Auch mit dem Palmengarten sieht es nicht gut aus. Es fehlen die großen Veranstaltungen und vor allem auch die Ballsaison mit den glanzvollen Festen. Wir haben auch hier keine Einnahmen mehr, außer ein paar Hausfrauen, die ihren Sekt trinken.« Er nahm sein Glas hoch und prostete seinem Bruder zu. »Auf unseren Geschäftssinn«, erklärte er ironisch.

Carl schwieg, doch dann erzählte er, Elisabeth habe ruhig reagiert, ein finanzielles Desaster sei wieder zurechtzurücken. »Doch einen Sohn im Krieg zu verlieren, das sei eine wirkliche Tragödie. Und sie sei glücklich, dass unsere Söhne noch zu klein waren, um in den Krieg zu ziehen. Alles andere lässt sich wieder in Ordnung bringen.« Kaum ausgesprochen, erschrak Carl. Hatte er mit seiner Bemerkung die noch so frische Wunde bei seinem Bruder aufgerissen? »Wir hoffen alle«, fügte er hastig hinzu, »dass es nie mehr einen Krieg geben wird.«

»Das denke ich nicht. Ich kann mir nicht vorstellen, dass Deutschland sich noch einmal von irgendjemandem, sei es ein Kaiser oder Kanzler, in einen Krieg hetzen lässt.«

»Darauf wollen wir trinken.« Carl hob sein Glas und sah seinen Bruder unsicher an. Hatte er den Bruder verletzt, als er ihm Elisabeths Meinung erzählt hatte? Doch Johannes schien es richtig einzuschätzen.

»Weißt du, Carl, ich komme mir als richtiger Versager vor.«

»Aber nein, das bist du doch nicht, du bist landesweit einer der besten Anwälte. Und übrigens meint Elisabeth, dass du eine so starke Persönlichkeit bist, dass du die Kanzlei bald wieder auf Kurs bringen wirst«, erzählte Carl.

Johannes fühlte sich zutiefst geschmeichelt, dass Elisabeth ihn so hoch einschätzte. Er dachte an die schöne Schwägerin, und so entging ihm der prüfende Blick von Carl.

Nach einer kleinen Pause, in der sie beide tranken, erklärte Carl noch: »Du weißt, ich habe mit Luise die Situation besprochen, zumindest was das Hotel und den Palmengarten betrifft. Sie meint, du sollst Irene die Situation sehr schonend beibringen, sie sei in ihrer Trauer um Franz nicht mehr belastbar.«

»Tja, die Welt verändert sich. Auch unsere. Und das nicht zum Besten.«

Als Johannes nach Hause kam, ging er hoch ins Turmzimmer. Aus einem Fach im Schrank holte er ein Tagebuch hervor, es war ein Geschenk von Elisabeth zu seinem Geburtstag vor sechs Monaten. Sie hatte es ihm am frühen Morgen vor dem großen Familienfrühstück rasch in die Hand gedrückt und ihm einen Kuss auf die Wange gehaucht. »Vielleicht hast du Freude daran, deine Gedanken aufzuschreiben«, hatte sie gelächelt. Ihr Gesicht war ganz nahe gewesen, er hatte ihre Lippen gesehen, ihr Parfum eingeatmet, das sie wie ein leichter Hauch umgab. Einen Moment verharrte er in der Erinnerung. Doch dann atmete er tief durch, nahm das Buch, setzte sich an den Tisch, schlug es auf und schrieb:

Gestern, am Montag, dem 11. November 1918, ging der Krieg zu Ende.
In einem Eisenbahnwaggon nahe Compiègne trafen sich die Westmächte und handelten einen Waffenstillstand aus. Festgelegt wurde: sofortige Einstellung der Feindseligkeiten.
Es verhandelten die Siegermächte Frankreich und Großbritannien und der große Verlierer Deutschland. Der Ausverkauf unseres geliebten Landes hat begonnen.
Die Welt verändert sich, auch unsere Welt. Wie wird es mit der Familie weitergehen?

Das Abendessen begann im großen Schweigen, bis Irene den Anfang machte und erzählte, sie habe den Oberbürgermeister getroffen und ihm ein Versprechen gegeben.

Johannes sah kurz hoch. »Was meinst du damit?«

»In fünf Tagen kommen die Kriegsveteranen zurück. Ohne Franz …« Einen Moment verharrte Irene, da ihre Stimme brach und sie nur mit Mühe ein Schluchzen unterdrückte. »Wie schön wäre es, wenn er mit dabei wäre, wenn …« Sie konnte nicht weitersprechen, suchte nach ihrem Taschentuch und wischte sich die Tränen von den Wangen.

»Ja, Irene, ja, aber das Schicksal hat es anders entschieden. Aber was für ein Versprechen hast du unserem Bürgermeister gegeben?«

Unsicher sah seine Frau ihn an. »Nun, sie kommen mit einem Sonderzug hier an, und die Stadt will ihnen einen großen Empfang im Rathaus geben.«

»Und weiter? Hat dein Versprechen etwas mit unserer Familie zu tun?«

Irene atmete durch. »Ja, ich habe ihm versprochen, dass der ganze Empfang von dir finanziert wird. Dafür wird er unseren Sohn ganz besonders ehren und …« Sie brach ab, da Johannes das Besteck hart auf dem Tisch ablegte, sich die Serviette aus dem Kragen riss und tief durchatmete. Er war blass geworden.

»Du wagst es, über meinen Kopf hinweg finanzielle Zusagen zu machen? Was erlaubst du dir?«

Irene erschrak zutiefst. »Aber er wird doch unseren Sohn mit einer kleinen Rede ehren und …«

»Ich pfeife darauf, ob dieser Opportunist unseren Sohn ehrt, das brauchen wir nicht. Außerdem«, er atmete durch, sah Irene und dann auch Victoria an, die schwieg und erst jetzt aus ihren Gedanken hochfuhr, »selbst wenn ich es wollte, ich kann es nicht.« Johannes machte eine kleine Pause und sah die beiden Frauen an, die ihm erwartungsvoll zuhörten. Es fiel ihm schwer, denn trotz des Gesprächs mit seinem Bruder sah er die Situation als sein persönliches Versagen an. Aber dann sprach er weiter, einmal mussten sie es erfahren. »Meine Kanzlei ist an ihre finanziellen Grenzen gestoßen.« Er vermied das Wort Insolvenz.

»Was bedeutet das?« Victoria reagierte neugierig.

»Es bedeutet, dass wir, bedingt durch den Krieg, keine Mandanten mehr haben und die wirklich zahlungskräftigen Firmen, die wir seit Jahren betreuen, zahlungsunfähig geworden sind. Um es kurz zu machen: Um die Gehälter meiner angestellten Anwälte und Bürokräfte zu bezahlen, habe ich seit über zwei Jahren die Rücklagen angegriffen, immer in der Hoffnung, die Lage bessert sich. Ich habe auch unter anderem für die Gehälter unserer Hausangestellten die Villa beleihen müssen.« Als er in die erschrockenen Augen von Irene blickte, verkniff er sich noch den Zusatz, dass die Villa fast schon der Bank gehörte. Er machte eine Pause. Irene sah ihn nur mit großen Augen an, hatte sie es überhaupt verstanden?

»Aber wir haben doch das Hotel, ich meine …« Sie sprach nicht weiter, sondern sah nur ihren Mann fragend an.

»Das Hotel muss komplett renoviert werden. Nach dem Auszug des Sanatoriums ist es in einem desolaten Zustand … um es gleich vorwegzunehmen, das Hotel ist für den Moment geschlossen, da keine Buchungen mehr vorliegen, auch nicht für den Westflügel.«

»Aber wir sind doch ein Kurort. Leute wollen von dem Heilwasser trinken und sich erholen.«

»Jetzt im November sicher nicht. Und gesetzt den Fall, es kommen Kurgäste, können sie in den anderen Hotels wohnen. Wir aber sind auf die reichen Gäste angewiesen, vor allem aus Frankreich, dem Land, das zu unseren Feinden gehört hat und jetzt zu den Siegermächten gehört.«

»Und deswegen gleich schließen?« Irene schüttelte nur den Kopf. »Vom wirtschaftlichen Standpunkt aus ist das die einzige Möglichkeit, leider mussten wir auch die Angestellten vorübergehend entlassen. Das Hotel steht leer.«

»Aber der Palmengarten, das Restaurant, der Ballsaal, der Pavillon.«

»Der Palmengarten hat auch keine wesentlichen Einnahmen zu verbuchen, du weißt ja, die großen Veranstaltungen fielen aus, wie auch die gesamten vier Ballsaisons. Und auch der Pavillon schluckt Geld. Wir müssen Personal entlassen. Im Hotel, im Palmengarten und auch hier.«

»Was meinst du damit?« Irene erschrak.

»Irene, ich muss es tun. Ich weiß nicht einmal, wie ich es finanzieren soll, aus deinem Gemüsegarten wieder meinen geliebten Park entstehen zu lassen. Die alte Berta und Leonhard können bleiben, sie werden keine Anstellung mehr finden, aber die Küchenhilfen, auch die beiden Frauen, die jede Woche kommen, wie nennst du sie? Die eine ist fürs Grobe, die andere, die Silber putzt und Möbel einölt, fürs Feine? Denen musst du kündigen. Auch Anni, sie ist jung, sie ist verlobt, ich denke, um sie müssen wir uns keine Sorgen machen.«

»Und die Wohnung von Franz?«, wollte Victoria wissen.

»Das werden wir sehen, wir müssen zuerst wissen, ob Franz Verfügungen im Todesfall getroffen hat. Wir werden abwarten, aber ich denke, im Moment wird es schwierig sein, in Berlin eine Wohnung lukrativ verkaufen zu können.«

»Das geht nicht.« Irenes Stimme war ein einziger Aufschrei. »Es ist die Wohnung unseres Sohns, wir können sie nicht verkaufen.«

»Ich habe gerade gesagt, das werden wir überprüfen. Irgendeinem Waffenhändler oder Kriegsgewinnler möchte ich sie auch nicht verkaufen, egal, zu welchem Preis.«

Da beruhigte sich Irene ein wenig, obwohl sie von der neuen Situation vollkommen überfordert war. »Wir sind also arm?«

Jetzt lachte Johannes auf. »Nun, arm sieht anders aus.«

Er konnte wenigstens noch lachen, das beruhigte Irene, offenbar schien es doch nicht so katastrophal zu sein. Irgendwie würde Johannes es schon schaffen. Und sie würde ihren Teil dazu beitragen, sie konnte arbeiten, das hatte sie mit dem Gemüsegarten bewiesen. Also warum auch nicht das Haus pflegen?

Victoria hatte fieberhaft überlegt. »Die legendären Perlen, die in einem Safe in der Schweiz liegen? Die könnten wir doch verkaufen«, schlug sie vor.

»Victoria, es ist dein Erbe von Tante Anna. Und du kennst ihre Verfügung. Das ist in dieser Sache mein letztes Wort.« Johannes erhob sich. »Es tut mir leid, aber die Welt hat sich verändert, auch die unsere«, wiederholte er, was er am Nachmittag zu seinem Bruder gesagt hatte.

Er ging hoch ins Turmzimmer. Dort setzte er sich an den Tisch und vergrub das Gesicht in den Händen. Hatte er versagt? Hätte er in der Kanzlei früher auf Ausfälle und das Fehlen von Mandanten reagieren müssen, statt seine finanziellen Reserven für die Gehälter anzugreifen? Die Anwälte der Kanzlei waren immer seine Angestellten geblieben, nie hatte er einen zum Partner gemacht, das war ein Fehler, das erkannte er jetzt. Wie würde es weitergehen?

Zu dem Verlust seines einzigen Sohns kam noch das finanzielle Desaster. Er hob den Kopf und horchte nach unten. Doch niemand kam zu ihm hoch, niemand erkannte offenbar, wie schwer die Situation für ihn war. Irene machte ihn sicher dafür verantwortlich, und Victoria hatte ein wirklich liebes Angebot gemacht, als sie vorschlug, die legendären Perlen von Anna für die Schulden der Familie zu verkaufen. Aber sie war jung, sie würde ihren Weg gehen, gehen müssen, sie hatte eine Zukunft. Doch er? Er wurde alt. Konnte er das Ruder noch herumreißen, und das in dieser Zeit? Noch einmal mit der hochverschuldeten Kanzlei von vorne beginnen? Hatte er die Kraft dazu? Er fühlte sich müde. Es wäre schön gewesen, wenn Irene jetzt hochgekommen wäre, einfach um bei ihm zu sein. Aber er hörte, wie sie im ersten Stock in ihr Zimmer ging. Dann erinnerte er sich an das, was Carl ihm erzählt hatte. Seine Schwägerin Elisabeth glaubte an ihn. Und er dachte an seinen Geburtstag, als Elisabeth ihm den Kuss auf die Wange gehaucht hatte, als ihr Gesicht so nahe gewesen war und er den Duft ihres Parfums eingeatmet hatte. Hatte darin ein Versprechen gelegen?

Victoria hatte sich in ihr Atelier zurückgezogen. Aber sie konnte sich nicht konzentrieren. Sie legte ein paar Stoffe übereinander, probierte Knöpfe und Spitze aus, doch dann setzte sie sich auf den Stuhl am Tisch. Es wurde alles schwieriger. Konnte sie überhaupt Pläne für Berlin machen? Noch hatte sie Tekla Wenger nicht zugesagt. Die Sängerin hatte ihr geschrieben, dass auch der Pianist sie grüßen ließ und mit Ungeduld ihre Ankunft erwarte. Er sah gut aus und spielte passabel Klavier. Aber …

Ach Juri, schoss es ihr plötzlich durch den Kopf. Er war schon in so jungen Jahren ein außergewöhnlicher Pianist gewesen. Wenn sie die Augen schloss, sah sie ihn vor sich. Er war so schön, so leidenschaftlich gewesen, und genauso hatte er auch Klavier gespielt. Er liebte die Musik, ohne Musik könne man nicht leben, hatte er zu ihr gesagt. Und dann hatte er noch … wie war das gleich? Sie überlegte … wie hatte sie es vergessen können, wie konnte sie überhaupt ein einziges Wort von ihm vergessen? Langsam fiel es ihr wieder ein: *Ohne Musik wäre das Leben ein Irrtum …*

Ein Zitat von … ja, von wem? Victoria dachte angestrengt nach. Von eurem Philosophen Friedrich Nietzsche, hatte Juri lächelnd erklärt, während er ihr Gesicht mit kleinen Küssen bedeckte. Victoria seufzte in Erinnerung daran. Es war ein so schöner Moment gewesen, darum hatte sie sich auch das Zitat gemerkt. Sogar den Namen des Philosophen, den sie nicht gekannt hatte. Im Internat hatten sie Gedichte von Eduard Mörike und Eichendorff gelesen. Und Dramen von Schiller und … ach ja, sie erinnerte sich. Ein Drama von Grillparzer.

Des Meeres und der Liebe Wellen. Sie hatten es in der Schule aufgeführt, die Mädchen hatten auch die Rollen der Männer übernommen, und sie war sehr erleichtert gewesen, dass sie als Besetzung nicht infrage gekommen war. Sie sei zu dünn, zu groß und überhaupt ungeeignet. Ihre Gedanken gingen hin und her, vom Internat an ihr Zuhause und immer wieder zurück zu ihrer ersten Liebe.

Ach Juri, wieso musste sie in letzter Zeit so oft an ihn denken? War er gefallen, oder hatte er den Krieg überlebt? Würde er dann nach Deutschland kommen? Er liebe Berlin, daran erinnerte sie sich.

Berlin. Wie elektrisiert hob sie den Kopf. Es gab tausend Gründe, dorthin zu gehen. Und irgendwie hatte Luise durchblicken lassen, mitzukommen. Doch dann erschrak sie. Durfte sie sich freuen, obwohl ihr geliebter Bruder tot war, gefallen in diesem schrecklichen Krieg, irgendwo begraben?

Doch, er würde sie in die Arme nehmen und ihr sagen, natürlich, es ist dein Leben.

Luise kam an diesem und an folgenden Abenden nach Hause. Sie spürte die Spannung zwischen den Eltern, bis ihr Vater erklärte, Irene mache ihn für das finanzielle Desaster, das während der Kriegsjahre entstand, verantwortlich.

Luise sah, wie ihr Vater litt, und sie erkannte dasselbe bei ihrer Mutter. Manchmal aber vergaß Irene die Situation, und dann klingelte sie nach Anni, bis ihr plötzlich wieder bewusst wurde, dass sie gar nicht mehr da war. Dass sie ihrem Personal hatte kündigen müssen, war für Irene sicher das Schlimmste gewesen.

Nach dem stillen Abendessen ging Johannes durchs Wohnzimmer auf die Terrasse. »Ein Sturm kommt auf«, berichtete er, »es wird eine schlimme Nacht werden.«

Er beugte sich zu seiner Frau, um ihr einen flüchtigen Kuss auf die Wange zu hauchen, doch Irene wandte den Kopf zur Seite. Johannes verharrte einen Moment, dann wandte er sich an Luise und schlug ihr vor, mit ihm hoch ins Turmzimmer zu kommen.

Seine Tochter war sofort einverstanden.

»Wir könnten die Pläne des Architekten durchsehen, Carl hat sie mir in die Hand gedrückt. Wenn du willst, sehen wir sie uns an. Wir können sehr froh sein, dass der Westflügel immer noch den Anforderungen eines Grand Hotels entspricht«, sagte Johannes.

Irene blieb sitzen, sah ihnen nach, wandte auch kaum den Kopf, als Victoria ihr eine gute Nacht wünschte.

»Falls du mich brauchst, ich bin im Atelier.« Sie wartete an der Tür.

Doch dann nickte Irene ihrer Tochter zu. »Ich bleibe noch hier sitzen.«

Jeder ging seiner Wege, dachte sie bitter. Sie haben ihre Zukunft. Luise im Hotel, Victoria sieht sich in Berlin, Johannes wird alles daransetzen, um seine Kanzlei wiederaufzubauen. Und ich? Ein leeres Haus, dessen Arbeit ihr über den Kopf wuchs. Vielleicht gab es dann auch nicht mehr die Treffen mit den Freundinnen. Wie würden sie reagieren, wenn sie ihnen erzählen musste, dass sie jetzt die Böden putzte und Staub wischte? Die gute alte Berta hatte ihr zwar angeboten, das Waschen und Bügeln zu übernehmen, aber das Haus war so groß, allein der Salon für die sonntäglichen Empfänge musste gepflegt werden, und dann würde es sicher auch keinen Champagner mehr geben können. Was aber würden die Leute sagen? Wie hätte Franz auf das Unvermögen seines Vaters reagiert? Johannes war schuld, dass die Villa praktisch der Bank gehörte. Sie war nicht dumm, sie hatte das genau aus der Schilderung von Johannes herausgehört.

Langsam erhob auch sie sich. Eine gähnend leere, dunkle Zukunft lag vor ihr. Der Tod von Franz hatte einen tiefen Spalt in ihr Leben gerissen, der sich nie mehr schließen ließ.

Sie ging durchs Wohnzimmer und öffnete die Tür zur Terrasse. Ein scharfer Wind blies ihr entgegen, die Wolken jagten über den Himmel, und im Licht des Monds erkannte sie die Umrisse ihres Gemüsegartens. Aber auch ihn würde es bald nicht mehr geben, denn Johannes hatte den Plan, ihn wieder in den Park zurückzuverwandeln. Er hatte ihr zwar vorgeschlagen, den hinteren Teil abzugrenzen und ihn ihr zu überlassen. »Was auch immer du damit machen willst.« Ein Almosen, dachte sie voller Bitterkeit. Doch dann erschrak sie – es war liebevoll gemeint, und ihre Reaktion darauf war bitterer Spott. Sie musste gerecht sein. Er hatte die Grabstätte gekauft, den teuren Stein finanziert, obwohl offenbar kein Geld mehr da war. Und sie hatte einen so schönen Grabspruch eingravieren lassen. Er war Victorias Vorschlag gewesen.

Man soll nicht weinen, wenn es vorbei ist, sondern lächeln, dass es so schön gewesen ist.

Er war tröstlich, doch als sie ihre Tochter gefragt hatte, woher sie diesen Spruch kannte, hatte sie nicht geantwortet. Also wieder ein Geheimnis, an dem sie ihre Mutter nicht teilhaben ließ. Der Wind verstärkte sich, nahm ihr den Atem, und so schloss sie die Tür. Sie presste das Gesicht ans Glas und sah in die Wolken hinauf, die sich verbanden, wieder lösten und weiterjagten.

Wie das Leben.

Sie war schon die ersten Stufen hochgegangen, als sie umkehrte und in das Musikzimmer ging. Die gesamte Familie war unmusikalisch, und außer ihr betrat niemand den Raum. Sie setzte sich an den Flügel, hob den Deckel und spielte ein paar Melodien, die ihr gerade so einfielen, dann aber ließ sie ihre Hände auf den Tasten liegen.

Sie dachte an Weihnachtsabende, an denen sich die Familie seit Jahrzehnten hier versammelte und mitsang, wenn sie spielte. Sie hatten sich angelächelt, in dem Gefühl einer Beständigkeit, eines Zusammenhalts, der niemals enden würde. Nur am letzten Weihnachten hatte sie die Tradition nicht weitergeführt, und niemand in der Familie hatte sie darum gebeten. Denn Franz war wieder nicht gekommen, er blieb bei seiner Kompagnie. Wie immer war das die tiefste Enttäuschung gewesen, die sie in den letzten Jahren erleben musste: Ihr geliebter Sohn zog seine Kameraden der Familie vor. Wie viele Weihnachten lagen jetzt vor ihr, ohne Franz, ohne die Hoffnung, dass er zurückkam.

Langsam ließ sie ihre Finger über die Tasten gleiten, wie von selbst fanden sie sich zu der Melodie zusammen.

Stille Nacht, heilige Nacht, klang es durchs stille Haus, um das ein wütender Herbststurm tobte. Sogar oben im zweiten Stock hörte Victoria ihre Mutter spielen. Sie verließ das Zimmer und blieb oben an der Treppe stehen, sie ahnte, was in ihrer Mutter vor sich ging. Und sie ahnte, sie spielte für ihn, den gefallenen Sohn.

Das Lied, das die Familie über alle Jahre zusammengehalten hatte. Da kamen Victoria die Tränen, doch sie blieb oben stehen, eine tiefe Scheu hielt sie zurück, zu ihrer Mutter hinunterzugehen. Die Klänge verhallten, die Stille im Haus kehrte zurück, und Victoria schloss leise die Tür zu ihrem Zimmer.

Als Irene im Bett lag, griff sie zu ihrem Schlafmittel. Es versprach für ein paar Stunden Vergessen. Doch der schlimmste Moment war das Erwachen, wenn der Tag sie langsam aus der Nacht herauszog und ins Leben zurückwarf und mit ihm der tiefe Schmerz wiederkam, jeden Tag aufs Neue. Wann würde es nicht mehr so furchtbar wehtun, wann gab es einen Morgen, an dem sie nicht unter Tränen aufwachen würde?

Johannes trank einen Kognak, während er mit Luise die Pläne durchging. »Wir können froh sein, dass der Westflügel nicht renoviert werden muss«, hörte er Luise sagen, während sich seine Gedanken langsam verwirrten und sein Kopf müde vornübersackte. Dann schreckte er wieder hoch.

»Ich denke, wir hören auf«, schlug Luise vor, »wir sind beide müde, und es ist bereits drei Uhr.« Sie erhob sich, dehnte und streckte sich. »Ich glaube, der Wind hat sich gelegt. Doch keine schlimme Nacht«, lächelte sie, während sie sich zu ihrem Vater umdrehte.

»Was ist das für ein Flackern, ist das Licht?« Johannes, der schon fast eingeschlafen war, fuhr von seinem Stuhl hoch und lief zum Fenster. »Das … das kann nicht sein, das darf nicht sein, das ist nicht möglich …« Er wandte sich zu Luise um, die mit dem Rücken zum Fenster stand und Unterlagen auf dem Tisch ordnete. »Luise! Es …« Seine Stimme war heiser, er rang nach Atem, sodass sie sich erschrocken zu ihm umwandte, und da sah sie es.

Der *Deutsche Kaiser* stand in Flammen.

»Nein!«, schrie sie, »nein, nein …«

Sie rannte aus dem Zimmer, stolperte auf der Treppe, rannte weiter hinunter, während sie immer wieder schrie: »Der *Deutsche Kaiser* brennt.«

Sie achtete nicht auf ihren Vater, nicht darauf, ob Victoria oder ihre Mutter aus ihren Zimmern kamen. Schluchzend rannte sie aus dem Haus und die Allee hinunter, schwach nur erhellt durch das diffuse Licht der Laternen, die den Weg säumten. Keuchend kam sie unten an, keuchend rang sie nach Atem, hustete. Überall Feuerwehrwagen, Qualm und Rauch, der ihr in die Lunge und Augen drang. Kaum konnte sie etwas erkennen. Sie hörte das Krachen von Mauern, das Splittern von Glas, sie lief weiter auf den Westflügel zu, sie musste dorthin … doch da verstellte ihr der Einsatzleiter energisch den Weg. »Gehen Sie sofort zurück, gehen Sie hinter die Absperrung.«

Doch Luise blieb stehen. Sie starrte auf die Flammen und ließ sich nicht wegdrängen. Momente, Erinnerungen, der Tag, als sie hier ankam und Carl sie in die Arme nahm und willkommen hieß.

Wie betäubt blieb sie stehen, bis jemand sie am Arm nahm. Erschrocken fuhr sie herum, es war ihr Onkel Carl.

»Dein Vater hat mich angerufen, wir sind beide, so schnell es ging, hierhergekommen.«

Luise nickte und nickte, hörte nicht zu. Plötzlich wandte sie sich an ihn. »Wie konnte das passieren, wieso?«

Carl zuckte die Schultern, sah sie an und wollte sie umarmen, doch Luise wich ihm aus. »Man weiß es noch nicht, Luise, wir müssen abwarten. Was für ein Glück, dass wir das Hotel geschlossen haben. Es wäre nicht auszudenken, wenn Menschen …« Er sprach nicht weiter, wollte sich dieses Ausmaß einer Tragödie nicht ausmalen.

»Ich denke, die Feuerwehr hat den Brand unter Kontrolle, er scheint nicht aufs ganze Hotel überzugreifen.« Ein Trost für ihn, für Luise. »Komm«, forderte er sie auf. »Der Palmengarten hat geöffnet, wir können uns dorthin zurückziehen und abwarten.«

Luise schüttelte den Kopf, brachte kein Wort über die Lippen. Sie stand nur da und starrte auf die Flammen, hielt sich die Ohren zu, sie ertrug das Brechen der Mauern, das Klirren der Scheiben nicht mehr. Langsam brach der Palast, gebaut für die Ewigkeit, in sich zusammen. Luise nahm nicht wahr, dass Carl wegging und sie nur noch allein hier stand. Sie lief ein paar Schritte, bis sie wieder direkt vor der Absperrung stand. Hier drängten und stießen sich die Schaulustigen, bis sie von der Polizei energisch zurückgewiesen wurden.

»Wir haben Glück«, schrie der Einsatzleiter ihr zu, »sehen Sie nach oben.«

Luise hob ihr Gesicht einem einsetzenden prasselnden Regen entgegen, und da lachte sie schluchzend auf, denn war das nicht eine gute Nachricht?

»Gehen Sie rüber in den Palmengarten, Fräulein, sie werden ja ganz nass.«

Doch sie blieb und sah zu, wie die Flammen langsam in sich zusammensackten, und sie stand noch da, als die Feuerwehr endlich abfuhr.

Victoria hatte Luise schreien hören. Erschrocken war sie hochgefahren, bis sie begriff, der *Deutsche Kaiser* stand in Flammen. Hastig zog sie sich an, lief aus dem Zimmer, doch an der Treppe verharrte sie. Hatte ihre Mutter die Rufe auch gehört? Leise klopfte sie an Irenes Tür, doch als keine Antwort kam, öffnete sie sie und schlich sich ans Bett ihrer Mutter. Wie immer brannte die kleine Nachttischlampe, denn Irene konnte im Dunkeln nicht schlafen, und wie immer hatte sie einen leichten Chiffonschal über den Schirm gehängt, sodass ein zarter rötlicher Schimmer auf ihr Gesicht fiel.

»Mama?« Victoria beugte sich über sie.

Doch Irene schlief, und als Victoria den entspannten Ausdruck auf ihrem Gesicht erkannte, richtete sie sich wieder auf. Sie sollte den kostbaren Schlaf ihrer Mutter nicht stören, sie nicht mit der Nachricht einer weiteren Katastrophe aufwecken. »Schlaf weiter«, murmelte sie und gab Irene einen scheuen Kuss auf die Stirn.

An der Tür sah sie sich noch einmal um, lächelte jetzt Irene wirklich? Da lächelte auch Victoria und verließ leise das Zimmer.

Der *Deutsche Kaiser* brannte. Ihre Mutter würde es noch früh genug erfahren. Sie stand an der Treppe und horchte nach unten. Ihr Onkel Carl war gekommen, ihr Vater erwartete ihn in der Halle, sie unterhielten sich aufgeregt und eilten dann aus dem Haus. Krachend fiel die Eingangstür hinter ihnen ins Schloss. Keiner von ihnen hatte Victoria aufgefordert, mitzukommen. Sie ließ sich auf die oberste Stufe der Treppe fallen, ein wenig ratlos horchte sie auf das Prasseln des Regens.

Dann aber sprang sie auf, holte ihren Mantel, einen Regenhut und verließ die Villa.

Auf der Allee lag das Laub der Birken, durch den Sturm von den Ästen gerissen und vom prasselnden Regen auf den Boden gepresst. Zuerst ging Victoria langsam, dann wurde sie schneller, und zuletzt rannte sie, bis sie außer Atem unten ankam.

Drei Feuerwehrautos fuhren gerade ab, und an der Absperrung

drängte eine Reihe Polizisten Schaulustige zurück. *Bitte Abstand halten, nein, es ist niemand in den Flammen gestorben, das Hotel war leer… Bitte treten Sie zurück, seien Sie vernünftig …*

Endlich entdeckte Victoria ihre Schwester, sie winkte ihr, doch Luise sah sie nicht, sie blieb einfach nur im prasselnden Regen stehen.

Die vielen Schaulustigen waren nass geworden, flohen jetzt, liefen an Victoria vorbei und rannten sie fast um. Sie stellte sich auf die Zehenspitzen, suchte in dem Gedränge ihren Vater und sah ihn vor dem erhellten Palmengarten unter dem schützenden Vordach stehen. Auch er bemerkte Victoria nicht, er sah nur zu Luise hinüber. Langsam überquerte Victoria nun die fast leere Straße, lief auf ihren Onkel zu, der sich mit zwei Polizisten unterhielt. Unbeachtet von ihnen, stellte sie sich neben Carl und hörte mit wachsendem Entsetzen zu.

»Wir haben ihn nicht ernst genommen, Herr Laverne«, erzählte einer der Polizisten aufgeregt, er stotterte, nahm die Mütze ab, wischte sich den Schweiß von der Stirn.

»Wir dachten, er ist nicht ganz richtig im Kopf«, erzählte der andere weiter. »Er kam in die Wache, stellte einen Benzinkanister auf den Schreibtisch und erklärte seelenruhig, er sei damit unbemerkt durch den Küchentrakt des *Deutschen Kaisers* spaziert und in den Westflügel gelangt, dort habe er ihn ausgeleert und ein Zündholz hineingeworfen. Und dann sei er zu uns gekommen, er wolle sich stellen, sein Leben habe seinen Sinn verloren. Dann aber schrie er plötzlich, ballte die Fäuste und rief immer wieder: Nieder mit den Lavernes.«

Victoria sah erschrocken auf ihren Onkel, der blass geworden war, nur immer wieder den Kopf schüttelte: »Wer ist dieser Mensch? Und wieso hat er das getan? Warum hasst er uns?«

Den beiden Polizisten wurde es sichtlich unbehaglich. »Rache«, stotterte der eine und warf seinem Kollegen einen unsicheren Blick zu. »Er habe sich gerächt, die Lavernes hätten veranlasst, dass man seine Enkelin Olga abgeholt und in ein Heim gesteckt habe. Jetzt seien die Lavernes dran, sie nahmen ihm das Liebste, und jetzt habe er ihnen das Liebste genommen, diesen protzigen Palast, die Macht, das Geld…«

»Es tut uns leid, wir haben ihn nicht ernst genommen«, ergriff der erste wieder das Wort, »aber dann ging bei uns die Meldung ein, der *Deutsche Kaiser* stehe in Flammen, die Feuerwehr sei schon vor Ort, und da verhaftete unser Dienststellenleiter diesen Alten sofort.«

Victorias Herz klopfte zum Zerspringen. Luise musste es erfahren, stell dir vor, Luise … Der Großvater von Olga, er ist der Brandstifter, ein Verbrecher.

Sie lief auf Luise zu, die sich umdrehte, aber Victoria nicht bemerkte, ihr Blick galt dem Vater.

Luise nahm Abschied vom *Deutschen Kaiser*, so wie er gewesen war, Abschied von der Vergangenheit, so tief verwurzelt mit diesem Hotel. Sie nahm auch endgültig Abschied von Philip, denn auch er war in ihrer Erinnerung mit dem Hotel verbunden, und sie nahm Abschied von der Zeit des Kriegs und des unermüdlichen Einsatzes um den Erhalt des Hotels, das heute Abend in Flammen aufgegangen war.

Sie blickte zu dem ausgebrannten und zerstörten Westflügel, der sich scharf gegen das zarte Gelb der ersten Morgendämmerung abhob. Eine schwarze Ruine, aus deren zerbrochenen Fenstern noch leichter Rauch stieg. Da wandte sie den Kopf und sah ihrem Vater entgegen, der auf sie zukam.

»Eine ganze Epoche geht unter, eine Ära ist zu Ende«, rief sie ihm entgegen.

Johannes stand jetzt bei ihr, doch eine Berührung duldete sie nicht, sie entzog ihm ihre Hand, als er danach griff.

»Es wird eine neue Ära geben, die du, Luise, prägen wirst, denn dir gehört die Zukunft.«

Eine neue Ära ...

Victoria, die stehen geblieben war, hörte die Worte ihres Vaters und erkannte, dass Luise sie, ihre Schwester, nicht brauchte. Nicht in diesem Moment der Katastrophe, nicht in der Zukunft.

Luises Zukunft war hier, doch auch sie, Victoria, hatte eine Zukunft, weitab von zu Hause, weitab vom Hotel, sie lag in Berlin.

Still drehte sie sich weg, lief ein paar Schritte die Birkenallee hoch, einmal noch sah sie zurück zu Luise, die ihr Gesicht dem prasselnden Regen entgegenhielt, und für Victoria schien es, als lächle sie.

DANKSAGUNG

Für ihre engagierte und für mich sehr wichtige Mitarbeit an diesem Roman bedanke ich mich ganz herzlich bei meiner Lektorin Frau Carolin Graehl. Mein Dank gilt auch Frau Catherine Beck, die mich redaktionell bei diesem Roman begleitet hat.

Und wie immer gilt auch mein Dank meiner Tochter Mirjam für ihre unermüdliche Unterstützung bei der Entwicklung eines jeden Romans.

Lesen Sie weiter in Band 2 der *Chronik der Familie Laverne:*

Katja Maybach

SCHICKSALSSTUNDEN

ROMAN

1930: Der 1. Weltkrieg ist überstanden, die Schwestern Luise und Victoria Laverne wagen einen Neuanfang, nachdem der Tod ihres geliebten Bruders Franz in der Schlacht an der Somme die Familie in eine tiefe Depression gestürzt hatte. Victoria geht gegen den Willen der Familie nach Berlin und feiert in der lebenshungrigen Hauptstadt erste Erfolge als Kostümbildnerin für Shows und Filme. Luise hingegen gelingt es, das Kurhotel Deutscher Kaiser nach dem schlimmen Brand allmählich aufzubauen, und ist endlich wieder verliebt – in einen jüdischen Architekten. Da immer mehr Angehörige der NSDAP in den Kurort kommen, um sich zu erholen, ist die Situation nicht einfach. Und plötzlich erscheint die sechzehnjährige Olga, Enkelin des Brandstifters, auf der Bildfläche. Sie will die Rachetat ihres Großvaters vollenden und die Familie Laverne zerstören …

Erscheint im Juni 2022

KNAUR